임진란 보성의 젊은 호랑이

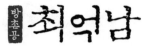

방촌공 최억남

영남까지 진출하여
왜군의 호남 침략로를 방어한
전라좌의병 부의병장

임진란 보성의 젊은 호랑이

 최억남

초판 1쇄 발행 2023. 5. 25.

지은이 최대욱
펴낸이 김병호
펴낸곳 주식회사 바른북스

발행처 주식회사 바른북스

등록 2019년 4월 3일 제2019-000040호
주소 서울시 성동구 연무장5길 9-16, 301호 (성수동2가, 블루스톤타워)
대표전화 070-7857-9719 | **경영지원** 02-3409-9719 | **팩스** 070-7610-9820

•바른북스는 여러분의 다양한 아이디어와 원고 투고를 설레는 마음으로 기다리고 있습니다.

이메일 barunbooks21@naver.com | **원고투고** barunbooks21@naver.com
홈페이지 www.barunbooks.com | **공식 블로그** blog.naver.com/barunbooks7
공식 포스트 post.naver.com/barunbooks7 | **페이스북** facebook.com/barunbooks7

임 진 란 보 성 의 젊 은 호 랑 이

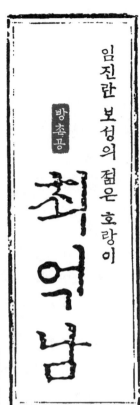

방촉풍

최언남

최대욱 지음

영남까지 진출하여
왜군의 호남 침략로를 방어한
전라좌의병 부의병장

바른북스

영혼까지 맑게 해 주는 섬이 있다. 광활한 심해 너머 수평선에서는 날마다 새 생명을 출산하듯 붉은 태양이 태를 끊고 솟아오른다. 평범한 사람들은 피하는 것을 능력으로 평가하는 섬, 그러나 그 섬에서는 손가락만 놀려도 글이 되고 엉덩이만 붙여도 글이 된다. 창조의 섬이다. 바로 거문도(巨文島)이다.

거문중학교 교장실에 터를 잡고 2년에 걸쳐 글을 썼다. 집필실에서 문을 열고 한 발을 떼면 바라보이는 거문도의 내해가 오늘따라 더욱 진한 코발트블루빛을 발하고 있다. 변덕을 일상으로 삼던 하늘도 헝클어진 바람과 구름을 거두고 온화한 햇볕과 스카이블루빛으로 찬란하다. 그리고 바다에 커다란 타원을 그리며 둘러앉아 내해를 품고 있는 섬들은 상록수림으로 덮인 채 바다와 하늘의 경계를 구분하느라 애쓰고 있다. 하늘과 땅 그리고 바다가 동색 계열의 삼원색을 이루며 동화될 듯 구분되는 묘한 색 대비를 이루고 있으니 황홀경이다. 거문도의 날씨와 자연마저 출간을 축하해 주는 것 같다. 개인적으로 논문과 수필에 이어 소설로까지 글의 창작 영역을 확장했다는 것에 감사드린다.

어릴 적에 보성강을 놀이터 삼아 자란 탓인지 물을 무척이나 좋아했다. 아니 주위 환경에 물이 보이지 않으면 기력이 사그

라들었다. 그래서 늘 물을 쫓고 또 물처럼 살고자 노력했다. 청천(淸泉)을 닮아 누군가의 갈증을 해소하는 창조적 글 작업을 하고 싶었고, 청천(淸川)을 따라 세상의 이치를 깨달으며 지혜롭게 살고자 하였으며, 청해(淸海)를 닮아 자정하며 모든 것을 포용하는 넓은 마음을 갖고자 했다. 그러다 보니 거문도까지 흘러들어 바다를 바라보며 수양하다 정년을 맞이하게 된 것이다. 정년을 맞이해 다 왔노라 생각하고 앞을 보니 건너왔던 징검다리만큼 또 많은 돌다리가 남아 있다. 아직도 살아가야 할 날이 많고 써야 할 글들이 태산인 모양이다.

500년 종갓집에서 태어나 조상님을 극진히 모시는 조부님과 부친을 보고 자랐다. 특히 최억남 조상님에 대한 가문의 자부심과 존경심은 남달랐다. 조부님과 부친의 사랑을 듬뿍 받고 자랐던 필자는 가문의 기대도 한 몸에 받았다. 어려서부터 조상님에 관한 기록을 뒤지는 일에 흥미가 있었다. 성인이 되어서도 틈나는 대로 기록을 찾아보았다. 드디어 400년 전의 기록이 발견되기 시작했다. 인터넷이 발전된 덕분이었다. 최억남 조상님에 대한 기록은 수없이 많았으나 조경남의 『난중잡록』에서 절정을 이루고 있었다. 가문에 내려오던 기록을 뒷받침할 객관적인 증빙 자료가 발견된 것이다. 최억남 조상님은 순수 의병으로 정말로 훌륭한 업적을 남긴 장수였다. 그러나 훌륭한 행적에 비해 나라의 은공은 늦고 작게 내려졌다. 필자는 욕심이 생겼다. 귀중하게 찾아낸 기록들을 바탕으로 최억남 조상님의 일대기를 쓰고 싶었다. 그리고 숭조 사업을 크게 일으키고 싶었다. 이 간절함이 영글어 마디마디 글이 되었다. 이 글이 바탕이 되어 장차 숭조 사업이 크게 이루어졌으면 하는 바람이다.

본 소설을 접하게 된 독자님들에게 진심으로 감사를 드린다. 솔직히 말해서 필자는 소설을 쓸 능력도 없거니와 공부한 적도 없고 노력도 부족했다. 학교 때 점수를 얻기 위해 배운 국어 시간의 소설이 전부였다. 필자의 부족함으로 인해 독자님들에게 피해나 끼치지 않을까 하는 염려가 앞선다. 그러나 조상님들을 모시고 숭배하는 일만큼은 누구보다 앞장서고, 불가능한 일도 가능하게 만들 수 있는 열정이 있다. 본 소설은 그러한 열정으로 이루어진 것이다. 2년 동안 능력 없는 사람이 열정만을 앞세워 글을 쓴 것 자체가 오히려 경이로운 일이 아닐까 한다. 독자님들의 넓은 양해를 바란다. 본 소설을 쓰는 동안 실명이 언급되는 부분은 최대한 역사적 증빙 자료를 바탕으로 쓰고자 노력했고, 일부분은 이야기 재구성을 위해 실명을 빌리기도 했다. 그 과정에서 최대한 실명이 거론된 분들의 명예를 지켜드리고자 노력했다는 것을 밝힌다. 그리고 혹여 본 소설에 실명이 거론되어 누가 된 분이 있다면 미리 그 후손에게 진심으로 사과를 드린다.

끝으로 필자는 최억남의 13대 직계 후손이다. 최억남 조상님과 500년 종갓집을 지켜 오며 필자에게 많은 영향을 주신 최동성 할아버님, 최윤환 아버님께 이 글을 바친다. 그리고 필자보다 더 정성스럽게 조상님을 모시는 아내 조수경에게 감사의 마음을 표하고, 가문의 정신을 꼭 이어 가기를 바라는 마음으로 아들 최순승과 딸 최예림에게 이 글을 선물한다. 또 (사)임진란정신문화선양회를 열정적으로 이끌어 주신 류한성 회장님, 이천용 사무국장님께 감사드린다. 그리고 소문(小文)에 불과한 필자에게 '거문(巨文)'이라는 호를 선물해 주신 서울교육대학교 명예교수 겸 (전)한국교총 회장 안양옥님, 초보 소설가인 필자가 글을 잘 마무리할 수 있도록 유익한 조언을 해 주신 국문학 박사 장병호님, 교육학 박사 신봉호님께 감사드린다. 또 출판에 도움을 주신 ㈜바른북스 대표 김병호님께도 감사드린다.

거문중학교 교장실에서

최대욱

차 례

◈ 인물 소개

최억남	전라좌의병 훈련관, 우부장, 부장	문연철	최억남의 후배
임계영	전라좌의병 의장	문희영	최억남의 후배
문위세	전라좌의병 양향관	박길성	최억남의 후배
박근효	전라좌의병 참모관	손희모	최억남의 후배
정사제	전라좌의병 종사관	안석산	최억남의 후배
장윤	전라좌의병 부장	양문동	최억남의 후배
소상진	전라좌의병 별장	염익수	최억남의 후배
남응길	전라좌의병 별장	이일석	최억남의 후배
박광전	(전) 회덕현감	임수조	최억남의 후배
안방준	박광전의 제자	정상문	최억남의 후배
최경회	전라우의병 의장	정칠구	최억남의 후배
송대창	전라우의병 전부장	조극중	최억남의 후배
허일	전라우의병 후부장	채병보	최억남의 후배
고득뢰	전라우의병 좌부장	최민성	최억남의 후배
권극평	전라우의병 우부장	성길수	옥과현 형방
윤서선	해남 윤씨	성동칠	옥과현 예방
김영광	무과 사부	오인석	옥과현 이방
이운경	무과 사부	이혁준	옥과현 공방
박강수	내금위 동료	조장호	옥과현 호방
김이랑	훈련원 봉사	천구서	옥과현 병방
박승정	훈련원정	손정식	최억남의 제1대 수제자
김철수	최억남의 후배	염동길	최억남의 제1대 수제자
김춘삼	최억남의 후배	노칠석	최억남의 제2대 수제자
노영달	최억남의 후배	채석우	최억남의 제2대 수제자
문선휴	최억남의 후배	박판수	지관

제 1 장

출생과 소·청년 시절

대룡의 탄생

보성에는 대룡산이라는 해발 440 m 고지의 산이 있다. 백두대간의 지맥인 호남정맥에 위치한 대룡산의 정상에 올라 동쪽을 바라보면, 마치 대룡이 승천하고자 트림하는 듯 몸통 모습이 커다란 S자 곡선을 그리며 산과 산으로 연결되어 멀리까지 장엄하게 뻗어 나가고 있다. 이 대룡의 머리가 대룡산이요, 트림하는 몸통의 산들이 보성의 방장산, 주월산, 초암산, 존제산, 순천의 조계산이고, 마지막 꼬리가 광양의 백운산, 억불봉이다. 정말 거대한 대룡이다. 이 거대한 대룡이 대룡산에서 서쪽을 향해 바로 앞 반룡마을을 여의주 삼고 멀리 보성읍 용문이라는 마을을 거쳐 승천하고자 준비 태세를 갖추고 있다.

대룡의 머리인 대룡산에서 용의 목 부분을 지난 몸통 맨 앞자리에는 말의 안장과 같은 편안한 산세를 제공하며 두 산 사이에 고개 하나가 위치해 있다. 방장산, 이드리재 그리고 주월산이다. 직선거리 3 Km쯤 되는 해발 530 m의 방장산과 해발

550 m의 주월산을 두 꼭짓점 삼아 완만한 포물선을 거꾸로 그려 낮아진 중간쯤에 해발 400 m의 이드리재[1]를 만들어 놓은 것이다. 멀리서 바라보면 방장산과 이드리재 그리고 주월산을 이은 능선은 마치 대룡이 승천할 때 함께할 귀인이 앉을 거대하고 편안한 좌석처럼 보인다.

이드리재에 올라 남쪽으로 시야를 멀리 하면, 고흥반도와 보성군 득량면 오봉산으로 둘러싸인 공간에 바닷물이 빼꼼하게 들어와 만든 큰 호수가 보인다. 이 호수는 본래 바다인지라 밀물과 썰물이 반복되는 데에 한 치의 어긋남이 없다. 밀물 때는 푸른 바다가 펼쳐져 더없이 아름다운 풍광을 제공하지만, 썰물 때는 뻘밭이 노출되어 황량한 잿빛으로 변한다. 바다와 접하는 경계선 안쪽에는 물이 부족한 지형적 한계를 극복하고자 저수지를 만들어 비교적 넓은 농토에 물을 공급하고 있었다. 이러한 지형적 환경에 의해 농토에서 나오는 농산물과 바다에서 채취할 수 있는 수산물을 동시에 쉽게 얻을 수 있으니 사람이 터를 잡고 살아가기에는 부족함이 없었다.

이드리재에서 남쪽으로 난 급한 산길을 따라 쭉 내려가면 보성군 조성면 산정촌(山亭村)이라는 마을이 나온다. 마을 중앙 평지에는 500여 년을 넘게 마을을 지켜 준 커다란 당산나무 한 그루가 자리 잡고 있고, 당산나무 왼쪽에 마을 우물로 쓰이는 석관수가 있다. 돌 사이에서 흘러나오는 특이한 우물은 아무리

---

1) 이드리재: 전라남도 보성군 조성면 산정촌과 겸백면 수남마을 사이의 고갯길.

가물어도 물이 마르지 않아 최초에 이 마을이 들어서게 된 원천적 이유였고, 따라서 예사로움을 벗어난 우물로 여겨졌다. 당산나무 뒤편의 비스듬한 터에는 큰 기와집이 자리 잡고 있는데, 그 집의 가장은 선무랑 최몽득(崔夢得)이요, 부인은 김해 김씨(金海 金氏)였다.

"하! 꿈이 생시같이 선명하네. 부인의 출산 날도 가까워지는데, 참말로 길몽이야……."

사랑채에서 잠을 깬 최몽득은 어젯밤의 꿈이 자꾸 뇌리를 스쳐 혼잣말로 중얼거렸다. 잠자리를 털고 일어난 최몽득은 김씨 부인이 거처하는 안채의 분위기를 살피며 당산나무 아래로 나와 뒷산을 바라보고 있었다. 멀리 방장산과 이드리재 그리고 주월산으로 이어지는 대룡의 안장은 오늘도 누구인지 모를 주인을 기다리고 있는 듯했다. 그런데 어젯밤의 꿈속에서, 새로 태어날 자신의 아이가 그 안장의 주인이 되어 대룡을 타고 하늘로 승천하지 않았던가! 놀라운 일이 아닐 수 없었다. 부정을 탈까 봐서 누구에게 함부로 말하기도 어려웠다.

"새로 태어날 아이가 범상치 않은 아이일 것 같은데, 건강하고 훌륭한 사람으로 자랄 수 있도록 천지신명님께서 도와주십시오!"

최몽득은 자신도 모르게 뒷산을 향해, 당산나무를 향해, 석천수(石泉水)를 향해 마음을 가다듬으며 기도를 올리고 있었다. 그리고 마을 앞을 바라보니 득량만의 바닷물이 들어와 푸른 호수가 더없이 맑고 깨끗해 보였다. 최몽득은 호수를 보고도 기도를 올렸다.

"응애! 응애! 응애!……."

힘찬 아이 울음소리는 마을이 떠나갈 듯 우렁찼다. 최몽득이 태몽을 꾼 지 이틀이 지나서였다. 김씨 부인은 출산 후 아이를 품으며 젖을 물리기 전에 아이의 얼굴을 쳐다보았다. 아이의 이목구비가 뚜렷하고 예사롭지 않은 기상이 느껴졌다.

"아이가 태어났습니다. 건강한 사내아이입니다."

출산 소식은 사랑채의 최몽득에게도 곧바로 전해졌다.

"선무랑의 꿈 이야기가 맞나 보다! 생김새부터 예사로운 아이는 아닌 듯해."

김씨 부인은 아이에게 젖을 먹이면서, 남편이 들려준 꿈 이야기를 생각하며 아이의 얼굴을 반복적으로 바라보았다. 기쁜 마음과 조심스러운 마음이 함께 들었다.

"부인! 수고 많으셨소! 그리고 고맙소! 빨리 회복하길 바라오."

"아닙니다. 서방님! 저의 소임을 다했을 뿐입니다. 그런데 아이의 이름은 지으셨습니까?"

"그렇소. 최억남(崔億男)이라고 지었소. 아가야! 너의 이름은 최억남이다. 최씨 집안에 억겁의 세월 동안 이름을 남길 남자! 이것이 너의 이름이니라. 이름을 널리 빛내도록 해라!"

최몽득은 김씨 부인에게 찾아와 감사와 격려의 말을 전했다.

그리고 아이를 안고 이름을 부르며 마음껏 축복해 주었다.
1559년(명종 14년, 음력, 이하 음력) 보성군 조성면 산정촌에
서 일어난 일이었다.

학문 시작

최몽득의 집은 안채와 사랑채 그리고 행랑채와 솟을대문으
로 구성되어 있었다. 본래 마을의 터가 산 중턱의 비스듬한 경
사지에 자리 잡았기 때문에 뒤의 안채나 가운데의 사랑채에서
도 멀리 득량만 호수가 시원스럽게 바라보였다. 솟을대문은 행
랑채와 담장으로 연결되어 커다란 기와집을 넓게 감싸 안고 있
어 고택의 분위기를 더욱 품격 있게 만들었다. 최몽득을 중심
으로 산정촌에 자리 잡은 탐진 최씨 문중에서는 마을 뒤에 길
게 버티고 있는 방장산, 이드리재, 주월산의 안과 너머 쪽의 드
넓은 산과 논밭을 소유하고 있었다. 탐진 최씨 보성 입향조 최
자완이 터를 잡으면서부터였다. 그의 후손인 최몽득은 김해 김
씨와의 사이에 두 명의 아들을 두었다. 첫째 아들이 최남정이
요, 둘째 아들이 최억남이었다. 최억남은 최남정보다 3살 아래
였다. 최억남은 최남정과 함께 최몽득으로부터 『천자문』, 『사
자소학』, 『추구집』, 『명심보감』을 배우고 있었다. 최남정은 문
인의 기질이 다소 많은 반면 무인의 기질이 없지 않았고, 최억
남은 어려서부터 기골이 보통 아이들과 사뭇 다르고 무인의 기
질이 풍부해 보였다.

"　天，　　地，　　玄，　　黃，
　하늘 천　땅 지　누를 황　검을 현

　宇，　　宙，　　洪，　　荒.　"
　집 우　　집 주　넓을 홍　거칠 황

"최억남! 뜻이 무엇인지 한번 말해 보아라."

"네. 아버님! 하늘은 위에 있으니 그 빛이 검고 그윽하고, 땅은 아래 있으니 그 빛이 누르며, 하늘과 땅 사이는 넓고 커서 끝이 없다는 뜻입니다."

"아이고, 우리 아들! 잘했다."

유년 시절의 최억남이 사랑채의 최몽득 앞에서 천자문을 읽고 있었다. 최몽득이 질문하면 최억남은 거침없이 대답하고 있었다. 최억남은 매일 쉬지 않고 공부에 전념하고 있었다.

"父生我身　母鞠我身　腹以懷我　乳以哺我."
　부생아신　모국아신　복이회아　유이포아

"아버지는 내 몸을 낳으시고 어머니는 내 몸을 기르셨도다. 배로써 나를 품어 주시고 젖으로써 나를 먹여 주셨도다."

최억남은 오늘도 최몽득에게 배운 『사자소학』을 외운 후 혼자 해석하고 있었다. 『사자소학』은 훌륭한 사람이 되기 위한 마음가짐과 행동의 기준을 담고 있는 훌륭한 글이었다. 최억남은 『사자소학』의 의미를 이해하고 실천하고자 다짐하고 있었다.

"天高日月明　地厚草木生　月出天開眼　山高地擧頭
천고일월명　지후초목생　월출천개안　산고지거두

高峰撑天立　長江割地去　碧海黃龍宅　靑松白鶴樓."
고봉탱천립　장강할지거　벽해황룡택　청송백학루

"하늘이 높으니 해와 달이 밝고, 땅이 두터우니 풀과 나무가 자라도다. 달이 나오니 하늘이 눈을 뜬 것이요, 산이 높으니 땅이 머리를 든 것이로다. 높은 봉우리는 하늘을 버티고 서 있고, 긴 강은 땅을 가르며 흘러가는구나. 푸른 바다는 황룡의 집이요, 푸른 소나무는 흰 학의 누대로다."[2]

최억남은 천지자연과 인간에 대한 내용을 주로 언급한 『추구집』을 공부하고 있었다. 최억남은 오언으로 된 대구(對句)들이 장차 한시를 쓰는 데 많은 도움이 될 것으로 판단하고 있었다.

"子曰　爲善者　天報之以福　爲不善者　天報之以禍."
자왈　위선자　천보지이복　위부선자　천보지이화

"공자 말씀하시길, 선을 행하는 자에게는 하늘이 복으로써 갚으며, 선하지 못한 자에게는 하늘이 이를 화로써 갚느니라."

"漢昭烈曰　勿以善小而不爲　勿以惡小而爲之."
한소열왈　물이선소이불위　물이악소이위지

"한나라 소열제는 말하기를, 선이 작다고 해서 이를 행하지 아니해서는 안 되며, 악이 작다고 해서 이를 범해서는 안 되느니라."

---

2) 원문:『추구집』 해설 출처: 전통문화연구회

"莊子曰　一日不念善　諸惡　皆自起."
장자왈　일일부염선　제악　개자기

"장자 가로되, 하루라도 선을 생각하지 않는다면 모든 악이
저절로 일어나느니라."

"太公曰　見善如渴　聞惡如聾　又曰　善事須貪　惡事莫樂."
태공왈　견선여갈　문악여롱　우왈　선사수탐　악사막악

"태공이 가로되, 선을 보거든 갈증 난 것 같이 하고, 악을 듣
거든 귀머거리와 같이 하라. 또 가로되, 착한 일은 모름지기
탐내서 하고 악한 일은 즐겨하지 말지어다."[3]

최억남은 소년 시절에 『사자소학』, 『추구집』에 이어 『명심보
감』까지 공부해 중국 고전에 나오는 선현들의 금언과 명구를
공부하고 있었다.

"얘들아! 여름이 한창인데 내일은 아침 먹고 이드리재의 선
산과 논밭들을 둘러보고 오자."

"재 너머 수남마을까지 가는 것입니까?"

"그래. 오랜만에 수남 아제에게 맡겨 놓은 논밭이 잘 관리되
고 있는지도 확인해야지?"

"네. 아버님!"

최몽득이 저녁 식사를 하면서 다음 날의 계획을 말하자 두
아들은 입을 맞춘 듯 동시에 대답하고 있었다.

---

3) 원문: 『명심보감』 해설 출처: 오양심, 한글(한국어)세계화운동연합.

"이번에도 아버지께서는 말을 타시고 우리는 걸어서 올라가는 것입니까?"

"그럼, 그렇게 해야지. 그런데 너희가 원하면 언제든지 태워 줄 수 있어."

최억남은 늘 그래 왔다는 듯 기분 좋은 표정으로 묻고 있었다. 최남정도 흐뭇한 표정으로 부친과 동생의 대화를 듣고 있었다. 집에 말이 한 마리뿐이어서 최몽득은 대개 자신이 말을 타고 두 아들은 걸어서 올라가게 했다. 그러다 아들이 힘들어하면 함께 타거나 홀로 타게 했던 것이었다.

"아버님! 출발하시지요?"

"그래 출발하자, 최남정!"

"최억남! 무인의 자세가 나오는데."

"흐흐……. 그런가요. 형님!"

최남정이 고삐를 최몽득에게 넘겨주며 출발을 권하고 있었다. 최억남은 직접 만든 활과 화살을 어깨에 메고 목검을 휘둘러 보고 있었다. 아직 어린 나이에 직접 만든 무기들이라 조잡하기는 했지만, 체격이 좋은 최억남에게서는 제법 무인의 품세가 풍겨 나오고 있었다.

"형님! 오늘도 이드리재까지 누가 먼저 올라가나 시합해 볼까요?"

"안돼. 날씨도 더우니 아버지께서 타신 말을 따라서 천천히 올라가자."

"난 싫어. 빨리 올라가서 기다릴래요."

"그럼, 그렇게 해."

최억남은 형 최남정에게 시합을 제안했지만 최남정은 동생을 이길 수 없다는 것을 알고 거절했다. 최몽득은 늘 말을 천천히 타고 올라가기 때문에 최억남은 속도를 내 빨리 올라가고 싶었던 것이다.

"이랴, 가자! 얘들아, 출발!"

최몽득이 말에 탄 채 양발 뒤꿈치로 박차를 가하고, 두 아들에게도 출발 명령을 내리니 오늘의 여정이 힘차게 시작되었다. 최몽득과 최남정은 말마저 힘들어하는 가파른 경사 길을 천천히 올라갈 수밖에 없었다. 그러나 최억남은 달랐다. 넘쳐 나는 체력을 주체할 수 없는 듯 빠른 속도로 목표 지점을 향해 나아갔다.

"아버님! 형님! 어서 오십시오. 이드리재 도착을 축하드립니다."

"말을 타고 천천히 올라와도 이렇게 힘든데. 대단하다. 최억남!"

"최억남! 이 형이 너의 체력은 인정한다."

이드리재 고갯길 정상에 먼저 도착해 있던 최억남은 최몽득과 최남정이 거친 숨을 쉬는 말과 함께 땀을 뻘뻘 흘리며 고개에 도착하자 웃음기 가득한 모습으로 두 손을 번쩍 들어 맞이하고 있었다. 최몽득이 말에서 내리며 최억남을 격려했고, 최남정 역시 동생의 체력을 인정하고 있었다. 최몽득과 두 아들은 물론 말도 득량만 바다로부터 불어온 시원한 바람으로 땀에 흠뻑 젖은 몸을 식히고 있었다. 밀물 때가 되어 드넓은 호수로 변한 득량만의 모습은 말할 수 없이 아름다운 풍광을 자랑하고 있었다.

"얘들아! 저기 동쪽에 보이는 주월산에서 이곳 이드리재를 지나 서쪽에 보이는 방장산까지, 그리고 발아래 남쪽으로 내려다보이는 산정촌의 뒷산들, 그리고 고개 너머 북쪽으로 멀리 보이는 수남마을 근처까지 모두 우리 문중의 산과 논밭인 줄 알고 있지?"

"네. 아버님!"

"이 넓은 산과 논밭을 조상님이 물려주셨다. 장차 너희가 중심이 되어 관리하고 후손에게 또 물려주어야 한다."

"네. 명심하겠습니다. 아버님!"

최몽득은 두 아들과 이드리재에 앉아 동서 방향의 주월산과 방장산, 남북 방향의 산정촌과 수남마을을 가리키며 그 안에 광활하게 자리하고 있는 집안의 선산과 전답들을 일일이 가리키며 대를 이어 관리할 것을 당부하고 있었다.

"아버님! 제가 먼저 말을 타고 방장산과 주월산 정상을 다녀올 테니 여기에서 쉬고 계십시오."

"그렇게 해라. 낙마했을 때는 절대로 고삐를 놓으면 안 된다."

"네. 염려 마십시오. 잘 알고 있습니다. 출발이다. 이랴! 가자."

최억남은 말에 올라타 박차를 가하고 채찍을 휘두르며 먼지를 뿌옇게 일으키며 달리고 있었다. 말 위에 앉아 활과 화살을 어깨에 메고 한 손에는 고삐를, 다른 손에는 목검을 들고 달리는 모습은 마치 꼬마 병정이 전쟁터로 향하는 듯한 착각을 일으킬 정도였다. 최억남은 최몽득으로부터 말을 탈 때 낙마를 조심해야 한다는 가르침을 귀가 닳도록 들어 왔다. 낙마는 큰 사고로 이어질 수 있으니 낙마했을 때는 절대로 고삐를 놓지 않는 것이 말타기의 필수 안전 수칙이었다. 최억남은 방장산 정상을 거쳐 다시 이드리재로 달려들더니 반대편의 주월산 정상까지 달렸다. 그리고 정상에서 손짓으로 신호를 보낸 다음 다시 달려 내려오고 있었다. 빠른 속도를 자랑하며 손으로는 목검을 휘두르고 있었다.

"아버님! 형님! 다녀왔습니다."

"우리 산에 별다른 이상은 없더냐?"

"네. 아버님! 특별한 이상 없이 잘 보존된 것 같습니다."

"수고했다. 최억남!"

최억남은 말을 달리며 방장산과 주월산 정상과 주변의 문중 산들을 살펴본 결과를 보고하고 있었다. 최억남에 이어 최남정도 말을 타고 방장산 북쪽에 펼쳐진 드넓은 구릉 지대로 달려갔다 왔다. 그러나 최남정의 말 타는 실력은 최억남에 미치지 못했다. 최몽득은 두 아들에게 어린 시절부터 조심스럽게 말타기를 가르쳐 왔다. 따라서 두 아들은 이미 말에 어느 정도 익숙해져 있었던 것이다.

혈맥

최몽득은 두 아들과 함께 이드리재 너머 북쪽 수남마을 근처까지 내려가서 문중 소유의 산과 논밭을 살펴보고 다시 이드리재로 돌아왔다. 임야와 전답의 관리에 특별한 이상은 없었고 수남마을에 사는 아제도 농사를 잘 짓고 있었다. 일행은 이드리재 쉼터에 도착한 다음 늦은 점심을 먹었다. 최남정은 집에서 준비해 온 점심과 물을 빠르게 차렸다. 점심을 먹은 후 최몽득은 이곳에 터를 잡은 탐진 최씨 조내파[4]의 조상에 대해 설명했다.

"우리 산정촌 최씨의 본관은 탐진이고, 시조는 고려 인종 때 어의(御醫)로 이자겸의 난을 평정하는 데 공을 세워 삼한후벽공신에 오르고, 문하시랑평장사를 지낸 장경공 최사전(崔思全)이시란다. 장경공의 할아버지는 최철(崔哲), 아버지는 최정(崔靖)이셨단다. 최철은 상약원 직장을 지내셨으며, 최정은 장작감을 지내셨단다."

최몽득은 엄숙한 표정으로 계속 말을 이어 갔고, 두 아들은 더 가까이 다가가 귀를 기울이고 있었다.

---

4) 조내(兆內): 전라남도 보성군 조성면의 옛 이름.

"우리 탐진 최씨 조내파의 중시조는 최총(崔總)이신데, 고려 때 문과에 급제한 후 중추원사에 이르고 영암군에 봉해졌으나 고려가 망하자 불사이군의 충절을 보이셨단다. 그분의 아들이 최표(崔彪)이신데, 고려 말 목은 이색의 제자로 안동부사, 참지정사 평장사에 이르고 권근, 정도전 등과 도의로써 교의했지만 고려 왕조에 정충고절(貞忠苦節)의 마음을 발휘해 스스로 은적하셨단다. 권근과 정도전은 알다시피 이성계를 도와 조선의 개국 공신이 된 사람들이 아니더냐?"

최몽득은 훌륭한 조상을 생각하는 듯 눈을 지그시 감고 말을 이어 가고 있었다.

"또 그분의 아들이 최귀령(崔龜靈)이신데 이방원이 형제들을 살해한 후 왕이 되고, 왕이 되어서도 처남들과 사돈까지 죽이는 것을 보고 은거하며 살다가 세종 때 이르러서야 세상이 바로 돌아가는 것을 보고 과거에 합격해 담양부사를 지내셨단다. 그런데 또 세조가 조카 단종을 유배 보낸 후 죽이고 왕위를 찬탈하니 벼슬을 버리고 자신을 동림처사라 칭하며 다시 평생을 은거하며 사셨단다. 사림(士林)에서는 최총, 최표, 최귀령을 높이 존경하며, 한 가문에서 3대에 걸쳐 3명의 절신을 배출했다고 지금까지도 칭송하고 있단다."

최몽득의 목소리가 미세하게 떨리고 있었다. 아무리 사람들의 칭송을 받는다고 해도 후손으로서 안타까움을 금할 수 없었던 것이었다. 최억남과 최남정도 최몽득의 심정을 이해하는지

숨을 죽이고 조상의 이야기를 듣고 있었다. 최몽득은 한동안 생각에 잠겨 있다가 말을 이어 갔다.

"최귀령 할아버지께는 아들이 세 분 계셨는데, 첫째 아들 최자완(崔自完)은 인재가 많아 학문하기 좋은 보성에, 둘째 아들 최자청(崔自淸)은 경치가 뛰어난 화순 동복에, 셋째 아들 최자유(崔自維)는 본인이 부사로 재직했던 담양에 살게 하셨단다. 그중 첫째 아들인 최자완 할아버지가 우리의 직계 선조이신데 그분께서 이곳 조성 산정촌에 근거지를 잡으시며 방장산과 주월산 그리고 이드리재 주변의 넓은 산과 평원 지대, 마을의 뒷산은 물론 이드리재 너머 수남마을까지 많은 산과 넓은 농지들을 소유하게 되었단다. 물론 여기에 그치지 않고 저기 북쪽에 보이는 둔터와 석둘 뒷산들은 물론 많은 농지도 소유하게 되었지."

최억남과 최남정은 눈빛을 반짝거리며 최몽득의 이야기를 듣고 훌륭한 조상의 뒤를 꼭 이어야겠다고 마음먹고 있었다. 그런데 최몽득이 갑자기 자리를 털면서 일어나더니 한마디를 던졌다.

"최귀령 할아버지께서는 저기 앞에 보이는 득량만의 넓은 바다가 농토로 변하면 후손들이 이곳을 떠나 산 너머 마을로 이사를 해야 가문의 부와 명예가 이어질 것이라는 알 듯 모를 듯한 말씀을 남기셨다고 한다."

최몽득은 마지막 말의 여운으로 헛기침을 하면서 이야기를 마쳤다. 최몽득과 최남정은 다시 가파른 길을 따라 천천히 집으로 내려가고, 최억남은 날쌘 몸으로 힘차게 달려 내려가고 있었다.

양손자 입적

최몽득의 집에 일가 사람들이 많이 모여 오랜 시간 동안 진지하게 문중 회의를 진행하고 있었다. 문중 회의를 마치고 일가 사람들이 돌아간 후 최몽득은 두 아들을 불러 모았다.

"최억남! 최처호 작은할아버지가 계시지 않니? 너도 알다시피 그분께 후손이 없어서, 오늘 문중 회의에서 너를 양손자로 입적하기로 결정했는데 어떻게 생각하니?"

"양손자요? 그래서 문중 회의를 개최했군요?"

"그래. 그렇단다."

"네. 아버님! 오래전부터 각오하고 있었습니다. 제가 양손자로 가서 작은할아버지와 작은할머니를 잘 모시겠습니다."

최몽득은 둘째 아들 최억남에게 계공랑 최처호(崔處浩) 숙조부의 양손자로 입적이 결정되었음을 통보하고 있었다. 최억남은 친조부가 돌아가신 관계로 평소 최처호를 무척 따랐고 언젠가는 양손자가 되어야 한다는 말도 자주 들었던 터인데 오늘 문중 회의에서 최종적으로 결정된 것이었다. 최억남은 양손자의 길을 기쁘게 승낙하고 있었다. 최몽득은 아들들에게 가계도를 알려 주기 위해 설명을 이어 갔다.

"이곳 산정촌에 터를 잡은 입보성(入寶成)[5] 할아버지는 생원 최자완이시다. 최자완 할아버지의 큰아들이 진사 최옥지(崔玉之)이신데 그분에게 아들이 세 분 계셨단다. 생원으로 기자전 참봉을 지낸 최흡(崔潝), 형조참의를 역임한 최준(崔濬), 도화원 별제까지 오른 최경(崔涇)이 그분들이시다. 최준 할아버지께서 아들이 없어 최흡 할아버지의 두 아들 어모장군 창주진병마첨절제사 최처순(崔處洵)과 계공랑 최처호 중 둘째 최처호 할아버지가 양자로 가셨단다. 그런데 또 최처호 할아버지의 손이 끊길 상황이 되었단다. 그러나 최처순 할아버지의 아들인 내가 독자여서 양자로 갈 사람이 없었지. 다행히 내가 아들이 둘이니 둘째 최억남이 네가 최처호 할아버지께 양손자로 가게 된 것이다."

최몽득은 이해하기 어려운 복잡한 가족 관계를 쉽게 설명하려고 노력했다. 그리고 또 말을 이어 갔다.

"최경 할아버지는 후손이 끊겼는데 잇지를 못해 아쉬움이 크단다. 그분은 어려서부터 그림에 뛰어난 소질을 보여 아이들과 함께 놀면서 소 채찍으로 땅을 그어 인물과 나귀와 말의 형상을 그렸는데, 매우 생기 있어 촌부들이 모두 이 아이는 그림으로 출세할 거라 했다고 한다. 그 후 최경 할아버지는 도화원 생도가 되어 화업에 정진해 도화원의 최고직인 별제까지 오르셨지. 그리고 성종 때 세종의 비인 소헌 왕후,

---

5) 입보성(入寶城): 보성에 처음 들어와 터를 잡은 조상에게 붙임.

세조, 예종, 세조의 세자인 덕종의 어용(御容)을 성공적으로 그리셨단다. 성종으로부터 사랑을 받아 여러 차례 당상관에 제수되기도 했으나 도화원 출신이 당상관이 되는 예가 없다고 반대하는 신하들에 의해 할 수 없이 매번 취소되었단다. 최경 할아버지는 도화서의 동료인 안귀생, 배련 등과 함께 활약했고 당대에 산수화는 안견, 인물화는 최경으로 일컬어질 정도였단다. 최경은 진사 최옥지 할아버지의 셋째 아들이었지만 그림 그리는 일을 천시해 문중에서 대접받지 못했기 때문에 평생 고향과 집안을 밝히지 않고, 그냥 안산에 사는 염부의 아들이라고 하면서 살아가셨단다."

최몽득의 이야기를 듣던 두 아들은 최경 조상의 존재에 대한 새로운 사실을 알고 놀랍고도 안타까운 듯한 표정을 지었다.

"네. 아버님! 너무 상심하지 마십시오. 저희도 최경 할아버지의 손이 끊어진 것이 안타깝습니다. 그러니 제가 형과 상의해서 제사라도 잘 모시도록 하겠습니다."

최억남은 이렇게 최몽득의 아들에서 최처호의 양손자가 되었고, 최처호 숙조부모를 친조부모로 극진히 모시게 되었다. 그리고 최경 숙조부의 손을 잇지는 못했지만 제사는 꼬박꼬박 챙겨 지내 드리게 되었다.

유교 경전

최억남이 최처호 숙조부와 영광 김씨 숙조모의 양손자로 입적되어 거처를 옮겨 생활한 지도 벌써 몇 년이 흐르고 있었다. 최억남의 외모도 청년의 모습으로 점점 변해 가고 있었다. 최처호의 집은 최몽득의 집보다는 작지만 짜임새 있게 지어진 고풍스러움이 묻어나는 기와집이었다. 특히 마을 뒤편에 높게 자리 잡고 있어 득량만의 바다 풍광을 더 시원하게 내려다볼 수 있다는 점과 뒷산 이드리재로 오르는 길이 바로 연결되어 마음껏 산으로 오르내릴 수 있다는 점이 좋았다. 최억남은 낮에는 말을 타고 대자연을 누비며 호연지기를 키우고, 밤에는 『사자소학』, 『추구집』, 『명심보감』을 복습해 쓰고 외우기를 반복하고 있었다. 최처호는 손자 최억남의 학문이 익어 가니 진로를 결정해야 할 때라고 판단하고 있었다.

"할아버님! 저는 무인의 길을 가겠습니다."

"그래. 우리 손자가 무인의 자질이 충분하지. 그러나 문인이 되면 좋은 점이 더 많을 수도 있을 텐데?"

"그래도 저는 무인의 길을 가되 할아버지처럼 손에서 책을 놓지 않는 사람이 되겠습니다."

"그래. 훌륭한 생각이다. 우리 손자가 원하는 대로 무인의 길을 걷되 경전 공부도 계속해 무과 합격의 영광을 꼭 안기를 바란다."

"네. 명심하겠습니다. 할아버님!"

최처호는 청년이 된 최억남과 진로를 상의하고 있었다. 물론 최억남이 무인의 길을 선택할 것으로 생각하고 있었지만 다시 한번 그의 뜻을 확인하고자 한 것이었다. 의문의 여지 없이 무인의 길을 가겠다는 대답이 돌아왔다. 그런데 최처호는 손에서 책을 놓지 않은 무인이 되겠다는 최억남의 말에 감탄하고 있었다. 최처호는 최억남이 무인의 길을 걷기로 결정한 후부터 무과 시험에 합격하도록 도와야 한다고 생각하고 있었다. 무과 시험에서는 무예 외에 강서(구술)를 준비해야 하는데 사서오경인 『논어』, 『맹자』, 『중용』, 『대학』, 『시경』, 『서경』, 『역경』, 『예기』, 『춘추』 가운데에서 1개, 『경국대전』 1개, 『통감』, 『병요』, 『장감박의』, 『무경』, 『소학』 가운데에서 1개, 무경칠서인 『손자』, 『오자』, 『사마법』, 『울요자』, 『이위공문대』, 『삼략』, 『육도』 가운데에서 1개로 총 4개 과목을 치러야 했다. 최처호는 비록 계공랑이라는 하급 문관의 벼슬을 했지만, 평생 책을 놓지 않았던 터라 학문이 어느 정도는 갖추어져 있었다. 그래서 최억남에게 필요한 유교 경전과 병법서 등을 가르칠 수준은 되었던 것이었다.

"子曰, 學而時習之 不亦說乎 有朋自遠方來
자왈 학이시습지 불역열호 유붕자원방래

不亦樂乎 人不知而不慍 不亦君子乎."
불역낙호 인부지이불온 불역군자호

"무슨 뜻인지 말해 보거라."

"네. 할아버님! '공자님이 말씀하시기를, 배우고 때로 익히면 또한 기쁘지 아니한가? 친구가 멀리서 찾아오면 또한 즐겁지 아니한가? 사람들이 나를 알아주지 않아도 원망하지 않는다면 어찌 군자가 아니겠는가?'입니다."

"그래. 우리 손자 잘한다. 그렇게 계속 공부하면 어렵지 않을 거야."

"네. 할아버님! 글공부를 게을리하지 않겠습니다."

최억남이 최처호 앞에서 『논어』의 「학이」편을 읽고 풀이하고 있었다. 학습할 때의 기쁨과 멀리 있는 친구가 방문할 때의 즐거움, 군자의 길 등을 가르치는 내용이었다. 처음에는 쉽지 않았지만 한 술에 배부를 수는 없는 법이라 최처호는 만족하고 있었다.

"盟子見梁惠王　王曰　叟不遠千里而來　亦將有以利吾國乎
맹자견양혜왕　왕왈　수불원천리이래　역장유이리오국호

孟子對曰　王何必曰利　亦有仁義而已矣
맹자대왈　왕하필왈리　역유인의이이의

王曰何以利吾國　大夫曰何以利吾家
왕왈하이리오국　대부왈하이리오가

士庶曰何以利吾身　上下交征利以國危矣
사서왈하이리오신　상하교정리이국위의

萬乘之國　弑其君者　必千乘之家
만승지국　시기군자　필천승지가

千乘之國　弒其君者　必百乘之家
천승지국　시기군자　필백승지가

萬取千焉　千取百焉　不爲不多矣
만취천언　천취백언　불위부다의

苟爲後義而先利　不奪不饜
구위후의이선리　불탈불염

未有仁而遺其親者也　未有義而後其君者也
미유인이유기친자야　미유의이후기군자야

王亦日仁義而已矣 何必日利."
왕역왈인의이이의 하필왈리

"맹자가 양혜 왕을 접견하자 양혜 왕이 말했다. 노인께서 천리를 멀지 않다고 오셨는데, 장차 내 나라를 이롭게 해 주시는 것이 있겠습니까? 맹자가 대답하길, 왕께서는 하필이면 이를 말씀하십니까? 단지 인의가 있을 뿐입니다. 왕께서 어떻게 내 나라를 이롭게 하시겠습니까 하시면, 대부는 어떻게 우리 가문을 이롭게 하시겠습니까 할 것이고, 선비와 백성들은 어떻게 내 자신을 이롭게 하시겠습니까 할 것이니, 위아래가 서로 이를 취하면 나라가 위태할 것입니다. 만 승의 나라에 그 인군을 죽이는 자는 반드시 천 승의 가문이요, 천 승의 나라에 그 인군을 죽이는 자는 반드시 백 승의 가문일 것입니다. 만이 천을 취하며, 천이 백을 취함이 많지 않음이 아니지만, 의를 뒤에 행하고 이를 먼저 행하면 뺏지 않으면 만족하지 않을 것입니다. 어진 자가 그 어버이를 버리는 일이 있지 않으며, 의로운 자가 그 인군을 뒤에 서게 하는 일은 있지 않습니다. 왕께서도 인의를 말씀하셔야 하는데 하필이면 이익을 말씀하십니까?"[6]

최억남이 최처호 앞에서 『맹자』의 「양혜 왕」 편을 배우고 있었다. 학습 수준은 날이 갈수록 심화되어 가는 것 같았다. 나라의 이익을 먼저 생각하는 양혜 왕의 말에 대해 맹자는 인과 의의 중요성을 강조하고 있었다. 최억남은 맹자의 훌륭한 말에 동의하는 마음으로 고개를 끄덕이고 있었다.

"天命之謂性　率性之謂道　脩道之謂教
천명지위성　솔성지위도　수도지위교

道也者　不可須臾離也　可離非道也
도야자　불가수유리야　가리비도야

是故君子　戒愼乎其所不睹　恐懼乎其所不聞
시고군자　계신호기소불도　공구호기소불문

莫見乎隱　莫顯乎微　故君子　愼其獨也
막견호은　막현호미　고군자　신기독야

喜怒哀樂之未發　謂之中　發而皆中節　謂之和
희로애락지미발　위지중　발이개중절　위지화

---

6) 원문: 『맹자』 해설 출처: 도라, 도라의 고전.

中也者　天下之大本也　和也者　天下之達道也
중야자　천하지대본야　화야자　천하지달도야

致中和　天地位焉　萬物育焉."
치중화　천지위언　만물육언

"하늘이 명한 것을 성이라 하고, 성을 따르는 것을 도라 하고, 도를 닦는 것을 교라고 합니다. 도라고 하는 것은 잠시도 떠날 수 없는 것이니, 떠날 수 있는 것은 도가 아닙니다. 그러므로 군자는 남이 보지 않을 때도 삼가며, 남이 듣지 않을 때도 두려워해야 합니다. 숨은 것보다 잘 드러나는 것이 없고, 아주 작은 것보다 잘 드러나는 것이 없으니, 그러므로 군자는 홀로 있을 때도 삼가야 합니다. 기쁨과 성냄, 슬픔과 즐거움이 밖으로 드러나지 않고 있는 상태를 중이라 하고, 밖으로 드러났으나 다 절도에 알맞으면 이것을 화라고 합니다. 중이라고 하는 것은 천하의 큰 근본이고, 화라고 하는 것은 천하에 두루 통용되는 도입니다. 중화를 지극히 하면 만물이 다 순응됩니다."[7]

역시 최억남은 최처호로부터 『중용』의 중심 내용을 배우고 있었다. 『중용』은 유교의 핵심 논리를 담고 있었다. 성(誠)-도(道)-교(教)의 관계를 밝히고, 군자는 홀로 있을 때까지도 삼가해야 하며, 중화를 통해 만물의 원리에 순응해야 한다고 가르치고 있었다. 처음에 접했을 때는 정말 어려운 내용이었는데

---

7) 원문: 『중용』 해설 출처: 김대표, 경영과 역량 개발.

읽을수록 이해가 되고 깊이 있는 가르침이라는 것을 최억남은
깨닫고 있었다.

"大學之道　在明明德　在親民　在止於至善
　대학지도　재명명덕　재친민　재지어지선

知止而后有定　定而后能靜　靜而后能安
지지이후유정　정이후능정　정이후능안

安而后能慮　慮而后能得
안이후능려　려이후능득

物有本末　事有終始　知所先後　則近道矣
물유본말　사유종시　지소선후　즉근도의

古之欲明明德於天下者　先治其國　欲治其國者
고지욕명명덕어천하자　선치기국　욕치기국자

先齊其家　欲齊其家者　先脩其身
선제기가　욕제기가자　선수기신

欲脩其身者　先正其心　欲正其心者　先誠其意
욕수기신자　선정기심　욕정기심자　선성기의

欲誠其意者　先致其知
욕성기의자　선치기지

致知在格物　物格而后知至　知至而后意誠
치지재격물　물격이후지지　지지이후의성

意誠而后心正　心正而后身脩　身脩而后家齊
의성이후심정　심정이후신수　신수이후가제

家齊而后國治　國治而后天下平
가제이후국치　국치이후천하평

自天子以至於庶人　壹是皆以脩身爲本
자천자이지어서인　일시개이수신위본

其本亂而末治者　否矣
기본난이말치자　부의

其所厚者薄　而其所薄者厚　未之有也."
기소후자박　이기소박자후　미지유야

"대학의 도는 밝은 덕을 밝히고, 백성을 새롭게 하고, 지극한 선에 머무르는 데 있습니다. 머물 줄 안 후에야 정립할 수 있고, 정립한 후에야 평정할 수 있고, 평정한 후에야 안정할 수 있고, 안정한 후에야 사려할 수 있고, 사려한 후에야 달성할 수 있습니다. 사물에는 본말이 있고 일에는 시작과 끝이 있으니, 그 선후를 가릴 줄 안다면 곧 도에 가깝습니다. 옛날 천하에 밝은 덕을 밝히려는 자는 우선 자기 나라를 다스렸고, 나라를 다스리려는 자는 우선 자기 가정을 다스렸고, 가정을 다스리려는 자는 우선 자기를 닦았고, 자기를 닦으려는 자는 우선 마음을 바르게 했고, 마음을 바르게 하려는 자는 우선 뜻을 참되게 했고, 뜻을 참되게 하려는 자는 우선 올바른 앎에 도달했습니다. 올바른 앎에의 도달은 격물에 달려 있습니다. 사물의 이치를 연구해 끝까지 따지고 파고들어 궁극에 도달하면 그 연후에 올바른 앎에 이르고, 앎에 도래한 연후에 뜻이 참되어지고, 뜻이 참되어진 연후에 마음이 바르게 되고, 마음이 바르게 된 연후에 수신이 되고, 수신이 된 연후에 가정이 다스려지고, 가정이 다스려진 연후에 나라가 다스려지고, 나라가 다스려진 연후에 천하가 태평해집니다. 천자에서 서민에 이르기까지 한결같이 수신이 근본입니다. 근본이 바르지 못한데 끝이 잘된 경우란 없습니다. 중시해야 할 것을 경시하고, 경시해야 할 것을 중시하고서 잘된 경우란 아직 없습니다."[8]

최억남은 최처호로부터 『대학』의 핵심 내용도 배우고 있었다. 『대학』은 유교의 근본이념을 명확하고도 일관된 체계로 정립한 경전으로 삼강령과 팔조목으로 구성되어 있었다. 삼강령은 명명덕(明明德), 신민(新民·親民), 지어지선(止於至善)이고, 팔조목은 격물(格物), 치지(致知), 성의(誠意), 정심(正心), 수신(修身), 제가(齊家), 치국(治國), 평천하(平天下)라는 것을 알게 되었다. 그리고 격물(格物)은 사물의 이치를 연구해 끝까지 따지고 파고들어 궁극에 도달하는 것이고, 치지(致知)는 사물의 도리를 깨닫는 경지에 이른다는 것도 알게 되었다. 최억남은 만만치 않은 유교 경전이었지만 중요한 부분만큼은 반드시 반복 학습해야 무과 시험에 합격할 수 있고 보다 인간다운 삶을

---

8) 원문: 『대학』. 해설 출처: 대순진리회, 『대순회보』.

살아갈 수 있다는 사실을 다시금 되새기고 있었다.

병법서

최처호는 손자 최억남이 꿈을 실현하기 위해서는 반드시 병법서에 통달해야 한다는 것을 알고 있었다. 비록 문관 출신이어서 병법서를 체계적으로 접해 보지는 않았지만 평생 책을 가까이하며 살았기에 병법서에 대한 기본 상식은 갖추고 있었다. 따라서 완성된 지식을 가르친다기보다는 최억남과 함께 공부하는 방법으로 가르침을 주었다. 최억남도 무인으로서 꼭 필요한 병법서는 다른 유교 경전 공부보다 더욱 열심히 배울 필요가 있음을 깨닫고 있었다.

"최억남! 병법서는 무경칠서에 속하는 『오자병법(吳子兵法)』과 『손자병법(孫子兵法)』을 중심으로 공부하고, 요즘 시중에서 유행하는 『삼십육계(三十六計)』에 대해서도 공부해 보자."

"네. 할아버님! 병법서를 공부한다고 생각하니 마음이 벅차오릅니다."

"그래. 무인의 길을 가고자 하니 그렇겠지. 한번 열심히 공부해 보자꾸나."

최처호는 최억남에게 가장 널리 읽히는 병법서들을 가르치기 시작했다. 최억남은 병법서 공부가 유교 경전 공부에 비해 어렵지 않고 무인으로 활동할 때 직접 활용할 것들이어서 정말로 흥미를 느끼고 있었다.

"최억남! 『오자병법』과 『손자병법』의 큰 특징적 차이는 무엇이라고 보느냐?"

"네. 할아버님! 『오자병법』은 유교 철학에 기초한 정공법 전략의 병법서이고, 『손자병법』은 도교 철학에 기초한 속임수 전략의 병법서로 알고 있습니다."

"그래. 도교를 아느냐?"

"잘은 모르지만, 노자의 무위 사상을 철학적 바탕으로 한 가르침으로 알고 있습니다."

"그래. 맞다!"

최억남이 먼저 공부하고 있는 병법서는 유교 사상을 바탕으로 정공법을 택한 『오자병법』과 도교 사상을 바탕으로 상대의 허를 찌르는 속임수를 택한 『손자병법』이었다. 따라서 『오자병법』은 주로 장기전에 유용하고 『손자병법』은 단기전에 유용한 것이었다. 최억남이 무인으로 꿈을 이루기 위해서는 두 가지 병법서를 모두 섭렵할 필요가 있었다. 그리고 당시 유행하던 병법서인 『삼십육계』도 공부할 필요가 있었다. 『삼십육계』는 그동안 전해 내려온 병법 중에서 훌륭한 전략·전술을 한데 모아 놓은 병법서였다.

"『오자병법』부터 공부해 보자."

"네. 할아버님!"

최억남은 최처호와 함께 『오자병법』 중 일부를 발췌해 공부하기 시작했다.

"凡制國治軍 必敎之以禮　勵之以義 使有恥也
　범제국치군 필교지이례　려지이의 사유치야

夫人有恥 在大足以戰　在小足以守矣."
부인유치 재대족이전　재소족이수의

"무릇 나라를 잘 다듬고 군사력을 기르려면 반드시 예로써
가르치고, 의를 권장하고 백성으로 하여금 부끄러움을 알게
해야 합니다. 무릇 사람이 부끄러움이 있으면 크게는 전쟁하
기에 족하고 작게는 지키기에 족합니다."

"民有膽勇氣力者 聚爲一卒
　민유담용기력자 취위일졸

樂以進戰效力以顯其忠勇者聚爲一卒
낙이진전효력이현기충용자취위일졸

能踰高超遠 輕足善走者 聚爲一卒
능유고초원 경족선주자 취위일졸

王臣失位而欲見功於上者 聚爲一卒
왕신실위이욕견공어상자 취위일졸

棄城去守 欲除其醜者 聚爲一卒　此五者 軍之練銳也
기성거수 욕제기추자 취위일졸　차오자 군지연예야

有此三千人　內出可以決圍　外入可以屠城矣."
유차삼천인　내출가이결위　외입가이도성의

"백성 중에서 대담하고 용감하며 기력이 있는 자를 모아서
한 부대로 삼고, 즐거이 싸움터로 나아가 힘을 쓰고 그 충성
과 용맹을 나타내려는 자를 한 부대로 삼고, 높은 곳을 넘고
멀리 뛰어 건널 수 있으며 발이 빨라 잘 달릴 수 있는 자를
한 부대로 삼고, 왕의 신하로서 직위를 잃고 위에 공을 보이
려는 자를 한 부대로 삼고, 성을 버리고 수비를 벗어나 그 추
함을 없애려는 자를 한 부대로 삼으십시오. 이 다섯은 군의
정예입니다. 이러한 3천 명이 있으면 안에서 나가려면 포위
망을 깰 수 있고 밖에서 들어가려면 성을 함락할 수 있습니
다."

"凡人論將 常觀於勇　勇之於將 乃數分之一爾
　범인논장 상관어용　용지어장 내수분지일이

夫勇者必輕合　輕合而不知利 未可也."
　부용자필경합　경합이부지리 미가야

"보통 사람은 장수를 논하면서 통상 용기를 봅니다. 용기란
장수에 있어서 다만 여럿 중 하나일 뿐입니다. 무릇 용장은
반드시 가볍게 싸우려 합니다. 가볍게 싸우고 이로움을 모르
면 아직 훌륭한 장수라고 할 수 없습니다."[9]

최억남은 최처호의 가르침을 받으며 『오자병법』의 「도국」
편과 「논장」 편을 읽고 해석하고 있었다. 최처호는 입가에 옅

---

9) 원문: 『오자병법』 해설 출처: 서하, 카카오 스토리.

은 미소를 지으며 만족하고 있었다. 아직 공부의 시작 단계였지만 최억남의 마음은 한없이 기대에 부풀어 있었다. 『오자병법』은 원래 48편으로 구성되어 있는데 「도국(圖國)」, 「요적(料敵)」, 「치병(治兵)」, 「논장(論將)」, 「응변(應變)」, 「여사(勵士)」의 6편만 전해 내려오고 있었다. 「도국」 편에서는 자기를 알기 위한 것으로 치국의 원칙, 나라를 잘 다스린 뒤에 출병, 전쟁의 원인과 성격, 인재 등용의 중요성을, 「요적」 편에서는 남을 알기 위한 적정 분석의 방법, 적의 강약과 허실을 판단하고 승리할 수 있는 방법을, 「치병」 편에서는 군대를 다스리는 것으로 장병의 교육, 훈련, 편성 및 장비 등 승리의 요건을, 「논장」 편에서는 장수에 대한 것을, 「응변」 편에서는 임기응변을, 「여사」 편에서는 병사를 격려하는 방법을 언급하고 있었다.

"다음은 『손자병법』을 공부해 볼까?"

"네. 할아버님! 말로만 듣던 『손자병법』인데 빨리 공부해 보고 싶습니다."

최억남은 『손자병법』 「시계」 편을 공부하기 시작하면서 궁금증에 못 이겨 최처호를 조르는 듯했다.

"故經之以五事　校之以七計　而索其情
　고경지이오사　교지이칠계　이색기정

一曰道　二曰天　三曰地　四曰將　五曰法　道者
일왈도　이왈천　삼왈지　사왈장　오왈법　도자

令民與上同意也　故可與之死　可與之生　而不畏危也
영민여상동의야　고가여지사　가여지생　이불외위야

天者　陰陽　寒暑　時制也　地者　遠近　險易　廣狹
천자　음양　한서　시제야　지자　원근　험이　광협

死生也　將者　智信仁勇嚴也　法者　曲制　官道　主用也
사생야　장자　지신인용엄야　법자　곡제　관도　주용야

凡此五者　將莫不聞　知之者勝　不知者不勝
범차오자　장막불문　지지자승　부지자불승

故校之以七計　而索其情　曰　主孰有道
고교지이칠계　이새기정　왈　주숙유도

將孰有能　天地孰得　法令孰行　兵衆孰强
장숙유능　천지숙득　법령숙행　병중숙강

士卒孰鍊　賞罰孰明　吾以此知勝負矣."
사졸숙련　상벌숙명　오이차지승부의

"고로 다섯 가지 원칙과 일곱 가지 계산으로 비교해 피아의
상황을 정확히 탐색해야 합니다. 첫째는 도이고, 둘째는 하
늘이고, 셋째는 땅이고, 넷째는 장군이고, 다섯째는 군법입니
다. 도는 백성들이 상층부와 뜻을 같이하게 하는 것입니다.
이로써 더불어서 죽을 수 있고, 이로써 더불어서 살 수 있게
하니, 위급함을 두려워하지 않습니다. 하늘이란 낮과 밤, 추
위와 더위에 따른 시간의 제약을 말합니다. 땅이란 멀고 가

까움, 평탄하고 험함, 넓고 좁음, 그리고 생지인가 사지인가 하는 것입니다. 장수는 지혜, 신의, 인의, 용기, 그리고 엄격함이 있어야 합니다. 법이란 곡제, 관도, 주용에 대한 것입니다. 이 다섯 가지는 장군이라면 마땅히 모르는 이가 없어야 할 것이니, 아는 자는 승리하고, 모르는 자는 이길 수 없을 것입니다. 고로 적과 아군을 비교하는 데 있어서 일곱 가지를 계산하고, 정밀하게 만족하는지를 물어봐야 합니다. 지도자가 도를 확보했는가? 장군이 유능한가? 천시와 지리는 잘 숙지했는가? 법령은 엄격하게 집행되는가? 어느 군대가 더 강한가? 병사들은 잘 훈련되었는가? 상벌은 공정한가? 나는 이를 통해서 승패를 알 수 있다고 했습니다."[10]

최억남은 『손자병법』을 공부하면서 전쟁을 위해 필요한 지식이 실감 나게 적혀 있는 것이 신기할 따름이었고, 배움의 즐거움은 배가되고 있었다. 최처호는 이런 최억남을 보고 흐뭇하기 이를 데 없었다. 『손자병법』은 「시계(始計)」, 「작전(作戰)」, 「모공(謀攻)」, 「군형(軍形)」, 「병세(兵勢)」, 「허실(虛實)」, 「군쟁(軍爭)」, 「구변(九變)」, 「행군(行軍)」, 「지형(地形)」, 「구지(九地)」, 「화공(火攻)」, 「용간(用間)」 등의 13편으로 구성되어 있었다. 「시계」 편에서는 싸우기 전에 헤아릴 것을, 「작전」 편에서는 속전속결로 매듭지을 것을, 「모공」 편에서는 지피기지를 실천할 것을 언급했다. 「군형」 편에서는 공격과 수비를 겸할 것

---

10) 원문: 『손자병법』 해설 출처: 미루, 브런치북.

을, 「병세」 편에서는 형세를 유리하게 할 것을, 「허실」 편에서는 적을 혼란스럽게 만들 것을 언급했다. 「군쟁」 편에서는 유리한 조건을 선점할 것을, 「구변」 편에서는 임기응변을 실행할 것을, 「행군」 편에서는 위험한 길을 가지 말 것을 언급했다. 「지형」 편에서는 지형의 이용과 기상 조건을 알 것을, 「구지」 편에서는 지형에 따라 전투 방식을 달리할 것을, 「화공」 편에서는 때를 맞춰서 공격할 것을, 「용간」 편에서는 첩보전을 활용할 것을 언급하고 있었다.

"최억남! 다음은 『삼십육계』에 대해 공부해 볼까?"

"네. 할아버님! 그런데 『손자병법』과 『삼십육계』가 같지 않은가요?"

"많은 사람이 그렇게 착각하고 있는데 사실과 다르단다."

"어떻게 다르죠?"

"한번 배워 보면 알게 될 것이다. 그럼 공부를 시작해 보자꾸나."

최억남은 최처호의 지도를 받아 『삼십육계』에 대해 공부하기 시작했다. 『삼십육계』는 당시 크게 유행하던 병법서였다. 많은 사람이 『손자병법』과 『삼십육계』가 같다고 착각하는데 사실은 그렇지 않았다. 『손자병법』은 손무가 집필한 병법서이고 『삼십육계』는 『손자병법』을 비롯해 당시까지 전해진 병법서 중에서 핵심적인 부분을 발췌해 한데 엮어 놓은 것이었다. 『손자병법』의 내용이 비교적 많이 포함되어 있기 때문에 두 병법서가 같다고 오해하는 사람들이 많았다. 최처호는 『삼십육계』를 공부하면 최억남이 잘 이해할 수 있을 것이라 생각하고 있었다.

"최억남! 『삼십육계』 중 승전계에 대해 말해 보아라."

"네. 할아버님! 승전계는 전투에서 승리할 수 있는 조건이 충분할 때 취할 수 있는 계략으로 여섯 가지 계가 있습니다. 제1계는 만천과해(瞞天過海), 제2계는 위위구조(圍魏救趙), 제3계는 차도살인(借刀殺人), 제4계는 이일대로(以逸待勞), 제5계는 진화타겁(趁火打劫), 제6계는 성동격서(聲東擊西)입니다."

최처호는 손자에게 질문했다. 최억남은 병법에 대해서는 더욱 신이 난 듯 또렷하게 대답했다.

"그 뜻이 무엇인지 말해 보거라."

"네. 할아버님! 제1계는 하늘을 가리고 바다를 건넌다는 것으로 은밀하게 상대의 시야를 벗어나라는 뜻이고, 제2계는 위나라를 포위하고 조나라를 구한다는 것으로 정면 공격보다 우회하라는 뜻이며, 제3계는 남의 칼을 빌려 사람을 해치우라는 것으로 우방국을 끌어들여 적을 무찌르도록 함으로써 자신의 힘을 낭비하지 말라는 뜻이고, 제4계는 편안하게 쉬다가 피로에 지친 적과 싸운다는 것으로 때가 올 때까지 참고 기다리라는 뜻이며, 제5계는 상대의 위기를 틈타 공격한다는 것으로 기회가 왔을 때는 벌떼처럼 공격하라는 뜻이고, 제6계는 동쪽에서 소리 지르고 서쪽에서 공격한다는 것으로 상대의 주의를 다른 곳으로 유도하라는 뜻입니다."[11]

"잘했다. 우리 손자! 아주 훌륭하다. 더욱 열심히 노력해 주
길 바란다."

최처호가 『삼십육계』 중 승전계에 대해서 묻자 최억남은 거
침없이 대답해 나갔다. 최처호는 최억남이 배운 내용을 계속
외우고 쓰고 해석하면서 복습하면 충분히 훌륭한 결과를 도출
할 수 있을 것이라 확신하고 있었다. 『삼십육계』는 승전계, 적
전계, 공전계, 혼전계, 병전계, 패전계에 각각 여섯 개의 계를
포함하고 있어 문자 그대로 총 36가지 계략이 된다. 『삼십육
계』의 내용은 다음과 같다.

첫째, 전쟁에서 승리할 조건이 충분할 때의 계략(勝戰計)으
로 제1계 만천과해(瞞天過海)는 하늘을 가리고 바다를 건너듯
상대의 시야에서 벗어남을, 제2계 위위구조(圍魏救趙)는 손 안
대고 도와줄 수 있음을, 제3계 차도살인(借刀殺人)은 타인을
이용해 싸우는 것을, 제4계 이일대로(以逸待勞)는 상대가 공격
하다 지칠 때를 기다림을, 제5계 진화타겁(珍火打劫)은 기회가
오면 재빨리 공격함을, 제6계 성동격서(聲東擊西)는 동쪽에 소
리를 내고 서쪽을 때림을 담고 있다.

둘째, 전쟁에서 아군과 적군의 세력이 비슷할 때의 계략(敵
戰計)으로 제7계 무중생유(無中生有)는 없어도 있는 척함을,
제8계 암도진창(暗渡陳倉)은 은밀히 목표물을 쟁취함을, 제9

11) 원문: 『삼십육계』 해설 출처: 나무위키.

계 격안관화(隔岸觀火)는 적에게 내분이 일어나면 끼어들지 말고 지켜봄을, 제10계 소리장도(笑裏藏刀)는 비장의 무기는 숨김을, 제11계 이대도강(李代逃僵)은 작은 손실을 역이용해 큰 승리를 노림을, 제12계 순수견양(順手牽羊)은 작은 이익도 간과하지 않음을 담고 있다.

셋째, 전쟁에서 자신을 알고 적을 알고 공격할 때의 계략(攻戰計)으로 제13계 타초경사(打草驚蛇)는 가벼운 도발이나 간단한 미끼로 상대가 본색을 드러내게 함을, 제14계 차시환혼(借屍還魂)은 시체를 빌려 영혼을 부르듯 이용할 것은 모두 이용함을, 제15계 조호이산(調虎離山)은 상대가 유리한 지형에 있으면 지형 밖으로 꺼냄을, 제16계 욕금고종(欲擒姑縱)은 완전히 외통수로 모는 것을 금함을, 제17계 포전인옥(抛塼引玉)은 작은 것을 미끼로 써서 큰 것을 노림을, 제18계 금적금왕(擒賊擒王)은 적을 잡으려면 우두머리부터 잡아야 함을 담고 있다.

넷째, 전쟁에서 적이 혼란할 때 사용하는 계략(混戰計)으로 제19계 부저추신(釜底抽薪)은 상대의 근본이 되는 취약점을 공략함을, 제20계 혼수모어(混水摸漁)는 상대를 혼란에 빠트린 뒤 공격함을, 제21계 금선탈각(金禪脫殼)은 위기를 기회로 바꿈을, 제22계 관문착적(關門捉賊)은 상대를 포위해 길을 막고 공격함을, 제23계 원교근공(遠交近攻)은 먼 나라와 사귀고 이웃 나라를 공격함을, 제24계 가도멸괵(假道伐虢)은 길을 빌려 그 나라를 멸함을 담고 있다.

다섯째, 전쟁에서 적을 밀어낼 때 사용하는 계략(併戰計)으로 제25계 투량환주(偸樑換柱)는 주력을 눈치채지 못하게 뒤바꿔 약점을 찌름을, 제26계 지상매괴(指桑罵槐)는 적의 동맹을 뜨끔하게 만듦을, 제27계 가치부전(假痴不癲)은 어리석은 척하되 정말로 미치지는 않음을, 제28계 상옥추제(上屋抽梯)는 유인하고 사다리를 치우듯 가두는 것을, 제29계 수상개화(樹上開花)는 일부러 세력을 부풀려 적을 물러나게 함을, 제30계 반객위주(反客爲主)는 손님이 오히려 주인이 됨을 담고 있다.

여섯째, 전쟁에서 지고 있을 때 사용하는 계략(敗戰計)으로 제31계 미인계(美人計)는 미녀를 이용해 적을 대하는 것을, 제32계 공성계(空城計)는 본진을 비우는 거나 본진을 비워 뒤를 공격하는 것을, 제33계 반간계(反間計)는 적의 첩자를 회유하거나 거짓 정보로 적을 속이고 나아가 이간질을 함을, 제34계 고육계(苦肉計)는 자신을 희생하는 것을, 제35계 연환계(連環計)는 여러 계략을 사슬 묶듯 연결해 불리한 상황에서 역전을 도모하는 것을, 제36계 주위상계(走爲上計)는 답이 없으면 도주하는 것이 상책임을 담고 있다.[12]

"최억남! 우리가 공부한 병법을 종합해 보면 최선은 먼저 『오자병법』이고 다음이 『손자병법』이다."

"네. 할아버님! 『오자병법』에 따라 먼저 내실을 튼튼히 해 장기적 전투 능력을 갖추어야 하고 다음으로 『손자병법』을 단

---

12) 원문: 『삼십육계』 해설 출처: 나무위키.

기전에서 임기응변적으로 사용해야 한다는 뜻이군요."

"그렇단다. 잘 이해했구나, 최억남!"

"네. 할아버님! 현재 유행하고 있는 『삼십육계』가 병법을 습득하고 활용하기에 매우 편리할 것 같습니다."

"그렇겠구나, 그러나 무인이 되려면 『오자병법』, 『손자병법』, 『삼십육계』의 미세한 부분까지 통달해야 할 것이다."

"네. 할아버님! 명심하겠습니다."

최억남은 병법서 공부가 아직 시작 단계였지만 관심과 흥미만큼은 전율을 느낄 만큼 크게 다가옴을 느끼고 있었다. 최처호는 점점 자신의 지도 능력에 한계를 느끼며 손자 최억남이 꿈을 이루도록 하기 위해 어떻게 가르쳐야 할 것인가를 고민하고 있었다.

말타기와 무예

최억남은 청년으로 완전히 성장한 이후 무인의 꿈을 실현하기 위해 유교 경전과 병법서를 더욱 심도 있게 공부하고 말타기와 무예 실력도 심혈을 기울여 길렀다. 주로 주간에는 말타기와 무예 훈련을 하고, 야간에는 유교 경전과 병법서를 공부하며 바쁜 나날을 보내고 있었다. 최억남의 형인 최남정은 문인의 기질이 있는 편이어서 숙조부 최처호에게서 『사서』와 『삼경』까지 열심히 공부하고 있었다. 그러나 최남정도 무인의 기질이 전혀 없지는 않았기 때문에 최억남과 함께 하는 병법서 공부와 무예 훈련을 마다하지 않았다.

"형님! 오늘은 이드리재, 방장산, 주월산의 평원 지대로 올라
가서 말타기와 무예 훈련을 합시다. 그리고 올라갈 때는 마
을 뒷길로 바로 오르지 말고, 멀리 무남이재로 돌아 올라가
고, 올 때는 반대쪽 오도재로 돌아 내려옵시다. 말을 타고 달
리는 거리만 해도 족히 20여 리는 될 겁니다."

"그래. 동생! 좋은 말타기 훈련 코스이지. 무남이재나 오도재
는 구불구불한 산악길로 먼 거리여서 고갯길을 포함한 장거
리 말달리기 훈련에 좋을 것이다."

"맞습니다. 형님!"

오늘은 최억남과 최남정이 산악 말타기 훈련과 더불어 무예
훈련을 할 참이었다. 아침 식사를 마친 최억남은 양쪽 어깨에
활과 화살통 그리고 검을 차고, 손에는 긴 창을 든 채 한 손으
로 말고삐를 잡고 마을 어귀 아래로 빠져나가고 있었다. 최남
정도 비슷한 채비를 하고 최억남을 기다리고 있었다. 아직 어
색한 부분도 있었지만 형제에게서 무인의 자세가 풍겨 나오고
있었다. 최처호는 양손자로 들인 최억남을 위해 말 한 필을 선
물해 주었다. 그리고 두 손자에게 허술하지만 검과 창 등도 준
비해 주었던 것이다.

"그럼 출발합니다, 형님! 이랴!"

"그래. 출발하자, 동생! 이랴!"

최억남의 말이 떨어지자 두 형제는 말머리를 무남이재 방향

으로 돌리더니 서서히 속도를 높이며 달려 나가고 있었다. 무남이재는 주월산과 존제산 중간에, 오도재는 대룡산과 방장산 사이에 있는 고갯길이었다. 즉 무남이재는 주월산보다 동쪽에 있고 오도재는 방장산보다 서쪽에 위치해 있었다. 무남이재로 돌아서 쉼 없이 달려온 형제는 주월산을 거쳐 힘들게 이드리재에 도착한 후 휴식을 취하고 있었다.

"이곳 이드리재 주변 평원 지대가 이토록 넓으니 무예 훈련을 하기에 안성맞춤이란 말이야! 조금 내려가면 골짜기가 있으니 사람은 물론 말에게 필요한 물도 풍부한 곳이야."

최억남은 휴식을 끝내고 일어나 흠뻑 젖은 말의 땀을 닦아 주면서 오늘의 훈련 장소를 바라보며 혼자 중얼거리고 있었다. 사실 이곳 이드리재 평원에는 갖가지 무예 훈련 기구들이 이미 널려 있었다. 무인의 길을 꿈꾸는 최억남과 최남정이 나무와 억새풀로 표적을 만들어 훈련한 것이었다.

"형님! 활부터 쏠까요?"

"그래. 그렇게 하자."

최억남이 최남정에게 제안하고 최남정이 동의했다. 사선에 선 형제는 다양한 거리에 맞춰 세운 과녁에 한 발 한 발 화살을 적중시켜 나갔다.

"동생! 잘 맞혔는데."

"정말요! 운이 좋았던 것 같습니다."

과녁으로 달려간 최남정이 최억남의 활 솜씨에 감탄하며 외쳤다. 최억남도 운이 너무 좋은 것 같아 살짝 겸연쩍은 표정으로 대답했다.

"형님! 형님도 적중률이 예전보다 훨씬 좋아졌어요. 조금만 마음을 비우고 정신을 집중하면 실력이 무척 향상될 것 같아요."

최억남 역시 최남정의 실력 향상에 격려의 마음을 보내고 있었다.

"형님! 여기를 보세요. 머리를 치고 손목을 베고 허리를 베고 목을 찌르고. 형님도 정신일도하고 한번 해 보세요."

"그래. 알았다. 머리를 치고 손목을 베고 허리를 베고 목을 찌르고. 맞나?"

"네. 잘했습니다. 형님!"

최억남은 동물 형태로 만든 표적에 검술 시범을 보인 후 최남정에게 해 보라고 권유하고 있었다. 최남정도 진지한 모습으로 훈련에 임하고 있었다.

"형님! 이번에는 창으로 대련해 봅시다."

"그래. 천천히 해야 한다."

"그럼요. 염려 마세요. 천천히 공격할 테니 막아 보세요. 공격 들어갑니다."

"알았다. 공격해 보거라."

최억남과 최남정은 훈련장에 만들어 놓은 동물 표적을 향해 긴 창으로 한참 동안 찌르기 훈련을 했다. 이어서 가상의 공격을 막아 내는 훈련을 한 후, 조심스러운 동작으로 공격과 방어의 동작으로 대련하고 있었다.

"공격! 화살이다. 받아라!"

"검이다. 받아라!"

"창이다. 받아라!"

최억남과 최남정은 마상 무예 훈련장으로 향하며 궁술, 검술, 창술 훈련을 했다. 무예 훈련장인 평원에는 억새를 베어 묶어 놓은 활, 검, 창의 표적이 순서대로 배치되어 있었다. 최억남은 말을 타고 달려가면서 화살을 쏘고, 검으로 베고, 창으로 찔러 나갔다. 표적들은 화살에 꽂히고, 검에 베이고, 창에 찔리며 간신히 그 형태를 유지하고 있었다.

"동생! 집에 가자."

"네. 형님! 예정했던 대로 이번에는 오도재로 내려가서 득량을 거쳐 마을로 돌아갑시다."

"그럼, 당연히 계획대로 해야지."

"형님! 재미있었나요?"

"정말 재미있었다. 나도 무인의 길을 가도 될 것 같아."

"그래요. 맞습니다."

훈련에 열중하다 보니 해는 서산에 걸쳐 있었고 날은 금방 어두워지기 시작했다. 최억남과 최남정은 어둑한 산길을 말을 타고 거침없이 달려 내려가고 있었다.

"형님! 오늘은 뻘밭이 정말로 광활하게 보이는데요."

"그래. 동생! 참 뻘밭이 넓게 보이는구나. 끝이 안 보일 정도야."

"간조와 만조가 있어 이곳 득량만의 바다 풍경이 호수가 되었다 뻘밭이 되었다 하는 것이 신기할 따름입니다."

"그러게나 말이야."

최억남과 최남정은 득량만 제방 길을 향해 가볍게 말을 몰고 대화를 나누면서 다가가고 있었다. 형제의 또 다른 말타기 훈련장으로 득량만 바다를 빙 둘러싸면서 만들어진 제방 길이 있었던 것이다. 최남정은 최억남과 함께 자주 말을 타고 무예 훈련을 하다 보니 무인의 길을 가는 것도 나쁘지 않을 것 같다는 생각이 들었다.

"형님! 저기 사람들이 낙지와 조개를 잡는 것 같습니다."

"그래. 동생! 갯벌이란 참으로 대단한 것 같아! 사람들이 특별히 힘들게 관리하지 않아도 끊임없이 해산물이라는 걸 제공하잖아."

최억남은 멀리 뻘밭에 있는 사람들을 발견하고, 최남정은 갯벌의 필요성을 말하고 있었다. 간조가 되면 조성에 터를 잡고 살아가는 많은 사람은 이렇게 갯벌에 나와 갯벌이 제공하는 먹거리를 채취하고는 했다.

"형님! 이곳이 모두 논으로 변한다면 어떻겠습니까?"

"논으로 변한다면 쌀의 생산량이 많아져 많은 사람의 배고픔을 덜어 줄 수 있겠지? 그러나 현재 갯벌에서 나오는 해산물들을 생각하면 뻘로 보존하는 게 더 이익이라는 생각이 들기도 해.”

“맞아요. 뻘에서 정말로 많은 것이 잡혀요.”

“보성 우리 마을에 집안의 터를 처음 잡으셨다는 최귀령 할아버지께서 이곳이 논으로 변하면 떠나라는 말씀을 하셨다는데, 뻘밭에서 나오는 먹거리가 풍부하기 때문에 하신 말씀은 아니었을까?”

“형님! 그건 너무 어려운 질문입니다. 쉬운 문제를 내 주세요.”

“그런데, 동생! 이 넓은 뻘밭을 논으로 만든다는 생각을 어떻게 하셨을까? 실현 가능성이 전혀 없는 공상이었겠지?”

“네. 형님! 한번 상상하신 것뿐이었겠지요. 절대로 이루어질 수 없는 일이지요. 뭐.”

최억남은 뜬금없이 최귀령이 했던 말을 떠올리고 있었다. 흉년에는 식량이 부족해 굶는 사람이 적지 않으니 뻘밭을 논으로 만들어 쌀을 수확할 수 있다면 당연히 꿈같은 이야기일 수 있지만, 그건 애당초 불가능한 일이라고 생각하고 있었던 것이다. 하지만 최남정은 갯벌이 제공하는 끊임없는 해산물을 무시할 수 없음을 말하고 있는 것이었다. 그만큼 득량만의 바다는 많은 것을 내주고 있었다. 서로 대화를 나누다 보니 형제는 어느덧 바닷가 제방에 도착해 있었다.

“형님! 이곳이 조성 앞 득량만 제방의 한가운데 정도가 될 것 같습니다."

"맞아. 동생! 이곳이 중간이라고 생각하면 될 거야."

"서쪽이 조금 더 짧을 것 같은데요."

"그래. 서쪽으로 가면 예당, 강골, 금능 마을이 나오고 거리는 10리(4 km)가 조금 못 될 것이고, 동쪽으로 가면 조성, 매곡, 월등, 장선마을이 나오고 거리는 15리(6 km)가 조금 넘을 거야."

"그럼, 전체 길이가 25리(10 km) 정도 되네요."

"그렇게 되겠지, 동생!"

최억남과 최남정은 바닷물이 들어오는 쪽에서 끝부분이 조금 끊긴 원에 가까운 형태의 제방 중간쯤에 서서 양쪽 끝까지의 거리를 가늠하고 말을 달릴 준비를 하고 있었다.

"형님! 그럼 지금부터 출발합시다. 이랴, 가자!"

"그래. 달려 보자. 이랴!"

"형님! 전속력으로 달려 보겠습니다. 따라와 보세요."

"그래! 알았다."

최억남이 말에 박차를 가하며 먼저 장선마을 쪽으로 말을 달려 나가고 있었다. 최남정도 뒤따라 달려 나갔다. 말들의 속력이 여간하지 않았다.

"정말로 말을 잘 타구만!"

"누구일까?"

"최억남이겠지 누구는 누구겠어. 우리 조성에서 저렇게 말을 잘 달릴 수 있는 사람이 최억남 외에 누가 있겠어?"

"그럼 뒤따르는 사람은 최남정이겠네?"

"맞네요. 멀리서 보이지만 모습이 닮은 것 같네요."

최억남은 최남정과 함께 바다에서 불어오는 바람을 가르며 전속력으로 장선마을 쪽을 목표로 잡고 쉼 없이 달렸다. 뻘밭에서 해산물을 채취하던 아낙들이 두 사람의 달리는 모습을 보고 감탄하며 멀리 시야에서 흐려질 때까지 바라보고 있었다. 마을 사람들은 이구동성으로 최억남의 말타기 실력을 인정하고 있었다. 이윽고 목표 지점인 장선마을에 도착한 최억남은 뒤따라오는 최남정을 맞이하며 격려했다.

"형님! 말타기는 무인의 길을 가기 위한 필수 능력입니다. 무관은 말 위에서 활동하고 전투해야 하므로 말을 자유자재로 다룰 줄 알아야 합니다. 그러니 끊임없는 훈련 그리고 실전 같은 훈련만이 있을 뿐입니다."

"동생! 바로 그런 마음가짐이 생과 사의 기로에 선 전쟁터에서 승리할 수 있는 원동력이 되겠지?"

"형님께서 오늘의 훈련을 실전에서의 승리에 견주어 말씀해 주시니 마음가짐이 달라집니다."

"동생! 이곳 제방은 말타기에 정말 좋구먼."

"네. 그렇습니다."

"힘차게 달려 보자!"

최억남과 최남정은 장선마을에 도착해서 잠시 휴식을 취하고 산정촌 제방으로 다시 달려 원래 위치로 돌아왔다. 그리고 같은 방법으로 반대편 금능마을 제방까지 왕복해서 달렸다. 최억남과 최남정의 온몸은 땀으로 가득 찼고, 말들도 온몸이 땀으로 젖어 있었다. 형제는 의기투합해서 종일 말타기 훈련을 하고 체력도 길렀다. 어느덧 해는 뉘엿뉘엿 오봉산을 넘어가고 있었다.

학맥

최억남은 8척(약 189 cm) 장신에 떡 벌어진 어깨를 가진 청년으로 성장해서 늠름한 무인의 풍채가 물씬 풍겨 나오고 있었다. 물론 학문과 무예 실력도 날이 갈수록 깊어지고 있었다. 최처호는 최억남의 큰 꿈을 이루어 주기 위해 더욱 훌륭한 스승을 소개해 주고 싶었다. 그리고 이제 나이도 들었으니 결혼을 시킬 때도 되었다고 생각하고 있었다.

"최억남! 그동안 할아버지가 학문을 가르쳐 왔는데 이제는 한계에 도달한 것 같구나. 훌륭한 스승을 만나 더 깊이 공부하면 좋겠구나."

"아닙니다. 할아버님! 할아버님께 많은 것을 배웠습니다."

"그래. 고맙다. 보성의 박광전 선생이나 장흥의 문위세 선생 같은 분에게 배우면 좋을 듯싶구나."

"네. 할아버님! 박광전 선생은 저도 알고 있습니다만, 문위세 선생은 처음 듣는 이름입니다."

"그래. 그럴 거야. 보성 사람이 아니니까. 문위세 선생은 박광전 선생의 처남으로 장흥 사람이란다."

"네. 그런가요? 그러면 박광전 선생을 찾아가면 두 분을 모두 만날 수 있을 것 같습니다."

"그럴 수도 있겠지. 그리고 박근효, 정사제 등이 그들을 잇는 제자들이란다. 박근효는 9년, 정사제는 3년 정도 너의 선배일 거야."

"네. 할아버님! 박광전 선생과 선배들에게 잘 배우도록 하겠습니다."

"그래야지. 그리고 조성에 임계영 선생이 계시지?"

"임계영 선생이요?"

"그래. 임계영 선생은 유교 경전은 물론 병법서 공부를 많이 한 사람이니 특히 가르침을 받으면 도움이 될 것이다."

"네. 할아버님! 임계영 선생도 찾아뵙고 배움을 얻도록 하겠습니다."

"그래. 우리 손자! 잘하리라 믿는다."

최억남은 최처호로부터 보성과 장흥 출신으로 학문이 깊은 분들과 젊은 선배들, 그리고 병법서에 대한 학식이 깊은 임계영을 소개받고 있었다. 이후 최억남은 박광전과 임계영을 찾아가 유교 경전과 병법서에 대해 배워 나갔다. 그리고 박근효, 정사제 등과도 교류하며 친분과 학문의 깊이를 심화해 나갔다.

"최억남! 보성에 어떤 유명한 무인들이 있는지 아느냐?"

"네. 할아버님! 대부분 알고 있습니다."

"그럼 한번 말해 보거라."

"네. 할아버님! 보성의 선거이, 전방삭, 겸백의 최대성, 복내의 소상진 등이 계신 것으로 알고 있습니다."

"그 사람들을 만나 본 적 있느냐?"

"네. 할아버님! 무과에 합격한 선거이, 전방삭, 최대성 선배들을 만나 무인의 길과 무과 시험에 대해서 잠시 가르침을 받은 적이 있습니다. 그리고 소상진 선배는 무과 준비 중인 분으로 역시 뵌 적이 있습니다."

"그랬구나. 세상은 혼자 사는 것이 아니다. 특히 무인의 길은 홀로 걸어가는 길이 아니란다. 선배들은 물론 후배들과도 많이 교류하고 친밀하게 지내야 한다는 점을 명심하도록 해라."

"네. 할아버님! 명심하겠습니다. 꼭 선배들을 잘 모시고 후배들을 챙겨서 사람들의 신뢰를 받고 끝까지 함께하며 의리를 지키는 손자가 되도록 하겠습니다."

최처호는 보성의 유명 무인들에 대해서 최억남과 이야기를 나누고 있었다. 최처호는 특히 무인의 길은 혼자 가는 길이 아니라 주위 사람들과 함께 가야 하는 길이라는 것을 상기하며 선후배들과의 관계를 항상 중시하라고 당부하고 있었다. 최억남도 조부의 말씀을 깊이 새기고 실천해 나가고자 굳게 약속하고 있었다.

"최억남! 놀란 만큼 중요한 이야기가 있는데 한번 들어 볼래?"

"무슨 말씀이신가요?"

"박광전 선생, 문위세 선생도 모두 우리 탐진 최씨인 최부(崔溥) 선생의 학맥을 이어받은 사람들이란다."

"네? 그래요? 최부 선생요?"

"문위세 선생은 해남의 윤효정 선생의 외손자로 윤구 선생의 생질이란다. 박광전 선생은 문위세 선생의 자형이 되지. 박광전 선생과 문위세 선생은 모두 퇴계 이황 선생의 문하에서 공부한 적이 있는데 박광전 선생은 유희춘 선생의 추천을 받았고, 문위세 선생은 윤구 선생의 추천을 받아 퇴계 선생에게 배울 수 있었단다."

"두 분이 끈끈한 혼맥과 학맥으로 연결되어 있네요."

"그렇지. 더욱 놀라운 사실은 유희춘 선생은 유성춘 선생과 더불어 유계린 선생의 아들이지. 그런데 유계린 선생의 장인 겸 스승이 바로 최부 선생이란다. 따라서 유희춘 선생은 최부 선생의 외손자이지. 그리고 문위세 선생의 외할아버지 윤효정도 최부 선생의 제자였단다. 당시 윤구, 유성춘, 그리고 광양의 최산두는 호남삼걸이라 불리는 훌륭한 학자들이었지."

"우리 탐진 최씨 조상 중에 그렇게 훌륭한 분이 계셨나요?"

"그래서 사람들은 최부 선생을 호남 사림의 종조라 부른단다. 너도 항상 탐진 최씨임에 대해 자부심을 가지고 열심히 공부하고 바르게 행동하도록 해라."

"네. 할아버님! 저도 열심히 학문과 무예를 갈고닦아 최부 선생처럼 꼭 가문을 빛내도록 하겠습니다."

최억남은 최처호부터 탐진 최씨 중에 최부라는 훌륭한 분이 있었다는 말을 자부심 가득한 표정으로 듣고 있었다. 그리고 자신도 최부 선생처럼 가문을 빛내겠다고 다짐하고 있었다. 최부는 사림파를 형성한 김종직의 제자로, 성균관에서 공부했고 전라도에서 처음으로 제자들을 양성함으로써 호남 사림의 종조가 되었다. 『동국통감』과 『동국여지승람』의 편찬에 참여했고 『금남표해록』을 남겼다. 그러나 김종직의 제자라는 이유로 무오사화 때 함경도 단천으로 귀양을 갔다가 다시 갑자사화 때 처형되어 안타까움을 남긴 분이었다.

혼맥

최처호는 여느 때처럼 아침 일찍 일어나 쉬엄쉬엄 배운 『주역』 실력으로 오늘의 점괘를 보고 있었다. 점괘를 본 최처호는 대문 쪽을 슬쩍 바라보았다. 아무도 보이지 않았지만 자꾸 시선이 갔다. 점심때쯤 되었을 때 손님이 왔다. 손님의 풍채로 보아 귀한 손님이 나타날 점괘가 일단 맞아떨어진 것 같았다.

"어디서 오셨습니까?"

"해남에서 왔습니다. 이곳이 최억남이 사는 집인가요?"

"네. 맞습니다. 제 손자입니다만, 무슨 일로 오셨습니까?"

"사실, 이 집안과 사돈을 맺어 볼까 하고 왔습니다."

"네? 그나저나 어서 오십시오. 저는 탐진 최가 최처호이고, 최억남의 할아버지가 됩니다."

"저는 해남에서 온 윤가 윤서선이라고 합니다."

"네. 일단 안으로 들어오시지요."

최처호는 손님에게 찾아온 연유를 물은 후에 손님을 사랑채로 안내했다. 최억남의 결혼과 관련된 손님이었다. 최처호와 윤서선은 맞절을 하며 예를 표하고 마주 앉았다.

"해남에서 이렇게 먼 곳까지 어찌 알고 오셨습니까?"

"장흥의 문위세 선생이 최억남을 사위로 추천해 이렇게 먼 길을 왔습니다."

"장흥의 문위세 선생이요? 어떻게 그분께서?"

"네. 문위세 선생의 외가가 우리 해남 윤씨 가문입니다. 그리고 박광전 선생께서 귀댁의 손자를 문위세 선생에게 적극 추천했다고 들었습니다. 박광전 선생과 문위세 선생은 자형 처남 간이라 자주 만난답니다."

"아이고! 그럼 보성과 장흥의 유명한 두 분의 추천을 받은 격이네요. 영광입니다."

최억남은 박광전에게 유교 경전을 배우곤 했다. 그때 문위세가 자형인 박광전의 집에 들러 최억남을 보게 되었고 최억남도 문위세에게 인사를 드린 적이 있었다. 문위세는 처음 만난 날 최억남이 무과를 준비하고 있다는 사실을 알게 되었고 체격이 대단해 무인으로 성공할 것이라는 믿음이 갔다. 이후 문위세가 외가인 해남 윤씨 가문으로부터 훌륭한 신랑감을 소개해 줄 것을 부탁받고 있다는 사실을 밝히자 박광전이 최억남을 적극 추천한 것이다. 다음에 알게 된 사실이지만 최억남을 사위로 맞이하고자 한 것은 가문의 은인인 최부와 같은 탐진 최씨라는 점, 문인 집안인 해남 윤씨 가문에 무인이 사위로 오면 부족한 힘을 보완할 수 있을 것이라는 점, 그리고 최억남 자체의 성실함과 듬직함으로 미래가 기대된다는 점 등 때문이었다. 혼사는 순조롭게 이루어졌다. 이로써 최억남은 호남의 명문가 해남 윤씨를 부인으로 맞이하게 되었다.

제 2 장

무인 관직 시절

정로위 합격

최억남이 해남 윤씨 부인과 혼인을 마치고 학문과 무예 훈련에 더욱 박차를 가하고 있을 때 한양에서 정로위(定虜衛) 군사와 오위(五衛)의 군사를 모집한다는 방(榜)이 보성에까지 붙었다.

"임금님의 안위를 책임질 내금위 산하 정로위의 군사와 나라의 안위를 책임질 오위의 군사를 모집하니 전국의 모든 장졸은 적극적으로 응시하도록 하라."

최억남은 방을 자세히 읽었다. 방 주위에는 젊은 장졸들이 옹기종기 모여서 수군거리고 있었다.

"드디어 나의 길을 갈 시간이 왔구나. 형님께도 빨리 알려야겠군."

최억남은 방을 읽고 한양으로 떠날 희망에 부풀어 있었다. 최억남은 무과에 급제할 확률을 높일 수 있어서 우선 한양에서 활동하기를 희망했다. 최억남은 말을 재촉해 집으로 향하고 있었다.

"형님! 집에 있습니까?"

"응. 동생! 무슨 일이 있나?"

"형님! 정로위 군사와 오위 군사를 모집한다는 방이 붙었습니다."

"뭐라고? 방이 붙었어?"

"네. 형님! 기다리던 순간이 온 것 같습니다."

"그래! 나는 아버지 모시고 갈 테니 너는 먼저 너의 집에 올라가 있어라."

최억남은 보성에서 방을 보고 돌아와 최남정부터 찾았다. 최남정과 부인 진원 박씨가 급히 나와 최억남으로부터 소식을 듣고 어리둥절하고 있었다. 최억남은 집으로 돌아와 조부모께 보성에 잘 다녀왔음을 고하고 있었다. 조금 있으니 최남정이 최몽득을 모시고 최처호 집에 도착해 가족이 사랑방에 빙 둘러앉았다.

"할아버님! 아버님! 오늘 보성에 정로위 군사와 오위 군사를 모집한다는 방이 붙었습니다. 저와 형은 시험에 응시하기 위해 한양으로 떠났으면 합니다."

"그래? 군사를 모집한다는 방이 붙었어?"

"네. 그렇습니다."

"잘 생각했다. 최억남이 그 길을 걷기로 결정하고 준비한 지 오래됐는데 기회가 온 것 같구나. 그리고 최남정도 함께 가서 시험을 치르겠다고?"

"네. 할아버님! 아버님! 저도 함께 가겠습니다."

"형제가 함께 가면 나도 훨씬 마음이 놓일 것 같구나. 한양에 올라가서 너희의 뜻을 마음껏 펼쳐 봐라."

"네. 할아버님! 아버님! 감사합니다."

최억남은 최처호를 중심으로 하는 가족 앞에서 보성 읍내에 걸린 방의 내용을 이야기하고 있었다. 최억남은 시험에 응시하러 한양으로 가겠다는 의견을 말씀드리고, 최남정도 함께 가겠다고 의사를 표하고 있었다. 최처호와 최몽득은 최억남과 최남정의 미래를 위해 흔쾌히 승낙하고 있었다. 아니 오히려 적극적으로 응원을 보내고 있었다. 정로위는 임금과 나라의 변방을 지키는 최강의 군대이고, 오위는 나라 전체를 다섯 개로 구분해서 지키는 전국적인 군사 조직이었다. 중위, 좌위, 우위, 전위, 후위[13]가 그것인데, 중위는 경기도·경상도·전라도를, 좌위는 충청도를, 우위는 황해도를, 전위는 평안도를, 후위는 강원도와 함길도(현 함경도)를 각각 방위하는 임무가 부여되어 있었다.

"부인! 내가 떠나면 홀로 외롭고 힘들겠지만, 할아버지와 할머니를 잘 모시고 계시구려. 꼭 합격의 영광을 안고 돌아오겠소."

---

13) 중위: 의흥위(義興衛), 좌위: 용양위(龍驤衛), 우위: 호분위(虎賁衛), 전위: 충좌위(忠佐衛), 후위: 충무위(忠武衛).

"네. 서방님! 걱정하지 마십시오. 할아버지와 할머니를 당신 계실 때보다 더 잘 모실 테니 꼭 합격하고 돌아오세요."

"고맙소, 부인! 이번 시험에 합격하고, 다음에는 무과 시험까지 꼭 합격하도록 약속하겠소."

"네. 서방님! 저는 서방님을 믿습니다."

최억남은 최몽득과 최남정이 돌아간 후 작은방으로 가서 윤씨 부인과 마주 앉았다. 최억남은 윤씨 부인의 두 손을 잡고 조부모를 부탁한 후 꼭 합격의 영광을 안고 돌아오겠다고 다짐하고 있었다. 그리고 다음에 무과 시험까지 꼭 합격하겠노라고 약속하고 있었다.

"정로위와 오위의 군사 지원자들은 모두 시험장으로 모이기 바랍니다. 정로위 군사 지원자는 동쪽 시험장이고, 오위 군사 지원자는 서쪽 시험장입니다."

최억남과 최남정이 시험장에 도착하니 안내자들의 고함 소리가 크게 울려 퍼지고 있었다. 벌써 많은 사람이 시험을 치르기 위해 몰려와 있었다. 최억남과 최남정은 말을 타고 초행길을 신나게 달려 어제 한양에 도착한 다음 하룻밤을 묵고 정로위와 오위의 군사 선발 시험이 치러질 훈련원에 도착하고 있었다. 이번 정로위와 오위 군사 선발 시험은 방이 같이 붙은 것처럼 시험도 같은 장소에서 치러지되, 동서로 분리해 실시되었다.

"동생! 이제 각자의 시험장으로 가자."

"그럽시다. 형님! 시험 잘 치르세요."

"그래. 동생도 꼭 합격해야 해."

최억남과 최남정은 서로를 응원하며 각자의 시험장을 향해 빠르게 뛰어갔다. 최억남은 체격과 체력이 좋아 최고 수준의 군사를 모집하는 정로위에, 최남정은 훈련의 강도가 조금 덜하고 고향에서 근무할 수 있는 오위의 군사에 지원했다. 오위의 중위에 배속되면 고향인 전라도에서 근무할 수 있기 때문이었다.

"최억남! 키 8척(약 189 cm), 몸무게 142근(약 85 Kg)."

시험관은 최억남의 체격 검사를 했다. 시험관이 외친 측정치를 기록관이 측정지에 기록하고 있었다.

"응시자들은 시험장에 표시된 줄을 따라 10바퀴를 돈다. 출발!"

다음에는 오래달리기로 체력과 지구력을 측정했다. 최억남은 출발선에서 대기하다가 시험관의 출발 신호가 떨어지기 무섭게 빠르게 달려 나갔다. 그리고 출발할 때의 속도를 줄이지 않고 10바퀴를 그대로 돌았다. 평소 험한 이드리재를 오르내리며 기른 체력에 자신이 있어 어려움이 없었던 것이다.

"이제 정로위 군사 모집을 위한 본격적인 시험이다. 최억남 응시자에게 철전 3개를 지급하라."

최억남은 철전 3개를 지급받고 반사적으로 사선으로 달려가 목표 지점을 가늠하고 있었다. 철전은 무게가 6냥(약 240g)인

육량전을 사용했지만 크게 무겁게 느껴지지는 않았다.

"철전 시험 시작!"

"그래! 철전 시험은 화살을 무조건 멀리 보내야 한다. 젖 먹던 힘까지 써서 시위를 당겨 보자."

"발사!"

"120보!"

"발사!"

"110보!"

"발사!"

"125보!"

최억남은 시험관의 발사 신호와 함께 평소보다 힘을 더 써서 시위를 당겨 화살을 발사했다. 과녁 담당 시험관의 목소리가 멀리서 들렸다. 기록관은 합격 조건을 넘은 성적을 기록하고 있었다. 육량전 시험은 정로위 당락을 결정하는 핵심 과목이었다. 응시자들은 육량전 화살 3개를 최소 90보(약 120m) 이상 쏘아야 했다.

"동생! 시험 잘 치렀겠지?"

"네. 형님! 잘 치른 것 같습니다. 형님은요?"

"나는 내일 발표를 기다려 봐야지 뭐……."

최억남과 최남정은 시험을 마치고 다시 만나 서로의 시험 결과를 예측하고 있었다. 최억남은 자신감이 넘쳤지만 최남정은 별로 자신감이 없는 어투였다. 최억남과 최남정에게 오늘 하루

는 힘든 하루였지만 반대로 기대에 찬 하루이기도 했다. 시험
이 끝나고 나니 해가 서산에 뉘엿거리고 있었다.

"최억남, 합격!"

"최남정, 합격!"

다음 날 다시 시험장에 가 보니 정로위 300명과 오위 500명
의 합격자가 발표되었다. 예상대로 최억남은 300명 가운데에
서 상위권인 3위로, 최남정은 500명 가운데에서 하위권인
450위로 합격해 있었다.

"형님! 합격입니다. 축하합니다."

"동생! 자네도 축하한다."

최억남과 최남정은 먼저 오위 합격자 명단에서 최남정의 이
름을 발견하고, 다음으로 정로위 합격자 명단에서 최억남의 이
름을 발견한 것이다. 형제는 얼싸안고 축하의 함성을 지르며
오랫동안 떨어질 줄 몰랐다.

"할아버님! 아버님! 시험 잘 치르고 왔습니다. 저희 둘 다 합
격하는 영예를 안았습니다. 그동안 보살펴 주셔서 감사드립
니다. 할머니와 어머니께도 감사드립니다."

최억남과 최남정은 합격의 영광을 안고 집으로 돌아와 최처
호의 집에 모인 가족에게 감사 인사를 올리고 있었다. 정로위
최고 지휘자인 금군의 겸사복장과 오위 최고 지휘관인 도총관
은 합격한 군사들에게 직접 합격증을 수여했다. 그리고 10일

간의 휴가를 주며 고향에 들렀다가 각자의 부대에 가서 기초 군사 훈련을 받으라고 명령했다. 최억남과 최남정은 합격증을 들고 고향으로 말을 달린 것이다.

"장하다. 우리 손자들! 드디어 무인의 길을 가게 되었구나. 나라에 충성하고 더 나아가 무과 시험까지 꼭 합격하도록 계속 정진하기 바란다."

"아들들! 축하한다. 그동안 열심히 노력한 보람이 있구나. 이젠 열심히 나라를 위해 근무하고 항상 우애하며 살기 바란다."

최처호는 감격에 벅차 축하하면서 당부도 잊지 않았다. 최몽득도 합격을 축하했다. 조모와 모친, 박씨 부인과 윤씨 부인도 웃는 모습으로 마음껏 축하했다.

"손자들! 잘 다녀오거라."

"전주까지는 형제가 함께 가겠구나. 항상 건강 조심해야 해."

"부인! 할아버지와 할머니를 잘 부탁드립니다."

"네. 서방님! 잘 모실 테니 걱정하지 마시고 항상 몸조심하세요."

최처호와 가족 모두가 최억남과 최남정을 환송하고 있었다. 10일간의 휴가를 마치고 최억남은 임금을 수호하는 임무를 수행하기 위해 한양으로 떠났고, 최남정은 중위에 배속되어 전라도를 방어하는 임무를 수행하기 위해 전라감영이 있는 전주로 떠났다.

온성진 정로위

최억남은 정로위 소속 군사로서 강한 훈련을 받고 있었다. 정로위는 왕을 호위하는 내금위의 인적 자원을 증대해 고급 군사력을 확보하려고 설치한 조직이었다. 내금위 군사들이 변경지대의 군관이나 진압 장수로 차출 또는 파견되는 경우가 많아 인적 자원이 부족한 경우가 발생했기 때문이다. 그래서 정로위는 평상시에는 한양에서 임금을 호위하고, 유사시에는 금군 대신 국경을 수비했다.

"내금위 아니면 파견 금군? 궁궐 아니면 변방? 이왕이면 궁궐에서 임금님을 호위할 기회를 얻어야겠지."

최억남은 궁궐에서 임금을 호위할 기대를 하며 고된 훈련과정에서 다른 군사들보다 눈빛을 초롱초롱 빛내고 있었다.

"최억남! 귀 군사는 항상 긍정적이고 능동적으로 훈련에 임했을 뿐만 아니라 동료들과 친화력이 돋보여 타의 모범이 되었습니다."

최억남이 정로위 군사로서 기초 훈련을 마치고 난 후 지휘관들이 모여 최억남을 평가한 내용이었다. 이때의 지휘관은 김영광, 이운경인데, 이들은 무과에 합격해 내금위에서 근무하다 정로위로 파견 나온 무관들이었다.

"훈련을 마친 정로위 군사 300명은 모두 군장을 싸고 이동 준비를 한다."

정로위 지휘관 김영광의 명령이 떨어졌다.

"궁궐에 무슨 일이 벌어진 것인가?"

"변방으로 바로 가는 것 아닌가?"

정로위 군사들이 바삐 군장을 싸고 행선지를 추측하며 웅성
거리고 있었다.

"여러분! 조용히 하기 바랍니다. 변방을 지키는 것도 정로위
의 임무임을 알고 있지요? 여러분은 모두 두만강 주변의 6진
으로 떠날 것입니다."

정로위 지휘관 김영광은 군사들이 웅성거리자 다시 한번 구
체적으로 명령을 제시하고 있었다.

"두만강? 정말 말로만 듣던 그곳에 간다고?"

"두만강이 어디이던가? 멀고 먼 나라의 끝이 아니던가?"

300명의 신입 정로위 군사들은 수군거렸다. 최억남도 한양
궁궐에서 근무하고 싶었는데 막상 변방으로 간다고 하니 막막
한 마음이 든 것도 사실이었다. 그러나 어차피 국경의 변방을
지키는 임무를 각오하고 있었으니 나쁘지 않다고 생각하고 있
었다.

"하! 이곳이 두만강인가? 참 험하고 먼 길을 달려왔다. 물은
정말 맑네. 고향 조성 앞바다의 호수가 벌써 그리워지는구
나."

최억남은 국경 지대에 도착해 두만강을 바라보고 있으니 고
향과 가족이 생각났다. 여름철 두만강 주변은 숲도 우거지고

물도 유난히 맑아 보였다. 정로위 군사 300명은 6개의 부대로 나뉘어 국경의 6진에 각각 50명씩 배치되었다. 두만강 하류 남안에 설치된 6진은 종성진(鐘城鎭), 온성진(穩城鎭), 회령진(會寧鎭), 경원진(慶源鎭), 경흥진(慶興鎭), 부령진(富寧鎭)이었다. 예전에는 압록강 상류에 여연군(閭延郡), 자성군(慈城郡), 무창군(武昌郡), 우예군(虞芮郡)의 4군이 있어 4군 6진이 있었는데, 4군은 폐지되고 현재는 6진만 남아 있었다. 6진은 두만강의 국경을 넘어와 자주 백성을 괴롭히고 재산을 약탈하는 여진족을 막기 위해 설치한 진(鎭)이었다.

"여러분! 여기가 우리의 목표 지점인 함길도 온성진이다. 각자 짐을 풀도록 해라."

"온성진은 6진 중에서도 가장 멀고 깊숙한 진(鎭)인데……. 이왕 멀리 올 것이면 제일 먼 이곳이 차라리 낫겠지. 그리고 온성진에서 함께 생활할 지휘관이 김영광이시니 다행이네."

최억남은 6진 중에서 가장 먼 온성진에 배치된 것을 오히려 긍정적으로 받아들이고 있었다. 특히 김영광과 함께 생활하게 된 것을 기쁘게 생각하고 있었던 것이다.

"둥! 둥! 둥! 마을에 봉홧불이 올랐다! 출동 준비!"

최억남이 온성진에 온 지 어느덧 수개월이 지나고 있었다. 최억남은 김영광을 도와 온성진의 방어 계획을 수립하고 정보를 수집했고, 특히 관할 구역 방어 훈련을 하는 등 바쁜 나날을 보내고 있었다. 그러던 어느 날 초소에서 경계를 서던 군사들이 북을 치면서 비상 상황을 알리고 있었다. 모든 군사가 훈련한 대로 말을 타고 무기를 들고 집합했다.

"어느 쪽인가?"

"네. 본진 동쪽 30리(약 12 Km)쯤 떨어진 마을에서 비상을 알리는 봉홧불이 피어올랐습니다."

"그래. 알았다. 경계병은 경원진에 연합 전투를 요청하고, 종성진에는 후방 지원을 요청하는 봉화를 올리도록 하라!"

"네. 알겠습니다. 김영광 지휘관!"

김영광의 물음에 경계병이 큰 소리로 대답하고 있었다. 김영광은 봉홧불이 올라온 위치를 파악하고 경원진과 종성진에 연합 전투를 요청하는 봉화를 올리도록 명령했다. 경계병은 대답과 동시에 봉홧불을 피워 올리고 있었다. 이곳 6진에서는 신호 체계로 봉화를 활용하고 있었다. 먼저 마을에 여진족이 나타나 급히 도움이 필요할 때는 마을 사람들이 봉홧불을 피워 가까운 진에 알렸다. 그리고 6개의 진과 진 사이에 연합 전투나 후방 지원이 필요할 때 역시 봉화를 사용한 것이다.

"출동이다!"

최억남을 비롯한 군사 30명은 김영광의 출동 명령이 떨어지자 말을 타고 달리기 시작했다. 한참을 달려 마을에 도착하니 여진족들이 도망가고 있었다. 여진족은 20명쯤 되었는데 최억남의 부대가 이들을 뒤쫓기 시작했다.

"활을 쏘아라!"

"국경을 넘는 자들에게 용서는 없다."

"여진족을 한 놈도 살려 보내지 마라!"

"우리도 왔다!"

"와~~~!"

"와~~~!"

"와~~~!"

"포위하라. 포위 작전이다."

최억남의 소속 부대가 여진족의 뒤를 쫓는 순간 인근 경원진의 군사 30명이 달려와 연합 전투를 벌이고 있었다. 그리고 후방 지원을 요청했던 종성진에서도 약간의 시간 차이를 두고 군사가 도착해 힘을 합하고 있었다. 결국 포위 작전은 쉽게 성공하고 전투는 금방 끝났다. 여진족을 완전히 제압한 것을 확인한 경원진과 종성진의 군사들은 각자의 본진으로 서둘러 귀환했다. 최억남의 부대는 포로로 잡은 여진족들을 마을로 끌고 갔다.

"오늘 피해를 본 사람들은 앞으로 나와서 이야기해 보시오."

"우리는 쌀 한 가마니를 빼앗겼습니다."

"돼지 한 마리를 가지고 갔습니다."

"저 사람들의 말에 밀려 뒤로 벌러덩 넘어졌습니다."

최억남의 부대는 20명의 여진족을 마을로 끌고 와 무릎을 꿇린 채 마을 사람들에게 피해 상황을 듣고 있었다. 마을 사람들은 피해 사실을 일일이 열거하고 있었다.

"혹시 크게 다치거나 사망한 사람은 없습니까?"

"네. 크게 다친 사람은 없는 것 같습니다."

"네. 사망한 사람도 없습니다."

김영광이 묻자 마을 사람들이 이구동성으로 대답하고 있었다.

"죽거나 크게 다친 사람이 없으니 불행 중 다행이군요……."

"저 사람들을 어떻게 처리할까요?"

김영광은 마을에 큰 피해가 없음을 확인하고 안도의 한숨을 내쉬고 있었다. 그리고 여진족들을 어떻게 처리할 것인지를 마을 사람들에게 묻고 있었다.

"모두 죽입시다!"

"다시는 국경을 넘지 못하도록 다리를 분질러 버립시다!"

"곤장을 100대씩 때리고 돌려보냅시다!"

마을 사람들은 다양한 방안을 제시하고 있었다.

"어떻게 처리하면 좋겠나?"

김영광이 이번에는 온성진 군사들에게 묻고 있었다. 마을 사람들과 비슷한 의견들이 나왔다.

"다시는 국경을 넘지 않고 우리 백성들을 약탈하지 않겠다는 맹세를 받은 후 곤장 100대씩 때리고 돌려보내는 것이 좋을 듯합니다. 물론 약탈한 재물은 모두 반납하도록 하고요. 국경을 침략하고 재물을 빼앗은 점은 분명히 벌을 받아야 하지만 백성들을 죽이지 않았기 때문에 한 번은 용서하는 것이 마을 사람들의 미래 안전을 위해서도 도움이 될 것이라 생각됩니다."

최억남은 김영광에서 의견을 제시하고 있었다.

"오늘은 곤장 100대씩 때려 돌려보내지만 다음에 또 국경을 넘어 우리 백성을 괴롭힌다면 그때는 목숨을 내놓아야 할 것이다. 물론 너희의 말과 무기, 훔친 재물 등은 모두 압수하겠다."

김영광은 최억남의 의견을 존중해 결론을 내림으로써 오늘 사건을 마무리하고 있었다.

무과 준비

여진족은 최억남의 부대에 제압당한 뒤에도 몇 번 더 국경을 침략했으나 그때마다 정로위 군사들에게 토벌되었다. 드디어 두만강 국경 너머의 여진족들 사이에 소문이 났는지 조용한 날이 계속되었다. 최억남은 정로위 군사가 아닌 무과 시험 합격이라는 목표가 있었기 때문에 무료한 시간을 의미 없게 보낼 수 없었다. 온성진의 넓은 군사 훈련장과 잘 연마된 예리한 무기, 훈련된 말과 무예가 뛰어난 지휘관 김영광이 있었으니 무과 시험을 준비할 절호의 기회로 삼을 수 있었던 것이다. 최억남은 먼저 김영광을 무예 사부로 모시기로 마음먹고 있었다.

"김영광 지휘관! 저의 무예 사부가 되어 주십시오!"

"내가 무슨 능력이 있다고 그런 부탁을 하는가?"

"아닙니다. 김영광 지휘관! 저는 지휘관님의 무예 능력을 보아왔습니다. 꼭 제자가 되어 배우고 싶습니다. 사부로 잘 모실 테니 허락해 주십시오."

최억남은 한양과 온성진에서 김영광의 무예 실력을 확인하고 감탄하던 차였다. 최억남은 김영광 앞에 무릎을 꿇고 간청하고 있었다.

"그래! 자네가 공적으로는 정로위 부하이지만, 사적으로는 제자로 받아 주겠네."

김영광은 최억남의 평소 품성을 지켜보았고, 무엇보다 무과 시험을 준비하려는 간절한 마음에 동요되어 제자로 받아 주고 있었다. 무과 시험 과목은 구술(강서)시험과 무예 과목 시험으로 구분되어 있었다. 최억남은 어려서부터 구술 시험은 비교적 체계적으로 공부해 왔다. 그러나 무예 과목 시험을 위한 공부는 열심히 준비는 했지만 체계적으로 배운 적은 없었다. 무예 과목 시험은 보사(步射, 활쏘기)와 마상 무예로 구분되었는데, 보사는 다시 목전(木箭), 철전(鐵箭), 편전(片箭)으로 구분되었고, 마상 무예는 다시 기사(騎射), 기창(旗槍), 격구(擊毬)로 구분되었다. 최억남은 김영광으로부터 무예의 기초부터 다시 배우고 싶은 욕망이 솟아났다. 최억남의 의도를 알아차린 김영광은 무예 훈련을 시작하되 무인의 기본 중의 기본인 검술과 말타기부터 지도하기 시작했다.

"持劍對賊勢　右內掠　進前擊賊勢　金鷄獨立勢
지검대적세　우내략　진전격적세　금계독립세

後一擊勢　金鷄獨立勢　進前擊賊勢
후일격세　금계독립세　진전격적세

一刺勢　猛虎隱林勢　雁字勢　直符送書勢
일자세　맹호은림세　안자세　직부송서세

撥草尋蛇勢　豹頭壓頂勢　朝天勢
발초심사세　표두압정세　조천세

左挾獸頭勢　向右防賊勢　後一擊勢　展旗勢
좌협수두세　향우방적세　후일격세　전기세

進前殺賊勢　金鷄獨立勢　左腰擊勢
진전살적세　금계독립세　좌요격세

右腰擊勢　後一刺勢　長蛟噴水勢　白猿出洞勢
우요격세　후일자세　장교분수세　백원출동세

右鑽擊勢　勇躍一刺勢　後一擊勢
우찬격세　용약일자세　후일격세

後一刺勢　向右防賊勢　向前殺賊勢　向前殺賊勢
후일자세　향우방적세　향전살적세　향전살적세

牛相戰勢."
우상전세

최억남은 김영광에게 본국검법(本國劍法)부터 배우기 시작했다. 본국검법 33개 동작을 우렁찬 목소리로 기합을 붙여 가며 훈련하고 있었다. 본국검법은 신라 화랑들이 심신 단련을 위해 연마했다는 검법으로, 현존하는 우리나라의 검법 중 가장 오래된 검법이었다. 최억남은 검법 훈련을 할 때 가상의 적을 설정해 검법의 자세를 정확하고 재빠르게 실행함으로써 실전 활용도까지 높여 가고 있었다.

　"평보!"

　"경보!"

　"속보!"

　"구보!"

　"습보!"

　최억남은 김영광에게서 말타기의 기초를 다시 배우며 훈련하고 있었다. 무인의 길을 걷고자 말을 타고 달렸지만 기본 단계까지는 세밀히 배우지 못했다. 최억남은 김영광으로부터 평보, 경보, 속보, 구보, 습보 단계의 동작 하나하나까지 지도받고 있었다. 평보는 사람이 안장에 앉아 말의 몸통에 하체를 밀착시키고 말의 평상시 걸음걸이에 박자를 맞춰 걷는 기술이고, 경보는 말이 가볍게 뛰면서 작은 스텝으로 전진할 때 사람의 엉덩이를 말의 걸음걸이에 맞춰 안장에서 들었다 났다 해서 말의 움직임으로 인한 충격을 흡수하는 기술이었다. 속보는 경보와 똑같은 말의 움직임 상태에서 사람이 안장에 엉덩이를 붙이

되 충격을 흡수해 엉덩이가 튕기지 않도록 하는 기술이고, 구보는 말이 빠르게 달리고 사람은 안장에 엉덩이를 붙이고 전진하는 기술이며, 습보는 사람이 안장에서 허리를 앞으로 굽히고 말은 전속력으로 달리는 기술이었다. 사실 무인의 기본적인 각개 전투 기술이 검술과 말타기가 아니겠는가. 최억남은 김영광이 검술과 말타기를 가장 먼저 지도하며 점검하는 의도를 이해할 수 있을 듯했다. 최억남은 김영광으로부터 한 번 지도받은 내용은 설정한 목표에 도달할 때까지 반복해서 훈련했다. 김영광도 공적 업무를 수행하느라 시간이 여유롭지 못했지만 최억남의 지도 요청에 항상 즐거운 마음으로 응하고 있었다.

"목전과 철전은 발사 거리가 합격을 좌우한다. 가능한 한 멀리 보내야 하네."

"발사!"

"성공!"

"발사!"

"실패."

"발사!"

"성공!"

최억남은 온성진 정로위 훈련장에서 보사 과목을 훈련하면서 목전과 철전의 합격선 너머를 향해 지속적으로 활시위를 당기고 있었다. 목전은 가벼워 멀리 날릴 수 있었지만 바람의 영향을 쉽게 받아 실패할 가능성이 높았고, 철전은 무게가 상당

해 평소에 팔의 근력을 키우지 않으면 실패할 수 있었다. 최억
남은 화살을 쏜 후에 결과를 확인하고 크게 외치면서 마음을
다잡아 나가고 있었다. 무과 시험에서 목전은 나무로 만든 가
벼운 화살촉을 240보(약 320m) 이상 날리면 점수를 얻고, 철
전은 쇠로 만든 무거운 화살촉을 80보(약 105m) 이상 쏘아 날
리면 합격이었다.

"편전은 익숙하지 않네."

"편전은 정확도가 높아 저격용으로 활용하면 좋겠군."

"발사!"

"실패."

"발사!"

"실패."

"발사!"

"성공!"

최억남은 편전을 쏘며 혼자 중얼거리고 있었다. 편전은 총열
에 화살을 넣어 쏘는 활로, 보통 화살 크기의 절반인 아기살을
사용했다. 총열에 화살을 넣기 때문에 명중률이 더 높고 화살
이 작고 가벼워 힘도 덜 들었다. 화살이 작아 편전이 없는 적들
이 다시 화살로 사용할 수 없다는 장점도 있었다. 무과 시험에
서는 130보(약 175 m)에 있는 과녁을 정확히 맞혀야 합격이
다. 최억남은 편전이 이전에 다뤄 보지 못한 무기였기 때문에
아직 익숙하지 않아서 신중하게 훈련에 임하고 있었던 것이다.

"보사 시험의 목적, 철전, 편전 중에서 철전과 목전은 무게만 다를 뿐 평소 많이 다뤄 본 것인데, 편전은 명중률을 높이기 위한 활인데 이곳에서 처음 쏘아 보는군. 이번이 좋은 기회이니 완벽하게 훈련해 두도록 하자."

최억남은 보사 시험을 훈련할 때마다 마지막에 시간을 내어 편전을 쏘는 훈련을 실컷 하고는 했다. 먼 거리를 날려서 과녁을 정확히 맞혀야 하기에 철저히 훈련하지 않으면 안 되는 과목이었기 때문이다.

"마상 무예 훈련장이 오늘따라 유난히 넓게 보이는군."

최억남은 장방형의 마상 무예 훈련장에 도착했다. 마상 무예 훈련장에는 무과 시험에 필요한 기사, 기창, 격구 시설이 모두 갖추어져 있었다. 최억남은 화살 단 한 발의 성패가 시험장에서는 합격과 불합격, 전쟁터에서는 생과 사의 갈림길이 된다는 김영광의 지도를 가슴속 깊이 간직하며 마상 무예의 준비 운동을 시작하고 있었다.

"이랴! 가자!"

"전속력으로 구보! 쯧쯧!"

"1차 과녁이다. 활시위를 힘껏 당긴다. 발사!"

"성공!"

"2차 표적이다. 활시위를 힘껏 당기고 과녁을 향해 발사한다. 발사!"

"실패."

"5차 표적이다. 활시위를 힘껏 당기고 말의 속력과 거리를 고려한 후 발사한다. 발사!"

"성공!"

최억남은 어깨에 활과 화살통을 메고 빠른 속도로 달리는 말 위에서 큰 소리로 외치며 기사 훈련을 하고 있었다. 기사 과목은 장방형 훈련장 내부에 설치된 말타기 코스로 말을 타고 달리며 50보(약 65m) 간격으로 놓인 서로 다른 거리의 과녁 5개를 맞히는 시험이다. 최억남은 실패를 경험하면서 말의 속도 변화에 따른 과녁 조준 방법, 과녁의 거리 변화에 따른 과녁 조준 방법을 연구하며 훈련을 거듭하고 있었다. 결국 시험장에서는 최상의 속도로 말을 달리며 어떤 거리에 어떤 형태의 과녁이 설치되더라도 단 한 발의 화살을 명중시킬 수 있도록 피나는 훈련을 해야 한다고 다짐하고 있었다.

"이랴! 워워! 오늘은 기창 훈련이다."

"오른쪽 겨드랑이에 창을 끼고 표적인 허수아비를 향해 달려간다. 찌르기!"

"아자!"

"왼쪽 겨드랑이에 창을 끼고 표적인 허수아비를 향해 빨리 달려간다. 신속하게 찌르기!"

"앗싸!"

"다시 오른쪽 겨드랑이에 창을 끼고 표적인 허수아비를 향해 빨리 달려간다. 신속, 정확한 자세로 찌르기!"

"으라차차!"

최억남은 기창 훈련에 열중하고 있었다. 말을 타고 달려간 최억남의 창에 찔린 허수아비들은 심장에 구멍이 뻥 뚫린 듯 보였다. 기창 과목은 말을 몰면서 왼쪽과 오른쪽 겨드랑이에 창을 번갈아 끼고서 차례로 세 개의 허수아비의 심장을 찌른 뒤, 왼쪽과 오른쪽을 돌아보며 창으로 뒤를 가리키고 나서 돌아오는 시험이다. 허수아비는 장방형의 훈련장 내부에 각 25보(약 33 m)의 간격으로 3개가 설치되어 있고, 창의 길이는 15척 5촌(약 3.75 m)이다. 기창 시험에서는 자세와 정확성을 평가하는데 말을 빨리 몰지 않거나 말채찍을 놓치면 점수를 주지 않았다. 최억남은 기창 훈련을 하면서 말 위에서 한 손으로 창을 잡아야 하니 팔의 근력을 키우는 것이 중요한 과제라고 생각하고 있었다.

"역시 김영광 사부야! 무예에 해박한 지식을 가지고 계시니 정말 존경스러운 분이지. 그럼 사부로부터 지도받은 창술 내용을 다시 한번 상기해 볼까?"

최억남은 김영광의 무예 지식에 감탄하며 지도받은 창술 내용을 다시 한번 상기하고 있었다. 창술은 크게 지상 창술과 마상 창술로 구별할 수 있다. 지상에서는 전진, 보통걷기, 측면 이동 등의 방법이 있지만 마상에서는 말을 타고 이동해야만 한다. 그리고 창술은 양손 창술과 한 손 창술로 구분할 수 있는데, 지상에서는 양손 창술을 주로 사용하지만 마상에서는 한 손 창술을 기본으로 해야 한다. 한 손은 고삐를 잡아야 하기 때문이다. 양손 창술의 기본 자세는 중단, 상단, 하단, 팔상 등이 있다. 중단 자세는 창을 잡은 손은 허리 높이에 두고 창끝은 상대의 배와 가슴, 목과 얼굴 등 다양한 곳을 노리는 자세로, 양손 창술의 기본 자세며 찌르기를 전제로 한 자세이다. 상단 자세는 창을 잡은 손은 허리 높이에 두고 창끝은 상대의 머리 위 높이로 올리는 자세로, 창을 들어 올려 때리거나 베기를 할 때와 상대가 팔상 자세에서 찌르기로 공격하는 것을 막을 때 사용하는 자세이다. 하단 자세는 창을 잡은 손은 머리나 어깨높이에 두고 창끝은 상대의 다리나 땅을 향하는 자세로, 아래를 찌르는 데에 사용하고 아래를 찔러 들어오는 창을 막기에 좋은 자세이다. 팔상 자세는 창을 잡은 손은 머리나 어깨높이에 두고 창끝도 상대의 머리나 어깨높이로 겨누는 자세로, 창끝이 상대의 얼굴을 향하므로 상대가 느끼는 심리적인 압박감도 커지고, 상대의 베기나 내려치기 공격을 방어할 수도 있으며, 방어 상태에서 그대로 찌를 수도 있는 자세이다. 그리고 창술의 공격술에는 찌르기, 베기, 때리기, 밀어내기, 던지기 등이 있는데 주로 찌르기가 많이 쓰이고 있다.

"최억남! 세종 임금님께서는 격구를 잘하는 사람이 말타기와 활쏘기는 물론 창술과 검술도 능란하다고 말씀하셨다네."
"네. 김영광 사부! 격구 속에 모든 무예의 기본이 포함되어 있다는 뜻일까요?"

"그런 의미이겠지? 종합 무예라고 할 수 있겠지?"

"네. 김영광 사부! 무슨 의미인지 알 것 같습니다."

최억남은 마상 격구 훈련을 위해 말과 호흡을 맞추며 김영광과 종합 무예로서 격구의 중요성을 이야기하고 있었다.

"최억남! 비이(比耳), 할흉(割胸), 배지(排至), 지피(持彼) 기술을 기억해야 해."

"네. 김영광 사부! 비이 자세를 잡고 출발해 할흉의 자세로 바꿔 배지와 지피 기술을 구사하겠습니다. 자! 시작합니다."

"그래. 최억남! 잘하고 있어. 공도 쳐서 구문에 넣어 봐!"

"네. 김영광 사부! 넣겠습니다!"

"성공이다. 잘했어, 최억남!"

최억남이 말을 타고 몸을 푼 후 훈련을 시작하자 김영광은 대표적인 격구 기술들을 지시하고 있었다. 최억남은 김영광의 지시에 따라 격구 채로 비이의 준비 자세를 잡은 다음 달려 나가 할흉의 자세로 전환해 배지, 지피의 기술을 구사하고 있었다. 이어서 다시 한번 말을 달리더니 배지의 기술을 사용해 구문에 격구 공을 집어넣고 기뻐하고 있었다. 비이란 말을 출발할 때 격구 채인 장시(杖匙)를 말의 목과 귀가 있는 곳에 가지런히 해 비스듬히 두는 것이고, 할흉은 장시를 말 가슴에 가까이 대는 것이며, 배지는 장시의 안쪽으로 비스듬히 공을 끌어당겨 공중으로 높게 치는 기술이고, 지피는 장시의 바깥쪽으로 공을 밀어 던지는 기술이다. 마상 격구에는 세 가지 종류가 있다. 격구장 한쪽 끝에 구문을 세워 놓고 다른 쪽 끝에서 두 팀이 일제히 말을 달려 구문 사이로 공을 넣는 방법, 격구장 중앙에 구문을 설치해 놓고 양편에서 서로 공을 쳐서 구문을 통과시키는 방법, 격구장 양쪽 끝에 구문을 마주 세워 놓고 양편이 서로 반대편의 구문에 공을 통과시키는 방법이 그것이다.

"최억남! 한양으로 귀환하라는 명령이다."

"네? 김영광 사부도 함께 가시는 것이죠?"

"아니야. 나는 더 있어야 할 것 같아."

"네? 그럼 사부와 헤어지는 겁니까?"

"무인에게 만남과 헤어짐이 어디 있겠는가! 그리고 이것을 한양의 이운경 지휘관에게 전하도록 하게."

"네. 알겠습니다. 김영광 사부! 정말 감사드립니다. 절 받으십시오."

최억남은 온성진에서 한양으로 귀환하라는 명령을 받고 있었다. 온성진에서 생활한 지 3년의 세월이 흐른 후였다. 김영광과 헤어지는 것은 너무나 아쉬운 일이었다. 김영광은 서신 한 통을 주며 동료 지휘관인 이운경에게 전해 달라고 부탁했다. 최억남은 머지않아 다시 만날 것을 기대하면서 김영광에게 감사의 큰절을 올리고 온성진을 떠나고 있었다. 최억남이 온성진에서 생활하는 동안은 국경 너머 여진족의 움직임이 많지 않아서 큰 어려움이 없었다. 오히려 고향의 가족과 멀리 떨어져 보내는 외로운 날들이 마음 한구석을 누르고 있었다. 그러나 최억남은 그럴 때일수록 무예 훈련에 더욱 매진하고 유교 경전과 병법서를 읽으며 무과 시험을 철저히 준비했던 것이다.

내금위 파견

최억남은 온성진을 떠나 한양으로 달리고 있었다. 온성진 생활은 최억남에게 외로운 시간이었지만 어떻게 보면 행운이나 다름없었다. 낮에는 김영광의 지도를 받아서 무예를 익히고 밤에는 유교 경전과 병법서를 공부해서 어느덧 무예와 학문이 무르익었기 때문이다.

"이운경 지휘관! 그동안 편히 계셨습니까?"

"응. 최억남! 수고 많았지? 몸이 훨씬 단련된 것 같은데."

"네? 이운경 지휘관! 그렇게까지 기억해 주시니 정말 감사합니다. 그리고 영전과 승진을 진심으로 축하드립니다."

"그래. 고맙네."

"김영광 지휘관께서 여기 서신을 전달해 달라고 하셨습니다."

최억남은 한양으로 돌아오자마자 김영광의 지시대로 이운경을 찾아가 대화를 나누고 있었다. 이운경은 최억남이 정로위에 합격해서 군사 훈련을 받는 모습을 보고 크게 인정해 준 두 명의 정로위 지휘관 중 한 명이었다. 나머지 한 명의 지휘관은 김영광이었다. 당시 내금위에서 정로위로 파견 나와 최억남과 연을 맺은 이운경은 내금위로 복귀해 승진까지 한 것이다. 최억남은 내금위로 찾아가 복귀 인사와 승진 축하 인사를 하고 김영광이 보낸 서신을 전달하고 있었다.

"최억남! 여기에 무엇이라 쓰여 있는지 아는가?"

"잘 모르겠습니다."

"자네를 제자로 받아 주었으면 한다고 쓰여 있구먼."

"네? 김영광 사부께서요? 잘 부탁드리겠습니다. 그리고 이운경 지휘관의 배움을 얻고 싶습니다."

"고맙네. 우리 함께 잘해 보세. 자네를 제자로 받아들이겠네."

"감사합니다. 이운경 사부! 평생 잘 모시도록 하겠습니다."

이운경은 김영광의 서신을 읽고 최억남을 바라보고 빙긋이 웃으며 말을 이어 가고 있었다. 절친 김영광이 서신을 보내 최억남을 칭찬하며 제자로 받아들여 무과에 합격하도록 지도해 달라고 했다. 이운경은 정로위 군사 훈련 시절에 본 최억남의 인간됨과 열정을 아직 기억하고 있었다. 거기에 절친 김영광의 서신까지 받았으니 최억남을 제자로 받아들이기를 망설일 필요가 없었던 것이다. 최억남은 이운경을 무과 시험을 대비한 사부로 모시게 되었다. 이후 이운경은 최억남을 곁에 두어 근무하게 했다. 즉 정로위 소속의 최억남은 내금위에 파견되어 이운경 휘하에서 궁궐과 임금을 호위하는 임무를 수행하게 된 것이었다.

"부대원 궁궐로 출발한다. 출발!"

이운경의 지휘를 받는 부대원들이 궁궐과 임금의 호위 임무 수행을 위해 열을 맞춰 궁궐로 향하고 있었다.

"이곳이 광화문, 앞쪽이 궁궐, 뒤쪽이 육조 거리. 궁궐의 건물들이 정말로 위엄이 넘치는구나!"

최억남은 행렬에 맞춰 궁궐 대문인 광화문을 통과하며 앞뒤를 살펴보고 있었다. 궁금했던 궁궐 내부에 처음 들어와 보니 조용하고 위엄 있고 품격이 넘쳤다. 최억남은 이후 궁궐 출입이 잦아지면서 차츰 분위기에 익숙해지고 시간이 지날수록 이운경은 물론 부대원들에게도 인정받게 되었다. 이운경은 부대원들이 최억남의 능력을 인정하자 곧바로 부관으로 임명하고 함께 부대를 이끌어 나가게 되었다.

"이운경 지휘관! 귀 부대는 오늘 근정전, 강녕전, 교태전, 경회루 구역의 경비를 특별히 강화하도록 하라. 임금님이 명나라 사신을 위해 특별 연회를 베푸는 행사가 있으니 철저히 경비하도록 한다."

"네. 내금위장! 주어진 임무를 철저히 완수하겠습니다."

오늘은 임금이 명나라 사신에게 연회를 베푸는 날이었다. 궁궐 안 내금위 건물에는 아침 일찍부터 내금위 군사들이 열을 맞춰 서 있었다. 내금위장은 우렁찬 목소리로 최억남이 소속된 이운경 부대에 가장 중요한 구역에서 임금을 호위하는 임무를 부여했다. 명령을 하달받은 이운경은 철저히 임무를 수행하겠다고 큰 소리로 대답하고 있었다.

"알다시피 오늘 우리의 임무는 근정전, 강녕전, 교태전, 경회
루에서 임금님을 호위하는 것이다. 항상 유사시를 대비하되
예방이 가장 중요하다는 것을 명심하라. 알겠는가?"

"네. 알겠습니다."

이운경은 부대원들에게 다시 한번 오늘의 막중한 임무를 상
기시키고 있었다. 무엇보다 예방이 중요함을 강조하고 유사시
를 대비하도록 지시했다. 최억남이 소속된 이운경 부대는 제일
먼저 근정전에 도착했다. 오늘 연회에는 삼정승(三政丞)과 육
조 판서(六曹判書)들도 함께 참석하는 것으로 되어 있었다.

"부대원들은 근정전 주변을 샅샅이 점검해서 이상 징후가
있으면 즉시 보고하라."

"네. 이운경 지휘관!"

"전혀 이상 없습니다."

"최억남 부관! 최종적으로 확인하라."

"네. 알겠습니다."

최억남은 근정전에서 움직이는 모든 사람의 일거수일투족을
살피고 있었다. 몇 명의 관료들과 궁인들이 움직이고 있을 뿐
이었다. 임금 호위에는 만에 하나의 실수도 용납되지 않았다.
궁궐 안이라서 안심은 되지만 작은 실수라도 하면 목숨까지 내
놓아야 했다. 근정전에서 계속 날카로운 눈초리로 상황을 살피
던 이운경이 부대를 강녕전으로 이동했고 부관 최억남은 최후

미에서 상황을 다시 한번 살핀 후 이상 없음을 확인하고 대열에 합류하고 있었다.

"이운경 지휘관! 임금님이 강녕전에 머물고 계신 듯합니다."

"그렇네. 최억남 부관! 도승지, 상선을 비롯한 내시들, 대전의 상궁과 궁녀들이 대기하고 있구먼."

"네. 그렇습니다. 이운경 지휘관!"

최억남과 이운경은 근정전에서 강녕전으로 옮긴 후 상황을 살피고 낮은 목소리로 대화를 나누고 있었다. 부대원들은 모두 이상 징후가 있으면 즉각 차단해 임금을 지키겠다는 각오로 날카로운 눈빛을 발하고 있었다. 그러나 이곳에서도 이상 징후는 발견되지 않았다.

"이운경 지휘관! 저쪽에서 삼정승과 육조 판서들이 연회장으로 들어오고 있습니다."

"그렇구먼. 자주 뵙는 분들이라 잘 알 수 있겠구먼."

"이운경 지휘관! 저쪽에서 들어오는 사람들이 중국 사신들인 것 같습니다."

"그래. 최억남 부관! 말소리가 시끄러운 걸 보니 중국 사신들이 맞는 것 같네. 가운데가 사신 대표이고 모두 다섯 명이 연회에 참석하나 보군."

최억남과 이운경은 부대원들을 이끌고 강녕전을 빠져나가 오늘의 연회 장소인 경회루에 도착했다. 경회루에서는 소주방 궁녀들이 한참을 분주히 움직이더니 모두 물러나고 제조상궁을 비롯한 몇 명의 상궁들만 한쪽에 서서 음식을 지키고 있었다. 연회장 한쪽 구석에는 궁중 악사들이 연주할 준비를 마치고 앉아 있었다. 한참 지나자 삼정승과 육조 판서 그리고 중국 사신들이 입장하고 있었다. 그 모습을 살펴보던 최억남과 이운경은 낮은 목소리로 소통하고 있었다. 경회루의 연회 준비는 마무리되어 보였고 임금만 입장하면 되었다. 특별히 임금의 안위를 해할 이상 징후도 발견되지 않았다.

"주상 전하! 연회 준비가 모두 끝났다고 합니다. 출발하시지요."

"그럽시다."

"전하를 모셔라."

최억남과 이운경이 다시 강녕전에 도착하니 상선이 연회 준비가 끝났다는 보고를 올리고 있었다. 그리고 대전 상궁과 함께 안으로 들어가 임금을 부축하고 나왔다. 임금이 경회루로 향하자 도승지, 상선과 내시들, 대전의 상궁과 궁녀들이 줄을 지어 뒤를 따랐다. 최억남이 소속된 이운경의 부대도 합류해서 임금을 호위하며 뒤를 따랐다. 경회루에서는 궁중 악사들의 연주 소리가 흘러나오고 있었다.

"주상 전하 납시오!"

주상 전하의 행차를 알리는 외침이 우렁차게 울려 퍼졌다. 이윽고 임금은 경회루 누마루로 올라가고 있었다.

"자! 모두 좌정들 하시오. 으음!"

"네. 전하! 성은이 망극하옵니다."

"이번에 우리나라와 명나라의 관계를 더욱 원활하게 하는 데 큰 역할을 해 준 명나라 사신들에게 진심으로 감사드립니다. 오늘은 편안한 마음으로 마음껏 마시고 즐겁게 보내길 바라오."

"네. 전하! 성은이 망극하나이다."

임금은 연회석 중앙의 좌석에 앉은 다음 모든 참석자에게 좌정할 것을 지시했다. 삼정승과 육조 판서들은 연회상 좌우에, 중국 사신들은 연회상을 사이에 두고 임금과 마주한 채 앉아 있었다. 임금은 이번 명나라 사신 덕분에 명나라와 조선이 더욱 친밀한 관계를 유지할 수 있게 되었음에 감사함을 표하고 있었다. 즐거운 연회 분위기 속에서 임금의 질의에 대한 중국 사신과 신하들의 대답, 중국 사신의 질의에 대한 신하들의 대답 등이 이어졌고 음식과 술과 무희들의 춤이 이어졌다. 임금이 직접 참여한 경회루 연회는 아무 이상 없이 두여 시간 동안 이어진 후 끝이 났다.

"중궁전으로 가자."

"네. 주상 전하! 전하를 중궁전으로 모셔라."

"네. 중궁전으로 모시랍신다."

최억남과 이운경은 임금이 중궁전으로 향한다는 말을 듣고 부대원의 절반은 임금을 따르게 하고 나머지 절반은 직접 이끌고 곧바로 중궁전으로 향했다. 중궁전에 도착한 이운경 부대는 이상 징후를 발견하지 못했고 곧바로 임금의 뒤를 따라온 부대에 합류했다. 최억남과 이운경은 임금이 중궁전으로 들어가는 모습을 확인함으로써 오늘의 중요한 임무를 마쳤다.

무과 급제

한양에서 최억남은 정로위 소속으로 내금위에 파견되어 이운경의 부관 겸 제자로 근무하며 임금과 궁궐 호위 임무를 충실히 수행하고 있었다. 내금위에서의 생활은 한 치의 소홀함도 용납되지 않는 긴장의 연속이었다. 그러나 최억남에게는 무과 합격의 꿈이 있었다. 따라서 최억남은 근무가 없는 시간에는 틈틈이 무과 시험 중심으로 유교 경전과 병법서를 공부하며 사부 이운경과 함께 무예 실력을 최고로 높이는 데 심혈을 기울이고 있었다.

"신묘년을 맞아 나라의 좋은 일을 축하하고 훌륭한 무관을 양성하기 위해 별시 무과를 실시하겠노라. 무관 지망자들은 응시해 합격의 영광을 안고 나라에 충성하도록 하라. 갑과 1명, 을과 34명, 병과 265명으로 총 300명을 선발하겠노라."

최억남이 한양 내금위에서 궁궐과 임금 호위 임무를 바쁘게 수행하면서도 시간을 쪼개 무과 시험을 준비하고 있을 때, 조정에서 신묘년 별시 무과 시험을 실시한다는 방이 붙었다. 무관의 길을 희망하는 많은 군사와 젊은이들이 방을 보고 주위에서 서성거리고 있었다.

"박강수! 무슨 좋은 소식이 있는가?"

"그렇다네. 최억남! 나라에서 별시 무과를 실시한다는 방을 붙여 놓았다네."

"그래? 무과 시험 치른 지 1년도 안 지났는데. 어디 나도 좀 보세."

최억남이 방을 보는 많은 사람 사이에서 내금위 동료 박강수를 발견하고 달려가서 물었다. 현재 내금위에서 함께 근무하는 박강수도 무과를 준비하고 있었다. 경상도 개령 출신인 그는 성품이 원만하고 성실해 최억남이 항상 가깝게 지내는 동료였다. 최억남은 박강수가 양보한 자리를 통해 사람들 사이를 헤집고 들어가 방을 읽고 있었다.

"임금님께서 1년도 안 돼서 별시 무과를 열어 주시는구나! 특별히 많은 인원을 선발하니 이번에는 꼭 합격해서 할아버지와 아버지는 물론 부인에게도 약속을 반드시 지키고 기쁨을 안겨드리리라."

최억남은 방을 읽고 난 후 고향에 두고 온 가족과의 약속이 떠올라 두 주먹을 불끈 쥐고 합격을 다짐하고 있었다. 무과 시험의 난도와 평가 기준이 상상을 초월하는 범주임은 이미 알려져 있었다. 사실 최억남은 금년 초의 신묘년 식년시 무과 시험에서 낙방한 적이 있어 와신상담하며 3년 후를 기약하고 있었다. 그런데 해가 가기도 전에 별시를 실시하고, 그것도 300명이나 선발한다니 최억남은 감격과 함께 기대와 희망에 부풀어 있었다.

"최억남! 이번에는 반드시 합격해야 해."

"그래! 박강수 자네도 꼭 합격해서 우리 둘이 동시에 합격의
영광을 안도록 하세."

최억남은 박강수와 동시에 합격할 것을 다짐하며 자리를 떠
났다. 과거 시험에는 3년마다 한 번씩 보는 정기 시험인 식년
시(式年試)와 나라에 경사가 있거나 인재 등용이 필요할 때 하
는 별시(別試)가 있었다. 식년시는 3단계로 치르는데 1차 시험
을 초시(初試), 2차 시험을 복시(覆試), 3차 시험을 전시(殿試)
라 했다. 초시에서는 한양과 각 도에서 무예 시험을 치러 합격
자를 선발하고, 복시에서는 초시 합격자를 대상으로 한양에서
무예 시험 및 유교 경전과 병법서의 구술 시험을 치러 합격자
를 선발했다. 전시에서는 복시 합격자를 대상으로 임금 앞에서
직접 무예 시험을 치러 합격자를 갑과, 을과, 병과의 순위로 나
누어 최종 성적을 발표했다. 별시는 지방별 초시를 생략하고
한양에서 시행하는 초시와 전시만으로 합격자를 선발했다. 식
년시에서는 복시 합격자가, 별시에서는 초시 합격자가 최종 합
격자가 되었다. 전시는 단지 최종 합격자를 대상으로 갑과, 을
과, 병과의 순위를 매기는 시험이었다. 최억남이 응시한 신묘
별시는 1591년(선조 24년)에 실시되었다.

"오늘 무과 신묘 별시에 응시한 여러분을 환영한다. 오늘은
신묘 별시의 초시를 실시하는 날이다. 모두 알다시피 별시는

지방에서는 실시되지 않고 이곳 한양에서만 실시된다. 그리고 복시는 생략되고 초시와 전시만으로 합격자를 선발한다. 따라서 오늘 초시의 무예 시험 결과가 무과 별시의 합격 여부를 판가름한다. 모두 초시를 통과해 무과 합격의 영광을 안기를 바란다. 오늘의 시험은 보사 3과목과 마상 무예 2과목으로 총 5과목이다. 첫 번째 과목은 목전이다. 목전 시험은 3개의 화살로 240보(약 320 m) 떨어진 표적보다 멀리 쏴야 한다. 목전은 목표물을 맞히는 능력보다 멀리 쏘는 능력에 초점을 맞춘다. 표적에 도달하면 7점, 5보(약 6 m) 이상 넘으면 각각 1점씩 가산한다. 두 번째 과목은 철전이다. 철전 시험 역시 3개의 화살로 80보(약 105 m) 떨어진 표적보다 멀리 쏴야 한다. 철전도 목표물을 맞히는 능력보다 멀리 쏘는 능력에 초점을 맞춘다. 화살은 육량전을 사용하며 표적에 도달하면 7점, 역시 5보(약 6 m) 이상 넘으면 각각 1점씩 가산한다. 세 번째 과목은 편전이다. 편전 역시 3개의 화살로 편전 통을 활용해 130보(약 175 m)에 있는 표적을 맞히면 합격, 맞히지 못하면 불합격이다. 네 번째 과목은 기사이다. 기사는 말을 타고 달리며 50보(약 65 m) 간격으로 놓인 5개의 표적에 각 1개씩 모두 5개의 화살을 쏘아 맞혀야 한다. 표적을 맞힐 때마다 각 5점을 주되 정중앙에 맞을수록 점수가 높으며 말의 속도도 측정해 말의 속도가 늦을 때는 점수를 인정하지 않는다. 다섯 번째 과목은 기창이다. 기창은 창을 왼쪽과 오른쪽 겨드랑이에 번갈아 끼고 출발선으로부터 25 보(약 33 m)의 간격으로 설치된 3개의 표적을 찌른 뒤에 왼편과 오른편을 돌아보며 창으로 뒤를 가리키며 마무리하고 돌아온다. 동작의 정확성과 자세를 평가하며 말의 속도가 느리거나 채찍을 놓치는 경우에는 점수를 얻을 수 없다. 창의 길이는 15척 5촌(약 3.75 m)이다. 이상이다."

무과 초시 시험관이 한양 훈련원의 시험장에서 환영의 말과 시험 과목과 채점 기준, 방법을 상세히 설명하고 있었다.

"지금부터 신묘 별시 무과 초시를 시작하겠다!"

시험관의 시작 신호와 함께 본격적으로 초시가 시작되었다. 이번 별시에 무과 합격을 목표로 하는 전국의 무인 희망자들이 10,000여 명이 넘게 몰려왔다. 선발 인원도 많거니와 유교 경전 및 병법서 구술 시험이 생략되기 때문에 더 많은 응시자가 몰려든 듯했다. 최억남은 대기하는 시간 동안 실전은 훈련처럼, 훈련은 실전처럼이라는 말을 되뇌며 마음을 가다듬고 있었다. 합격을 바라는 간절한 마음 대신 오히려 마음을 비우고 평상심을 유지하려고 노력한 것이다. 훈련원 시험장에서는 시험관들이 분주히 움직이고 있었고 응시자들도 순서에 따라 열심히 시험을 치르고 있었다.

"45번 응시자. 앞으로!"

"네. 45번 응시자. 최억남입니다."

"45번 응시자. 사선 앞으로!"

"네. 알겠습니다!"

드디어 최억남이 호명되었다. 시험관은 시험 번호만 호명하고 있었다. 최억남은 45번의 시험 번호를 받은 것이다. 시험관이 호명하자 최억남이 굵고 짧게 대답하고 재빨리 뛰어나왔다. 그리고 시험관에게 예를 표한 후 활쏘기 사선에 섰다. 목전 시험을 보기 위한 선이었다. 최억남은 평소 활쏘기 명수라는 별명을 갖고 있었지만 긴장되기는 마찬가지였다. 무과 시험에서의 활쏘기 표적은 모두 돼지머리 그림이었다.

"45번 응시자. 목전 시작!"

시험관은 첫 번째 시험 과목인 목전의 시작을 알렸다. 드디어 최억남의 꿈을 실현하기 위한 무과 시험이 시작된 것이었다. 목전 시험은 3개의 화살을 표적이 있는 240보(약 320m)를 넘겨 가능한 한 멀리 보내야 점수를 많이 얻을 수 있다. 까마득한 거리에 역시 돼지머리 표적이 걸려 있었다.

"표적을 넘어 목전을 멀리 날려 버리자."

최억남은 활시위를 당긴 채 심호흡을 하면서 표적을 확인하고 각도를 고려한 후 멀리 화살을 날려 보냈다. 활시위를 놓으니 탁 소리와 함께 쾌속음을 남기고 화살이 포물선을 그리며 멀리 날아갔다. 그동안 목전 활쏘기 훈련을 수없이 해 왔기 때문에 몸에 밴 습관이 되어 화살도 자연스럽게 날아가고 있었다.

"표적 초과!"

표적 시험관이 표적을 초과해 날아갔다는 신호와 함께 함성을 질렀다.

"표적을 더 넘겨 버리자."

최억남은 2차로 목전을 쏘면서 깜짝 놀랐다. 활시위를 놓으려는 순간 갑자기 바람이 불어 화살 방향을 순간적으로 틀어야 했기 때문이다. 몸에 밴 긴급 조치 능력 덕분에 화살이 표적을 향하고 있었다.

"표적 도착!"

다행히 표적에 도착은 했다. 하마터면 방향이 틀어져 표적에 도착하지 못할 뻔했다. 그랬으면 합격은 불가능했을 것이다. 불행 중 다행이었다. 최억남은 놀란 가슴을 쓸어내리고 있었다.

"좀 더 침착하게 하자."

최억남은 다시 심호흡하면서 마지막 바람까지 점검하고 있었다. 그리고 표적을 확인하고 각도를 맞춰 당겼던 활시위를 놓았다. 활시위를 놓자 목전이 바람을 가르는 소리를 내고 포물선을 그리며 멀리 날아갔다.

"표적 초과!"

표적 시험관이 표적을 초과했다는 신호와 함께 함성을 보내왔다. 최억남의 목전 화살 3발은 모두 목표 지점인 표적에 도달했고 첫 번째와 세 번째 화살은 추가 점수까지 얻을 수 있게 되었다.

"45번 응시자, 철전 시작!"

최억남은 목전 시험장 바로 옆 철전 시험장으로 이동했다. 시험관은 두 번째 시험 과목인 철전의 시작을 알렸다. 철전 시험장에는 80보(약 105 m) 거리에 돼지머리 표적이 걸려 있었다. 거리는 목전보다 훨씬 가까웠지만 화살은 무게가 6냥(240 g)짜리인 철 화살촉이었다. 철전 시험 역시 3개의 화살을 표적을 넘겨 가능한 한 멀리 보내야 점수가 많아진다. 최억남은 양 팔뚝의 근육을 만지며 사선에 들어섰다.

"철전은 팔의 근력이다."

최억남은 팔의 근력을 이용해 활시위를 힘껏 당겼다. 목전 때보다 훨씬 힘이 들어갔다. 활시위를 놓으니 탁 소리와 함께 무거운 화살이 멀리 날아가고 있었다. 최억남은 역시 최대한 화살을 멀리 보내겠다는 생각으로 활을 쏜 것이었다.

"표적 초과!"

표적을 초과했다는 신호와 함성이 표적 시험관으로부터 전해 오고 있었다.

"철전은 나의 주특기이다. 나는 잘할 수 있다."

최억남은 팔의 근력에는 자신 있어서인지 여유 있어 보였다. 최억남은 마음의 안정을 유지하기 위해 철전이 자신의 주특기임을 다시 한번 상기하고 있었다. 최억남이 철전의 시위를 힘껏 당긴 후 놓자마자 무거운 쇠 화살이 육중한 소리를 내며 표적을 향해 날아갔다.

"표적 초과!"

역시 표적 시험관의 표적 초과 신호와 함성이 들려오고 있었다.

"마지막까지 정신일도! 단 한 번의 실수도 용납되지 않는다."

최억남은 한 번의 실수가 곧 불합격이라는 사실을 명심하고 정신일도 하고 있었다. 최억남이 마지막 철전 시위를 힘껏 당긴 상태에서 심호흡을 한 번 하고 시위를 놓자 역시 육중한 화살이 표적을 향해 무겁게 날아가고 있었다.

"표적 초과!"

한참 후에 멀리서 역시 표적을 초과했다는 신호와 함성이 들려왔다. 최억남은 안도의 한숨을 길게 내쉬었다. 최억남은 철전에서도 정신일도와 자기 최면으로 평정심을 구한 상태에서 활을 쏘아 표적을 넘겨 추가점까지 받게 되었던 것이다.

"45번 응시자, 편전 시작!"

최억남은 철전 시험장 바로 옆쪽에 마련된 편전 시험장으로 다시 이동했다. 시험관은 응시자를 확인한 다음 세 번째 시험 과목인 편전의 시작을 알렸다. 편전은 3개의 화살로 130보(약 175 m) 떨어진 표적을 맞혀야 합격이다. 편전은 편전 통을 사용해 아기살을 쏘기 때문에 적중도가 높은 편이다. 최억남이 멀리 표적을 바라보니 역시 돼지머리 그림이 보였다.

"표적인 돼지머리의 미간 사이를 꿰뚫어 버리겠다."

최억남은 사선에 서서 활에 장착된 편전 통에 아기살을 넣고 잠시 눈을 감고 마음을 비운 다음에 표적인 돼지머리의 미간 사이를 향해 힘차게 활시위를 당겼다가 놓았다. 둔탁한 소리와 함께 편전 통을 빠져나간 아기살은 포물선을 그리며 날아가다 표적인 돼지머리 미간에 푹 꽂히고 있었다.

"명중!"

표적 시험관이 표적을 맞혔다는 명중 신호와 함성 소리를 보냈다.

"훈련 때처럼만 하면 된다. 마음을 비우고, 정신일도!"

최억남은 혼잣말이 끝나기도 전에 두 번째 활시위를 당겼다. 역시 가벼운 탁음 이후에 화살이 경쾌한 소리를 내며 표적을 향해 날아가고 있었다.

"명중!"

역시 편전의 명중률은 높았다. 아니 평소의 훈련량이 그 결과를 말해 주고 있었다. 역시 표적 시험관의 명중 신호와 함성이 들려오고 있었다.

"보사 시험의 마지막이다. 끝까지 정신을 집중하자."

최억남은 편전의 마지막 화살에도 혼신의 힘을 다해 집중하고 있었다. 역시 활시위를 당겼다 놓으니 탁한 마찰음을 내면서 화살이 멀리 날아가고 있었다. 마지막까지 정신을 집중했지만 화살은 정중앙을 맞히지 못하고 돼지머리 표적의 가장자리를 맞힌 듯했다.

"음~, 명중!"

표적 시험관이 한참 동안 뜸을 들인 후 명중을 알리는 신호와 함성을 보내왔다. 최억남은 마지막 화살에서 가슴이 뜨끔했지만 편전 시험에서 세 발의 화살을 모두 성공해 다행으로 생각하고 있었다. 최억남은 보사(활쏘기) 과목인 목전, 철전, 편전 시험을 모두 마치고 다음 마상 무예 시험장으로 이동하고 있었다.

"45번 응시자! 준비되었나?"

"네. 45번 응시자. 최억남! 준비되었습니다."

최억남은 마상 무예 시험장에 도착한 후 제일 먼저 말과 교감하고 있었다. 마상 무예는 말과의 호흡이 무엇보다 중요했기 때문에 처음 만난 말과 친해지지 않으면 안 되었던 것이다. 말과 교감을 끝낸 최억남은 시험관의 호명에 크게 대답하고 재빠르게 말에 올라타 다시 한번 말의 목덜미를 두드리며 협조를 당부하고 있었다. 최억남은 장방형 마상 무예 시험장의 상황을 빠르게 살피면서 시험 준비를 마치고 있었다.

"기사 시험이다. 45번. 시작!"

최억남이 출발선에서 활과 화살통을 맨 채로 고삐로 말을 제어하고 있을 때 시험관이 네 번째 시험 과목인 기사 시험의 출발 신호를 내리고 있었다. 최억남은 출발 신호와 동시에 박차를 가하고 채찍을 휘두르며 표적을 향해 말을 몰았다. 기사 시험에서는 말을 타고 달리면서 활을 쏘아 5개의 표적을 명중해야 했고 표적에서 멀어질수록 점수가 낮아지게 되어 있었다. 그리고 말을 달리는 속도도 느려지면 안 되었다. 역시 표적으로 사용된 돼지머리 그림들이 최억남을 반기는 듯했다.

"이랴! 달려라. 첫 번째 표적이다!"

최억남은 출발 신호와 함께 달려 나간 후 안장에 고삐를 올려놓은 채 양발 뒤꿈치를 이용해 말을 조종하고 있었다. 첫 번째 표적이 마상 무예 시험장의 장방형 트랙 동선 50보(약 65 m) 지점으로부터 왼쪽으로 20보(약 26 m) 정도 떨어져 놓여 있었다. 최억남은 첫 번째 표적을 보자마자 빠르게 움직이며 자유로운 양팔로 활시위를 당기고 있었다. 첫 번째 표적임을 외치고 당긴 활시위를 놓으니 탁 소리와 함께 화살이 빠르게 날아가 돼지머리 표적에 꽂혔다.

"명중!"

표적 시험관의 명중 신호와 함성이 들려왔다.

"이랴! 계속 달려라. 두 번째 표적이다!"

최억남은 다시 자세를 가다듬고 말과 호흡을 맞추며 전속력으로 달리다 장방형 트랙의 동선 100보(약 133 m) 지점으로부터 오른쪽으로 25보(약 33 m) 정도 떨어져 놓인 두 번째 표적을 발견했다. 최억남이 다시 두 번째 표적임을 외치고 당긴 활시위를 놓으니 탁 소리와 함께 빠르게 화살이 날아가 돼지머리 왼쪽 눈에 꽂혔다.

"명중!"

역시 표적 시험관의 명중 신호와 함성이 들려왔다. 최억남은 계속 말을 달리며 동선 150보(약 133 m) 지점으로부터 왼쪽으로 30보(약 40 m) 정도 떨어져 놓인 세 번째 표적, 동선 200

보(약 266 m) 지점으로부터 오른쪽으로 40보(약 53 m) 정도 떨어져 놓인 네 번째 표적, 동선 250보(약 333 m) 지점으로부터 다시 왼쪽으로 50보(약 65 m) 정도 떨어져 놓인 다섯 번째 표적을 차례대로 맞혀 나갔다. 세 번째 화살은 표적인 돼지머리를 벗어나 푸른색 바탕의 베에 맞았지만 네 번째와 다섯 번째 화살이 다행히 돼지머리 표적의 얼굴 부위 안쪽에 꽂혔다. 최억남은 세 번째 화살 때문에 약간 불안했지만 그래도 안도의 한숨을 쉬고 있었다. 최억남은 기사 시험을 마치고 땀을 흘린 채 숨을 몰아쉬고 있는 말의 목을 두드려 고마움을 전한 뒤 기창 시험장으로 이동하고 있었다.

"45번 응시자! 여기는 기창 시험장이다. 준비되었나?"

"네. 45번 응시자. 최억남, 준비되었습니다."

"기창 시험 시작!"

최억남은 기창 시험장에 도착한 후 호흡을 가다듬으며 말의 목을 쓰다듬고 있다가 시험관의 호명 소리에 크게 대답하고 출발선으로 나갔다. 이어서 시험관의 시험 시작 신호가 예리한 목소리로 떨어지고 있었다. 기창 시험은 장방형 시험장의 동선을 따라 놓인 3개의 표적을 찌르되 동작과 자세가 중요했다. 그리고 도착 시간이 늦어지거나 채찍을 놓쳐서는 안 된다. 기창 시험의 표적으로는 곰 형태의 허수아비가 세워져 있었다.

"첫 번째 표적. 곰이다!"

"오른손 중단 자세로 찌르기!"

"한 번 더 하단 자세로 찌르기!"

"통과!"

최억남은 출발선에서 말을 탄 채 긴 창을 들고 있다가 시험관의 신호가 떨어지자 곧바로 말의 하복부에 박차를 가하면서 무섭게 달려 나가고 있었다. 오른쪽 겨드랑이에 창을 낀 오른손 중단 자세를 취하고 오른팔로 창끝을 조절하며 달리던 최억남은 동선 25보(약 33 m) 지점에 설치된 첫 번째 곰 표적의 심장을 깊숙이 찔렀다. 최억남은 말을 한 번 후퇴시켜 창을 뒤로 뺀 후 하단 자세로 한 번 더 곰 표적의 허벅지를 찔렀다 뺐다. 표적 시험관의 신호와 통과의 함성을 뒤로하며 최억남은 동선을 따라 다음으로 향하고 있었다.

"두 번째 곰 표적이다!"

"왼손 중단 자세로 찌르기!"

"한 번 더 상단 자세로 찌르기!"

"통과!"

최억남은 다시 빠르게 말을 몰면서 시험의 규정에 따른 두 번째 기창 자세로 왼쪽 겨드랑이에 창을 낀 왼손 중단 자세를 취하고 있었다. 그리고 왼손으로 창끝을 조절하며 다시 50보(약 65 m) 뒤의 지점에 나타나는 두 번째 곰 표적의 심장을 큰소리로 외치며 깊숙이 찔렀다. 그리고 나서 말을 일단 후퇴시켜 창을 뺀 후 상단 자세를 취하고 절도 있는 동작으로 곰 표적의 머리 위를 찔렀다. 역시 표적 시험관의 통과 신호에 이어 함성이 들려왔다. 최억남은 세 번째 시험을 위해 다시 말을 몰고 있었다.

"세 번째 표적. 마지막 곰이다!"

"오른손 팔상 자세로 미간에 던지기!"

"다시 왼손 팔상 자세로 역시 미간에 던지기!"

"통과!"

최억남은 세 번째 표적으로 달려가면서 오른손 팔상 자세를 취하고 있었다. 오른손으로 머리 위 높이에 창을 올려 잡은 뒤 창을 앞뒤로 흔들며 나아가자 75보(약 99 m) 지점에 세 번째 곰 표적이 나타났다. 최억남은 곰 표적의 미간을 향해 창을 던져 정타로 맞히고, 다시 창을 뽑아내고 말을 후퇴시킨 후 왼손 팔상 자세로 바꾸고 다시 한번 표적 곰의 미간을 겨눈 후 던졌다. 역시 표적을 정타로 찌르자 표적 시험관이 통과의 신호와 함성을 보냈다. 최억남은 마지막으로 창을 다시 거둬 중단 자세를 취하고 말을 10여 보 몰고 나아간 후 오른편과 왼편을 돌아보며 몸을 틀어 창을 뒤로 가리키는 동작을 절도 있게 보이면서 기창 시험을 마무리했다. 최억남은 기창 시험을 마친 다음 호흡을 잘 맞춰 준 고마운 말의 목을 토닥거리고 있었다. 기창 시험은 통과만이 중요한 것이 아니라 창을 다루는 자세와 말을 달리는 속도도 중요했다. 최억남은 정확하고 신속한 동작과 절도 있는 자세를 보여 주려고 노력했지만 결과는 장담할 수 없는 상황이었다.

"최억남! 초시 합격을 축하하네!"

"그래. 고맙네. 박강수! 자네의 합격도 진심으로 축하하네."

"고마워. 우리가 약속했던 대로 함께 합격하니 두 배로 기쁘구먼."

"나도 그렇다네. 박강수! 그런데 초시 합격자 300명은 모두 이번 별시에서 최종 합격이지?"

"그렇지. 복시는 없고 전시에서는 합격자 300명의 순위만 정하니까."

"그래. 무과 합격이라니 믿어지지 않아서 물어본 것이라네. 우리 포옹이나 한번 하세."

"야호! 합격입니다. 김영광 사부! 이운경 사부! 고향에 계신 할아버지를 비롯한 가족 여러분! 제가 초시 합격을 해냈습니다. 곧 무과 합격입니다. 진심으로 감사드립니다."

신묘 별시 무과 초시 합격자 명단을 발표하는 날 최억남은 박강수와 만나서 함께 합격의 기쁨을 나누고 있었다. 최억남은 시험장인 훈련원으로 가서 방에 붙은 합격자 명단에서 자신의 이름을 발견한 데 이어 동료 박강수의 이름도 발견했다. 그리고 많은 합격 확인자 사이를 겨우 빠져나온 후 박강수를 만났던 것이다. 박강수도 합격 명단에서 최억남의 이름을 확인한 상태였다. 두 동료는 서로 초시 합격을 축하하며 포옹과 함께 두 배의 기쁨을 만끽하고 있었다. 별시에서는 복시가 생략되기 때문에 초시 합격자 300명이 모두 무과에 합격하게 된 것이었다. 사실 최억남은 시험을 마치고 며칠 동안 불안을 느끼는 동시에 기대감에 차 있었다. 10,000여 명이 넘는 장정들이 응시했으니 경쟁률을 생각하면 불안했고, 모든 시험 과목을 큰 실수 없이 무난하게 치른 것을 생각하면 기대가 되었다. 그런데 기대에 부응한 결과가 나온 것이다. 최억남은 박강수와 헤어진 후 합격의 기쁨으로 잠시 말을 잃었다가 김영광과 이운경, 그리고 고향의 가족에게 감사의 인사를 올리고 있었다.

"신묘 별시 전시 응시자들은 모두 나와 줄을 서도록 하라."
"드디어 최종 시험이구나! 오늘은 임금님 앞에서 무예를 선보이는 영광스러운 날이니 최선을 다해야지."
최억남은 신묘 별시 전시 시험 날짜에 훈련원 시험장에 일찍이 나와 기다리고 있었다. 평소보다 훨씬 분주하게 움직이던 시험관들은 큰 소리로 외쳐 300명의 전시 응시자들을 시험장에 도열시켰다. 최억남도 열을 맞춰 서서 긴장된 마음을 다잡고 임금 앞에서 치르는 전시를 잘 보겠다는 의지를 불태우고 있었다.
"전시 응시자 여러분! 축하한다. 오늘은 전시를 치르는 날이다. 특히 임금님을 모시고 무과 합격의 순위를 매기는 날이니 여러분의 실력을 마음껏 발휘해 주길 바란다. 오늘 전시의 시험 과목은 개인별 마상 격구와 단체 마상 격구 2가지이다. 두 경기를 해서 얻은 개인별 점수를 합산해 최종 성적을 매기게 된다. 먼저 개인별 마상 격구는 10명씩 한 조를 이루어 시험을 치르되 응시자별로 채점한다. 응시자들은 각자의 출마표에서 출발해 치구표까지 달려나가 공을 장시에 넣고 직선 유도선을 따라 달리며 배지, 지피 기술을 연결해 3회 반복한 다음 마지막에 공을 구문에 넣고 돌아오면 된다. 각각의 기술을 구사할 때마다 자세의 완성도, 구문에 공을 넣었는지 여부, 그리고 말 달리는 속도를 종합 평가한다. 다음으로 단체 마상 격구 경기는 10명씩 구분된 30개 조로 15경기가 이루어진다. 응시자는 소속된 각 조에서 경기하면 된다. 경기 중에 구사하는 기술의 완성도, 팀에 대한 공헌도, 말을 다루는 능력, 구문에 공을 넣은 횟수 등을 각각 평가해 개인별로 점수를 매긴다. 응시자 여러분! 오늘은 임금님이 직접 참관하시는 날이니 모두 최선을 다해 최고의 영광을 안길 바란다."

"여러분! 임금님의 도착이 약간 늦어진다는 소식이다. 응시자들은 잠시 대기하기 바란다."

"전체, 제자리에 앉아!"

전시 시험장에 설치된 단상에 올라간 시험관이 열을 맞춰 선 응시자를 대상으로 준엄한 목소리로 오늘 임금이 직접 참관함을 알리고 치를 과목과 시험 방법을 설명하고 있었다. 설명을 마친 시험관은 임금의 호종 병사로 보이는 사람과 긴급히 귓속말을 나누더니 응시자들에게 잠시 대기하라고 명령하고 있었다. 임금의 도착이 잠시 늦어질 모양이었다. 전 응시자들은 모두 제자리에 앉아 임금의 입장을 기다리고 있었다. 최억남은 기다리는 동안 잠시 상념에 잠겼다. 이번 시험에서 복시가 생략되어 구술(강서)시험을 치르지 않은 점이 무척 아쉬웠던 것이다. 긴 세월 동안 유교 경전과 병법서를 열심히 공부했는데 무과 시험에서 실력을 마음껏 펼칠 기회가 없었기 때문이었다. 그러나 시험의 부담은 분명히 덜했다. 최억남은 복시가 생략된 점을 아쉬워하며 금년 초 신묘 식년시에서 복시를 치를 때의 구술시험 기억을 떠올리고 있었다.

"30번 응시자! 知之者 不如好之者 好之者 不如樂之者의 뜻이 무엇인가?"

"네, 시험관! 30번 응시자, 최억남 답변드리겠습니다. 공자의 말씀으로, 알기만 하는 사람은 좋아하는 사람만 못하고, 좋아하는 사람은 즐기는 사람만 하지 못하다는 뜻으로 배움의 자세를 그냥 알려고 하는 것, 좋아하면서 배우는 것, 즐기면서 배우는 것으로 분류하고, 최고의 방법은 즐기면서 배우는 것이라는 말씀입니다."

"다음은 仁者 先難而後獲 可謂仁矣의 뜻이 무엇인가?"

"네, 시험관! 공자의 말씀으로, 어진 사람이란 어려움은 남보다 먼저 하고 보상은 남보다 뒤에 받아야 한다. 이런 사람을 가히 어질다 할 수 있다는 뜻으로 봉사하고 양보하며 사는 어진 사람의 길을 가라는 말씀입니다."

"다음은 知者樂水 仁者樂山 知者動 仁者靜 知者樂 仁者壽의 뜻이 무엇인가?"

"네. 시험관! 역시 공자의 말씀으로, 지혜로운 사람은 물을 좋아하며 어진 사람은 산을 좋아하니, 지혜로운 사람은 동적이고 어진 사람은 정적이며, 지혜로운 사람은 즐겁게 살고 어진 사람은 장수한다는 뜻으로 지혜로움과 어짐을 소유한 인간의 특성을 간파해 뜻깊은 가르침을 주고 있는 말씀입니다."

"그럼 마지막 문제이다. 志於道 據於德 依於仁 游於藝의 뜻이 무엇인가?"

"네. 시험관! 공자의 말씀으로, 도에 뜻을 두고, 덕을 닦으며, 인을 의지하며, 예에서 노닌다는 뜻으로 우리가 마음에 안고 살아가야 할 이상적인 생활 태도를 말씀하신 것입니다."

최억남은 유교 경전 구술시험으로 『논어』를 선택했다. 책을 놓지 않은 무인의 길을 걸어온 최억남으로서 비교적 어렵지 않게 대답했다. 이어서 병법서에 대한 시험관의 질문이 이어졌다.

"30번 응시자! 『손자병법』 제8편 「구변(九變)」에 관해서 설명해 보겠는가?"

"네. 시험관! 30번 응시자. 최억남! 먼저 『손자병법』 제8편 「구변」의 내용을 외우고 이어서 그 뜻을 설명하겠습니다."

"그렇게 해도 좋다."

"孫子曰, 凡用兵之法 將受命於君 合軍聚衆
　손자왈, 범용병지법 장수명어군 합군취중

圮地無舍 衢地合交 絶地無留 圍地則謀 死地則戰
비지무사 구지합교 절지무류 위지칙모 사지즉전

塗有所不由 軍有所不擊 城有所不攻 地有所不爭
도유소불유 군유소불격 성유소불공 지유소부쟁

君命有所不受 是故智者之慮 必雜於利害
군명유소불수 시고지자지려 필잡어리해

雜於利 而務可信也 雜於害 而患可解也 是故屈諸侯者以害
잡어리 이무가신야 잡어해 이환가해야 시고굴제후자이해

諸侯者以業 趨諸侯者以利 故用兵之法
제후자이업 추제후자이리 고용병지법

無恃其不來 恃吾有以待也 無恃其不攻 恃吾有所不可攻也
무시기불래 시오유이대야 무시기불공 시오유소불가공야

故將有五危: 必死可殺也 必生可虜也
고장유오위: 필사가살야 필생가로야

忿速可侮也 廉潔可辱也 愛民可煩也 凡此五者 將之過也
분속가모야 염결가욕야 애민가번야 범차오자 장지과야

用兵之災也 覆軍殺將 必以五危 不可不察也
용병지재야 복군살장 필이오위 불가불찰야

라고 했습니다."

"손자가 말씀하시기를, 군대 운용법은 장군이 군주의 명령을 수락하고 군대를 조합하기 위해 병사를 모집한다고 했습니다. 군대의 막사는 무너지지 않는 지형에 설치하고, 사방이 트인 곳에서 외교 관계를 잘 맺어야 합니다. 황무지에서는 오래 유영하지 말고, 포위될 만한 지형에서는 빠져나갈 책모를 세워 두어야 합니다. 사지에서는 죽기 살기로 전투를 해야 합니다. 가서는 안 되는 길이 있습니다. 공격해서는 안 되는 군대가 있습니다. 공격해서는 안 되는 성이 있습니다. 투쟁해서는 안 되는 지형이 있습니다. 군주의 명을 수락해서는 안 되는 때가 있습니다. 원래 지혜로운 자는 여러 가지를 고려해야 합니다. 필히 이해관계를 적절히 교잡해 섞어 운영해야 합니다. 이득을 적에게 운용할 때는 적이 어떤 임무이든 신뢰하게 만들고 피해를 적에게 적용할 때는 아군의 우환을 해독할 수 있어야 합니다. 그러므로 해를 이용해 제후를 굴복시킬 수 있고, 업을 이용해 제후를 노역시킬 수 있으며, 이익을 이용해 제후를 유인할 수 있어야 합니다. 본래 군대의 운용법은 적이 왕래하지 않기를 기대하지 말고 어떤 적도 대적할 수 있는 나의 힘을 키워야 합니다. 적이 공격하지 않기를 기대하지 말고 어떤 적도 공격할 수 있는 나를 믿어야 합니다. 그러므로 장군에게는 다섯 가지의 위기가 있습니다. 필히 죽기만을 생각한다면 살해될 것이고, 필히 살기만을 생각한다면 포로가 될 것입니다. 분노와 빠른 속도만을 생각한다면 수모를 당할 것이고, 청렴과 결백함만을 생각한다면 치욕을 당할 것입니다. 또한, 병사를 너무 아끼는 장군은 번민에 빠질 것입니다. 이러한 다섯 가지는 장군이 빠지기 쉬운 과오이며, 용병에 있어 재앙이 됩니다. 군대가 뒤집히고 장군이 죽는 것은, 필히 이 다섯 가지의 위험 때문이니 세심히 관찰해야 한다고 했습니다."[14]

최억남은 병법서 구술시험으로 『손자병법』을 선택했고, 제8편 「구변」에 대한 문제가 제시되었었다. 특히 병법에 재미를 느끼고 책을 놓지 않았던 최억남으로서 비교적 만족스럽게 답변했다는 생각이 들었다. 이어서 최억남이 구술시험 과목으로 선택했던 『경국대전』과 『소학』에 대해 생각하려는 찰나 시끄러운 고함과 음악 소리에 깜짝 놀라 정신을 차리고 자리에서 일어났다. 주위를 둘러보니 이미 모두 자리에 일어서 있었다.

"주상 전하 납시오!"

"뚜~~~뚜두~~~뚜루~~~뚜두루~~~."

시험장에 도착한 임금은 대전 내시의 고함과 취타대의 음악에 맞춰 전시 시험장 단상으로 올라오고 있었다. 단상에 마련된 어좌에 자리를 잡은 임금은 근엄한 자세로 전시 응시자들을 둘러보고 있었다. 양쪽 뒤편에는 병조판서와 훈련원 지사가 자리하고 있었다.

---

14) 원문: 『손자병법』 해설 출처: 나무위키.

"임금님이 착석하셨습니다. 우리 함께 '충'을 외칩시다."

"충! 충! 충!"

"충! 충! 충!"

"충! 충! 충!."

전시 시험관이 임금께 '충'을 외치자는 제안을 하자 모든 응시자가 오른손을 높이 들고 폈다 구부리며 '충'을 외치기 시작했다. 임금도 기분이 좋은 듯 가볍게 웃으며 손을 들어 답례하고 있었다. 이로써 전시의 시험 준비가 모두 끝났다.

"전시 시작!"

시험장 어좌에 앉아 있던 임금이 고개를 끄덕여 시험 시작을 알리니 시험관이 절도 있고 굵은 목소리로 전시 시작을 알렸다. 전시 응시자들은 일단 물러서 개인별 격구 시험 출발선인 출마표로 달려가 순서에 따라 줄을 맞춘 후 길게 앉아서 대기했다. 격구장은 규격에 맞추어 꾸며져 있었고 10곳의 출발선에는 모두 크고 탄력 넘치는 시험용 말들이 준비되어 있었다. 격구장에서 출마표(말을 타고 출발하는 지점)와 치구표(경기 시작할 때 공을 놓는 지점)의 거리는 50보(약 65 m)이고, 치구표와 구문의 거리는 200보(약 265 m)이며, 구문의 폭은 5보(약 6 m)이다. 그리고 격구 장시(채)는 자루 길이가 3척 5촌(약 106.05 cm)이고, 휘어진 부분의 길이가 9촌(약 27.27 cm)이고, 폭은 3촌(약 9.09 cm)이다. 장시는 둥근 모양의 시부(匙部)와 직선 손잡이 부분의 병부(柄部)로 나뉜다. 격구 공(모구, 毛

毬)의 둘레는 1척 3촌(약 39.39 cm)이었다.

"제1조 응시 번호 1번부터 10번까지 출마표 앞으로 나오도
록 한다."

"10번 응시자!"

"네. 10번 응시자. 최억남입니다."

"제1조 모두 출발 준비되었나?"

"네. 준비되었습니다."

임금이 보고 있는 앞에서 전시의 첫 번째 시험 과목인 개인
별 격구가 시작되었다. 응시 번호 10번을 받은 최억남은 제1조
에 편성되어 있었다. 최억남은 개인별 격구 시험에서 먼저 배
지 그리고 지피의 순서로 3회 기술을 선보이고 마지막으로 구
문에 공을 넣을 계획이었다. 그리고 각 동작 간의 거리는 29보
(약 38 m)로 할 구상을 이미 한 것이다. 출발선인 출마표로 나
간 최억남은 첫 번째 조였기 때문에 약간 긴장이 되었지만 역
시 말에 올라 말의 목덜미를 두드리며 교감을 나누고 있었다.
같은 조원들도 모두 준비를 마치고 있던 터였다. 최억남은 장
시를 말의 목과 귀에 맞춰 가지런히 놓은 비이 자세를 취하고
있다가 출발 신호와 함께 말에 박차를 가하고 튕겨 나가 치구
표를 향하고 있었다.

"격구 공이다. 이랴!"

"배지 1회째다!"

최억남은 출마표에서 출발하면서 비이를 할흉의 자세로 전

환해 50보(약 65 m) 거리의 치구표까지 쏜살같이 달리면서 말을 다루는 능력과 속도감을 보여 주었다. 그러다 치구표에 있는 격구 공에 도달해 장시의 시부 안쪽에 공을 잽싸게 얹은 후 앞으로 높이 던졌다. 이른바 배지 기술을 구사한 것이었다.

"29보 앞으로 공보다 빨라야 한다. 이랴!

"지피 1회째다!"

최억남은 배지의 기술을 구사한 후 할흉의 자세를 취하고 빠른 동작으로 달려가 29보 앞에 떨어진 공을 장시의 시부 바깥쪽에 다시 올려 서너 보를 달리다 역시 앞으로 높이 던졌다. 이른바 지피 기술을 구사한 것이었다. 최억남은 배지와 지피의 기술을 똑같은 방법으로 연속 2회를 더 구사해 3회를 마쳤다. 이제 마지막 동작만 남겨 두고 있었다.

"구문 통과! 야호!"

최억남은 3회째 지피 기술을 구사한 후에도 계속 말을 달려 땅에 떨어진 공을 다시 장시로 잽싸게 걷어 올려 시부 안쪽에 올렸다. 그리고 시부에 공을 얹은 채 10여 보를 휘두르고 달려간 후 구문을 향해 힘껏 던졌다. 쏜살같이 날아간 격구 공이 5보(약 6 m)의 폭으로 이루어진 구문을 통과했다. 시험관으로부터 통과 신호가 떨어졌다. 최억남은 두 손을 번쩍 들고 환호하고 있었다.

"이랴! 마무리를 잘하자!"

최억남은 구문을 통과시킨 공을 다시 장시의 시부에 얹고 돌아와서 치구표에 돌려놓고 출마표로 되돌아왔다. 최억남은 임금이 앉아 있는 단상을 바라보며 인사하고 물러났다. 최억남은 땀으로 젖은 말의 목을 정겹게 두드리며 고마움을 전하고 있었다.

"다음은 단체 마상 격구 시험을 실시하겠다. 대항 조별로 줄을 맞춰 다시 모여 주기 바란다."

모든 전시 응시생들의 개인별 마상 격구 시험이 끝나자 단체 마상 격구 시험이 시작되었다. 전시 응시자 300명은 10명씩 한 조로 모두 30개 조로 편성되었다. 2개 조가 1경기씩 출전하니 총 15경기가 이루어졌다. 단체 마상 격구는 격구장 양 끝에 구문을 세워 놓고 서로 반대편의 구문에 공을 통과시키는 방법을 택했다. 마상 격구 시험은 제15조와 제16조가 첫 번째로 시작해 14조와 17조가 두 번째,……, 마지막에 제1조와 제30조의 순서로 진행되고 있었다. 최억남은 역시 제1조에 소속되어 있었다.

"다음은 마지막으로 15번째 마상 격구 시험을 치를 제1조와 제30조 응시자들 앞으로 나오도록 한다."

"10번 응시자!"

"네. 10번 응시자. 최억남입니다."

"제1조와 제30조 응시자들 모두 시험 치를 준비되었나?"

"네. 준비되었습니다."

"시작!"

마상 격구 시험이 시작된 지 많은 시간이 흘렀다. 시험관은 오늘의 마지막 시험을 치를 조를 호명하고 응시자별 번호와 이름을 확인하고 있었다. 제1조인 최억남은 제30조와 함께 마지막 15번째 마상 격구 경기를 시작하고 있었다.

"이랴! 5번 응시자! 먼저 앞으로 달려 나가게."

"알았네. 10번 응시자! 나에게 공을 연결해 주시게."

"그래. 좋아. 배지로 보내겠네!"

"감사. 10번 응시자!"

"10번 응시자! 공 받으시게."

"감사. 5번 응시자! 빨리 앞으로 달려와 구문에 있는 상대 선수의 진로를 막아 주시게."

"알았네. 10번 응시자!"

"구문 통과! 고맙네. 5번 응시자!"

"그래. 잘했어. 10번 응시자!"

격구장에서는 응시자들과 20마리의 말이 얽히고설켜 격렬한 몸놀림을 이어 가면서 박진감 넘치는 마상 격구 경기가 이루어지고 있었다. 평소 격구 경기를 매우 즐긴다는 임금도 훌륭한 장면이 나올 때마다 만면에 미소를 띠고 어좌에서 일어나 응시생 번호를 부르는 등 별시의 장원을 뽑고자 열성을 보이고 있었다. 최억남은 5번 응시자와 손발을 맞춰 경기를 주도했으며 마지막에는 공을 구문으로 통과시키는 데 성공했다. 그런데 사실 5번 응시자는 내금위 동료 박강수였다.

"무과 시험이 드디어 모두 끝났구나. 오늘 임금님 앞에서 격구 경기를 한 것만으로도 큰 영광이다. 그럼 이제부터 등위에 연연하지 말고 편안한 마음으로 기다리자."

최억남은 임금 앞에서 치른 시험인 전시인지라 긴장이 되었지만 비교적 만족스럽게 마친 것 같아 흡족해하고 있었다. 무엇보다 임금 앞에서 격구를 했다는 것만으로도 큰 영광이 아닐 수 없었다. 그리고 마상 격구가 말과 함께 하는 과목이라 말과의 호흡이 중요한 법인데 큰 어려움이 없이 끝나 다행이었다. 개인별 마상 격구 시험에서는 시험관이 제시했던 규정대로 무리 없이 시험을 치렀던 것 같았고, 단체 마상 격구 시험에서는 소속 조원들과 협력적으로 경기를 치렀을 뿐만 아니라 동료 박강수와 호흡을 맞춰 구문 통과까지 했으니 나름대로 만족스러웠다. 최억남은 최선을 다해 별시 무과 시험을 모두 마치고 편안한 마음으로 결과만을 기다리고 있었다.

신묘년(辛卯年) 별시(別試) 무과 합격자 명단[15]

갑과 장원(1위)	병과 1위	⋮
이유함 본관 성주	정묵 본관 광주	⋮
을과 아원(1위)	2위	⋮
여우길 본관 함양	김지남 본관 광산	⋮
2위	3위	133위
유도 본관 문화	장만 본관 인동	최억남 본관 탐진
⋮	⋮	⋮

1591년 신묘 별시 무과 시험관은 갑과 1명, 을과 34명, 병과 265명 총 300명의 합격자 명단을 큰 소리로 발표했다. 오늘의 최종 순위는 채점 기준에 의한 점수의 합에 의해 결정되었는데 특히 임금의 의중이 많이 반영되었다. 최억남은 기대에 가득 찬 얼굴로 등위 발표를 듣고 있었다. 장원(갑과 1위)은 성주 이 씨 이유함, 아원(을과 1위)은 함양 여씨 여우길이었다. 최억남 은 긴장된 마음으로 자신이 호명되기를 계속 기다리고 있었다.

"신묘 별시 무과 최억남 병과 133위로 합격!"

"천지신명이시여! 조상님! 할아버님! 아버님! 두 분 사부님! 그리고 모든 가족 여러분! 감사합니다."

최억남의 이름이 드디어 호명되었다. 신묘 별시 무과에 병과 133위, 전체 등위는 합격자 300명 중 168위였다. 최억남은 자 신도 모르게 두 손을 모으고 무과 최종 합격의 기쁨을 만끽하 고 있었다. 그리고 천지신명, 조부모를 비롯한 가족, 김영광, 이 운경에게 감사하는 마음이 북받쳐 터져 나왔다. 전시 결과 발

---

15) 신묘년 무과 합격자 명단. 자료 출처: 광주정씨. 다음카페.

표장 여기저기에서 기쁨의 환희 소리가 끊이지 않고 있었다.

"여러분의 1591년 신묘년 별시 무과 합격을 축하하노라! 여러분은 나라의 동량이니 검증된 무예 실력을 바탕으로 성심을 다해 나라와 짐에게 충성하도록 하라!"

어좌에 앉아 전시의 전 과정을 친히 관람하던 임금은 무과 합격자들의 순위 발표에 이어 근엄하게 축하와 부탁을 했다. 합격자들은 임금의 축하와 부탁에 귀 기울이며 긴장의 끈을 놓지 않고 있었다.

"장원(갑과 1등) 성주인 이유함! 앞으로 나오시오!"

"장원을 축하하노라! 나라와 짐을 위해 큰일을 해 주길 바라오!"

"성은이 망극하옵니다."

시험관이 큰 소리로 장원 급제자 이유함을 호명하자 장원 급제자가 단상으로 올라가 머리를 조아리고 임금 앞에 꿇어앉았다. 임금은 어좌에 앉아 장원에게 직접 홍패를 수여했다. 이어 부상으로 무인의 상징인 보검을 하사하고 있었다.

"아원(을과 1등) 함양인 여우길! 앞으로 나오시오!"

"아원을 축하하노라! 나라와 짐을 위해 큰일을 해 주길 바라오!"

"성은이 망극하옵니다."

시험관은 장원 다음으로 아원을 호명했다. 호명된 아원 합격자도 단상으로 올라가 무릎을 꿇어앉은 채로 홍패와 보검을 하

사받고 있었다. 이어 성적에 따라 차례대로 합격자를 호명하고
있었다.

"병과 133위 탐진인 최억남! 앞으로 나오시오!"

"병과 합격을 축하하노라. 나라와 짐을 위해 최선을 다해 주
길 바라오!"

"성은이 망극하옵니다."

최억남도 순서가 되어 단상에 올라가 꿇어앉은 후 임금으로
부터 축하와 함께 홍패와 보검을 하사받고 있었다.

"教旨　定虜衛　崔億男　武科丙科
교지　정로위　최억남　무과병과

第一百三十三人及第出身者　辛卯年　十二月　五日."
제일백삼십삼인급제출신자　신묘년　십이월　오일

최억남은 단상을 내려와 제자리로 돌아간 후 홍패와 보검을
살펴보았다. 홍패는 과거 정로위의 경력과 무과 병과에 133위
로 합격했다는 내용이 연월일의 날짜와 더불어 적혀 있는 교지
였다. 붉은색 인주에 묻혀 진하게 찍혀 있는 커다란 임금의 옥
새는 홍패의 가치를 최고로 높이고 있었다. 보검은 화려하게
장식되고 임금의 친필이 새겨져 있었으며 날은 날카로움으로
번득이고 있었다. 무과에 합격하고 임금으로부터 직접 홍패와
보검까지 받으니 최억남의 가슴은 터질 듯이 흥분되어 한참을
하늘을 바라보며 가슴을 진정시키고 있었다.

"최억남! 무과 합격을 축하하네."

"최억남! 나도 진심으로 축하하네."

"감사합니다. 김영광 사부! 이운경 사부! 두 사부의 가르침 덕분에 제가 오늘의 영광을 얻을 수 있었던 것 같습니다. 두 사부를 평생 잘 모시도록 하겠습니다. 김영광 사부께서는 병부에 계셔서 바쁘실 텐데 시간 내 주셔서 감사드립니다."

"이렇게 좋은 날 자네를 안 볼 수 없지 않은가?"

임금이 대전 내시의 고함과 취악대 음악에 맞춰 퇴장하고 합격자들도 모두 홍패 수여식장을 빠져나가고 있었다. 그때 김영광과 이운경이 기다리다가 최억남을 만나 합격을 진심으로 축하해 주고 있었다. 김영광은 최근 한양 병부로 발령이 나서 한창 바쁘게 근무하는 중이었다. 최억남은 두 사부에게 고마움을 느끼며 평생 은혜를 잊지 않겠다고 약속하고 있었다. 1591년 (선조 24년) 신묘(辛卯)년의 12월 5일경의 일이었고, 최억남의 나이 33세였다.

훈련원 봉사

최억남은 꿈에 그리던 무과에 합격해 드디어 무관의 길을 갈 수 있게 되었다. 조정으로부터 빠른 시일 내에 관직을 내리겠다는 약속을 받은지라 마음의 여유를 갖고 병법서를 읽고 있었다. 평생 책을 놓지 않은 무인이 되겠다는 조부 최처호와의 약속도 있었지만 무관이 되었으니 나라와 임금을 보위하고 부하들의 목숨을 지키려면 더욱 공부에 매진해야 할 필요성을 느꼈기 때문이었다.

"崔億男　行訓練院　奉事　者　辛卯年　十二月　十五日."
최억남　행훈련원　봉사　자　신묘년　십이월　십오일

최억남에게 종8품 벼슬인 훈련원 봉사로 발령을 낸다는 임명장이 도착했다. 훈련원은 군사들의 훈련, 병서의 강습, 다양한 무과 시취를 맡은 기관이었다. 훈련원은 최억남이 이미 정로위 시절에는 군사 훈련을, 무과 시험 준비 기간에는 무예 훈련을 하면서 인연을 맺었고, 최근에는 무과 시험을 직접 치른 곳이기도 했다. 최억남은 한양의 훈련원에서 종8품 봉사로 근무하라는 발령을 받은 것이었다. 1591년 12월 15일경의 일이었다.

"이랴! 왜 이리 늦나? 더 빨리 달리자! 임금님이 내리신 홍패와 보검을 보시고 훈련원 봉사로 발령 난 줄 아시면 할아버지를 비롯한 가족이 얼마나 좋아하시고, 또 부인께서는 또 얼마나 감동받을까!"

최억남은 비단보에 품격 있게 싸인 무과 합격 교지인 홍패를 가슴에 깊이 간직하고 보검을 소중히 어깨에 메고 말을 타고 고향으로 달리고 있었다. 고향의 가족에게 홍패와 보검 그리고 훈련원 봉사의 관직을 보여 줄 생각을 하니 가슴이 벅차고 바람을 가르는 말의 속도마저도 한없이 더디게 느껴졌다. 사실 조정에서 신묘 별시 합격자 명단의 방을 전국에 붙였기 때문에 가족은 최억남이 무과에 합격한 사실을 이미 알고 기다리는 중이었다.

"할아버님! 할머님! 감사합니다. 무과 합격자, 훈련원 봉사 손자의 절을 받으세요!"

"장하다. 우리 손자! 가문을 빛내고 나라를 위해서 꼭 큰일을 하도록 해라."

"우리 손자! 너무 자랑스럽구나. 할머니는 축하 잔치를 크게 열어야겠구나."

최억남이 고향인 보성에 도착하자 가족이 모두 조부 최처호의 집으로 모였다. 최억남은 먼저 조부모께 인사를 드리고 있었다.

"아버님! 어머님! 감사합니다. 절 받으십시오!"

"그래 우리 아들 장하다. 아버지도 기뻐서 너무 가슴이 벅차구나!"

"우리 아들! 인물도 좋고 성품도 좋은데 과거 합격까지 해 엄마는 한없이 행복하구나."

최억남은 낳아 주신 부모에게 감사 인사를 드리고 있었다.

"형님! 형수님! 부인! 고맙습니다. 오늘은 인사를 올려야겠습니다."

"축하하네. 동생! 멀리 함경도 온성진까지 가서 고생한 보람이 있구만. 정말 장하네."

"시아제! 진심으로 축하드립니다."

"여보! 축하드립니다. 서방님은 꼭 합격하실 것으로 굳게 믿고 있었습니다."

최억남은 형님 최남정, 형수 진원 박씨, 부인 해남 윤씨와 맞절을 하며 감사의 마음을 전하고 있었다. 형제들의 맞절이 끝나자 조모 뒤에 앉아 있던 딸들도 달려들어 최억남의 합격을 축하했다.

"할아버님! 여기 보십시오. 이것이 무과 합격자에게 주는 홍패라는 것입니다. 제 이름이 여기 있고 임금님 옥새가 여기에 크게 찍혀 있습니다."

"빨간색 바탕이어서 홍패이구나!"

"네. 할아버님! 그렇습니다."

"이것은 임금님이 내리신 보검입니다."

"정말 멋있어 보이는구나. 임금님의 친필 글씨가 여기에 쓰여 있는 것 맞지?"

"그렇습니다. 아버님! 그리고 한양에서 훈련원 봉사로 근무하라는 발령장도 여기 있습니다."

"그래. 한번 보자. 훈련원 봉사면 종8품직이지? 축하한다. 우리 손자! 그리고 한양이어서 잘되었다. 이제 무관으로 입직했으니 승승장구해야지!"

"네. 할아버님!"

최억남은 모든 가족과 인사를 마친 후 한양에서부터 고이 가져온 홍패와 보검을 풀었다. 홍패와 보검을 처음 본 가족은 모두 감탄을 연발했다. 그리고 최억남이 훈련원 봉사로 발령이 났다는 소식도 전했다. 최처호를 비롯한 가족은 최억남이 가문의 영광을 일으켜 세웠다고 생각하며 앞으로 승승장구하기를 기원하고 있었다.

"부인! 손자를 위해서 잔치를 크게 합시다."

"당연히 그래야지요. 곧 손님들이 들이닥칠 테니 빨리 준비하겠습니다."

최처호는 최억남의 합격을 축하하기 위해 잔치를 크게 열 것을 제안했고 조모 김씨 부인도 당연하다면서 준비를 서둘렀다. 옆에 앉아 있던 윤씨 부인과 박씨 부인은 김씨 부인의 말이 끝나기도 전에 밖으로 나가 잔치 준비에 들어가고 있었다.

"최억남이 무과에 합격해 금의환향했다면서요. 축하드립니다. 어르신!"

"축하드립니다. 어르신!"

"우리도 홍패와 보검을 좀 구경해 봅시다!"

최처호의 집 마당에는 최억남이 내려왔다는 소식을 듣고 벌써 마을 사람들이 모여들어 축하해 주기 시작했다. 최처호는 마을 사람들에게 홍패와 보검을 구경시켜 주고 있었다. 밤늦도록 최처호의 집에서 축하하던 마을 사람들도 집으로 돌아가고 있었다. 최억남의 무과 합격 소식은 보성에 이미 소문이 쫙 퍼져 있었기 때문에 최억남이 왔다는 소식을 알면 내일은 더 많은 축하객이 몰릴 것은 당연한 일이었다.

"박광전 선생께서 제자들을 거느리고 어려운 걸음을 해 축하해 주시니 정말로 감사드립니다."

"어르신! 축하드립니다. 손자가 무과 합격의 영광을 안았으니 가문의 영광을 넘어 우리 고향 보성의 영광입니다."

"최억남! 무과 합격을 진심으로 축하드리네."

"네. 박광전 선생! 감사드립니다. 박광전 선생은 물론이고 박근효, 정사제 선배들의 가르침도 큰 도움이 됐습니다. 진심으로 감사드립니다. 그리고 정길, 안방준 후배도 오셨구먼. 감사하네."

다음 날 아침 박광전은 제자들을 이끌고 축하해 주기 위해 찾아왔다. 최처호는 기쁜 나머지 나이도 잊고 활기찬 모습으로 손님을 맞이하고 있었다. 박광전은 최억남이 유교 경전에 의문이 생길 때 찾아가면 문제를 해결해 주던 스승이었고, 박근효와 정사제는 최억남의 선배로서 서로 교유하며 많은 것을 배운 사람들이었다. 정길은 7년 후배, 안방준은 14년 후배로 아직 나이가 어리지만 모두 장래가 촉망되는 후배들이었다.

"임계영 선생께서 이렇게 왕림해 주시니 정말 감사드립니다."

"네. 어르신! 진심으로 축하드립니다. 최억남! 무과 합격을 진심으로 축하하네. 그런데 별시라 이번에 병법서 시험은 보지 않았겠지?"

"네. 임계영 선생! 이번 별시에서 선생께 배운 병법을 써먹지 못해 아쉽지만 무관의 길을 가는 지금부터 더욱 필요한 공부가 아닐까 싶습니다. 감사한 마음 간직하고 앞으로 더욱 병법서 공부에 매진하겠습니다."

이어서 최억남에게 유교 경전과 특히 병법서에 대해 많은 것을 지도해 준 임계영이 도착했다. 임계영 역시 몇 명의 제자들을 거느리고 와서 최억남의 합격을 진심으로 축하해 주고 있었다. 최처호는 임계영을 박광전이 있는 방으로 안내했다.

"문위세 선생과 윤서선 사돈께서도 축하해 주러 오시니 정말로 감사드립니다."

"네. 어르신! 축하드립니다. 어르신의 교육 방식이 훌륭한 손자로 키우셨다고 소문이 자자합니다."

"사돈어른! 축하드립니다. 우리 조카사위 최억남이 무과에 합격했다니 저도 기쁘기 한량없습니다. 최억남의 장인도 대신 축하해 달라고 말씀했습니다."

"감사합니다."

다음으로 멀리 해남의 윤서선과 장흥의 문위세가 함께 찾아와 축하의 인사를 전하고 있었다. 문위세는 최억남을 해남 윤씨 집안에 소개한 사람이었고 윤서선은 처숙부였다. 최처호는 두 손님에게 감사의 인사를 나누고 먼저 와 있는 박광전과 임계영이 있는 사랑방으로 이들을 안내하고 있었다.

"최억남! 축하하네."

"나도 축하하네. 최억남!"

"감사합니다. 최대성 선배 그리고 소상진 선배!"

"최억남 선배! 축하드립니다. 전방삭 무관이 보내서 대신 왔습니다."

"최억남 오라버니! 진심으로 축하드립니다. 선거이 무관 대신에 축하드리러 왔습니다."

"감사하네. 후배들!"

보성의 선배 무관 중에서 소상진과 최대성이 직접 방문해 축하해 주었다. 전방삭과 선거이는 원지에서 근무하는 관계로 각각 남녀 동생들을 대신 보내 축하해 주었다. 최억남은 감사의 마음을 가득 안고 축하객들을 일일이 맞이하고 있었다. 축하객 중에는 후배들의 숫자가 압도적으로 많았다. 최억남은 새삼 유명 인사가 되어 보성과 나아가 나라를 짊어질 동량으로 인정받고 있음을 느끼는 동시에 책무감도 느끼고 있었다.

"평소 존경하는 박광전 선생!, 임계영 선생!, 문위세 선생!, 윤서선 처숙부! 그리고 여러 선배, 동료, 후배 여러분! 불초 소생의 무과 합격을 축하해 주기 위해 이렇게 왕림해 주셔서 진심으로 감사드립니다. 특별히 제가 과거 시험을 준비하는 데 많은 도움을 주신 앞에 자리하신 선생들과 선배들께 이 자리를 빌려 다시 한번 감사의 말씀을 올립니다. 저는 여러분의 분에 넘치는 축하에 보답하기 위해서라도 최선의 노력을 다해 무관의 길을 가겠습니다. 고향 보성의 이름을 빛내고 나라를 지키기 위해 온몸을 바치겠습니다. 저는 현재 한양의 훈련원 봉사로 발령 난 상태로 며칠 후에 떠나야 합니다. 비록 몸은 여러분과 떨어져 있겠지만 여러분이 저의 도움을 필요로 하면 언제든지 힘을 보태도록 하겠습니다. 특히 오늘 모인 후배 중에서 무인의 길을 가고자 하는 사람이 있다면 끝까지 후원해 드리겠습니다. 다시 한번 저를 축하해 주기 위해 참석해 주신 모든 분에게 진심으로 감사드립니다. 오늘 하루 실컷 마시고 드시고 흥겹게 보내시기 바랍니다. 감사합니다."

"선배님! 축하합니다."

"최억남 선배, 멋있어요!"

"최억남 오라버니, 최고 멋있어요!"

축하연이 무르익자 박광전을 비롯한 어른들의 권유로 최억남은 왕림해 준 손님들에게 감사의 인사를 전하고 있었다. 앞으로의 다짐과 무인의 길을 가는 후배를 후원해 주겠다는 내용이었다. 최억남은 고명하신 선생들과 선배에게 감사함을 전하기도 했지만 무엇보다 평소에 특별히 아꼈던 후배들에게 많은 애정을 표하고 있었다. 젊은 후배들도 소리 높여 외치며 최억남을 축하해 주었다. 모든 축하객도 떠나고 분주하고 즐거웠던 잔칫날의 하루가 저물어 가고 있었다.

"최억남 동생! 나는 군자감 소속의 자리로 옮겼다네."

"예? 형님은 중위의 군사로 근무하고 있지 않습니까?"

"나도 동생이 깜짝 놀랄 거라 생각했네. 고향에서 중위의 군사로 근무하고 있는데 동일 지역 군자감 소속으로 근무할 사람을 선발하는 시험이 있었다네. 내가 예전에 공부한 유교 경전 등이 있어서 시험에 응시했는데 합격했어. 그래서 군자감으로 소속을 옮기게 됐지."

"축하드립니다. 형님! 그런 일이 있었군요. 군자감은 호조 소속이니까 병조 소속인 오위와는 완전히 다른 계열로 옮기신 것이네요. 형님은 그곳이 더 맞을 것도 같습니다. 축하드립니다."

"고맙네. 최억남 동생!"

최억남과 최남정은 오랜만에 마주 앉았다. 최남정은 오위 중 중위(의흥위)의 소속으로 전라도로 발령받아 고향에서 근무하고 있었다. 그런데 군자감 관리를 모집하는 시험에 합격해서 현재 이직한 상태로 역시 고향에서 근무하고 있었던 것이다. 최억남이 그동안 고향에 소식을 전하지 못한 기간에 일어난 일이었다. 최남정은 본래 문인의 기질이 있어 군자감 근무가 적성에 더 맞을 듯하기도 했다. 최억남은 진심으로 축하해 주고 있었다.

"서방님! 다시 한번 축하드립니다."

"고맙습니다. 부인! 부인이 할아버지와 할머니를 잘 모시고 뒷바라지를 잘해 주었기 때문에 가능한 일이라 여겨집니다. 다 부인 덕분입니다."

"저야 뭐 당연히 해야 할 일을 한 것이고요. 서방님이 큰일을 이뤄 주셔서 한없이 기쁩니다."

"고맙소, 부인! 나도 부인과의 약속을 지켰을 뿐이니 당연히 해야 할 일을 한 것 아니겠소?"

"그렇게 되나요? 서방님! 아무튼 감사합니다. 그런데 벌써 내일이 떠나는 날입니까?"

"그렇소, 부인! 요즘 며칠 간의 시간이 너무 빨리 흘러 버린 것 같소."

최억남의 축하 잔치도 끝났고, 이어 며칠을 보낸 후 한양으로 떠날 날이 다가왔다. 한양으로 떠나기 하루 전날 밤늦도록 부부는 따뜻한 정을 나누고 있었다. 최억남은 윤씨 부인이 조부모를 잘 모셔 주어서 고마웠고 윤씨 부인은 최억남이 약속을 지켜 무과에 급제해 주어서 고마웠던 것이다. 그러나 행복했던 시간도 뒤로하고 오늘이 지나면 두 사람 사이에 또 긴 시간 이별이 기다리고 있었으니 애틋함이 더욱 묻어날 수밖에 없었다.

"최억남 봉사! 훈련원에서 함께 근무하게 되어 반갑습니다. 나는 김이랑 봉사라고 합니다."

"네. 반갑습니다. 김이랑 봉사! 나는 최억남이라고 합니다."

"나는 이곳에 근무한 지 1년째입니다. 최억남 봉사의 직계 선임입니다."

"아, 그렇습니까? 앞으로 김이랑 봉사께 많은 걸 배워 나가도록 하겠습니다."

최억남은 고향에 다녀온 후 한양의 훈련원으로 출근해 선임인 김이랑과 만나 반갑게 인사를 나누고 있었다. 김이랑은 최억남의 직계 선임 무관으로 훈련원에서 1년째 근무하고 있지만 관직은 봉사로 신임 최억남과 같았다. 최억남은 김이랑에게 많은 것을 배워 나가겠다면서 훈련원 근무를 시작하고 있었다.

"최억남 봉사! 훈련원의 업무는 크게 시취(試取)와 연무(鍊武)로 나뉩니다."

"네. 김이랑 봉사! 시취는 각종 무과 시험을 실시해 무인을 선발하는 업무이고, 연무는 군사들에게 무예 훈련과 전투 훈련을 시키는 업무이지요?"

"그렇습니다. 최억남 봉사! 그런데 연무에서 병법서를 교습하는 것도 중요한 우리의 업무입니다."

"아, 그렇습니까? 병법서 교습은 얼른 생각 못했습니다. 새로운 것을 알게 해 주셔서 감사합니다. 김이랑 봉사!"

최억남은 김이랑으로부터 훈련원의 업무를 배워 나가고 있었다. 훈련원의 주요 업무는 시취와 연무로 이는 최억남이 김이랑과 함께 처리해야 하는 일들이었다. 시취는 무과를 비롯한 각종 시험으로 무인을 뽑는 일이었고 연무는 군사력을 유지·발전시키는 일과 병법서를 강의하고 습독하는 일이었다. 즉 훈련원에서는 시취 업무로 무과 시험의 한양 초시, 한양 복시, 전시를 주관했고, 내금위(內禁衛), 별시위(別侍衛), 친군위(親軍衛) 등의 군사 선발을 주관했다. 연무 업무로는 중앙에서 습진

(習陣) 훈련을 연 2회 주관했고, 겸사복(兼司僕), 내금위, 충의위, 족친위, 장용위(壯勇衛)의 병기 검열도 주관했으며, 습독관을 통해 병요(兵要), 무경칠서(武經七書), 통감(通鑑), 장감(將鑑), 박의(博議), 진법(陣法), 병장설(兵將說)을 강의하고 습독했으며 사어(射御)도 가르쳤다. 훈련원의 관원은 지사(知事, 정2품) 1명(1인 타관 겸임), 도정(都正, 정3품 당산관) 2명(1인 타관 겸임), 정(正, 정3품 당하관) 1명, 부정(副正, 종3품) 2명, 첨정(僉正, 종4품) 2명, 판관(判官, 종5품) 2명, 주부(主簿, 종6품) 2명, 참군(參軍, 정7품) 2명, 봉사(奉事, 종8품) 2명이 있고, 그밖에 습독관(習讀官) 30명이 있었다. 훈련원의 실질적인 책임자는 훈련원정이었고, 당시 박승정이 책임을 맡고 있었다. 최억남은 훈련원에서 병법서는 물론 무관으로서 갖추어야 할 다양한 지식을 더 깊게 공부하는 기회로 삼을 수 있다고 생각하며 의욕 넘친 출발을 하고 있었다.

"최억남 봉사! 오늘도 밤늦도록 열심히 공부했군. 이제 퇴근하도록 합시다."

"네. 김이랑 봉사! 벌써 시간이 많이 되었군요. 정신없이 책을 읽다 보니 이렇게 시간이 간 줄 몰랐습니다."

"최억남 봉사의 집중력이 정말 대단하군요. 병서를 그렇게 열심히 읽어 대다니 참 놀랍습니다."

"아닙니다. 김이랑 봉사! 김 봉사의 열정에야 못 미치지 않겠습니까?"

"하하하……."

최억남은 김이랑에게 많은 것을 배워 가면서 맡은 직무를 성실히 수행하고 있었다. 낮에는 시취 관련 업무, 습진 훈련 업무를 수행하기도 하고 병기 검열도 했다. 최억남은 특히 병법서를 교습하는 30명의 습독관들 관리도 했다. 그리고 밤이면 밤마다 병법서를 읽으면서 전술을 연구해 무궁무진한 병법의 원리를 터득하고자 노력하고 있었다. 그래야 습독관을 관리할 수 있을 것이고 또 무관의 길을 가면서 어떤 적이 나타나든 백전백승할 수 있을 것으로 생각하고 있었기 때문이었다.

제 3 장

의병 활동 시절

임진왜란 발발

　최억남은 훈련원 생활을 하며 몸은 비록 고단했지만 정신만
은 날아갈 것 같았고 마음도 행복으로 가득 찼다. 최억남이 철
저히 지켜 오고 또 지켜 갈 책을 놓지 않는 무관의 생활을 마음
껏 누리고 있었기 때문이었다. 그러나 길지 않은 태평성대 훈
련원 무관 생활은 서서히 막을 내리고 있었다. 누구도 상상하
지 못한 큰 불행이 나라를 향해 뻗어 오고 있었던 것이다.

　"급보입니다! 전쟁입니다! 급한 장계를 가지고 왔습니다."

　"어디에서 온 누구길래 시끄럽게 구느냐?"

　"부산에 왜군이, 왜군이 쳐들어왔습니다."

　"왜군이? 웬 호들갑이냐?"

　"아닙니다. 급합니다. 경상좌수사 박홍의 장계를 가지고 달
려왔습니다. 주상 전하께 빨리 전해 드려야 합니다."

　"행색은 멀쩡한데, 원. 이리 주고 기다려라."

　이른바 임진왜란이 시작되었다. 부산포 앞바다에 시커멓게

몰려든 왜군 함선들을 보고 경상도 응봉 봉수대에 봉화가 피어 오르면서 전쟁이 시작된 것이었다. 경상좌수사 박홍이 작성한 장계를 가지고 부산에서 한양까지 말을 타고 달린 군사가 숨을 헐떡거리며 급한 상황을 임금께 전달하고자 다급해하고 있었다. 그러나 궁궐 수문장은 시큰둥한 반응을 보이며 장계를 받아 들고 궁궐 안쪽으로 사라졌다. 최억남이 무과에 합격해 훈련원 근무를 시작한 지 4~5개월밖에 지나지 않은 1592년(선조 25년) 4월 13일에 일어난 일이었다. 최억남의 나이 34세였다.

"왜군이 부산포에 쳐들어왔다고 하더라."

"부산포 앞바다가 왜군 함선으로 새카맣게 변했다고 하더라."

"부산진 첨사 정발과 동래부사 송상현이 성을 지키다 전사했다고 하더라."

"관군들이 도망가느라 정신이 없었다고 하더라."

1592년 4월 14일에 부산진성이 함락되어 정발이 전사하고 곧이어 동래성이 함락되어 송상현도 고군분투하다 전사했다. 순식간에 부산이 쑥대밭이 된 상황에서 박홍의 장계를 전해 받은 한양의 조정은 믿기지 않는 사실에 어찌할지 모르며 혼란에 빠져들고 있었다. 동시에 전국적으로 삽시간에 소문이 퍼져 민심이 흉흉해져 가고 있었다.

"왜군의 부산포 침략이 정말로 사실이란 말이오? 침략한 왜군 수는 얼마쯤 된다고 했소?"

"황공하옵니다. 전하! 200,000여 명은 족히 된다고 하옵니다."

"뭐요. 200,000여 명? 왜군 선발로 들어와 부산진성과 동래성을 함락시킨 자의 이름이 누구라 했소?"

"네. 전하! 장수 고니시 유키나가라 합니다."

"고니시 유키나가? 그자에게 정발과 송상현이 모두 전사했단 말이오? 어쩌다 이런 일이. 어쩌다……."

"황공하옵니다. 전하!"

"보고된 왜군의 규모와 군사 편성 체제를 자세히 말해 보시오."

"네. 전하! 왜군의 수는 총 200,000여 명이 된다고 합니다. 그중에서 육군 정규군이 158,700여 명으로 모두 9번대(番隊)로 나뉘어 편성되었다 하옵니다. 제1번대는 장수 고니시 유키나가(小西行長)가 군사 18,700여 명을, 제2번대는 장수 가토 기요마사(加藤淸正)가 군사 22,800여 명을, 제3번대는 장수 구로다 나가마사(黑田長政)가 군사 11,000여 명을, 제4번대는 장수 모리 요시나리(毛利吉成)와 시마즈 요시히로(島津義弘)가 군사 14,000여 명을, 제5번대는 장수 후쿠시마 마사노리(福島正則)가 군사 25,000여 명을, 제6번대는 장수 고바야가와 타카카게(小早川隆景)가 군사 15,000여 명을, 제7번대는 장수 모리 데루모토(毛利輝元)가 군사

30,000여 명을, 제8번대는 장수 우키타 히데이에(宇喜多秀家)가 군사 10,000여 명을, 제9번대는 장수 하시바 히데카츠(羽柴秀勝)가 군사 11,500여 명을 이끌고 있다고 하옵니다. 이 밖에도 장수 와키자카 야스하루(脇坂安治)의 해군과 보급병 등이 43,000여 명에 달한다고 하옵니다."

"뭐, 뭐요? 저들의 총대장은 누구라고 하던가요?"

"네, 전하! 20세에 불과한 도요토미 히데요시의 양아들 우키타 히데이에라고 하옵니다."

임금은 신하들에게 정발과 송상현을 죽인 왜군 장수 이름이 고니시 유키나가라는 사실을 보고 받고, 왜군의 규모와 편성 체제를 묻고 있었다. 신하들로부터 왜군의 전체 군사 숫자와 20세의 총대장이라는 말을 들은 임금은 거의 정신을 놓고 뒤로 넘어지고 있었다. 내시와 신하들이 겨우 붙잡아 세웠으나 임금은 원망과 두려움에 몸을 떨고 있었다. 한참이 지난 후에야 숨을 가다듬고 겨우 정신을 차리고 있었다.

"우리 관군으로 저들을 어떻게 막을 것인지 경들은 대책을 말해 보시오."

"네. 전하! 다행히 우리는 왜군의 침략로를 파악했습니다. 황공하옵게도 우리에게는 관군이 많지 않아 어려움이 있습니다만, 예상 침략로에 매복해 있다가 일시에 공격하면 적을 물리칠 수 있을 것으로 사료되옵니다."

"그것 매우 좋은 생각이오. 경들은 자세히 설명해 보시오."

"네. 전하! 고니시 유키나가의 제1번대는 경상도에서 한양에 이르는 중로를 택해 동래-양산-청도-대구-선산-상주-조령-충주-여주-한양으로 향할 것이라 하옵니다. 이에 이일을 순변사로 삼아 조령에서 중로를 방어하도록 함이 타당하다고 사료되옵니다. 가토 기요마사의 제2번대는 좌로를 택해 동래-언양-경주-영천-군위-조령-충주-용인-한양으로 향할 것이라 하옵니다. 그들은 문경에서 제1번대와 만나 조령을 넘은 후 충주에서 다시 헤어질 것이라 하옵니다. 이에 역시 조령을 지키고 있는 이일에게 제1, 2번대를 맡김이 타당하다고 사료되옵니다. 구로다 나가마사의 제3번대는 동래에서 경상우도를 따라 동래-김해-창원-성주-개령-추풍령-영동-청주-경기도-한양으로 향할 것이라 하옵니다. 또 모리 요시나리와 시마즈 요시히로의 제4번대는 김해에서 제3번대와 함께 창녕-성주-개령을 거쳐 추풍령 방면으로 향할 것이라 하옵니다. 따라서 제3, 4번대는 모두 추풍령을 넘을 것으로 보입니다. 이에 조경을 우방어사로 삼아 추풍령, 청주, 죽산 방면의 우로를 방어하도록 함이 타당하다고 사료되옵니다. 나머지 제5번대부터 9번대까지는 한양으로 오는 큰 고개인 조령, 추풍령, 죽령 중 하나를 거칠 것인데 죽령만 비어 있으니 서응길을 좌방어사에 임명해 죽령 방면의 좌로를 방어하도록 함이 타당하다고 사료되옵니다. 그리고 신립을 도순변사로 삼아 이일의 뒤를 받치도록 하고, 좌의정 유성룡을 도체찰사로 삼아 제장(諸將)을 감독하게 함이 타당하다고 사료되 옵니다."

"경들의 생각이 지극히 옳도다. 그대로 빨리 시행토록 하라."

임금은 정신을 차리고 나서 신하들에게 대책을 묻고 있었다. 신하들은 적은 수의 관군으로 대규모 왜군을 가장 효과적으로 막을 수 있는 방책을 찾느라 고심하다가 대책을 제시하고 있었다. 왜군이 한양으로 오려면 반드시 넘어야 하는 높고 험한 고 갯길 3곳인 추풍령, 조령, 죽령을 최적의 방어지로 판단한 것이 었다. 그리하여 중로에 위치한 조령에는 이일을, 우로에 위치한 추풍령에는 조경을, 좌로에 위치한 죽령에는 서응길을 보내 왜군의 북상을 저지하고 물리친다는 것이었다. 그리고 삼도(三道)의 군대를 총괄하는 삼도순변사에 신립을 임명해 조령의 이일 후방으로 보내고 임금을 대신해 일반 군무를 맡아 볼 체찰사에는 유성룡을 임명하고자 했다. 임금은 조정 대신들의 대책을 윤허하고 있었다.

"신립 장군! 왜군의 진격로가 우리의 예상과 조금 달라진 것 같습니다."

"뭐라고요? 김여물 부장! 진격로가 달라져요? 자세히 이야기해 보세요."

"네. 신립 장군! 고니시 유키나가의 제1번대와 구로다 나가마사의 제3번대는 예상대로 조령과 추풍령으로 다가오고 있다고 합니다. 그런데 가토 기요마사의 제2번대는 이곳 조령으로 오지 않고 죽령을 넘을 것 같습니다."

"그래요? 그러나 왜군이 날고 기어 봐야 부처님 손바닥 안이지요, 뭐. 우리에게는 막강한 기병대가 있으니까요."

"신립 장군! 이번에는 기병대보다 조령으로 가서 이일과 함께 험한 산세를 이용해 매복 작전을 펼쳐야 승산이 있을 것으로 보입니다. 조령으로 가서 적을 기다렸으면 합니다."

"아닙니다. 김여물 부장! 우리의 기마 부대는 왜군을 몰살시킬 수 있을 정도로 강합니다. 조령보다는 기마 부대가 움직이기 편한 평지인 이곳 탄금대에서 싸우도록 하겠습니다. 조령으로 연락병을 보내 이일로 하여금 군사들을 이끌고 이곳으로 오도록 하세요."

"아니 됩니다. 신립 장군! 조령으로 가셔야 합니다."

"김여물 부장! 무슨 소리를 하는 것이요. 빨리 군사들을 모두 이곳으로 데리고 오세요!"

조정의 예상대로 왜군은 조령, 추풍령, 죽령의 세 고갯길로 침략해 들어왔다. 가토 기요마사의 제2번대는 조령이 아닌 죽령으로 넘어왔다. 그러나 세 고개에서 왜군을 막고자 했던 조정의 계획은 하나같이 맥없이 무너져 내리고 관군들은 줄행랑치기에 바빴다. 조선의 최고 장수라 칭하던 신립은 조령을 담당한 이일에게 후퇴를 명하고 충주 들판에서 기병전으로 왜군을 무찌르겠다고 큰소리를 쳤다. 하지만 신립마저 충주의 탄금대 전투에서 8,000여 명의 군사를 잃고 패해 강물에 몸을 던져

생을 마감하고 말았다. 조령에서 왜군에 맞서자는 김여물도 같은 운명에 처하고 만 것이다. 1592년 4월 28일의 일이었다.

"아이고! 나라가 망했네. 백성을 버리고 임금이 도망간다!"

"저런 임금을 믿고 산 우리 백성들이 불쌍하지!"

"돌멩이로 때려죽이자!"

"임금이 도망가지 못하도록 길을 막아서자!"

"잘 태웠다. 임금도 없는 궁궐을 뭐에 쓰나? 다 태워 버려라!"

조선에는 왜군을 막아 줄 믿음직한 장수도 군대도 더 이상 존재하지 않았다. 탄금대 전투 이후 왜군이 한양을 향해 달려오니 임금이라도 죽음을 각오하지 않은 이상 피난하지 않을 수 없었다. 그러나 임금이 도성을 떠나는 것은 나라와 백성을 버리는 것이었다. 임금이 궁궐을 빠져나와 북으로 기약 없는 피난을 떠나자 많은 백성이 거리로 나와 임금의 피난 행렬을 막으면서 울며불며 저주를 퍼붓고 있었다. 궁궐은 벌써 성난 백성들에 의해 불에 타 붉은 불길이 높이 솟아오르고 있었다. 1592년 4월 30일의 일이었다.

"최억남 봉사! 내일이면 왜군이 한강을 건넌다고 합니다. 우리도 급히 이동해야 하지 않겠습니까?"

"그러게나 말입니다. 김이랑 봉사! 박승정 훈련원정이 지시했던 대로 왜군이 이곳 한양으로 곧 들이닥칠 것이니 일단 개성 쪽으로 올라갑시다."

"그래야 할 것 같습니다. 왜군 선발대만 40,000여 명이라 하지 않습니까?

"그럼, 김이랑 봉사! 개성으로 출발합시다. 이랴!"

"그럽시다. 최억남 봉사! 빨리 출발합시다. 이랴!"

전쟁 상황은 급박하게 흘러가고 있었다. 왜군 선발대 40,000여 명이 벌써 한강을 넘기 위해 준비하고 있었고, 내일이면 한강을 건넌다는 정보도 입수되었다. 최억남과 김이랑은 박승정이 훈련원 무관들을 데리고 개성으로 떠난 지 이틀 만에 그들의 뒤를 따를 수밖에 없었다. 도성에 남아 마지막까지 상황을 주시하다 왜군이 들이닥치면 뒤따라오라고 했던 박승정의 명령을 따르기로 한 것이었다. 한양은 임금의 피난 이후 공포에 휩싸여 민심이 흉흉해지고 무질서가 판을 치고 있었다. 본시 전투를 담당하는 부서가 아닌 훈련원 무관들은 휘하에 군사를 보유하고 있지 않았다. 훈련원 소속 무관도 모두 16명에 불과했다. 그래서 무작정 임금의 뒤를 따라 개성으로 떠난 것이었다. 최억남과 김이랑은 마지막까지 한양에 남아 나라에 도움이 될 방안을 찾고자 노력했지만 특별한 방법을 찾을 수 없었다. 도원수 김명원이 1,000여 명의 관군으로 한강을 방어하고자 애를 썼지만 중과부적이었다. 최억남과 김이랑이 도성을 떠난 다음 날, 그리고 왜군이 조선에 발을 디딘 지 20일 만인 1592년 5월 3일에 왜군은 한양을 짓밟고 말았던 것이다.

"최억남 봉사! 이곳이 우리 훈련원 임시 군막인데 마음에 드는가?"

"네. 박승정 훈련원정! 개성 외성 내부에 위치해 안전하고 군량미를 구하기도 편할 것 같습니다."

"고맙네. 전쟁통에 꾸려진 이런 천막을 보고도 그렇게 평가해 주니 말일세."

"천만의 말씀입니다. 그런데 임금님이 다시 평양으로 떠났다는 소문이 자자하더군요."

"그렇다네. 임금님은 떠났지만 우리는 역시 나라와 백성을 위해 필요한 일을 찾아야 하지 않겠나?"

"네. 옳으신 말씀입니다."

개성에 임시로 설치된 훈련원 군막으로 찾아간 최억남 일행은 박승정과 만나고 있었다. 이름이 군막이지 초라하기 그지없었다. 군막은 부흥산 서쪽 골짜기 비교적 안전하고 전황을 파악하기 편리한 곳에 있었다. 유사시 개성성의 진언문, 영창문, 성도문 방어에 빠르게 참여할 수도 있을 것 같았다. 그리고 필요시 식량도 구할 수 있을 것 같았다. 임금은 최억남 일행이 개성에 도착하기 직전에 한양이 함락되었다는 소식을 듣고 개경을 떠나 다시 평양으로 피난길에 올랐다. 1592년 5월 3일의 일이었다.

"최억남 봉사! 김이랑 봉사! 두 봉사는 다시 개성에 남아 상황을 파악하고 평양성으로 오시게."

"알겠습니다. 박승정 훈련원정!"

"임진강 방어선이 무너졌으니 왜군이 이곳에 곧 도착할 거야."

"네. 우리도 잘 알고 있습니다. 왜군의 유인책에 속아 김명원 도원수가 제대로 싸우지도 못하고 무너졌다지 않습니까!"

"그렇다네. 이름 있는 장수들마저 추풍낙엽이 되고 있으니 답답할 뿐이네."

"참 분통이 터집니다."

"먼저 출발할 테니 마지막까지 임무 완수하고 평양의 약속 장소에서 다시 만나세. 먼저 출발하네. 이랴!"

"네. 알겠습니다. 박승정 훈련원정!"

최억남과 김이랑은 왜군이 임진강을 건넌 다음 개성으로 쳐들어온다는 소식을 듣고 있었다. 역시 박승정으로부터 마지막까지 남아 전황을 살핀 후 평양으로 뒤따라오라는 지시를 받고 있었다. 임진강 방어선이 무너졌기 때문에 개성 함락도 시간문제인 것이다. 개성의 훈련원도 다시 평양으로 이동한 것이었다. 임진강에서도 도원수 김명원에게 15,000여 명의 군사로 방어를 맡겼으나 오히려 왜군의 계략에 빠져 힘도 쓰지 못하고 패하고 말았다. 1592년 5월 18일 임진강을 도하한 왜군은 별다른 저항을 받지 않고 개성으로 향하고 있었다. 최억남과 김이랑이 마지막까지 남아 상황을 살피다 평양으로 떠난 다음 날인 1592년 5월 27일 개성도 힘없이 점령되고 말았다.

"평양성은 큰 산과 연결됨이 없이 독립된 언덕과 물의 형세를 이용한 성이군요."

"그렇다네. 최억남 봉사! 평지성은 산이 귀하고 물이 많으니 그럴 수밖에 없겠지?"

"네. 그렇게 보입니다. 박승정 훈련원정! 그래도 물이 없는 내성 쪽이 다행히 높은 고지대여서 적을 방어하기에는 매우 좋을 듯합니다."

"김이랑 봉사! 최억남 봉사의 보는 눈이 예리하지 않는가?"

"그렇습니다. 박승정 훈련원정! 하여튼 이곳 평양성만큼은 꼭 지켜 내야 할 텐데요."

"이제 그것이 가능할 수도 있겠어. 지금 이곳 내성에 계신 임금님이 명나라에 원군을 청했다고 하네. 어렵게 조정과 선이 닿아 알게 되었다네."

"아, 그래요. 다행입니다. 최상의 방법은 명나라의 도움을 받아 내는 것이겠지요?"

"현재로서는 그 길이 최상의 방법일 듯하네."

최억남 일행이 평양에 도착하니 박승정은 평양성 중성 정해문 쪽에 임시 훈련원 군막을 치고 기다리고 있었다. 최억남 일행은 박승정과 만나자마자 평양성에 관해 이야기를 나누고 있었다. 평양성 남쪽은 대동강, 서북쪽은 대동강의 지류인 보통강을 방패 삼아 구축되어 있었다. 고지대는 동북쪽뿐이었다. 동고서저의 성인 평양성은 서쪽의 낮은 지대는 강으로 둘러싸여 외성과 중성을 이루고 있었고 고지대의 동북쪽은 내성이 만들어져 상호 연결되어 철옹성을 이루고 있었다. 훈련원 무관들은 유사시 중성의 보통문을 지키고 내성의 정해문의 방어를 지원해 임금을 지키고자 긴장의 끈을 늦추지 않고 있었다. 임금은 현재 내성에 머무르고 있다고 했다. 내성의 정자가 을밀대였다. 다행인 것은 훈련원과 조정 사이에 선이 연결되었고 특히 조정에서 명나라에 원군을 청했다는 점이었다.

"김이랑 봉사! 전라도 관찰사 이광을 기억하십니까?"

"알지요. 최억남 봉사! 전라도 지역 관군을 모아 한양으로 진격하다 임금님이 피난했다는 소식을 듣고 공주에서 근왕군을 파했다는 사람 말입니까?"

"네. 맞습니다. 그 사람이 조정으로부터 심하게 문책받은 후 다시 근왕병을 모집해 한양을 되찾으라는 명을 받았답니다. 그래서 다시 하삼도(下三道)에서 군사를 모아 남도근왕군을 조직해 용인까지 올라와 왜군과 싸웠는데 결국 참패했답니다."

"또, 패배입니까? 참 기가 막힐 일입니다. 아군 군사는 몇 명이나 되었답니까?"

"전라도 군사 40,000여 명과 충청도 군사 8,000여 명과 경상도에서 왜군이 지나간 후 살아 남아 흩어진 무관 및 잔병들이 모여들어 대략 50,000여 명이었답니다."

"그래요? 그러면 엄청나게 많은 군사인데 패하다니요?"

"왜군이 기마대를 앞세워 진격해 왔을 때 전투로 죽은 병사보다 도망가다 밟혀 죽은 병사가 더 많았다고 합니다. 더욱이 왜군은 1,600여 명에 불과했답니다."

"뭐요? 이런, 이런……. 쯧쯧……."

최억남은 김이랑에게 이광이 조정으로부터 문책받은 후 하삼도에서 다시 남도근왕군(南道勤王軍)을 조작해 한양으로 향하다 용인에서 패배했다는 소식을 전하고 있었다. 이광은 50,000여 명의 군사로 왜군 1,600여 명에게 무참히 패배한 것이었다. 최억남이나 김이랑이나 충격받기는 매한가지였다. 이광 부대의 패인은 조정의 문책이 두려워서 급조한 관계로 오합지졸의 농민 출신들이 주를 이루었다는 것과 능력을 갖춘 무관들의 수도 적었다는 것, 전문적인 작전 계획을 수립하고 체계적인 훈련을 할 상황도 아니고 권한도 없었다는 것에 있었다. 한양 수복의 기대를 걸고 있던 조정과 백성들은 또 참패의 쓰라린 소식을 듣고 실망을 거듭할 수밖에 없었다. 왜군 장수 와키자카 야스하루(脇坂安治)가 왜나라의 전쟁 영웅이 되고 조선의 이광 부대가 참패를 당한 용인 전투가 일어난 것은 1592년 6월 5일의 일이었다.

"최억남 봉사! 김이랑 봉사! 임금님이 또 평양을 떠나 의주로 향했다네. 과연 어디까지 피난해야 할지?"

"박승정 훈련원정! 임금님이 의주로 갔다는 말은 여차하면 명나라로 도망가겠다는 의도가 아닐까요?"

"최억남 봉사! 일리 있는 추측이지만 말조심하시게. 우리 임금님의 지원 요청을 받은 명나라도 사정이 복잡하다네."

"우리 임금님은 명나라의 지원만 믿고 있는 것 같습니다."

"그래. 그건 김이랑 봉사 말이 맞는 것 같아."

"그렇겠지요. 믿었던 장수들의 연패 소식만 들리니 다른 방
도를 찾기도 어렵겠지요."

왜군이 개성을 출발해 평양으로 북진하고 있다는 소식을 들
은 임금은 또다시 의주로 피난을 떠났다. 최억남, 김이랑, 박승
정은 의주로 다시 떠난 임금의 의도를 의심하면서 명나라의 상
황과 지원의 필요성을 이야기하고 있었다. 왜군은 조선의 관군
들을 모두 패퇴시켰기 때문에 앞길에 거리낄 것이 없었다. 문
자 그대로 파죽지세였다. 임금과 조정에서는 명나라의 지원만
이 유일한 희망이었다. 그리고 임금은 의주에 머물면서 여차하
면 국경을 넘어 본인만 살고자 분조까지 설치한 것으로 의심하
지 않을 수 없었다. 임금이 의주를 향해 평양성을 떠난 날은
1592년 6월 11일이었다.

"훈련원 무관 여러분! 명나라가 우리 조선을 돕기로 하고 요
동군을 드디어 의주로 보냈다고 합니다. 이제 그들은 압록강
에 집결하고 있다가 언제든지 국경을 넘어 도움을 줄 수 있
을 것입니다. 그러니 우리는 이제 한시름 놓을 수 있게 되었
습니다. 따라서 훈련원 무관 여러분은 이제 이곳 평양에서
각자 헤어집시다. 본 훈련원정 박승정은 훈련원부정 2명만
데리고 임금님을 따라 의주까지 가겠지만 나머지 여러분은
각자 고향으로 돌아가서 의병을 일으키든가 아니면 관군이
되어 무력으로 왜군을 물리치는 데 앞장서 주기를 바랍니다.

그리고 한양이 회복되고 여러분의 임무가 끝나면 훈련원으로 다시 복귀해 주기 바랍니다. 그러면 여러분 모두의 건투를 빕니다."

왜군은 벌써 대동강까지 올라와 평양성을 공략할 준비를 하고 있었다. 박승정은 훈련원부정 2명만 대동하고 임금의 뒤를 따라 의주까지 가기로 했다. 그리고 나머지 훈련원 무관들은 모두 고향으로 돌아가 의병을 일으키든지 관군에 종사해 왜군을 섬멸하는 데 앞장서라고 당부하고 있었다. 또 한양이 탈환되고 각자의 임무가 끝나면 다시 훈련원으로 복귀하라는 명령도 덧붙이고 있었다. 최억남은 명나라 지원군이 움직이기 시작했다는 것에 일단 안심하고 임금의 보위는 명나라 지원군의 힘을 빌리는 것이 가장 유리할 것으로 판단하고 있었다. 훈련원 무관들은 박승정의 명령에 따라 훈련원을 일시 파하고 서로의 건투를 빌며 각자의 길로 떠났다. 최억남을 비롯한 훈련원 무관들이 떠난 다음 날 왜군이 평양성을 함락했으니 1592년 6월 16일이었다.

최억남 의병

임금을 따라 평양까지 올라갔던 최억남은 한양으로 내려온 다음 다시 고향을 향해 쓸쓸히 말을 달리고 있었다. 무과에 급제한 뒤 고향 사람들의 축복을 받으며 부푼 꿈을 안고 올라왔던 한양 길은 왜군의 침략이라는 변고 때문에 4~5개월 만에 좌

절과 분노의 귀향길이 되어 있었다. 그러나 최억남은 포기할
수 없었다. 어떻게 해서 왜군을 물리치고 나라를 구하는 데 힘
을 보탤 것인가 하는 생각만 가득했다.

"최억남 형님! 경상도부터 한양까지 난리가 났다면서요?"

"최억남 형님! 왜군이 쳐들어와 전국을 쑥대밭으로 만들었
다는 소문은 사실인가요?"

"그렇다네. 후배들! 왜군 200,000여 명이 쳐들어와 경상도,
충청도, 경기도를 거쳐 한양을 점령하고 계속 북진해서 지금
은 평양까지 점령하고 있다네."

"200,000여 명이나 되요? 그리고 평양까지 점령했어요?"

"그렇다네. 불행 중 다행으로 우리 전라도는 비켜 갔지."

"최억남 형님! 그동안 보고 들은 전쟁 상황을 좀 속 시원하게
이야기해 주십시오."

"알았네. 후배들! 나도 임금님의 피난길을 뒤따라 훈련원 무
관들과 함께 한양을 떠나 개성을 거쳐 평양까지 갔다네. 현
재 평양이 왜군에게 함락되었고, 임금님은 의주로 피난 가는
중이라네. 훈련원 무관 중 박승정 훈련원정과 두 훈련원부정
만 임금님을 따라가기로 하고 나머지는 모두 고향으로 가서
나라를 구하는 데 조그마한 힘이라도 보태기로 했다네. 다행
히 명나라 지원군들이 압록강을 향해 출발했다니 조금 안심
하고 이렇게 고향으로 내려올 수 있었던 것이지."

최억남이 고향에 내려왔다는 소문이 퍼지자 평소 그를 따랐

던 김춘삼을 비롯한 10여 명의 후배가 찾아와 소문으로만 듣던 왜군 침략 이야기를 듣고자 조르고 있었다. 최억남은 후배들에게 자신이 보고 들어 아는 이야기들을 해 주고 있었다. 후배들은 최억남의 설명을 듣고 왜군의 수가 200,000여 명이라는 사실과 한양은 물론 개성과 평양까지 왜군에게 점령당했다는 사실을 알게 되었다.

"최억남 형님! 전쟁 발발부터 자세히 좀 이야기해 주십시오."

"그래요. 봉사 형님! 궁금해 죽겠습니다."

"여기서는 소문만 흉흉하지 실상을 알기는 어려웠습니다."

"알았네. 후배들! 그렇게 하세."

최억남은 김춘삼 등 후배들에게 왜군 선봉장 고니시 유키나가가 부산포로 쳐들어와 부산진성과 동래성이 함락되고 정발과 송상현이 전사했다는 사실, 그들을 조령에서 이일이, 추풍령에서 조경이, 죽령에서 서응길이 막으려 했으나 모두 실패했다는 사실, 조선 최고의 무장인 신립마저 충주 탄금대 전투에서 패하고 강물에 몸을 던져 자결했다는 사실, 임금의 피난 소식에 성난 백성들이 궁궐을 불태워 버렸다는 사실, 전쟁 발발 20여 일 만에 한양이 점령당했다는 사실을 상세히 이야기해 주었다.

"최억남 형님! 어떻게 이런 일이 일어날 수 있답니까?"

"부산에 상륙한 지 20일 만에 한양이 함락되었다니 믿을 수 없습니다."

"그동안 임금님과 조정에서는 무엇을 하고 있었답니까?"

"현재는 평양까지 침략당했다고 했지요?"

"큰일입니다. 나라가 망했다고 볼 수 있군요."

"그렇다네. 후배들! 정말로 안타까운 일이 아닐 수 없네. 그러나 명나라에서 구원병을 보내기 시작했으니 함께 기대해 보도록 하세."

최억남으로부터 부산에서 출발한 왜군에게 20일 만에 한양을 내주었다는 사실, 개성은 물론 평양까지 함락되었다는 사실 등을 들은 후배들은 임금과 조정의 무능함에 분통을 터트리고 있었다. 최억남은 임금이 개성으로 피난을 떠난 사실, 한강과 임진강을 방어하던 도원수 김명원이 모두 실패한 사실, 임금이 평양으로 다시 피난 간 사실, 개성에서부터 별다른 저항도 하지 못하고 평양을 쉽게 내준 사실, 임금이 의주로 다시 또 피난 간 사실 등 지금까지 듣고 봐서 알고 있는 사실들을 후배들에게 이야기해 주고 있었다.

"최억남 형님! 전라도 상황은 어떻든가요? 전라도는 안전할까요?"

"봉사 형님! 언제쯤 왜군이 전라도 지역을 침략할 것 같던가요? 아시는 대로 이야기 좀 해 주세요."

"그래. 후배들! 나는 평양에서 이곳 고향까지 단신으로 말을 타고 내려오면서 가능한 한 왜군이 점령한 지역을 거쳐 후방의 전황을 살피고자 노력했다네. 내가 내려오기 하루 전에 대동강에 수많은 왜군이 도착했는데 다음 날 바로 평양이 점령당했다는 소식을 들었다네. 개성은 왜군이 성안에 깃발을 꽂아 놓고 일부 군사만 남아 있었고, 한양은 변복하고 조심히 살폈는데 왜군 세상이 되어 있었다네. 공주, 금산, 남원을 거쳐 이곳 보성으로 왔는데 다행히 전라도와 충청도 서부 쪽은 아직 왜군의 침략이 없었네. 남원에 도착하니 전국 각지의 많은 사람이 의병을 일으킨다는 소문이 쫙 퍼져 있었다네. 왜군이 휩쓸고 간 경상도는 물론이고, 전라도에서도 김천일과 고경명이 이미 의병을 일으켰고, 충청도에서는 조헌이 역시 의병을 일으켰다는 소식을 들었다네. 사실은 나도 보성에서 의병을 일으키고자 고심하면서 고향으로 달려왔다네."

최억남은 평양에서 고향까지 내려오면서 알게 된 상황들을 후배들에게 설명하고 있었다. 평양 함락 소식, 개성 상황, 그리고 한양이 왜군의 세상이 된 소식, 전라도는 아직 안전하다는 소식을 전하고 있었다. 그리고 남원에 들러서는 전국 각지에서 의병을 창의한다는 사실을 알게 되었다고 이야기하고 있었다. 사실 전라도에서는 김천일이 나주를 중심으로 1592년 5월 16일에 의병을 창의했고, 고경명이 1592년 5월 29일에 담양에서 역시 의병을 창의했다. 그리고 봉사 최억남 자신도 고향을 지키기 위해 의병대를 창의하고자 한다고 언급하고 있었다.

"후배들! 우리 스스로 의병이 되어 가족과 고향을 지키지 않겠는가?"

"그래요. 최억남 형님! 앞장만 서 주십시오. 우리도 봉사 형님을 믿고 의병이 되겠습니다."

"이 울분을 견디느니 차라리 왜군과 싸우다가 죽겠습니다."

"최억남 형님! 명령만 내려 주십시오. 우리가 봉사 형님을 따르는 후배들을 즉시 소집하도록 하겠습니다."

"고맙네. 후배들! 가족과 고향을 지키고자 하는 여러분의 충정을 받들어 내가 책임자로서 의병을 일으켜 왜군을 패퇴시키는 데 온 힘을 다 쏟겠네. 여기 모인 여러분이 많이 도와주시길 바라네."

"알겠습니다. 형님!"

최억남이 스스로 가족과 고향을 지키기 위한 의병을 창의하겠다고 하자 후배들이 적극적으로 동의하고 있었다. 고향의 후배들은 최억남을 믿고 울분을 참느니 왜군과 싸우다 죽겠다고 말하고 있었다. 최억남은 자신의 뜻에 동의한 후배들을 불러 모아 정예병으로 조련해 왜군이 보성으로 쳐들어오기만 하면 반드시 패퇴시킬 수 있는 용맹한 의병대를 창의하겠다고 생각하고 있었다.

"그럼 우리 고향 보성을 지키는 의병을 창의하는 데 앞장서기로 한 최억남 형님의 말씀을 듣도록 하겠습니다."

"고맙네. 후배들! 바람 앞에 놓인 촛불처럼 어려운 나라를 위한 후배들의 충정에 존경의 마음과 감사를 드리네. 이곳에 모인 10여 명의 후배만 있으면 하지 못할 일이 없으리라 믿네. 후배들이 주축이 돼서 의병 지원자를 모집하면 어렵지 않으리라 생각하네. 나라 상황이 다급하니 밤낮을 가리지 말고 마을별로 힘을 쓸 수 있는 젊은이들을 찾아가 지원자들을 모집하도록 하세. 그리고 매일 모집한 지원자들의 숫자를 파악하고 대책 회의를 할 테니 날마다 저녁에 이곳에 모이도록 하세. 의병 모집 기간은 1592년 6월 25일까지고 그날 의병 창의식을 하겠네. 우리 의병 본부는 이곳 산정촌 제일 뒤쪽에 있는 본인 집으로 하고 훈련장은 집 뒤의 평지와 방장산 이드리재, 주월산까지 활용하겠네."

"네. 알겠습니다. 최억남 형님!"

무과에 급제해 훈련원 봉사가 된 무관 최억남이 후배들에게 의병대 창의에 앞장설 것을 약속하자 후배들은 망설임 없이 동의하고 의병에 참여하는 것은 물론이고 더 많은 의병을 모집하기로 했다. 현재 최억남의 나이가 34세였기 때문에 후배들은 더 젊어서 힘을 쓸 수 있는 사람들이 많았다. 최억남은 후배들에게 1592년 6월 25일 보성군 조성면 산정촌 최억남의 집 바로 뒤쪽 평지에서 의병 창의식을 거행하겠다고 발표하고 있었다.

"존경하는 고향민 여러분! 1592년 6월 25일 오늘을 기해 최억남의병(崔億男義兵) 창의를 선언합니다. 그리고 본인을 총대장으로 추대해 주심을 감사히 여기며 수락하는 바입니다.

부대의 군기는 흰색 바탕에 '최억남의병'이라고 써서 사용하겠습니다. 여러분은 작게는 가족과 고향을 지키기 위해 이렇게 모였습니다. 그러나 크게는 나라와 백성들 지키기 위해 모인 것입니다. 전 국토를 짓밟고 백성들을 죽인 왜군을 용서할 수 없습니다. 저 잔악무도한 왜군을 모조리 섬멸해 쫓아내고 다시는 우리나라를 넘보지 못하도록 힘을 합쳐 싸웁시다. 오늘 최억남의병에 참여하기 위해 젊은이들 외에도 많은 분이 부대의 창설을 응원하기 위해 이렇게 모였습니다. 우리 고향 사람들의 울분을 실감할 수 있을 것 같습니다. 진심으로 감사드립니다. 최억남의병은 오늘부터 기초 군사 훈련을 실시하고 무기를 비롯한 군수품과 군량미를 확보하기 위해 노력하겠습니다. 그리고 반드시 여러분과 고향을 지켜내겠습니다. 고향민 여러분께서도 모두 하나로 뭉쳐 최억남의병을 적극적으로 지원해 주실 것을 당부드립니다."

"최억남 총대장!"

"최억남 총대장!"

"와! 와! 와!"

"최억남의병!"

"최억남의병 총대장!"

"와! 와! 와!"

최억남은 보성 조성면 산정촌 뒤편 평지에서 최억남의병 창의식을 열고 있었다. 의병 지원자들과 고향민들은 최억남을 최억남의병 총대장으로 추대하고 최억남은 이를 엄숙히 수락하고 있었다. 최억남의병은 지원자들을 전투 능력을 갖춘 부대로 훈련해 왜군을 직접 섬멸함으로써 고향 보성과 나라를 지키기 위해 만들어졌다. 고향의 젊은 후배들과 많은 사람은 최억남이 무과에 합격한 훈련원 봉사 출신 무관이라는 점을 믿고 왜군과 싸워 이길 수 있을 것이라 확신하고 따른 것이었다. 최억남은 그 기대를 저버려서는 안 될 입장이었다. 최억남은 강한 의병대를 만들기 위해 먼저 기초 훈련을 하고 무기와 군량미를 확보해야 했던 것이다. 최억남이 이 점을 말하고 있는 것이었다. 최억남의 연설이 끝나자 참석자들은 일제히 최억남의병 총대장을 환호하고 있었다.

"다음은 최억남의병 부대 편성 결과를 말씀드리겠습니다. 최억남의병은 전체 대원 200여 명을 전투의병대 120여 명과 지원의병대 80여 명으로 분류해서 편성했습니다. 총대장 본인 최억남, 부총대장 김춘삼, 제1대 대장 박길성, 부대장 손희모, 제2대 대장 정상문, 부대장 안석산, 제3대 대장 이일석, 부대장 노영달, 제4대 대장 염익수, 부대장 문선휴, 제5대 대장 채명보, 부대장 최민성을 임명하고, 각 부대에는 20여 명씩 의병들을 배치하겠습니다. 그리고 지원의병대 대장은 최남정, 부대장은 문연철로 임명하고 부대에 80여 명의 의병을 배치하겠습니다. 각 부대 대장들과 부대장 그리고 군사들은 부대의 지휘 체계에서 각자의 역할에 충실해 왜군을 반드시 쳐부수는 강력한 최억남의병을 만들 수 있도록 적극적으로 도와주시기 바랍니다."

최억남의병 총대장은 부대를 전투의병대와 지원의병대로 분류하고 각각 대장과 부대장을 임명했다. 그리고 각 전투의병대에는 20여 명씩, 지원의병대에는 80여 명을 배속했다. 최억남의병은 강한 전투력을 바탕으로 왜군과 전쟁에서 이기는 부대를 양성하는 것이 목표였으므로 지휘관 임명에서 의병 배치까지 철저히 전투 능력을 위주로 했다. 그 결과 김춘삼, 박길성, 정상문, 이일석, 염익수, 채명보, 손희모, 안석산, 노영달, 문선휴, 최민성의 순서로 중요 직책을 부여했다. 또 의병대로서 체격과 체력이 적합하지 않은 지원병들은 별도로 최남정과 문연철을 중심으로 한 지원의병대에 배치해 무기와 식량을 조달하도록 했다. 최억남의병은 전투의병대 120여 명과 지원의병대 80여 명, 총 200여 명으로 편성해 힘찬 출발을 하고 있었다. 1592년 6월 25일경의 일이었다.

"최억남 총대장! 우리는 낫, 괭이, 도끼 등은 잘 쓰는데…….
왜군을 이기려면 칼을 잘 써야 하겠지요?

"농사 연장도 왜군만 이기면 되겠지요. 그러나 전투에서는 농사 연장보다 검이 훨씬 유리합니다."

"아! 그래서 칼 쓰는 법을 가르치시는 것이군요. 다음에는 창 쓰는 법과 활 쏘는 법을 가르쳐 주시겠네요?"

"네. 그렇습니다. 먼저 지금부터는 칼을 검이라고 하겠습니다. 검의 기본 자세는 검의 손잡이 끝을 왼손바닥으로 감싸 잡은 후 손잡이 위쪽을 오른손으로 감싸 잡고 양손으로 쥐어 짜듯이 잡으세요. 그리고 상대의 인후부를 겨냥하세요. 이것이 검의 가장 기본 자세인 중단 자세입니다."

"이렇게 하면 되는가요?"

"그렇지요. 그런데 왼손바닥을 이용한다 했지요? 이렇게 손바닥에 놓고 감싸 보세요."

"이렇게요?"

"네. 잘하셨습니다."

최억남은 개인별 전투 능력을 기를 수 있는 검술을 시작으로 전투의병대의 체계적인 군사 훈련을 시작하고 있었다.

"최억남 총대장! 창은 길이가 길어서 싸울 때 검보다 유리할 것 같습니다."

"네. 맞는 말씀 같으나 꼭 그렇지는 않습니다. 대신 창은 단체로 열을 맞춰 전진하거나 방어할 때 매우 유용한 무기입니다. 즉 개인보다 전체 부대가 전투에 임할 때 활용하기 좋은 무기란 뜻입니다."

"아! 그렇군요.

"오늘은 창 쓰는 법을 가르쳐 주겠습니다. 잘 보세요! 창의 기본 자세는 창의 손잡이 끝 쪽을 왼쪽 겨드랑이에 끼고 동시에 왼손으로 잡아 고정한 후 오른손은 왼손 앞에서 창을 잡아 창끝의 방향을 조정해 창끝이 상대방의 얼굴과 인후부를 향하게 하는 것입니다. 이것을 중단 자세라고 합니다."

"네. 어렵지 않네요! 우리도 잘할 수 있을 것 같습니다."

"그래요. 창법은 개인별 훈련 후에 반드시 부대별로 맞춰서 훈련해야 합니다."

"알겠습니다. 최억남 총대장!"

최억남은 검을 쓰는 법에 이어 창 쓰는 법을 지도하고 있었다. 전투의병대는 창은 개인 전투보다 단체 전투에서 유리하게 활용할 수 있다는 점도 배우고 있었다.

"최억남 총대장! 활은 우리 집 대나무를 잘라 삼줄을 꼬아서 만들어 쏘아 본 것이 전부입니다. 전투용 활은 처음 쏘아 봅니다."

"그래. 처음이에요? 그러나 두 활 모두 원리는 같고, 필요시 어떤 활이든 사용해도 됩니다. 단, 활 쏘는 법의 핵심은 화살을 무조건 멀리 보낼 수 있는 능력과 이어 목표 지점에 정확히 보내는 능력을 갖추는 것입니다. 일단 멀리 보낼 수 있어야 목표 지점을 설정하고 정확히 보낼 수 있겠죠?"

"네. 최억남 총대장의 설명을 들으니 이해가 쏙쏙 됩니다."

"그리고 활쏘기는 원거리에 있는 적의 부대를 대상으로 사용하는 무기입니다. 따라서 개인별 전투보다 창과 같이 단체 전투 시 유용한 무기입니다. 따라서 개인별 훈련 이후에 부대별로 훈련을 해야 합니다."

"알겠습니다. 최억남 총대장!"

최억남은 창 쓰는 법에 이어 활 쏘는 법을 지도하고 있었다. 전투의병대는 활쏘기가 원거리에 있는 다수의 적을 공격하는 데 유리하고 화살은 일단 멀리 보낼 수 있어야 하며 다음으로 정확하게 보낼 수 있어야 한다는 사실을 배우고 있었다. 그리고 부대별로 단체 훈련이 필수라는 것도 함께 배우고 있었다. 이렇듯 최억남은 최억남의병 출범 후 전투의병대가 왜군과 대적해서 이길 수 있도록 체계적으로 군사 훈련을 시키고 있었다. 무예 군사 훈련 중 가장 기본인 검 쓰는 법, 창 쓰는 법, 활 쏘는 법을 지도하고 있었던 것이다. 특히, 창 쓰기와 활쏘기는 개인 훈련은 물론 단체 훈련도 필요하므로 부대별 훈련도 중요시했다. 최억남은 부총대장 김춘삼을 중심으로 제1대부터 제5대 대장과 부대장에게 임무를 주어 부대별 훈련을 반복해서 시키고 있었다.

"최억남 총대장! 지원의병대에서 이번에 적지 않은 물건들을 구해 왔습니다."

"수고 많으셨습니다. 지원의병대 대장! 그런데 어디서 이렇게 쓸만한 군수품을 구해 왔습니까?

"마을마다 많은 사람이 쓸만한 무기와 군량미를 아끼지 않고 내주고 있습니다."

"아! 감사할 따름입니다. 이 은혜를 갚기 위해서라도 열심히 훈련해 고향을 꼭 지킵시다."

"물론입니다. 최억남 총대장! 여기에 칼과 활도 있습니다. 보성읍 대장간에서 화살 등 무기를 계속 만들어 내고 있습니다."

"그래요! 정말 감사하네요. 전장에서는 화살이 또 절대적으로 많이 필요한 법인데……."

최억남의병에게 많은 무기, 식량 등 군수품이 도착하고 있었다. 최남정은 친동생인 최억남에게 부하로서 깍듯이 존댓말을 쓰고 있었다. 지원의병대 대장 최남정과 부대장 문연철이 지원의병대 대원 80여 명을 각 마을에 보내 부대 운영에 필요한 물자들을 구해 온 것이었다. 나라의 사정이 급박한 만큼 상상 이상으로 고향민들이 지원을 아끼지 않고 있었다. 최억남은 감사한 마음을 갚기 위해서라도 더욱 열심히 훈련할 것을 다짐하고 있었다. 최억남의병은 전투의병대의 훈련 진행과 지원의병대의 군수품 조달 성과에 힘입어 의병대로서 기반을 점점 갖춰 나가고 있었다.

"최억남 총대장! 손님이 오셨습니다."

"누구신데? 아니! 박근효, 정사제 선배! 어쩐 일이신가요? 그리고 정길, 안방준 후배도 오셨네."

"최억남 후배! 이렇게 젊은이들을 모아 군사 훈련을 시키고 있다니 감격스럽고 존경스럽네."

"아닙니다. 박근효, 정사제 선배! 저는 무관으로서 소임을 다한 것뿐입니다. 그런데 어떤 일로 어려운 걸음을 하셨습니까?"

"최억남 후배! 지금 보성에서 박광전 선생이 중심이 되어 대규모 의병 창의를 계획하고 있다네. 우리는 박광전 선생의 명을 받고 함께 힘을 합해 주시라 부탁하러 왔네."

"박광전 선생이요? 대규모 의병을 창의하신다고요?"

"그렇다네. 박광전 선생을 한번 찾아뵙는 게 어떻겠는가?"

"네. 알겠습니다. 조만간 찾아뵙도록 하겠습니다."

최억남의병이 빠른 시일에 걸쳐 의병대로서 외형을 갖춰 나가고 군사 훈련에 열중하고 있을 때 박근효, 정사제, 정길, 안방준이 박광전의 부탁을 받고 훈련장까지 최억남을 찾아왔다. 그들은 박광전의 대규모 의병 창의 계획을 말하고 최억남에게 함께 참여해 달라고 부탁한 것이었다. 최억남은 박광전을 조만간 찾아뵙겠다고 약속을 하고 있었다.

"최억남의병 여러분! 어제 용산서원에 가서 박광전 선생을 만나고 왔습니다. 박광전 선생께서 보성을 기반으로 대규모 의병 창의를 계획하고 계셨습니다. 그리고 최억남의병이 함께 참여해 핵심적인 역할을 해 주기를 간절히 희망하고 있었습니다. 여러분의 의견을 묻고자 합니다."

"박광전 선생이 대규모 의병을 창의하신다고요? 그곳에 참여하게 되면 우리 부대는 해체되는 건가요?"

"아닙니다. 우리 부대가 새로 창의할 의병에 들어가면 그곳에서 핵심적인 역할을 모두 맡게 될 것입니다."

"우리 최억남의병도 막 형세를 갖춰 나가는 중인데 아쉽습니다⋯⋯. 최억남 총대장의 의견을 따르겠습니다.”

“최억남 총대장의 의견을 따르겠습니다!”

“고맙습니다. 나도 여러분의 의견이 각자 다를 수 있어 박광전 선생께 여러분의 의견을 듣고 결정하겠다고 말씀드리고 왔습니다. 여러분이 본 총대장의 의견에 따라 주신다니 감사합니다. 그러면 우리 모두 박광전 선생의 의병에 함께 하기로 결정하겠습니다.”

“알겠습니다. 최억남 총대장!”

“고맙소! 그럼, 박광전 선생께 이 사실을 알리고, 그들이 격문을 띄우기로 했으니 그날까지 계속 훈련하다가 의병 모집일에 맞춰 합류하도록 합시다!”

최억남은 약속한 대로 용산서원으로 박광전을 찾아갔다. 임계영, 문위세 등도 함께 있었다. 박광전 등은 최억남의병 소식을 이미 잘 알고 있었다. 그리고 최억남이 부대를 그대로 이끌고 합류해 새로운 의병대의 핵심 전투 부대로 활동해 주기를 희망했다. 그러나 최억남은 휘하 의병대원들의 의견을 들어야 한다며 시간을 달라고 부탁하고 돌아왔던 것이다. 최억남과 소속 의병들은 아쉬움을 표하면서도 큰 규모로 왜군을 물리치는 것이 유리하리라 판단했고 최억남은 최종적으로 합류를 결정하고 있었다. 그리고 박광전이 의병 모집 격문을 붙이고 모집일시가 정해질 때까지 계속 군사 훈련을 하기로 했다.

전라좌의병 훈련관

　1592년 7월 들어 전황은 최악으로 치닫고 있었다. 임금은 1592년 6월 22일 의주에 도착해 머물러 있었고, 왜군 고니시 유키나가 부대는 평양성에 진을 치고 있었으며, 가토 기요마사 부대는 함경도로 향하고 있었다. 1592년 7월 10일 금산 전투에서 6,000여 명의 고경명의병은 왜군 고바야카와 타카카게의 소수 부대에 참패를 당하고 의장 고경명도 전사했다. 고경명의 병의 패배는 전라도 사람들에게 큰 충격과 공포감을 안겨 주기에 충분했다. 그리고 명나라 부총병 조승훈(祖承勳)의 지원병 5,000여 명이 국경을 넘어왔지만 1592년 7월 17일에 평양성 탈환 전투에서 안타깝게도 패퇴하고 말았다. 이어 가토 기요마사 부대는 천령을 넘어 길주, 경성을 거쳐 두만강까지 진격했다. 최억남이 과거 정로위 시절 근무했던 우리나라의 끝 온성진을 비롯한 종성진, 회령진, 경원진, 경흥진, 부령진 등 6진이 설치된 곳까지 점령당한 최악의 시기였다.

　다행히 1592년 7월 6일 전라좌수사 이순신, 전라우수사 이억기, 경상우수사 원균이 55척의 함선으로 적선을 한산도 앞바다로 유인해 학익진을 펼치고 각종 총통을 발사해서 적선 50여 척을 격침하고 무수한 적을 섬멸했으며 12척의 적선을 나포했다. 이른바 한산도 대첩이었다. 이로써 우리나라는 육로의 방어전에서는 전멸에 가까운 결과를 보였지만 다행히 수로에서는 남해안의 제해권을 장악함으로써 바다를 통한 왜군의 육군 보급로를 차단하게 되었다.

"7월 모일에 전라도 전 현감 박광전, 임계영, 능성 현령 김익복 등과 더불어 삼가 두 번 절하며 열 읍 여러 벗님에게 통문을 돌립니다. 아! 국가가 의심 없이 믿고 걱정하지 않았던 것은 하삼도인 경상, 충청, 전라도가 건재하기 때문이었는데, 경상도와 충청도는 이미 무너져 적의 소굴이 되었고, 오직 호남만이 겨우 한 모퉁이를 보전해서 군량의 수송과 군사의 징발이 모두 오직 전라도만을 의지하고 있으니 국가를 일으켜 세울 기틀이 실로 여기에 달려 있습니다. 요즈음 한양이 위급하다 해 순찰사(巡察使, 김천일)는 정예병을 거느리고 바닷길로 올라갈 계획을 하고 있고, 병사(兵使, 고경명)는 수만의 군사를 거느리고 이미 금강을 넘었으며, 두 의장의 진(陣) 역시 각기 근왕을 위해 이미 전라도를 떠났습니다. 열 읍의 장사들도 장차 나가기로 결정되어 남은 군사가 몇 명 없으므로 적이 들어오는 중요한 길목의 방비가 극히 허술하고 호서의 적이 이미 본도 경계선을 범했으니 석권의 형세가 장차 이루어질 터인데 극복할 희망은 무엇이겠습니까? 국가의 일이 너무나 위태해 진실로 통곡할 일이니 이때야말로 의사가 분발할 때입니다. 곰곰이 생각해 보면 왜적이 성 밑에 당도해 우리 장정들을 무참히 죽일 것은 뻔한 일입니다. 그러면 우리 민생이 몸 둘 곳이 어디며 가족은 어느 곳에 보내야 한다는 말입니까? 영남이 이미 이렇게 당한 것을 우리는 이미 귀로 들었고 눈으로 보았으니 산중으로 도망가 숨을 수도 없고 구차히 목숨을 보전할 길도 없어서 우리는 결국 죽을 것입니다. 기왕 죽는 것이라면 나라를 위해 죽지 않으시렵니까? 더구나 만에 하나라도 중요한 길을 잘 막아 왜적의 기세를 저지시킨다면 사지(死地)에서 살아나는 것이요 부끄럼을 씻고 나라를 회복하는 것도 이때인 것입니다. 우리 도내에는 반드시 누락된 장정과 도망친 군졸이 있을 것인즉, 만약 식견 있는 선비들이 서로 함께 격려해서 힘 모아 일어나 스스로 일군을 만들어 왜적이 향하는 곳을 감시해 요충지를 굳건히 지킨다면 위로는 왕의 군사를 성원할 수 있을 것이요 아래로는 한 지역 백성의 목숨을 보호할 수 있을 것입니다. 이 기회에 힘껏 도모해 영남 사람들처럼 되지 맙시다. 영남 사람은 왜적을 만난 초기에 한마음으로 단결해 막아 낼 생각을 하지 아니하고 머리를 싸매고 쥐처럼 도망을 쳤으니 그것이 비록 허둥지둥해 어찌할 바를 모르는 데서 나온 까닭이었으나 오늘날 생각하면 반드시 후회가 될 일입니다. 왜적의 기세가 등등해 가옥들이 불에 타고 처자들이 능욕을 당한 뒤에야 영남의 의사들이 분연히 일어나서 많은 수의 왜적들을 목 베거나 사로잡았으니 조금 마음이 든든하다 하겠으나 이미 때는 늦었습니다. 삼가 바라건대, 여러분은 모두 이와 같은 일을 징계 삼아 나태한 습성을 버리고 남보다 먼저 출발해 기약한 날짜에 뒤지지 않게 달려오십시오. 우리는 본시 활 쏘고 말 달리는 재주가 없고 병법도 알지 못하니 지휘해 적을 물리치는 데 있어서는 허술하다고 할 수 있습니다. 그러나 남보다 먼저 창의한 것은 한편으로는 의사의 뜻을 격려하고 다른 한편으로는 용사의 기운을 분발하자는 바이니 사람 마음이 한 가지인 것은 일찍이 사라진 적이 없으니 반드시 떨치고 일어날 사람들이 있으리라 믿습니다. 이 격문이 도착하는 날에 즉시 뜻있는 사람들과 함께 온 고을에 알리고 깨우쳐서 군사들을 데리고 이달 20일 보성 관아의 정문 앞으로 모이십시오. 한번 기회를 놓치면 후회한들 무슨 소용이 있겠습니까? 임금이 치욕을 당했는데도 구원할 줄 모른다면 어찌 사람이라 하리오. 처음과 끝을 생각해 창의할 것을 여러분은 도모하십시오."[16]

1592년 7월 5일 보성을 비롯한 주변 지역에 박광전, 임계영, 김익복의 명의로 의병 모집 격문이 띄워졌다. 최억남은 격문의 내용을 일일이 낭독하면서 부대원들에게 설명하고 있었다. 의병을 지원하는 사람들은 1592년 7월 20일까지 모두 보성 관아로 모이라는 내용도 적혀 있었다. 최억남의병은 고향 보성을 지키는 것을 일차적 목적으로 창의했는데 이번에는 고향을 떠나 전략적 요충지를 선점하기 위해 타지로 향할 것이라는 점도 설명하고 있었다. 이에 최억남의병도 모두 필요하다면 고향 보

---

16) 원문: 조경남, 『난중잡록』 해설 출처: 칠봉산, 네이버 블로그.

성을 떠나 왜적들을 선제적으로 방어하고 패퇴시키자고 의기
투합하고 있었다.

"최억남의병 여러분! 오늘이 드디어 7월 20일, 보성 관아로
출발하는 날입니다."

"네. 최억남 총대장! 그동안 훈련을 열심히 받다 보니 시간
가는 줄을 몰랐습니다."

"그래요. 열심히 훈련에 임해 줘서 감사합니다. 최억남의병
이 이제 제법 군사다운 면모를 갖춘 듯합니다."

"그렇습니까? 최억남 총대장!"

"그럼 우리는 최억남의병의 이름으로 보성 관아까지 무장한
채로 행군해 합류하도록 합시다."

"네. 최억남 총대장! 출발 준비 완료되었습니다."

"수고했습니다. 김춘삼 부총대장! 그럼 출발!"

최억남의병은 보성의 의병 모집 격문이 붙은 후에도 부대에
머물며 계속 전투 훈련을 해 오고 있었다. 최억남과 김춘삼은
최억남의병을 보성 관아까지 단체로 무장한 채 이끌어 합류하
기로 했다. 1592년 7월 20일이 되자 최억남의병은 보성 관아
를 향해 출발하고 있었다. 그런데 전국적인 전쟁 상황은 보성
의병을 모집하는 격문이 띄워진 7월 5일에는 그나마 희망이
있었으나 이후부터 의병 모집 기간 마지막 날인 7월 20일 사이
에는 급격하게 불리해지고 있었다. 금산 전투에서 고경명이 전
사하고 부대는 대패했고 명나라 지원군 조승훈 부대는 평양성

탈환 실패하고 퇴각했으며 왜군 가토 유키나가는 함경도 국경까지 침략하고 있었던 것이었다.

"박광전 선생의 말씀이 있겠습니다."

"존경하는 보성 고향민 여러분! 이번 거병을 주도한 박광전입니다. 나라가 어려운 이때 함께 국난을 극복하고자 이렇게 많이 참석해 주셔서 대단히 감사합니다. 오늘 보성의 의병 부대 창설을 선언합니다. 우리 보성의 의병 부대 명칭을 '전라좌의병'이라 칭하겠습니다. 그리고 군기는 백색 바탕에 검은색 '호(虎)' 자로 정하겠습니다. 그리고 제가 부대를 이끌고 적지로 뛰어들어야 마땅하겠지만 보시다시피 늙고 병들어 건강이 좋지 못합니다. 저는 아들과 처남 등을 대신 보내 나라를 구할 의무를 다하고자 합니다. 그리고 저를 대신해서 전라좌의병을 이끌 의장(義將)으로 이번 창의를 함께 주도하고 건강도 좋고 병법에도 능한 임계영 선생을 추대하고자 합니다. 참석하신 모든 분께서 동의하시면 두 팔을 들어 올려 함성을 보내 주시기 바랍니다."

"전라좌의병!"

"와~~~!"

"와~~~!"

"와~~~!"

"의장 임계영!"

"와~~~!"

"와~~~!"

"와~~~!"

의병 모집 기간 마지막 날인 7월 20일이 되자 보성 관아에는 수많은 사람이 모여들었다. 의병 부대에 지원하기 위한 젊은이들은 물론이고 남녀노소를 불문하고 수천 명의 사람이 북적거리고 있었다. 연단 아래 중앙에는 최억남의병 출신 의병 200여 명이 줄을 맞춰 서서 중심을 잡고 있었고, 나머지 의병 지원자들은 그들 양옆으로 줄을 지어 서 있었다. 전라좌의병에 지원한 사람들은 모두 700여 명에 달했다. 박광전은 무대에 올라와 부대 명칭을 '전라좌의병'으로 하고 군기를 '호(虎)' 자로 하며 임계영을 전라좌의병 의장으로 추대하겠다고 발표하고 동의를 얻고 있었다. 수많은 의병 지원자와 보성 고향민은 두 손을 번쩍 들어 흔들고 함성을 지르며 동의를 표하고 있었다.

"이어서 전라좌의병 의장 임계영의 말씀이 있겠습니다."

"존경하는 보성 고향민 여러분! 저 임계영은 이렇게 많은 분이 성원해 주시니 전라좌의병 의장직을 수락하겠습니다. 먼저 전라좌의병을 일으키는 데 힘써 주신 박광전, 김익복 선생의 노고에 진심으로 존경과 감사를 드립니다. 그리고 나라와 고향과 가족을 지키기 위해 목숨을 바칠 각오를 하고 이곳에 정렬해 있는 전라좌의병 지원병들과 가족 여러분에게도 역시 존경과 감사를 드립니다. 저 임계영은 오로지 글만 아는 선비로서 무예를 크게 연마하지는 못했습니다만 다행히 병법서를 익혀 여러분의 성원에 보답할 수 있는 작은 능력이나마 갖춘 것을 다행으로 생각합니다. 저는 전라좌의병 의장의 임무를 수행하면서 지원병 여러분의 생명을 지키고 왜군을 섬멸하는 데 앞장설 것을 약속드립니다. 지금도 경상도와 충청도에 주둔한 왜군이 전라도를 호시탐탐 노리고 있습니다. 우리 전라좌의병은 부대가 정비되는 대로 남원으로 향하겠습니다. 왜군이 전라도를 침략하는 데 방어하기 위해 가장 적절한 지역이기 때문입니다. 그리고 우리 전라좌의병은 왜군이 점령하고 있는 지역으로 직접 출정해 싸워 이기도록 하겠습니다. 보성 고향민 여러분께서 계속해서 적극적으로 지지와 지원해 주시길 당부드립니다. 저 전라좌의병 의장 임계영(任啓英)은 우리의 임무를 수행하기 위해 참모관에 박근효(朴根孝), 종사관에 정사제(鄭思悌), 양향관에 문위세(文緯世), 훈련관에 최억남(崔億男)을 임명하고자 합니다.[17] 보성 고향민과 참석하신 모든 분께서는 동의하시면 각 분을 호명할 때마다 두 팔을 높이 들고 함성을 보내 주시기 바랍니다."

"참모관, 박근효!"

"와~~~!"

"와~~~!"

"와~~~!"

---

17) 윤현섭, 「신호남 의병 이야기」, 광주일보.

"종사관, 정사제!"

"와~~~!"

"와~~~!"

"와~~~!"

"양향관, 문위세!"

"와~~~!"

"와~~~!"

"와~~~!"

"훈련관, 최억남!"

"와~~~!"

"와~~~!"

"와~~~!"

보성 고향민들로부터 전라좌의병 의장으로 추대받은 임계영은 단상에 올라 의장 수락 인사말을 하고 전라좌의병을 이끌고 남원으로 출정해 전라도를 노리는 왜적들을 선도적으로 방어하고 섬멸하겠다고 말하고 있었다. 그리고 참모관에 박근효, 종사관에 정사제, 양향관에 문위세, 훈련관에 최억남을 임명하고 보성 고향민들과 참석자들의 동의를 얻고 있었다. 참모관은 전반적인 부대 운영 및 전투에 관한 자문에 응할 직책이었고, 종사관은 각종 서류를 작성하고 의병 부대와 중앙 부서와의 연락을 책임질 직책이었으며, 양향관은 각종 무기와 군량미를 조달하는 임무를 수행할 직책이었고, 훈련관은 병법의 자문은 물론 무예 훈련과 전투 훈련을 담당할 직책이었다. 훈련관에 최억남이 임명된 것이었다.

"다음은 훈련관 최억남이 군기를 가지고 단상으로 올라와 흔들겠습니다. 보성 고향민 및 참석자들은 함성을 크게 질러 전라좌의병의 출범에 큰 응원을 보내 주시기 바랍니다."

"와~~~!"

"와~~~!"

"와~~~!"

최억남이 단상에 올라가 백색 바탕에 검정 글씨로 쓰인 '호(虎)' 자의 군기를 좌우로 크게 흔들자 창의식에 참여한 모든 사람이 일제히 일어나 전라좌의병 창의를 응원하는 함성을 질러대고 있었다.

"이어서 최억남 훈련관이 전라좌의병의 군사 편성 체제를 발표하겠습니다."

"전라좌의병의 군사 편성 체제를 발표하겠습니다. 먼저 저 최억남 훈련관을 도울 부훈련관에 김춘삼, 그 하부에 2개 훈련대를 두고, 각 훈련대에 5개의 훈련반을 두겠습니다. 부훈련관 김춘삼 휘하에 제1훈련대 대장 박길상, 제2훈련대 대장 남응길을 임명하겠습니다. 제1훈련대 대장 박길상 휘하에는 제1-1훈련반 반장 정상문, 제1-2훈련반 반장 이일석, 제1-3훈련반 반장 염익수, 제1-4훈련반 반장 채명보, 제1-5훈련반 반장 손희모를 임명하겠습니다. 제2훈련대 대장 남응길 휘하에는 제2-1훈련반 반장 안석산, 제2-2훈련반 반장 노영달, 제2-3훈련반 반장 문선휴, 제2-4훈련반 반장 최민성, 제2-5훈련반 반장 양문동을 임명하겠습니다. 각 훈련반에 60여 명씩, 따라서 각 훈련대당 300여 명씩 배치되어 2개 훈련대로 총 600여 명이 본 훈련관 휘하에 편성됨을 알려드립니다. 나머지 100여 명은 양향 부대에 배치되며 문위세 양향관 아래 2개의 양향대를 두어 제1양향대 대장에 문희영, 제2양향대 대장에 최남정을 임명하고 각 양향대에 50여 명씩 배치했습니다. 이상으로 전라좌의병 700여 명의 군사 편성 체제를 말씀드렸습니다."

최억남은 전라좌의병 군사 훈련 책임자로서 먼저 훈련 부대를 편성해 발표하고 있었다. 훈련 부대 체제는 훈련관(1)-부훈련관(1)-훈련대(2)-훈련반(10)로 편성해 600여 명의 군사를 배치했다. 그리고 군수 물자 조달은 문위세가 책임자였는데 부대를 양향관(1)-양향대(2)로 편성해 100여 명을 배치했다. 이로써 전라좌의병 700여 명의 편성 체제가 완료된 것이다. 즉, 전라좌의병은 의장(1), 참모관(1), 종사관(1), 양향관(1), 훈련관(1)에 이은 하부 체제의 편성을 마무리하고 있었다. 단상에는 박광전, 임계영, 문위세, 김익복 순으로 자리하고 있었고 박근효, 정사제, 최억남은 연단 아래에서 창의식 임무를 수행하고 있었다. 참모관 박근효는 창의식 사회를 보고, 정사제는 창의식 과정을 기록하고, 최억남은 700여 명의 의병을 통솔하고 있었다. 박광전은 66세로 왕자 광해군의 사부와 회덕 현감을 지냈고, 임계영은 64세의 문과 급제자로 진보 현감을 지냈고 병법에 조예가 깊었으며, 김익복(金益福)은 39세의 남원 사람으로 능성[18] 현령을 지내는 중이었고, 문위세는 57세의 장흥 사람인데 200여 명의 의병을 이끌고 전라좌의병에 합세한 사람이었다. 박근효는 42세의 박광전 장남이었고, 정사제는 36세의 문과 급제자였으며, 최억남은 34세로 훈련원 봉사를 지냈고 전라좌의병에서 유일하게 무과 급제자 출신이었으며 특히 마술과 궁술에 뛰어난 능력을 보였다. 보성 관아에서 나라를 짓밟힌 700여 명의 의병이 함께 모여 하늘과 땅을 울리는 엄숙한 분위기 속에서 고향민들의 응원을 받으며 전라좌의병이 창의하게 된 것이다. 1592년 7월 20일의 일이었다.

"최억남 훈련관! 훈련반장 이상 지휘관들 모두 모였습니다."

"그렇습니까? 김춘삼 부훈련관! 여러분! 여러분은 전라좌의병 훈련반장 이상의 지휘관들입니다. 오늘부터 여러분의 책임 아래 휘하 군사들을 훈련할 것입니다. 여러분은 대부분 최억남의병에서 군사 훈련을 받은 적이 있어 새로 의병에 지원한 군사들을 충분히 훈련할 능력이 있는 사람들입니다. 그러나 여러분도 지휘관으로 활동하기 위해 더욱 무예 훈련에 힘써 주기 바랍니다. 또 여러분은 물론 휘하 군사 중에서 말을 탈 수 있는 사람들을 뽑아 훈련하기 바랍니다. 그럼 부대

18) 능성: 현 전라남도 화순군 능주면

별로 이동해 군사 훈련을 시작해 주기 바랍니다."

"네. 최억남 훈련관!"

최억남은 드디어 훈련반장 이상 지휘관들을 불러 모아 군사 훈련을 시작하고 있었다. 이들은 대부분 최억남의병 출신들로 이미 군사 훈련을 받았기 때문에 군사들을 훈련할 수 있는 사람들이었다. 남응길은 장흥에서 왔지만 이미 무예 실력을 갖추고 있었다. 최억남은 특히 반장 이상 지휘관들에게 무예 훈련과 말타기 훈련을 열심히 할 것을 주문했고 군사 중에 말을 탈 수 있는 능력이 있는 사람들을 발굴해 훈련하라고 지시하고 있었다. 그리고 각 부대별로 이동해 군사 훈련을 시작하라고 명령하고 있었다.

"제1훈련대는 박길상 대장을 따르고, 제2훈련대는 남응길 대장을 따르도록 합니다."

"네. 김춘삼 부훈련관!"

"오늘부터 군사 훈련이 시작됩니다. 아직 무기를 다뤄 보지 못한 사람들이 대부분이니 철저히 배워서 전투 능력을 길러야 왜군을 이길 수 있다는 것을 명심하고 훈련에 임하기 바랍니다."

"네. 대장님."

"검을 들고 전체 도열!"

"발검!"

"중단!"

"머리치기!"

"손목치기!"

"허리치기"

"손목 머리치기!"

"왜군은 특히 검을 매우 유능하게 쓰기 때문에 젖 먹던 힘까지 다해 훈련해야 합니다."

"알겠습니다. 반장님!"

"전체, 창을 들고 도열!"

"전체, 열을 맞춰 창으로 중단 자세! 열을 맞춰 앞으로 1보 전진! 열을 맞춰 앞으로 2보 전진!"

"대오를 맞추어 집단으로 공격하고 방어하는 것이 창을 쓰는 전술의 생명이니 절대 일탈하면 안 됩니다."

"네. 알겠습니다. 반장님!"

"전체, 활과 화살을 들고 정렬!"

"제1열 앞으로."

"제1열 발사 준비."

"발사!"

"열 맨 뒤로 가서 다시 화살 장전 준비!"

"제2열 앞으로."

"제2열 발사 준비."

"발사!"

"열 맨 뒤로 가서 다시 화살 장전 준비!"

"대오를 맞추되 전체가 한꺼번에 화살을 쏘아야 적군이 도망갈 공간이 없어지고, 열을 번갈아 가며 화살을 쏘아야 장전 시간을 절약해 발사 시간을 단축할 수 있습니다."

"네. 알겠습니다. 반장님!"

최억남의 명령하에 지휘관들은 각자의 지휘 체계에 따라 철저히 군사 훈련을 진행하고 있었다. 군사 훈련의 여건도 좋지 않고 무엇보다 시간이 너무 짧았으나 각 지휘관은 휘하 의병들의 군사 훈련에 열정을 쏟고 있었다. 전라좌의병에 새로 지원한 의병들 역시 대부분 농민 출신이었기 때문에 오합지졸일 수밖에 없었다. 최억남은 이들을 훈련해 정예 군사로 만들어야 하는 책무가 있었다. 다행히 지휘관들의 노고와 군사들의 열정 덕분에 의병들은 단시간에 그나마 군사로서의 모습을 조금씩 갖춰 나가고 있었다.

"전라좌의병 군사 여러분!

오늘도 훈련받느라 수고가 많았습니다. 오늘 흘린 땀방울 하나가 여러분의 목숨을 살릴 것이고, 여러분의 가족과 고향과 나라를 구할 것입니다. 오늘부로 군사 훈련의 가장 기초적인 과정을 속성으로 마쳤습니다. 아직은 부족한 점이 많습니다. 우리의 군사 훈련 목표는 전라좌의병 지휘부에서 설정한 전략 목표를 달성하기 위한 수많은 전술을 효과적으로 수행하는 능력을 갖추는 것입니다. 시간이 촉박하니 보성에서의 훈련은 이것으로 마치고 추가 훈련은 일단 남원으로 이동하면서 점차 실전처럼 익혀 나아가겠습니다. 그동안 수고 많았습니다. 내일부터는 이제 고향을 떠나 전장으로 출정합니다. 여러분은 왜적을 물리치기 위해 떠나니 무엇보다 싸워 이길 수 있는 능력을 길러야 합니다. 왜군은 전쟁을 많이 치른 군사들이므로 전쟁 수행 능력이 뛰어납니다. 그들을 상대하는 우리는 두뇌를 활용하고 피나는 훈련을 해야 합니다. 이 점 명심하기 바랍니다. 그럼 여러분의 건승을 빕니다."

"최억남 훈련관!"

"와~~~!"

"와~~~!"

"와~~~!"

최억남은 보성에서 전라좌의병 기초 군사 훈련을 일단 마치고 남원을 향해 출정하기 전날 의병들에게 당부의 말을 하고 있었다. 전쟁터에서 왜군과 목숨을 걸고 싸워 이기려면 두뇌를 활용하고 계속해서 혼신을 바쳐 훈련해야 함을 강조하고 있었다. 그리고 남원으로 이동하는 동안에도 훈련을 계속하겠다고 말하고 있었다. 한편 양향관 문위세의 움직임도 빠르게 진행되고 있었다. 문위세 휘하의 두 양향대장인 문희영과 최남정도 마찬가지였다. 그들은 일차적으로 의병들의 의식주를 해결해야 했고 또 전쟁터에서 필요한 군수품을 보급해야 했다. 양향관 휘하 의병 일부는 대장간을 설치해 검과 창, 활과 화살 등의 무기를 만들었고, 다른 일부는 옷가지와 군막, 군량미와 말을 확보했다.

남원 출정

전라좌의병은 짧은 기간에 기초 군사 훈련만 서둘러 마치고 남원으로 떠날 채비를 하고 있었다. 아직 해야 할 군사 훈련이 많이 남았지만 한가하게 훈련만 할 수는 없었다. 나머지 군사 훈련은 가는 도중이나 남원에 도착했을 때 하기로 했다. 출정로는 보성-낙안-순천-구례-남원으로 정했다. 그리고 며칠 전인 1592년 7월 26일 화순에서 최경회도 전라우의병을 창의했다는 소식이 들려왔다.

"자랑스런 전라좌의병 여러분! 이번 우리의 출정 목적지는 남원입니다. 남원은 왜군이 전라도를 점령하기 위해 반드시 먼저 침략할 거라고 예상되는 지역입니다. 따라서 남원을 지키는 것은 곧 전라도를 지키는 것이고 전라도를 지키는 것은 곧 우리 고향 보성을 지키는 일입니다. 우리의 행군은 낙안까지 2일, 순천까지 2일, 구례까지 2일, 그리고 남원까지 2일 해서 총 8일이 소요될 것으로 계획하고 있습니다. 오늘은 우리 전라좌의병이 왜군을 섬멸하기 위해 첫발을 떼는 날입니다. 힘차게 나아갑시다. 전 부대 출발하겠습니다. 김춘삼 부훈련관! 출발합시다."

"네. 최억남 훈련관! 전 부대 출발!"

"제1훈련대 출발!"

"제2훈련대 출발!"

"다음은 제1양향대 출발!"

"제2양향대 출발!"

전라좌의병 출정식에서 임계영의 출정사, 박광전의 격려사에 이어 최억남이 출정 목적지와 일정을 소개하고 출발 신호를 보내니 전라좌의병은 드디어 부족하나마 군사 훈련을 마치고 출정 길에 나섰다. 1592년 8월 1일경의 일이었다. 출정 행렬 맨 앞에는 임계영, 문위세, 박근효, 정사제, 최억남이 말을 타고 위용 있게 움직이고 있었다. 전라좌의병 지휘부에 이어 흰색 바탕에 굵고 힘이 넘친 필체로 쓰인 '호(虎)' 자의 군기와 역시 흰색 바탕에 '전라좌의병(全羅左義兵)'이라 쓰인 부대기가 뒤를 따랐다. 그리고 훈련 부대와 양향 부대를 합해 700여 명의 행렬이 꼬리를 물고 이어졌다. 박광전은 직접 의병으로 참여하지 못해 안타까움을 표하며 뜨거운 배웅을 하고 있었고 많은 사람이 모여 의병들에게 힘과 용기를 실어 주었다. 눈물과 포옹으로 가장을 기약 없는 전쟁터로 보내는 아낙들이 수없이 많았고 늙은 노부모는 전쟁터로 떠나는 아들의 손을 놓지 못하고 눈물로 작별 인사를 하고 있었다.

"임계영 의장! 낙안읍성을 활용해 공성전 훈련을 하도록 하겠습니다."

"최억남 훈련관! 좋은 생각입니다. 공성전도 필수 군사 훈련인데 더없이 좋은 장소인 듯합니다."

"네. 그렇습니다. 김춘삼 부훈련관! 지휘관들을 모두 집합시키시오."

"네. 최억남 훈련관!"

"먼저 성벽 위에 있는 적을 공격할 때는 활을 사용하는 것이 효과적입니다. 원거리이니까 아군의 피해도 최소화할 수 있겠지요? 궁수 부대를 편성해서 훈련해 주기 바랍니다."

"성벽을 넘어 성을 공략하는 방법에는 긴 사다리가 필요합니다. 원거리에서 화살로 지원 사격하고 사다리를 타고 성을 넘는 방법입니다. 사다리를 직접 만들어서 훈련해 주기 바랍니다."

"성에 가까이 갈 때는 항상 방패를 사용해야 합니다. 적도 조총이나 화살을 이용해 공격해 오겠지요? 제일 좋은 방어 무기가 방패입니다. 방패를 이용해 단체로 보호벽을 쌓는 훈련을 하기 바랍니다."

"대부분의 전투에서는 지휘관의 전략과 지시에 따른 대오의 정렬을 목숨처럼 여겨야 하지만 백병전이 벌어졌을 때는 개인 무예 능력이 절대적으로 필요합니다. 시간 나는 대로 백병전 훈련도 해 주기 바랍니다."

보성을 출발한 전라좌의병은 보성-벌교를 거쳐 낙안에 도착했다(국도 2호선-지방도 857호선). 낙안에 도착한 최억남은 낙안 읍성을 활용한 공성전 훈련을 생각하고 각 부대 지휘관들을 모아 공성전을 설명하고 있었다. 이어 지휘관들은 각 부대로 돌아가 낙안읍성을 활용한 공성전 훈련을 했다. 낙안읍성은 진산인 금전산을 배경으로 한 평지의 석성이었다. 넓은 평야 지대를 중심으로 북쪽의 금전산, 동쪽의 오봉산, 남쪽의 제석산, 서북쪽의 백이산, 서남쪽의 부용산 등이 마치 원을 그리듯 성을 둘러싸고 있었다. 전라좌의병은 며칠 전에 군사들을 보내 낙안 각 마을에 격문을 붙이고 의병을 모집하고 있었고 모집일은 전라좌의병의 도착 다음 날까지로 정했다. 전라좌의병은 낙안의 장졸들이 지원해 올 것을 기대하며 기다리는 동안 공성전 훈련을 하고 있었던 것이다. 그러나 낙안에서는 아쉽게도 지원병이 나타나지 않았다.

"장윤 부장! 전라좌의병에 합세하고 부장직을 수락해 주셔서 감사드립니다."

"최억남 훈련관! 저는 죽음으로 공을 세우라는 명령으로 받아들이고 있습니다."

"과연 존경스러우십니다."

"최억남 훈련관! 나이가 얼마이시고, 무과 합격자라 들었는데 언제 합격하셨는지요?"

"네. 나이는 34세이고 작년 1591년에 무과에 합격했습니다."

"아, 그래요. 나는 40세이고 1582년에 무과에 합격했습니다. 그리고 보니 나이는 6년, 무과는 9년 선배가 되네요."

"네. 그렇습니까? 장윤 부장! 앞으로 선배로 잘 모시겠습니다. 전라좌의병에서 무과 출신이 저와 장윤 부장 두 사람이니 힘을 합해 왜적을 무찌르는 데 앞장섭시다."

"물론입니다. 최억남 훈련관!"

전라좌의병은 낙안 고갯길을 택해 낙안-상사를 거쳐 순천에 도착해 있었다(지방도 58호선). 최억남은 순천에서도 김춘삼의 책임 아래 박길상과 남응길 주도로 군사 훈련을 하도록 지시하고 매산등에 설치된 장윤(張潤) 부대를 방문해 대화를 나누고 있었다. 전라좌의병은 순천에 도착해 장윤이 이끄는 300여 명의 부대와 합세했고 그를 전라좌의병 부장으로 추대했다. 장윤은 순천이 아직 온전한 상태에서 전라도로 향하는 길목으로 미리 달려가 왜군을 방어하는 것이 전라도와 순천을 지키는 지름길이라는 전라좌의병의 설득에 응답한 것이었다. 장윤은 순천 출신으로 당시 40세였다. 1582년에 무과에 급제했고 사천 현감에 제수받았으나 임진란이 일어나자 창의해 순천을 수호하고 있었던 것이다. 순천은 삼산과 이수의 고장으로 북쪽의 비봉산, 동쪽의 봉화산, 서쪽의 남산으로 둘러싸여 있고 동천과 옥천이 흘러 모여 남쪽의 바다로 연결됨으로써 넓은 평야지대가 펼쳐져 있었다. 장윤 부대의 합세로 전라좌의병의 군사는 1,000여 명이 되었으며 군세와 사기는 더욱 커지고 높아졌다. 군세를 키운 전라좌의병은 새로 합세한 순천의 의병 300여 명을 장윤의 지휘하에 그대로 두기로 했다.

"지금부터 이곳 섬진강을 이용해서 도하 훈련을 하겠습니다. 즉, 다리를 놓는 훈련입니다. 준비됐습니까?"

"네. 준비되었습니다. 최억남 훈련관!"

"전쟁에서 강은 수없이 만나게 되니 물을 안전하게 건널 다리를 건설하는 훈련은 필수적입니다. 그래서 오늘은 다리를 건설해 보겠습니다. 각 부대 지휘관들은 훈련을 시작하기 바랍니다."

"알겠습니다. 최억남 훈련관!"

"제1훈련대! 나무와 노끈이 필요하니 임무를 나누어 준비해 오도록 합시다."

"네. 제1대장님!"

"남은 사람들은 바닥에 돌을 쌓아 먼저 교각을 만들어 놓읍시다."

"네. 제2대장님!"

전라좌의병은 순천-송치재-황전을 거쳐 구례에 도착했다(국도 17호선). 최억남은 섬진강을 만나 도하를 위한 다리 건설 훈련을 하고 있었다. 섬진강은 자연 하천으로 도하 훈련을 위한 조건을 잘 갖추고 있었다. 구례는 백두산과 한라산에 이어 전국에서 세 번째로 높은 고도를 자랑하는 지리산과 한양 이남에서 한강, 낙동강, 영산강에 이은 네 번째 긴 섬진강을 품고 있는 지역이었다. 특히 지리산 줄기들로 이어진 산들과 그 산들 사이에서 흘러나온 지류들은 넓은 들을 만들어 먹고살기에 부족함이 없는 지역이었다. 전라좌의병은 구례에 도착해 군막을 치고 며칠 전 돌린 격문을 보고 달려올 지원병들을 기다리고 있었다. 일부 군사를 차출해 각 마을을 돌며 의병으로 나서 줄 것을 독려하기도 했다. 그러나 결과는 미미했다. 전라좌의병은 구례에서도 별다른 지원병을 확보하지 못한 채 아쉬운 마음을 남기고 남원으로 향했다.

"전라좌의병 여러분! 이곳은 지리산 줄기를 넘어 구례와 남원을 잇는 가장 가까운 고개인 숙성령입니다. 고개까지 올라오는 데 무척 힘들었었지요? 이곳에서 매복과 돌격 훈련을 하겠습니다."

"네. 최억남 훈련관!"

"이곳 숙석령은 고갯길이 구불구불 길게 펼쳐져 있으니 적을 맞아 매복과 돌격 훈련을 하기에 더없이 좋은 지리적 조건을 갖추고 있습니다. 명심해야 할 점은, 매복은 적이 알지 못하게 조용하게 해야 하고, 돌격할 때는 적의 길목을 앞과 뒤에서 차단한 후 활, 돌, 나무, 불 등을 활용해 맹폭해야 한다는 것입니다. 적군을 한 명도 남기지 않고 섬멸하는 전술입니다. 그럼 훈련하겠습니다. 자! 그럼, 부대별로 좌우 언덕위로 모두 이동하기 바랍니다!"

"네. 알겠습니다. 최억남 훈련관!"

"제1훈련대, 제2훈련대는 왼쪽 언덕으로 올라가고 순천 부대는 오른쪽 언덕으로 올라가기 바랍니다."

"네. 제1대장!"

"네. 제2대장!"

"네. 순천부대장!"

전라좌의병은 숙성령 정상에서 최억남의 지시하에 매복 및 돌격 훈련을 하고 있었다. 고갯길을 지나는 가상의 왜군을 설정하고 일제히 공격해 모두 섬멸하는 훈련을 한 것이었다. 숙성령은 구례에서 남원으로 향하는 최단 거리 고갯길로 정상은 해발 490m에 있다. 구례에서 남원으로 가려면 섬진강을 따라 평지 길로 곡성을 거쳐 갈 수도 있으나 전라좌의병은 가파르고 험한 숙성령을 선택했다. 숙성령을 넘으면서 험한 고갯길을 넘는 훈련과 고개 정상에서의 매복 훈련, 돌격 훈련을 할 필요가 있다고 판단했기 때문이었다.

"전라좌의병 여러분! 남원에 오신 것을 진심으로 환영합니다. 먼 길 오시느라 수고 많았습니다. 남원 부사 윤안성(尹安性)입니다. 보성과 순천에서 1,000여 명의 군사를 모집해 오셨다고 들었습니다. 나라가 위기에 빠졌는데 더 없는 충신들이십니다."

"의장 임계영입니다. 이렇게 환영해 주시니 정말 고맙습니다. 여기는 부장 장윤, 훈련관 최억남, 이쪽은 양향관 문위세, 참모관 박근효, 종사관 정사제입니다."

"네. 전라좌의병 지휘부에 특별한 존경을 표합니다. 우리 남원에서도 전라좌의병의 격문을 보고 300여 명의 지원병이 모여들었습니다. 우리 남원부에서는 지원병 300여 명을 전라좌의병에 귀속시키고, 미리 확보해 둔 무기와 군량미도 내드리도록 하겠습니다."

"감사합니다. 윤안성 부사! 무기가 부족해 최억남 훈련관이 애가 탔는데 많이 해소될 것으로 보입니다. 그리고 문위세 양향관도 무기와 군량미를 확보하느라 수고가 정말로 많았는데 도움을 받아 큰 힘이 솟을 것으로 보입니다. 특히 300여 명의 의병군 추가 확보는 왜군을 물리치는 데 큰 힘이 될 것입니다. 다시 한번 감사드립니다."

"아닙니다. 제가 오히려 전라좌의병에게 감사해야지요. 넓게는 우리나라와 전라도지만 좁게는 우리 남원을 지키기 위해 목숨을 걸고 멀리까지 오신 분들 아닙니까?"

"감사합니다. 윤안성 부사! 부사님의 지원으로 우리 부대의 전투력이 향상되고 사기가 높아질 것으로 판단됩니다. 왜군을 물리쳐서 부사님께 고마운 마음을 꼭 갚겠습니다."

전라좌의병은 보성을 출발해 왜군과 전투를 치르기 위한 전초 기지인 남원에 드디어 도착하고 있었다. 남원부사 윤안성(尹安性)은 대대적으로 환영해 주었다. 1592년 8월 9일이었다. 전라좌의병은 역시 며칠 전에 남원 곳곳에 격문을 붙였다. 윤안성은 군사 모집에 협력해 300여 명의 지원병을 확보했고 관청의 책임자로 역량을 발휘해 무기와 군량미까지 확보해 주었다. 특별한 관청의 지원을 받지 못하고 있던 전라좌의병으로서는 천군만마와 같은 지원이었다. 이로써 보성에서 오합지졸로 출발해 농기구나 변변치 않은 무기를 사용하던 전라좌의병 군사들에게 실제 많은 무기가 부여되었으니 점차 정예 군사로서의 면모를 갖추어 나가기 시작하게 되었다. 최억남은 누구보다 기뻐하고 있었다.

전라좌·우의병 합세

전라좌의병보다 6일 늦게 창의한 전라우의병은 담양과 순창을 거쳐 행군을 재촉해 남원에 급하게 도착하고 있었다. 전라우의병은 전라좌의병보다 늦은 시간이었지만 같은 날 남원에 도착했던 것이다. 전라우의병은 행군 도중에 의병을 모집하거나 훈련은 하는 과정을 더 소홀히 한 모양이었다.

"반갑습니다. 전라우의병 지휘부 여러분! 전라좌의병을 소개하겠습니다. 의장 임계영, 부장 장윤, 훈련관 최억남, 이쪽은 참모관 박근효, 종사관 정사제, 양향관 문위세입니다."

"네. 반갑습니다. 전라좌의병 여러분! 우리 전라우의병은 의장 최경회, 전부장 송대창, 후부장 허일, 좌부장 고득뢰, 우부장 권극평, 참모관 문홍헌입니다."

"네. 다시 한번 인사드립니다. 저는 남원 부사 윤안성입니다. 전라좌·우의병 두 부대가 우리 남원으로 출정해 주시니 정말 든든합니다. 남원부에서도 가능한 모든 지원을 아끼지 않도록 하겠습니다."

남원 부사 윤안성이 전라좌·우의병을 환영하면서 양 지휘부의 첫 대면식을 거행하고 있었다. 전라우의병은 능주 사람 최경회(崔慶會)가 광주에서 창의해 송대창(宋大昌), 허일(許鎰), 고득뢰(高得賚), 권극평(權克平)을 부장으로, 문홍헌(文弘獻)을 참모관으로 임명해 조직을 갖추고 있었다. 군기로는 '골(鶻)'자를 흰색 천에 써서 사용하고 있었다. 최경회는 문과에 급제하고 영해군수를 지낸 사람이었다. 전라좌·우의병이 남원에서 만난 날은 1592년 8월 9일로 전라좌의병이 도착한 이후 늦은 시간에 전라우의병이 도착한 것이었다.

"전라좌의병 군사는 몇 명 정도 됩니까?"

"네. 우리 전라좌의병 군사는 1,300여 명 됩니다. 전라우의병 군사는 얼마 정도 됩니까?"

"네. 우리 전라우의병 군사는 700여 명 됩니다."

"전라좌·우의병을 합하면 2,000여 명이 되는데 서로 합세하면 훨씬 더 강력한 부대가 될 것으로 생각됩니다."

"맞습니다. 전라좌·우의병이 하나로 합세해 왜군을 대적하도록 합시다. 다만 평상시에는 분산해 별도로 움직이는 것이 훨씬 도움이 될 것으로 생각됩니다."

"네. 맞는 말씀입니다. 평소에는 별도로 움직이되 근거리에서 활동하며 상호 연락을 취하고 필요시 언제든지 합세해 왜군을 물리치도록 합시다. 전라우의병은 어떠신지요?"

"네. 우리 전라우의병도 동의합니다."

남원에서 합세한 전라좌·우의병의 군사 수는 총 2,000여 명에 이르렀다. 비교적 대규모 전투를 벌일 수 있는 군사 수라 할 수 있었다. 그러나 두 부대를 하나로 완전히 통합하기보다는 협력 체제를 유지하는 것이 유리하다고 판단하고 있었다. 따라서 두 부대는 근거리를 유지하면서 부대별로 활동하다가 필요 시 언제든지 합세해 합동 전투를 전개할 수 있도록 한 것이었다. 전라좌·우의병의 합세로 전라도 의병의 위세와 사기는 더욱 충천했다.

전라좌의병 우부장

　전라좌의병이 주둔하고 있는 남원에서 멀지 않은 곳에 왜군이 들끓고 있었다. 전라좌의병은 언제든지 왜군과 전투를 준비하고 치러야 하는 입장으로 바뀌었다. 따라서 조직을 훈련 체제에서 전투 체제로 개편할 필요가 있었다.

　"자랑스러운 전라좌의병 여러분! 의장 임계영입니다. 창의에서 오늘까지 우리 전라좌의병의 조직은 훈련을 위한 체제였습니다. 그러나 이제 곧 왜군과 싸워야 할 시점이므로 조직을 전투 체제로 개편하겠습니다. 그동안 군사 훈련을 담당한 최억남 훈련관의 수고에 깊은 감사를 드립니다. 최억남 훈련관에게 함성을 보내 주기 바랍니다."

　"최억남! 훈련관!"

　"와~~~!"

"와~~~!"

"와~~~!"

"전라좌의병의 새로운 지휘 체계를 발표하겠습니다. 의장 임
계영, 부장 장윤, 참모관 박근효, 종사관 정사제, 양향관 문위
세는 그대로 유임합니다. 그리고 그동안 훈련을 담당한 훈련
관 최억남을 우부장, 최근 합류한 소상진을 별장, 장흥 출신
으로 보성에서부터 최억남 훈련관을 묵묵히 도운 제1훈련대
장 남응길을 역시 별장에 임명하겠습니다. 지금부터 시작될
왜군과의 전투는 무인들인 부장 장윤, 우부장 최억남, 별장
소상진, 남응길에 의해 주도되겠습니다. 특별히 4명의 지휘
관 무인들에게는 '장군(將軍)'의 칭호를 써 주기 바랍니다.
그럼 장군들을 적극적으로 따르겠다는 의미로 뜨거운 함성
을 보내 주기 바랍니다."

"부장 장윤 장군! 우부장 최억남 장군! 별장 소상진 장군! 별
장 남응길 장군!"

"와~~~!"

"와~~~!"

"와~~~!"

"다음은 새로운 군기를 발표하겠습니다. 흰색 바탕에 '포효
하는 호랑이'의 모습을 그려 용맹함을 나타냈습니다. 부장
장윤 장군은 전라좌의병의 새로운 군기를 휘둘러 주기 바랍
니다."

"와~~~!"

"와~~~!"

"와~~~!"

"다음은 전라좌의병 1,300여 명의 새로운 전투 편성 체제를 우부장 최억남 장군이 발표하겠습니다."

"여러분! 새로 우부장에 임명된 최억남입니다. 임계영 의장의 새로운 지휘 체계와 군기 개편 말씀에 이어 세부 전투 체계를 말씀드리겠습니다. 의장 임계영 아래 장윤 부대(제1 전투 부대) 휘하에 제1전투대 대장 강철연, 제1-1전투반 반장 이일석, 제1-2전투반 반장 안석산, 제1-3전투반 반장 조성일을 편성하고, 최억남 부대(제2 전투 부대) 휘하에 제2전투대 대장 김춘삼, 제2-1전투반 반장 염익수, 제2-2전투반 반장 채명보, 제2-3전투반 반장 손희모를 편성하며, 소상진 부대(제3 전투 부대) 휘하에 박길상 제3전투대 대장, 제3-1전투반 반장 노영달, 제3-2전투반 반장 문선휴를 편성하고, 남응길 부대(제4전투 부대) 휘하에 제4전투대 대장 정상문, 제4-1전투반 반장 최민성, 제4-2전투반 반장 양문동을 편성하겠습니다. 각 전투반별로 100여 명씩 배속할 것이니 장윤 부대과 최억남 부대에는 각 300여 명, 소상진 부대와 남응길 부대에는 각각 200여 명이 편성되어 전투 임무를 수행할 것입니다. 양향관 문위세 휘하에는 제1양향대 대장 문희영과 150여 명, 제2양향대 대장 최남정과 150여 명을 배속해 기존보다 100여 명씩 추가했습니다. 이상으로 전라좌의병 총 1,300여 명의 군사 편성 결과를 말씀드렸습니다."

"와~~~!"

"와~~~!"

"와~~~!"

전라좌의병은 부대를 훈련 체제에서 전투 체제로 전환하고 있었다. 임계영은 그동안 훈련을 담당한 훈련관 최억남의 노고를 치하하고 있었다. 최억남은 전라좌의병 창의 후 훈련관으로 활동하면서 오합지졸에 불과했던 의병들을 훈련에 훈련을 거듭해 군사다운 면모를 갖추게 함으로써 일차적인 임무를 완수한 것이다. 전라좌의병은 새로운 편성 제체로 부장 장윤, 우부장 최억남, 별장 소상진, 별장 남응길을 임명했다. 동시에 이들에게는 장군의 칭호를 붙이며 부대를 움직일 권한을 부여하고 있었다. 소상진은 뒤늦게 전라좌의병에 합류했지만 능력 있는 무관이었고 최억남의 고향 선배였다. 남응길은 제2훈련 대장직을 수행하면서 그 능력을 인정받은 것이었다. 남원은 노령산맥과 소백산맥 사이의 중산지로 1,000 m가 넘는 세걸산, 고리봉, 만복대, 노고단 등의 고봉이 동북쪽에서 남으로 뻗다 노고단의 잔맥이 길게 서쪽으로 흘러 남쪽을 가로막고 있었고, 북쪽과 북서쪽에서는 고남산, 연화산, 청룡산, 계룡산, 교룡산, 풍악산 등에 둘러싸여 분지를 형성하고 있었다. 다만 남서쪽이 트여 위에서 언급한 산들에서 발원된 다량의 물들이 흘러내리는 통로 역할을 해 섬진강으로 합류하고 있었다. 그리고 남원은 한양으로 가는 길과 경상도로 가는 길이 만나는 교통의 요충지였기에 역으로 말해 영남과 한양을 장악한 왜군이 전라도로 침략할 길목이라는 의미이기도 했다. 따라서 남원이 뚫린다는 것은 곧 전라도가 뚫린다는 것을 의미했다. 남원의 중요성에 비추어 이곳에서도 양대박(梁大樸)은 운암에서, 조경남(趙慶男)은 운봉의 팔량치(八良峙)에서 각각 의병을 창의해 활동하고 있었다.

무주, 금산성 탈환

전라좌·우의병이 모여 합세한 남원의 상황은 여의치 않았다. 1~2개월 전 고경명의병을 패퇴시키고 금산에 주둔한 왜군이 무주, 진안, 장수를 넘나들며 전라도를 호시탐탐 노리고 있었기 때문이었다. 한양으로 침략해 올라간 왜군 후방 보급로의 거점이 된 옥천에 있던 왜군 장수 고바야카와 다카카게는 금산군 추부까지 이동한 다음 부대를 나눠서 한 부대는 진안을 거쳐 전주로, 다른 부대는 진산과 운주를 거쳐 전주로 침략하려했다. 그러나 진안을 거쳐 전주로 향하던 왜군 부대는 웅치에서 관군과 의병의 결사적 저항에 어렵게 승리해 전주성까지 함락했지만 백성들의 계속된 저항과 공격에 곧바로 후퇴하고 말았다. 그리고 진산을 거쳐 전주로 향하던 왜군 부대는 이치에서 권율을 만나 패퇴했다. 이후 금산으로 모여든 왜군은 고경명의병을 상대로 승리를 거두고 금산성에 본진을 두고 머무르고 있었던 것이다. 이른바 웅치 전투(1592년 7월 7일), 이치 전투(1592년 7월 8일), 그리고 금산 전투(1592년 7월 10일)였다. 이후 한 달여 동안 금산성에 본진을 둔 왜군은 무주 적상산성에 제2차 진을 치고 호시탐탐 전라도 재침략의 기회를 엿보고 있었다. 따라서 전라좌·우의병은 앉아서 왜군을 기다리기보다 선제적으로 공격해 전라도를 방어할 필요가 있었던 것이다.

"장윤 부장! 전라좌·우의병이 합세했으니 왜군을 몰아내러 금산으로 쳐들어갑시다. 충분히 승산이 있습니다."

"맞는 말씀입니다. 최억남 우부장! 왜군이 무주, 장수, 진안에서 고을민을 괴롭히고 있다는데 우리 전라좌·우의병이 합세해 몰아내도록 합시다."

"임계영 의장! 어떻게 생각하시는가요?"

"장윤 부장과 최억남 우부장이 동의하시면 당연히 그렇게 해야지요. 며칠 전에 전라감사 권율로부터 장수로 진군해 달라는 부탁을 받았습니다."

"네. 그렇군요. 그럼 전라우의병과 논의해 함께 출전하도록 합시다."

"네. 그렇게 합시다."

전라좌의병이 조직을 전투 체제로 전환한 이후 지휘관 회의를 진행하고 있었다. 최억남과 장윤은 무주, 진안, 장수로 즉각 출전할 것을 주장했고, 임계영을 비롯한 나머지 지휘관들도 이에 동의했다. 권율도 전라좌·우의병의 출전을 부탁하고 있었던 터였다. 이후 전라우의병과 뜻을 합친 전라좌의병은 무주, 진안, 장수를 침략하고 있는 왜군을 섬멸하기로 약속했다. 드디어 전라좌·우의병의 지휘부는 2,000여 명의 군사를 이끌고 소속 부대별로 오와 열을 맞추어 왜군을 물리치러 장수로 향하게 되었던 것이다.

"김춘삼 대장! 왜군이 길목을 막지 않아 전투 없이 무사히 장수에 도착한 것 같아요."

"네. 최억남 장군! 행군 중 척후병을 계속 보냈는데 왜군은 보이지 않았습니다."

"그래도 항상 조심해야 해요."

"당연한 말씀입니다."

"김춘삼 대장! 우리 전라좌의병은 장수에서 무주로 가는 길목인 장수의 북동쪽에, 전라우의병은 장수에서 진안으로 가는 길목인 장수 북서쪽에 진을 치기로 했어요."

"예. 좋은 방안인 것 같습니다. 무주, 진안 쪽에서 왜군이 나타나면 분담해 방어도 쉽게 하고 필요할 때 합동 작전도 펼칠 수 있을 것 같습니다."

"네. 잘 보았습니다."

전라좌·우의병은 남원을 출발해 산동과 번암을 거쳐 아무 탈 없이 장수에 도착하고 있었다(국도 19호선). 왜군과 처음으로 대면할 수 있었지만 다행히 척후병을 보내도 특이한 보고가 들어오지 않았다. 전라좌·우의병이 합세한 연합 부대는 2,000 여 명의 대규모이었기 때문에 부대를 이동하면서 세심한 주의를 기울여야 했다. 장수는 무주, 진안보다 남쪽에 위치해 있었지만 세 고을은 모두 동일 구역의 고산 산악 지대였다. 소백산맥의 덕유산, 장안산, 백운산, 팔공산, 선각산, 덕태산과 노령산맥의 운장산, 구봉산 등 1,000 m가 넘는 고봉들로 둘러싸여 있었다. 전라좌의병은 장수에서 무주 쪽으로 통하는 길목에 진을 쳤고 전라우의병은 장수에서 진안 쪽으로 통하는 길목에 진을 쳤다. 각 부대의 진은 왜군을 분담해 방어하기 쉬운 것은 물론이고 서로 연락을 주고받으며 합동 작전을 펼치기에 매우 좋은 장소였다.

"장윤 부장! 무주 상황은 어떤가요?"

"네. 임계영 의장! 척후병의 보고에 의하면 무주에 왜군이 진을 치고 있고 낮에는 무주에서 머물다가 밤에는 금산이나 적상산성으로 철수한답니다. 무주는 완전히 왜군의 세상이라는 보고를 받았습니다."

"알겠소, 최억남 우부장! 진안의 상황은 어떠한가요?"

"네. 임계영 의장! 전라우의병 측의 협조를 받은 정보 수집 결과에 의하면 진안을 거쳐 웅치 전투에서 승리한 후 전주까지 진출했던 왜군이 현재는 전주에서는 물론 진안에서도 모두 철수했다고 합니다."

"아, 그런가요? 다행입니다. 그럼 우리 전라좌의병의 최초 전투 장소는 무주가 되겠군요. 네 분 장군들은 모두 왜군과의 전투가 곧 있을 것이니 철저히 준비해 주기 바랍니다."

"네. 알겠습니다. 임계영 의장!"

최억남은 전라우의병 측의 정보에 의해 진안에서는 왜군이 이미 철수했음을 보고하고 있었고, 장윤은 무주에서는 왜군이 현재 진을 치고 머물러 있음을 보고하고 있었다. 장수에 각각 진을 친 위치에 따라 전라좌의병은 무주의 상황을, 전라우의병은 진안의 상황을 척후병을 보내 파악하고 있었던 것이다.

"최경회 의장! 무주 쪽은 왜군이 적상산성에 진을 쳐 거점을 만들어 놓고 날뛰고 있습니다. 진안은 조용하다고 전해 들었습니다."

"그렇습니다. 임계영 의장! 왜군이 무주에 배후 진을 확보한 후 다시 진안, 장수로 침략해 내려올 것으로 보입니다."

"왜군이 무주, 진안을 거쳐 전주로 재침략하거나 무주, 장수를 거쳐 남원으로 침략해 내려올 가능성이 있습니다. 그러니 우리가 먼저 무주로 공격해 들어가는 게 어떻겠습니까?"

"그렇게 합시다. 임계영 의장! 양 부대가 합세해 왜군이 전라도에 발을 못 디디도록 무주의 적부터 섬멸합시다."

임계영과 최경회는 긴급히 회동하고 있었다. 척후병으로부터 보고 받은 내용을 공유하고 전략의 방향을 논의하기 위해서였다. 전라좌·우의병 의장들은 금산성에 머물러 있는 왜군이 계속해서 전라도 침략의 꿈을 버리지 못하고 있음을 간파했다.

왜군이 금산성에 본진을 두고 무주 적상산성을 2차 거점으로 삼은 후 진안을 3차 거점으로 삼아 전주로 재침략하거나 2차 거점 무주에서 장수를 3차 거점으로 삼아 남원으로 침략할 가능성이 있다고 판단하고 있었다. 그래서 양 부대가 선제적으로 무주로 쳐들어가 왜군을 섬멸하기로 합의하고 있었던 것이다.

"이곳이 무주 적상이라는 곳인데 우리의 본진을 치기에 최적지인 것 같습니다."

"최억남 우부장! 왜군이 머무르고 있다는 적상산성도 같은 적상이지만 통하는 길이 반대편에 있고 이곳과는 오히려 험준한 산으로 차단된 곳이지요? 역시 감이 매우 훌륭합니다."

"과찬의 말씀입니다. 임계영 의장! 적상산성의 왜군으로부터 안전한 이곳은 진안, 장수에서 올라오는 길이 만나는 삼거리로 물이 풍부하고 산이 많아 유사시 피하기 편하며 무주의 왜군 진과 일정한 거리에 있어 우리의 진을 설치하기에 최적지로 보입니다. 특히 무주로 통하는 싸리재가 막아 주고 있으니 더욱 안전한 위치입니다."

"좋소! 이곳에 본진을 칩시다."

전라좌·우의병은 장수에서 출발해 장계와 안성을 거쳐 무주의 적상에 도착하고 있었다(국도 19호선). 최억남은 적상에 본진을 치자고 제안했고 이는 받아들여졌다. 적상의 진은 무주를 점령하고 있는 왜군에 대항하기 위한 최적의 장소였다. 무주에서 멀지 않은 거리에 위치해 있어서 왜군을 치고 빠지는 전술을 안전하게 구사할 수 있었고, 노고산, 말목산, 마향산, 멀산, 구리골산, 버드산, 봉화산, 불당산 등 수많은 산이 서쪽에 연이어 있어 필요시 안전하게 피할 수 있었으며, 동쪽으로는 적상산의 험준한 급경사가 적의 접근을 자연적으로 방어해 주고 있었다. 그리고 금강의 발원지를 이루는 적상천이 장수와 진안의 양 갈래 깊은 계곡으로부터 모여들고 장수와 진안에서 올라오는 길이 합류하는 삼거리였다. 전라좌·우의병 2,000여 명이 함께 적상의 계곡에 진을 치니 군세가 당당했다.

"뭐, 무서울 것 있습니까? 전라좌·우의병 군사가 2,000여 명이나 되는데 한꺼번에 밀어 버립시다."

"장윤 부장! 너무 서두르는 것 아닙니까? 왜군을 처음 마주할 것인데 신중히 전략을 세우는 것이 좋을 듯합니다."

"최억남 우부장! 너무 신중한 것 아닌가요? 몸이 너무 근질거려 못 참겠습니다."

"장윤 부장! 먼저 왜군이 얼마나 충원될 수 있는지 시험도 해 봐야 하지 않겠습니까?"

"네. 최억남 우부장의 말씀이 맞는 것 같습니다. 먼저 적진을 탐방해서 전투 능력을 파악하고 왜군의 충원 능력도 파악한 뒤에 공격하는 것이 좋을 듯합니다."

"좋습니다. 그럼 어떤 방법으로 할까요?"

"전라좌의병에서는 부장 장윤과 우부장 최억남, 전라우의병에서는 전부장 송대창 그리고 본인 후부장 허일이 각각 휘하의 기마병 15명씩 이끌고 다녀오면 어떻겠습니까? 그리고 왜군의 수가 적거나 약할 때는 바로 처리하고 돌아오도록 하지요, 뭐."

"허일 후부장의 의견이 매우 좋은 듯합니다."

무주 적상의 본진에서는 전라좌·우의병 최초로 양측 지휘관들이 모두 모여 왜군과 맞설 합동 작전 회의를 개최하고 있었다. 역시 전라좌의병 장윤은 피가 끓는 장군이었고 최억남은 신중함을 잃지 않는 침착한 장군이었다. 전라우의병 송대창의 의견과 허일의 중재적인 작전 제안에 동의하면서 회의는 끝났다. 작전 회의 결과 전라좌의병의 장윤과 최억남, 전라우의병의 송대창과 허일이 각각 휘하 부하 중 기마병 15명씩 총 60여 명을 이끌고 무주부터 금산까지 적진을 확인할 겸 출정하는 것이었다.

"장윤 부장! 저기 왜군이 10명 정도 보입니다."

"그래요. 최억남 우부장! 쫓아가서 함께 처리해 버립시다."

"저 정도는 우리만으로도 식은 죽 먹기일 것 같습니다. 그냥 밀어 버립시다."

"그럽시다. 전속력으로 왜군의 뒤를 쫓아라!"

"이랴! 나를 따르라. 전속력이다!"

"한 놈도 빼놓지 말고 모두 찌르고 베어라. 저기 도망간 왜군도 뒤를 쫓아 처리하라."

"닥치는 대로 죽여라!"

전라좌·우의병의 기병 선발대는 무주로 쳐들어가 처음으로 왜군과 마주쳤다. 왜군도 처음에는 조총으로 대항하며 달려들었지만 전라좌·우의병의 기마대에 기세가 눌려 자포자기하고 말았다. 전라좌의병 최억남과 장윤은 힘을 합해 왜군을 뒤쫓아 수급 10개를 취했다. 전라우의병 송대창과 허일도 왜군을 쫓다 왜군이 민가로 숨어들자 고을민의 도움을 받아 왜군 수급 5개를 취해 왔다. 전라좌·우의병의 출현에 겁을 먹은 왜군은 금산성과 적상산성으로 나뉘어 도망갔다. 이후 전라좌·우의병 기마대는 왜군의 본진이 있는 금산까지 제집 드나들 듯 들락날락하며 닥치는 대로 왜군을 쫓고 찌르고 베었다. 그러나 배후에 남아 있는 무주 적상산성의 왜군이 문제였다.

"적상산성에 숨어든 왜군을 먼저 제거합시다."

"소상진 별장의 말씀이 옳은 것 같습니다. 금산성의 왜군을 제거하려면 먼저 배후에 있는 적상산성의 왜군을 없애야 합니다."

"그렇습니다. 그럼 어떻게 하는 것이 좋을 것 같습니까? 최억남 우부장!"

"네. 적의 숫자가 많지 않고 산성이니 야음을 틈타 조용히 다가가 유인한 후 공격하는 것이 좋을 듯합니다."

"좌의병 최억남 우부장의 제안에 동의합니다."

"그럼 좌·우의병 중 어느 부대가 임무를 수행할까요?"

"우리 전라우의병이 하겠습니다."

"아닙니다. 꼭 기회를 주십시오. 전라좌의병이 하겠습니다."

"모두 고맙습니다. 이번에는 전라좌의병 소상진과 남응길 별
장이 맡아 주시오."

전라좌·우의병은 무주 적상산성에 주둔한 왜군을 제거하고
자 합동 작전 회의를 개최하고 있었다. 최억남은 야음을 틈타
적상산성으로 소리 없이 부대를 이동시킨 후 유인 작전을 써
성문이 열리면 대기하고 있다가 왜군을 공격하자는 제안을 하
고 있었다. 임무 수행 부대는 좌·우의병 간에 양보가 없었지만
결국 전라좌의병 소상진과 남응길이 맡기로 결정되었다. 소상
진과 남응길은 각각 군사 200여 명씩 총 400여 명을 이끌고
몰래 산성에 접근한 후 야음을 틈타 적을 유인하는 전술을 써
적의 탄환과 화살을 소진시킨 후 왜적을 물리치고 적상산성을
탈환하는 데 성공했다. 전라좌·우의병의 합동 작전으로 무주
의 왜군은 모두 죽임을 당하거나 도망갔다.

"금산성으로 도망간 왜군이 군사를 모아 다시 무주로 쳐들
어온다는 정보입니다."

"왜군 수는 몇 명 정도 된답니까?"

"500여 명 정도 된답니다."

"대적할 만한 숫자입니다. 멋지게 승리를 거두도록 작전을
짜 봅시다."

"선제적으로 매복 작전을 펼쳐야 하지 않겠습니까? 작전을
펼칠 장소로 우지치가 좋을 듯합니다."

"우지치? 최억남 우부장이 우지치를 제안했는데 어떻게 생각하십니까?"

"동의합니다. 우지치에서 미리 매복하고 기다리는 것이 상책일 듯합니다."

"그럼 군사 배치를 어떻게 할까요?"

"전라우의병이 고개 양옆에 매복해 공격하고 전라좌의병은 고개 넘기 전에 숨어 있다가 신호를 보내면 길을 막아 전라좌·우의병이 동시에 적을 포위하면 좋을 듯합니다."

"좋은 작전입니다. 그렇게 합시다."

전라좌·우의병에게 금산으로 도망갔던 왜군이 군사를 보강해 다시 침략해 들어온다는 정보가 접수되었다. 전라좌·우의병은 다시 합동 작전 회의를 열고 있었다. 최억남은 우지치를 전투 장소로 정하고 매복 작전을 제안하고 있었다. 전라좌·우의병은 우치지 양쪽 언덕에 전라우의병을 배치하고 고개 너머에 전라좌의병이 매복하고 있다가 협공하기로 하고 있었다. 작전대로 전라우의병은 우지치 오른쪽 언덕에 송대창과 허일, 왼쪽 언덕에 고득뢰와 권극평이 각각 군사 300여 명씩을 데리고 매복했다. 예상대로 왜군은 우지치를 향해 다가오고 있었다. 왜군의 척후병들이 지나갔지만 눈치채지 못하고 그들의 본진으로 돌아갔다. 안심하고 우지치에 접어든 왜군은 고개 양 언덕에 매복한 전라우의병의 화살과 바윗덩이를 맞고 혼비백산해 무작정 조총과 화살을 쏘아댔다. 이때 전라우의병이 쏘아 올린 불화살을 보고 달려온 전라좌의병이 왜적을 향해 돌진하기 시작했다. 전라우의병도 고개로 내려와 왜군을 포위해 공격하니 대부분 베이고 찔려 죽었다. 전라좌·우의병은 탁월한 전략에 기반한 위치 선정과 매복 작전으로 왜군을 크게 패배시켰다. 이 전투를 계기로 전라좌·우의병은 왜군의 사기를 크게 떨어뜨려 무주를 거쳐 남원이나 전주로 진격하려는 왜군의 전라도 침략 의지를 완전히 꺾어 놓게 되었다. 이 전투를 '무주 대첩' 또는 '우지치 전투'라 했다. 1592년 9월 7일의 일이었다. 이리하여 합세한 전라좌·우의병은 무주를 완전히 회복했던 것이다.

"최억남 우부장! 금산을 들락날락할 때 이미 이곳에 우리의 본진을 설치할 생각을 해 두고 있었겠지요?"

"물론입니다. 임계영 의장! 이곳에 설치한 본진은 전라좌·우의병이 금산성을 공격하기에 최적지로 보입니다. 무엇보다 금강과 봉황천이 빙 둘러 있어 자연 방어벽 역할을 해 주니 경계가 쉽고 안전이 확보되는 지역입니다."

"고맙소. 우리의 목표는 금산성을 탈환하는 것이니 척후병을 다시 보내 자세히 살핍시다."

"네. 지당한 말씀입니다. 일단 척후병을 보내겠습니다. 그리고 군사들이 지쳐 있으니 휴식을 취하면서 기다리겠습니다."

"그래요. 그리고 전라좌·우의병의 기마대는 계속해서 금산의 왜군을 쫓고 죽이고 금산성으로 몰아넣으세요. 그들의 사기를 꺾어야 합니다.”

“네. 알겠습니다.”

전라좌·우의병은 무주-부리를 거쳐 금산에 도착했다(국도 37호선). 그러나 금산에 진입하지는 않고 봉황천을 넘기 직전인 남일의 마장에 본진을 쳤다. 전라좌·우의병의 목표는 금산성을 탈환하고 왜군을 몰아내는 것이었다. 전라좌·우의병은 척후병을 보내 금산의 상황을 살피는 동안 군사들에게 휴식 시간을 주어 피로를 풀도록 했다. 그리고 최억남과 장윤, 그리고 송대창과 허일 등 4명의 장수는 기마대를 이끌고 금산으로 침투해 왜군을 닥치는 대로 베고 찔러 죽이고 살아남은 자들은 금산성으로 도망치게 했다.

“전라좌·우의병 여러분! 어둠이 내리면 공성전이 시작될 것입니다. 제1선에 기창 부대, 제2선에 궁수 부대, 부대 양 끝에 기마 부대가 오와 열을 맞춰 서 주기 바랍니다.”

“네. 최억남 장군!”

“공성전에서는 명령에 따른 공격과 후퇴가 생명임을 명심하기 바랍니다. 무기를 다시 한번 점검하기 바랍니다.”

“네. 알겠습니다. 장윤 장군!”

“오늘 금산성을 반드시 탈환해야 합니다.

“네. 알겠습니다. 소상진 장군! 남응길 장군!

전라좌·우의병은 금산성에 모여들어 성을 공격하기 위한 대오를 정돈하고 있었다. 척후병에 의해 성안의 왜군이 많이 빠져나가 전라좌·우의병의 숫자가 월등히 많다는 정보를 입수한 후 결정한 전략이었다. 전라좌·우의병은 금산성에 도착한 후 만반의 준비를 마치고 전열을 가다듬은 다음에 날이 어두워지기만을 기다리고 있었다.

"최억남 장군! 왜군이 금산성을 포기하고 퇴각할 것처럼 보인다는 정보입니다."

"척후병! 뭐라고 했나요? 왜군이 성에서 퇴각한다고요?"

"네. 최억남 장군! 확실한 정보입니다."

"금산성을 포기한다면 영동이나 옥천 방면으로 퇴로를 열 것으로 보이는데……. 알았습니다. 척후병!"

금산성 앞에 도열한 전라좌·우의병은 성을 탈환하겠다는 의지에 불타 기세가 하늘을 찌를 듯 높아져 있었다. 공성전을 펼치기 위해 기마 부대, 기창 부대, 궁수 부대 등이 조직적으로 움직이고 있었다. 어느덧 그들의 모습은 정예 부대로 변해 가고 있었던 것이다. 그런데 갑자기 최억남이 보낸 척후병이 나타나 왜군이 금산성을 포기하고 퇴각할 것 같다고 보고하고 있었다. 왜군은 성안에서 간간이 조총을 쏘며 싸우는 척하더니 밤이 되자 야음을 틈타 성 뒤로 빠져나가고 있었던 것이다. 전라좌·우의병은 전원 공격을 퍼붓고 성벽을 넘어 남아 있는 왜군을 모두 섬멸했다. 그리고 퇴각 중인 왜군을 바로 뒤쫓아 나갔다. 예상대로 왜군은 옥천과 영동으로 두 갈래 길을 잡았다. 전라좌의병은 영동(지방도 68호선)을 향해, 전라우의병은 옥천(국도

37호선)을 향해 도망가는 왜군을 뒤쫓아 갔다. 왜군은 제대로 저항도 하지 못하고 사력을 다해 도망가기에 바빴던 것이다.

"전라좌·우의병 군사 여러분! 축하드립니다. 우리가 이겼습니다. 우리의 힘으로 왜군을 물리쳐 금산성을 다시 탈환했습니다!"

"전라좌·우의병 군사 여러분! 금산성 탈환의 기쁨을 큰 함성으로 표해 봅시다."

"전라좌·우의병!"

"와~~~!"

"전라좌·우의병!"

"와~~~!"

금산성으로 다시 돌아온 전라좌·우의병은 승리의 기쁨을 맛보고 있었다. 전라좌·우의병 의장들을 비롯한 모든 장수가 단에 올라와 축하 인사를 전했고 군사들은 모두 목청껏 승리의 함성을 질러 댔다. 고경명의병의 패배로 왜군에게 2개월 반가량 점령당한 금산성을 이로써 완전히 탈환하게 된 것이었다. 1592년 9월 16일의 일이었다.

제1차 진주성 전투

이 시기에 임금은 계속 의주에 머무르며 명나라의 지원군만 믿고 기다리고 있었다. 국경을 넘은 명나라의 신기삼영유격장군(神機三英遊擊將軍) 심유경(沈惟敬)은 평양성에 있는 고니시 유키나가를 찾아가 휴전 협상을 벌여 시간을 끌고자 노력하고 있었고 가토 기요마사는 임해군과 순화군을 인질로 잡은 채 함경도에 주둔하고 있었다. 진주성에서는 진주목사 김시민이 성을 지키고 있었고 김해에 머물러 있던 왜군이 전라도로 통하는 관문인 진주성을 호시탐탐 넘보고 있었다. 무주와 금산을 탈환해 왜군을 전라도에서 완전히 몰아낸 전라좌·우의병은 남원으로 복귀해 전라도의 방어선을 지키고 있었다. 이때 전라좌·우의병 지휘부는 한양으로 올라가 왜군을 몰아낼 궁리를 하고 있었고, 문위세의 양향 부대 의병들은 계속해 무기와 군량미를 확보하느라 여념이 없었다.

"임계영 의장! 왜군이 개령과 성주로 내려와 극성을 부리고 있다는 소식입니다."

"금산에서 옥천, 영동으로 도망간 왜군이 그곳으로 남하했다는 이야기인가요?"

"네. 그렇습니다. 그리고 김해에 주둔해 있는 왜군이 진주성을 통해 막힌 전라도 침략로를 뚫겠다며 벼르고 있다는 소식도 있습니다."

"뭐요? 최억남 우부장! 그럼 진주성도 위험할 수 있다는 말입니까?"

"그렇습니다. 임계영 의장! 우리도 일단 함양으로 이동해서 다음 대처 방안을 모색하는 것이 좋을 듯합니다."

"최억남 우부장! 경상도로 출병하자는 말인가요? 그럼 한양으로 올라가는 계획은 어떻게 해야지요?"

"죄송합니다만 임금님이 안 계신 한양보다 왜군이 득실거린
다는 경상도, 특히 전라도로 통하는 길목인 진주성이 더 다
급할 것입니다."

"한양보다 경상도라……. 그리고 진주성이라……."

전라좌·우의병이 남원으로 복귀해 재충전하면서 한양으로
출정을 고민하고 있을 때 금산에서 쫓겨간 왜군이 남하해 성주
와 개령으로 근거지를 옮겨 극성을 부리고 있다는 소식을 들었
다. 그리고 김해의 왜군이 진주성으로 향할 채비를 하고 있다
는 소식도 접하고 있었다. 전라좌·우의병은 이 소식을 듣고 한
양으로 갈 것인가 아니면 전라도를 넘어 경상도로 갈 것인가를
고민하고 있었다. 최억남은 경상도로 진격해야 함을 주장했다.
임금은 의주에 머물러 있었고 오히려 진주성이 마음에 걸렸던
것이었다. 진주성이 함락되면 가까운 거리에 하동이 있고 섬진
강을 따라 구례를 거쳐 남원으로 올라가면 전라도가 뚫릴 것이
고, 만약 하동에서 섬진강을 건너 광양을 거쳐 순천으로 들어
가면 전라좌수영의 본영인 여수가 위태로워지고, 보성을 비롯
한 전라도 남부 지방은 물론 남해안의 수군까지 위험해질 수
있었기 때문이었다.

"전라좌·우의병 의장! 급히 전해드릴 말씀이 있습니다."

"당신은 어디서 온 누구요? 급히 전할 말이란 무엇이오?"

"네. 저는 경상우도순찰사 김성일(金誠一)의 급명을 받고 달

려온 정랑 박성(朴惺)이라 합니다. 김성일 순찰사께서 왜군의 침략으로 진주가 장차 함락당하게 되었고 산청, 함양, 거창, 합천 등 여러 고을 또한 위태함이 조석지간에 박두했다 하였습니다. 특히 진주에는 왜군 20,000여 명이 몰려들고 있어 진주성이 바람 앞의 촛불이니 빨리 지원병을 보내 주시면 감사하겠다고 부탁했습니다."

"김성일 순찰사요? 아하! 진주가 그렇게 급하단 말이오?"

"네. 그렇습니다. 지금쯤 진주에서 전투가 일어나고 있을지도 모를 일입니다."

"전라좌·우의병 의장! 금산성에서 우리 부대에 쫓긴 왜군이 개령, 성주에 머물러 있다고 했습니다. 그런데 거창, 합천, 함양, 산청도 장차 위험하다고 하니 그곳에서도 왜군을 조심할 필요가 있습니다. 무엇보다 진주성도 남원성만큼 전라도로 통하는 중요한 길목임을 명심해야 할 것입니다."

"최억남 우부장! 우부장의 의견이 맞는 것 같습니다. 박성 정랑! 상황이 급함을 알았으니 바로 출발한다고 전해 주시오."

전라좌·우의병이 한양 또는 경상도로의 진격을 고민하고 있을 때 갑자기 김성일이 보낸 박성이 진중으로 달려와 다급한 지원 요청을 하고 있었다. 박성이 출발할 때 이미 왜군 20,000여 명이 진주성 근처에 도착해 있었고 지금쯤은 더 많은 왜군이 몰려와 진주성에서 전투가 벌어지고 있을 수도 있다는 것이었다. 그리고 장차 산청, 함양, 거창, 합천까지 왜군이 극성을 부릴 수 있다는 것이었다. 왜군의 침략은 없을 것이라고 임금에게 고했던 김성일은 자신의 과오를 만회하기 위해 불철주야로 움직이고 있었다. 한양 출병 또는 경상도 출병을 고민하던 전라좌·우의병은 최억남의 주장과 박성의 요청을 바탕으로 곧바로 진주성으로 출정하기로 결정되고 있었다.

"최억남 장군! 무슨 일이 일어났습니까?"

"그렇습니다. 간단히 설명드리겠습니다. 진주에서 큰 전투가 일어날 것 같다며 우리에게 긴급한 지원 요청을 해 왔습니다. 그래서 전라좌·우의병 모두 진주성으로 떠나기로 했습니다. 진주성에서는 지금 전투가 일어나고 있을지도 모르니 최대한 빨리 도착해야 합니다. 진주까지는 아무리 빨라도 3일을 족히 잡아야 할 것입니다. 남원에서 함양까지 하루, 함양에서 산청까지 하루, 산청에서 진주까지 하루 예정입니다. 전군 빠른 속도로 행군해야 할 것입니다. 진주까지 함께 하겠습니까?"

"네. 최억남 장군! 기꺼이 명령에 따르겠습니다."

"고맙습니다. 여러분! 그럼, 진주를 향해 출발합시다. 출발!"

전라좌의병의 최억남은 휘하 부대원들에게 진주성의 긴박한 상황을 설명하고 함양, 산청을 거쳐 3일 만에 진주에 도착할 수 있도록 최대한 빨리 행군할 것을 요청하고 있었다. 부대원들이 기꺼이 함께 하겠다고 대답하자 출발 명령을 내리고 있었다. 진주성의 지원 요청으로 전라좌·우의병의 진격은 경상도로 자연스럽게 결정되어 실행되고 있었던 것이다. 박성이 떠난 후 바로 취해진 일이었다. 1592년 10월 6일이었다. 남원에서 함양에 이르는 길은 거대한 지리산에 막혀 간신히 뚫린 높고 깊은 도로들로 한없이 구부러져 있었고 전라좌·우의병은 수많은 고개를 넘고 계곡을 건너며 빠른 행군을 계속하고 있었다 (국도 24호선). 전라좌·우병은 경상우도에 접어든 이후 지속적으로 척후병을 보내 왜군의 존재를 확인했다. 함양에 도착하자 밤이 어두워졌다. 일단 안전할 것으로 판단되는 장소를 물색해 노숙하면서 군사들에게 짧은 수면을 취하게 했다. 다음 날 날이 밝자마자 출발 준비를 마치고 다시 산청으로 향했다(국도 3호선). 함양에서 산청까지도 거대한 지리산 줄기에 둘러싸이고 골짜기마다 물이 넘쳐 행군하기에 만만치 않은 길이었다. 다행히 산청에서도 왜군의 모습은 보이지 않았다. 그러나 방심은 금물이었다. 왜군이 언제 어디에서 출몰할지 모를 상황이었다. 산청에 도착해 역시 노숙하면서 짧은 수면을 취한 후 최종 목적지인 진주로 향했다(국도 3호선). 산청에서 진주에 이르는 길은 비교적 평탄했고 지리산 계곡에서 흘러 모여 형성된 경호강의 깨끗한 물은 군사들의 목마름을 해결함은 물론 잠시나마 몸을 씻고 피로를 회복할 수 있게 해 주었다.

"최억남 장군! 진주성이 저기 보입니다."

"그래요. 김춘삼 대장! 진주성에서 전투가 한창 벌어지는 것 같습니다. 연기도 솟고 있네요."

"천만다행으로 진주성이 잘 지켜지는 것 같습니다."

"김춘삼 대장! 이리 와서 저쪽을 보세요."

"와, 왜군이 개미 떼처럼 몰려와 있군요. 우리도 진주성으로 빨리 달려갑시다!"

남원을 출발한 전라좌·우의병은 3일간의 강행군 끝에 드디어 진주에 도착하고 있었다. 1592년 10월 9일이었다. 진주성에서는 이미 격렬한 전투가 벌어지고 있었다. 왜군은 진주성을 넘기 위해 해자를 메우고 토성에 올라가 조총을 쏘았고 조선 군사들은 성내에서 현자총통과 화살을 쏘며 왜군이 성에 접근하거나 토성에 오르지 못하게 방어하고 있었다. 방금 도착한 전라좌·우의병은 바로 진주성으로 달려가 왜군을 향해 화살을 쏘아 대고 진격과 후퇴를 계속하면서 성내의 조선군을 도왔다. 그때 각지의 많은 의병이 도착해 왜군의 후방과 측면을 공격하는 모습이 여기저기서 보였다. 진주성은 남강이 너른 벌판에 태극 문양의 회를 치며 만들어 놓았다. 남강이 진주성의 남쪽과 접해 높지 않은 언덕으로 성을 만들어 놓고 있었던 것이다. 남강은 진주성의 남쪽을 지키는 자연 해자였고 나불천 역시 진주성의 서쪽을 지키는 자연 해자 역할을 하고 있었다. 진주성 서북쪽에는 저수지를 크게 파서 성 동쪽의 남강물을 끌어들여 성의 북쪽을 둘러 연결해 커다란 인공 해자를 만들어 놓았다. 진주성은 사방을 빙 둘러 해자가 설치된 셈이었다. 다만 성의 서쪽과 서북쪽 사이의 틈새에는 해자가 없었지만 지대가 높아

방어막 역할을 하고 있었다. 진주성에는 동문, 서문, 남문, 북문과 서장대, 북장대, 그리고 남강이 바로 내려다보이는 성 남쪽 끝에 촉석루가 자리하고 있었다. 진주성에서의 전투는 종일 격렬히 진행되다가 어둠이 내려서야 왜군이 후퇴함으로써 일단락되었다.

"둥! 둥! 둥!"

"기상! 기상! 기상!"

"무슨 일인가요?"

"최억남 장군! 진주성에서 불화살이 올라오고 있습니다. 비상 상황을 알리는 신호입니다."

"김춘삼 대장! 왜군이 기습한 모양입니다. 전원 출동 대기하고 척후병을 보냅시다."

"네. 알겠습니다."

"척후병! 척후병! 상황을 파악하고 오시오!"

"네! 다녀오겠습니다."

전라좌·우의병이 진주성에 도착한 다음 날 자정이 지나자 경계병의 북소리와 고함 소리가 다급하게 울려 퍼지고 있었다. 낮에는 왜군이 성 앞에서 대오를 갖추고 있었지만 특별한 공격을 퍼붓지 않아 전투가 소강 상태를 보이는 듯했다. 큰 전투 없이 하루를 보낸 전라좌·우의병은 진주성 북쪽 비봉산에 진을 친 채 배고픔을 참고 피곤한 몸을 달래며 서리에 묻혀 잠에 곯아떨어져 있었다. 그때 경계병의 북소리와 고함 소리가 울려 퍼지기 시작한 것이었다. 목숨이 걸린 전쟁터에서 긴급 상황임을 직감한 최억남은 반사적으로 일어났고, 재빨리 척후병을 보냈다. 척후병은 말을 타고 바람처럼 달려 나가고 있었다. 1592년 10월 10일의 자정이 지나서의 일이었다.

"최억남 장군! 큰일 났습니다. 왜군이 어둠을 틈타 총공세를 펼치고 있습니다. 지금 진주성을 빙 둘러싸고 공격을 감행하고 있습니다. 동문 쪽에서 10,000여 명, 북문 쪽에서도 10,000여 명이 진주성을 넘기 위해 총공격을 펼치고 있습니다. 그 기세가 대단합니다."

"죽일 놈들! 결국은 기습 작전이었구먼. 속임수를 써 퇴각한 척하다가 기습한 겁니다. 척후병, 고생했습니다."

"장윤 부장! 어떻게 할까요?"

"네. 최억남 우부장! 전라좌·우의병은 왜군의 배후에서 화살을 이용하고 필요시 접근전을 펼쳐 적의 후방을 최대한 괴롭힙시다. 나머지 군사들은 횃불을 흔들고 북을 울리고 호각을 불고 최대한 고함을 지르며 여기저기 뛰어다녀 적군이 배후에도 많은 의병이 도착했다고 착각하도록 속임수를 쓰는 것입니다."

"좋은 계책인 듯합니다. 우리 부대는 진주성 북문으로 바로 가겠습니다. 전원 출발!"

"네. 최억남 장군!"

최억남이 보낸 척후병의 보고에 의하면 왜군이 낮에는 퇴각하려는 듯 위장을 하다 밤이 되자 불을 끄고 어둠을 이용해 성벽에 접근한 것이 틀림없었다. 왜군 20,000여 명이 어둠 속에서 진주성의 동문과 북문을 넘기 위해 총공세를 펼치고 있었던 것이다. 전라좌·우의병은 왜군의 배후를 직접 공격하는 전투 부대와 멀리서 횃불을 들고 속임수를 쓰는 외곽 부대로 구분했다. 최억남 부대는 전투 부대로 즉각 북문으로 향하고 있었다. 최억남을 포함한 전라좌·우의병이 진주성에 도착해 보니 왜군은 조총을 쏘아 대며 긴 사다리를 이용해 성곽으로 기어오르고 있었다. 기습적인 공격에 일시적으로 진주성의 수비가 무너지고 있었던 것이다.

"김춘삼 대장! 저기 진주성 벽에 오르는 왜군을 지원하는 조총 부대를 무력화하는 것이 급선무입니다."

"네. 최억남 장군! 그런 것 같습니다."

"김춘삼 대장! 궁수 부대원들을 데리고 조총 사거리 너머에서 대오를 맞추어 화살을 쏘아 대도록 하세요. 나는 기마대를 몰고 전후좌우로 치고 빠지면서 후방의 조총 부대를 교란하겠습니다."

"네. 알겠습니다. 최억남 장군! 그런데 장군 저기를 보십시오."

"아하! 장관이네요. 우리 전라좌·우의병뿐만 아니라 진주 외곽의 모든 산에서 의병 부대들이 횃불을 들고 달리고 호각을 불고 고함을 질러 수많은 지원군이 있다고 생각하게 만들고 있군요."

"정말 감격스럽습니다. 왜군도 위축될 수밖에 없을 것 같습니다."

"그럼 빨리 전투를 시작합시다!"

진주성 전투는 동문과 북문에서 크게 이루어지고 있었다. 동문에서는 김시민(金時敏)과 성수경(成守慶)이 지휘하고 있었고, 북문에서는 방어선이 무너져 성벽을 넘어온 일부 왜군을 최덕량(崔德良), 이납(李納), 윤사복(尹思復) 등이 흩어진 군사들을 사력을 다해 모아 막아 내고 있었다. 최억남은 북문에서 성벽에 오르는 왜군을 지원하는 조총 부대를 무력화하고자 궁수 부대와 기마 부대를 활용해 전투에 임함으로써 북문 수호에 큰 힘을 보태고 있었다. 성 밖에서는 진주성을 지원하기 위해 달려온 수많은 관군과 의병들이 후방에서 지원하고 있었고 먼 산에서는 햇불을 들고 달리며 고함 소리와 호각 소리를 내서 왜군에게 많은 지원병이 왔다는 공포심을 심어 주고 있었다. 전투는 밤새도록 진행되었고 성안의 나무와 돌, 기와, 초가지붕, 띠풀 등이 거의 없어지고 말았다.

"와! 왜군이 퇴각한다. 우리가 이겼다!"

"우리가 진주성을 지켜 냈다! 8,500여 명으로 20,000여 명의 왜군을 물리쳤다!"

"우리가 힘을 합쳐 기적을 이루어 냈다!"

"와~~~!"

"김시민 진주목사께서 전사하셨습니다."

"네?"

진주성의 치열했던 전투는 다음 날 아침까지도 이어지고 있었다. 성을 지키며 전투를 지휘했던 김시민은 아침이 되자 왼쪽 이마에 탄환을 맞고 의식을 잃고 말았다. 이광악(李光岳)이 지휘권을 물려받고 왜군 장수를 쏘아 죽이니 우리의 합동 작전에 불리함을 느낀 왜군은 한낮이 되자 마침내 시체들을 모두 태우고 김해를 비롯한 그들의 본거지로 퇴각하기 시작했다. 8,500여 명의 조선군이 20,000여 명의 대규모 왜군을 물리친 것이었다. 전라좌·우의병을 비롯한 모든 부대와 진주 고을민들이 진주성으로 달려들어 승리의 환희를 맛보고 있었다. 그러나 김시민은 머지않아 후유증으로 안타깝게도 사망하고 말았다. 진주성은 목사 김시민의 3,700여 명, 곤양 군수 이광악의 100여 명을 합해 총 3,800여 명의 관군이 지키고 있었다. 그런데 10월 5일 왜군 선봉대가 나타나고 다음 날 왜군 20,000여 명이 도착했다. 왜군 장수는 호소카와 다다오키(細川忠興), 하세가와 히데카즈(長谷川秀一), 가토 미쓰야스(加藤光泰)였다. 그들은 대군을 3개 부대로 편성해 동문 밖 성이 내려다보이는 산 위와 동문을 지나 진주 객사 정문인 봉명루(鳳鳴樓) 앞에 각각 진을 쳤고 나머지 1개 부대는 봉명루 앞의 왜군과 합세하며 전투를 준비했다. 진주성을 지원하기 위한 조선의 관군과 의병들은 곽재우(郭再祐)의병 200여 명, 조응도(趙凝道)와 정유경

(鄭惟敬) 군사 500여 명, 김준민(金俊民)과 정기룡(鄭起龍)의 병 2,000여 명, 임계영과 최경회(崔慶會)의병 2,000여 명을 합해 총 4,700여 명이었다. 조선의 군사는 진주성의 관군과 지원병을 합해 총 8,500여 명이었다. 1592년 10월 5일부터 시작해 1592년 10월 11일까지 7일간에 걸쳐 4~5차례의 대규모 전투가 벌어진 제1차 진주성 전투는 이렇게 조선군의 승리로 끝났다. 승리한 날은 1592년 10월 11일이었다.

개령 방어

제1차 진주성 전투를 승리로 이끄는 데 중요한 역할을 한 전라좌·우의병은 왜군이 육로를 통해 전라도로 향하는 길목을 완전히 차단했다는 점에 매우 기쁘게 생각하고 있었다. 무주와 금산을 탈환한 데 이어 진주성까지 방어함으로써 전라도로 침략하려는 왜군의 야욕을 완전히 꺾은 것이었다. 왜군과의 전투에서 자신감을 얻은 전라좌·우의병은 남원으로의 복귀보다 왜군이 득실거린다는 경상우도가 마음에 쓰였다.

"임계영 의장! 함양과 이곳 산청 등에 왜군이 장차 득실거릴 것이라고 했는데 한 명도 보이지 않습니다."

"최억남 우부장! 진주성에서 패한 왜군이 김해 쪽으로 모두 도망간 것 같습니다."

"네. 아무튼 우리 부대는 함양까지 이동한 후 그곳에 본진을 치고 위쪽인 거창, 합천, 성주, 개령 등의 왜군을 정탐해 보도록 합시다.”

“그래요. 최억남 우부장! 함양에서 상황을 살피다 왜군이 없으면 거창을 목표로 부대를 이동합시다.”

“네. 임계영 의장! 이제 우리 전라좌·우의병도 본격적으로 경상도에 주둔한 왜군까지 섬멸해 나가게 되겠군요.”

“그렇습니다. 이제 우리도 자신이 붙지 않았습니까?”

전라좌·우의병은 진주성 전투를 승리로 끝낸 후 다시 산청을 거쳐 함양으로 향하고 있었다. 진주성을 구하기 위해 급박한 강행군을 펼치며 내려왔던 그 길을 지금은 조금의 여유를 가지고 거슬러 올라가고 있는 것이었다(국도 3호선). 전라좌·우의병은 왜군이 없는 남원으로 되돌아가지 않고 일단 목적지를 함양으로 잡았다. 왜군이 득실거린다는 거창, 합천, 고령, 성주, 개령[19] 지역으로 갈 계획을 세웠던 것이다. 이곳들은 왜군의 한양 침략 3대 경로 중 하나인 우로로 추풍령, 덕유산, 가야산이 연결되는 산악 지형이었다. 전라좌·우의병은 전라도를 지켰다는 자부심으로 사기가 높아졌고 왜군에 대한 전투에도 자신감이 생기고 있었던 것이다.

“최억남 장군! 함양에 왜군이 한 명도 보이지 않습니다.”

“그래요. 척후병! 수고했습니다. 내일은 척후 부대를 인솔해 거창까지 가서 3개 조로 나누어 합천, 고령, 성주 방면의 왜군 상황을 살펴 오도록 하시오.”

---

19) 개령: 경상북도 김천.

"네. 알겠습니다. 최억남 장군!"

"임계영 의장! 이곳 함양에 왜군이 보이지 않는다니 본진을 치고 며칠을 보내도록 하시지요. 그리고 인근 지역에 척후병을 보내 상황을 파악하도록 지시했으니 그동안 우리 전라좌의병 군사들은 심신의 피로를 풀고 군량미와 무기를 점검하고 보강하는 것이 좋을 듯합니다."

"최억남 우부장! 좋은 생각입니다. 그렇게 합시다."

전라좌·우의병은 함양에 도착했다. 다행히 예상했던 대로 함양에는 왜군이 보이지 않는다는 보고가 올라왔다. 전라좌·우의병은 함양에 진을 치고 오랜만에 달콤한 휴식을 취한 후 다음 일정을 준비하고 있었다. 함양은 지리산과 덕유산의 품 안에 자리 잡은 산악 분지형 지형이었다. 남쪽의 거대한 지리산을 바라보며 동쪽에 연화산, 북쪽에 도숭산, 대봉산, 감투산, 서남쪽에 연비산, 오봉산, 동남쪽에 법화산, 봉화산 등이 빙 둘러 감싸고 있었다. 진주성으로 달려갈 때에 비하면 비교적 여유롭게 행군해 오고 진지도 포근하게 구축했지만 피곤한 몸과 마음을 달래며 쌀쌀해진 날씨를 체감해야 했다.

"최억남 장군! 이곳 거창은 참 산세가 깊고도 깊습니다."

"그래요. 김춘삼 대장! 명색이 우리나라의 대표적인 산이 3개나 둘러싸고 있는 곳 아닙니까?"

"남서쪽에 지리산, 북서쪽에 덕유산, 동북쪽에 가야산 아닌가요?"

"그렇습니다."

"최억남 장군!"

"척후병들이구먼. 상황은 어떠하던가요?"

"네. 합천에는 왜군이 보이지 않았고 고령에는 왜군이 가끔 보이지만 진을 치고 있지는 않았습니다. 그런데 성주와 개령에는 왜군이 각 성에 진을 치고 우글거리고 있습니다."

전라좌·우의병은 함양을 출발해 왜군이 보이지 않는다고 보고를 받은 거창으로 이동해 진을 치고 있었다. 최억남이 김춘삼과 얘기를 나누고 있는데 척후병들이 달려왔다. 합천에는 왜군이 보이지 않았지만 성주와 개령에 본진을 둔 왜군이 가끔 고령으로 내려오고 있다는 보고였다. 거창은 아무리 보아도 산세가 만만치 않았다. 덕유산, 가야산, 지리산이라는 거대한 산들이 넓은 반경으로 빙 둘러 있었고, 그 안쪽으로 감악산, 오도산, 비계산, 매화산, 우두산, 보해산, 현성산, 기백산, 망덕산이 작은 원을 그리듯 역시 둘러싸고 분지 형국을 이루고 있었다. 거창에 진을 치고 있던 전라좌·우의병은 합천이나 고령이 아닌 왜군이 극성을 부리고 있다는 개령이나 성주 쪽으로 본진을 옮길 계획을 세우고 있었다.

"임계영 의장! 개령에서 사람이 왔습니다."

"누가 보내서 온 사람이오?"

"개령의 김면 의장께서 보낸 사자(使者)입니다."

"김면 의장은 이곳 거창에서 의병을 창의한 사람 아닌가요?"

"네. 그렇습니다. 그런데 지금 김면 의장은 개령에 계십니다. 김면 의장께서 개령에 왜군이 한창 치성해 힘을 지탱하기 어려우니 긴급히 지원해 주시길 요청한다고 하셨습니다."

"그래요. 알았다고 전해드리도록 하세요."

전라좌·우의병은 거창에서 이동을 계획하던 중 거창 지역에서 의병을 일으킨 김면(金沔)으로부터 다급한 지원 요청을 받고 있었다. 김면은 현재는 개령에서 왜군과 대치하고 있는데 왜군이 치성해 전라좌·우의병의 힘이 절대적으로 필요하다는 것이었다. 전라좌·우의병은 김면의 지원 요청을 흔쾌히 승낙하고 있었다.

"전라좌·우의병 여러분! 이렇게 달려와 주시니 정말 감사합니다. 저는 의장 김면입니다. 그리고 이 사람은 별장 박강수입니다."

"네. 수고가 많으십니다. 김면 의장! 우리는 전라좌·우의병 의장 임계영, 최경회이고요. 부장 장윤, 우부장 최억남, 전부장 송대창, 후부장 허일입니다."

"이곳 왜군이 차츰 치성해 우리 김면의병의 힘만으로는 버틸 수 없습니다. 전라좌·우의병에서 이렇게 와 주시니 이제야 안도가 됩니다."

"어느 정도입니까? 김면 의장!"

"왜군이 대낮에도 떼로 몰려다니며 자기들 안방처럼 행동하고 있습니다. 그리고 우리 군사들만 보면 쫓아와서 조총을 쏘고 난리를 칩니다.

"오랜만입니다. 최억남! 나 박강수요. 박강수!"

"내금위 동료 박강수? 정말 반갑소. 이곳 개령 출신이었지요? 김면의병의 별장으로 활동하고 계시군요?"

"그렇소. 앞으로 우리가 양 부대의 협력에 큰 역할을 합시다."

전라좌·우의병은 거창을 출발해 대덕을 거쳐 개령에 도착하고 있었다(국도 3호선). 전라좌·우의병은 산세와 물길을 살펴 고성산 기슭에 본진을 쳤다. 개령은 남쪽의 가야산, 남서쪽의 덕유산, 서북쪽의 소백산맥 추풍령을 배경으로 커다란 산맥이 남, 북, 서쪽을 막고 서 있었고 그 안에 작은 산들이 빼곡했다. 추풍령, 황악산, 고성산, 백마산, 금오산, 난함산 등이 그것들이었다. 각 산의 골짜기에서 흘러 내려온 물줄기들이 모인 감천은 사통팔달의 길을 만들고 동쪽에 넓은 들을 형성시키면서 낙동강으로 흘러들고 있었다. 전라좌·우의병이 본진을 치고 있는데 김면이 박강수를 대동하고 찾아왔다. 임계영과 최경회는 최억남과 장윤, 송대창과 허일을 데리고 김면을 만나고 있었던 것이다. 나머지 지휘관들은 진지를 구축하면서 군사들을 지휘하고 있었다. 전라좌·우의병은 김면으로부터 왜군이 치성해 군사들을 공격해 올 때면 힘이 부족해 버틸 수 없을 정도임을 다시 전해 듣고 있었다. 이때 최억남은 내금위 시절의 동료 박강수와 우연히 다시 만나게 된 것이었다. 최억남은 박강수가 이곳 개령 출신이었음을 기억하고 있었지만 이렇게 만날 줄은 꿈에도 몰랐다. 그들은 양 의병 부대에서 중추적인 지휘관의 역할을 담당하고 있었고 앞으로 양 부대의 상호 협력에 큰 역할을 할 것을 다짐하고 있었다.

"장윤 부장! 저쪽에서 왜군이 김면의병과 대치하고 있는 모습이 보입니다."

"최억남 우부장! 그래 보입니다. 왜군이 우리 전라좌·우의병이 온 줄 모르고 평소처럼 날뛰고 있나 봅니다. 조용히 왜군의 후방으로 이동해 협공하면 좋을 것 같습니다."

"좋은 계책입니다."

"김면의병과 협공이 가능한 위치입니다. 전속력으로 달려 나가 닥치는 대로 쏘고, 베고, 찔러 왜군을 쓸어 버립시다."

"그럽시다. 공격 앞으로!"

"와~~~!"

"와~~~!"

"와~~~!"

"왜군이 도망간다. 전군! 뒤를 쫓아 닥치는 대로 죽여라!"

"와~~~!"

"와~~~!"

"와~~~!"

최억남과 장윤은 도착한 다음 날 군사들을 이끌고 나가서 개령 상황을 살피고 있었다. 김면에게 들었던 대로 왜군이 김면의병을 향해 달려와 공격해 오늘도 대치 상황이 형성되어 있었다. 이것을 본 최억남과 장윤은 왜군의 눈을 피해 왜군 뒤로 군사를 이동시켰다. 양측 부대가 협공하자 왜군은 갑자기 나타난 전라좌·우의병에 놀라 혼비백산했다. 장윤이 선봉으로 습격해 쏘아 맞혀 수급 2개를 베었고 이어 최억남도 화살을 쏘아 다수의 왜군을 맞혔다. 왜군은 군사 수의 열세를 눈치채고 걸음아 나 살려 달라고 개령성으로 도망치기 시작했다. 뒤를 쫓던 전라좌의병과 김면의병은 도망가는 왜군에게 화살을 퍼붓고 낙오된 왜군의 머리를 베어 왔다. 1592년 10월 20일의 일이었다.

"박강수 별장! 이곳 언덕에 김면의병을 데리고 매복해 계십시오. 그리고 전라우의병 송대창 전부장과 허일 후부장은 반대편을 부탁합니다."

"최억남 우부장! 잘 알겠습니다. 이곳에 우리가 매복하고 있을 테니 전라좌의병은 개령성으로 가서 왜군을 이곳으로 유인해 오시오."

"네. 알겠습니다."

"장윤 부장! 왜군 깃발이 많이 날리고 있는 것으로 보아 개령성에 왜군이 많은 것 같습니다."

"그래요. 일단 전라좌의병들을 도열시켜 화살을 날리고 기마대는 성문 앞으로 들락날락해 왜군의 화를 돋우어 유인해 냅시다."

"최억남 우부장! 일차 작전 성공입니다. 왜군이 성문을 열고 달려 나오고 있습니다. 조금만 버티다 놀란 척하며 후퇴하면 되겠습니다."

"작전상 후퇴다. 전 부대원, 퇴각!"

"전라좌의병이 왜군을 유인해 오고 있다. 잠시만 기다려라."

"지금이다. 활을 쏘아라! 돌을 던져라! 나무를 굴려라! 바위를 굴려라!"

"와~~~!"

"와~~~!"

"와~~~!"

전라좌·우의병과 김면의병의 세 연합 부대는 개령성 근처 고갯길로 향했다. 개령성에는 모리 데루모토(毛利輝元)가 주둔하고 있었다. 연합 부대는 개령성에서 멀지 않은 곳에 있는 고갯길 양옆 언덕에서 매복 작전을 펴기로 전략을 세웠다. 박강수 그리고 송대창과 허일이 매복하고 최억남과 장윤이 개령성에서 왜군을 유인하기로 한 것이었다. 전라좌의병이 개령성에 도착해 적진을 살피니 기세가 당당했다. 최억남과 장윤은 군사들의 전열을 가다듬으면서 활을 쏘고 성문 앞을 들락날락하는 등 유인 작전을 폈다. 작전대로 왜군은 성문 밖으로 몰려나왔다. 최억남은 퇴각 명령을 내리고 매복지를 향해 도망갔다. 왜군은 연합 부대의 매복지에 도달하자마자 갑자기 비 오듯 쏟아지는 화살, 돌, 나무, 바위 등에 피를 흘리고 어리둥절하며 당황하고 있었다. 왜군은 조총으로 응수했지만 효과는 없었다. 진형이 완전히 흐트러진 왜군은 꽁무니를 빼고 도망가기 시작했다. 이번에는 왜군을 유인한 최억남과 장윤의 군사들이 길을 돌려 왜군을 뒤쫓으며 공격하기 시작했다. 이때 활로 쏘아 죽이고 검으로 벤 수급이 8개가 되었다. 1592년 11월 13일의 일이었다.

성주성 탈환

왜군의 한양 침략로 중 하나인 우로에 위치한 이곳, 개령과 성주에는 왜군 후발대가 각 성에 자리 잡고 눌러앉아 한양과 평양 등으로 올라간 왜군 선발대의 보급로를 연결하는 임무를 수행하고 있었다. 전라좌·우의병은 왜군의 중요한 중간 보급 기지를 놓고 싸워 이겨야만 했다. 개령에서는 김면의병, 성주에서는 정인홍의병이 그 역할을 담당해 왔지만 왜군과 대적할 힘이 부족했던 것이었다. 따라서 전라좌·우의병의 힘이 절대적으로 필요한 상황이었다.

"전라좌·우의병 의장! 성주의 정인홍의병에서 온 사자(使者)입니다. 정말 다급합니다."

"그래요. 얼마나 급한 사정이길래 하루에 3번이나 사자를 보낸답니까?"

"정인홍의병이 성주의 왜군과 여러 번 싸워서 불리해 위급하고 적이 치성해 장차 덤벼들 지경에 이르렀습니다."

"정인홍의병에서 하루에 3번에 걸쳐 사자를 보내다니 정말로 급하긴 급한 모양입니다."

"그래요. 알았습니다. 우리도 무기와 식량을 준비할 부분이 있어서 조금 지체되고 있었는데 바로 달려가겠다고 전해 주세요."

"네. 알겠습니다."

"전라좌의병은 성주로 달려가 정인홍의병을 돕고 전라우의병은 이곳에 남아 김면의병과 계속 합세하도록 합시다."

"좋습니다. 그럼 전라좌의병은 서둘러 출발하겠습니다. 출발!"

전라좌·우의병은 김면의병과 합세한 연합 부대로 개령성까지 공략할 궁리를 하고 있었다. 그런데 성주에서 활동하던 정인홍의병에서 긴급한 지원 요청을 해 왔다. 왜군과 여러 번 싸웠는데 그들이 치성해 패하게 생겼다는 것이었다. 전라좌·우의병이 군수품 확보를 위해 조금 지체했더니 하루에 3번이나 사자를 보내 왔다. 전라좌·우의병은 좌의병은 성주를 지원하고 우의병은 개령에서 김면의병과 지속적으로 합세하기로 역할을 분담하고 있었다. 전라좌의병은 정인홍의병을 지원하기 위해 성주로 길을 떠나고 있었다(국도 59호선-국도 33호선).

"전라좌의병 여러분! 저는 정인홍 의장입니다. 어서들 오십시오. 정말 고맙습니다."

"정인홍 의장! 반갑습니다. 우리는 전라좌의병으로 의장 임계영, 부장 장윤, 우부장 최억남, 별장 소상진, 별장 남응길입니다. 그런데 이곳 성주 상황이 어렵다면서요?"

"네. 요즈음 성주성의 왜군 수가 날로 늘어나 우리가 독자적으로 싸우기는 힘에 부친 실정입니다."

"그래요? 어디에서 충원되고 있을까요?"

"임계영 의장! 개령에서 왜군이 성문을 닫고 나오지를 않고 있었는데 이곳으로 몰래 오지 않았을까 합니다."

"최억남 우부장의 말이 맞는 것 같습니다. 왜군이 날마다 개령에서 성주로 야밤을 이용해 이동한다는 정보를 입수한 적이 있긴 합니다."

"그럼, 개령과 성주 사이의 통로를 먼저 차단하는 것이 시급할 듯합니다. 먼저 전라우의병에 알려서 개령과 성주 사이의 왜군 기동로(機動路)를 차단하도록 요청합시다."

"네. 그렇게 합시다. 바로 개령의 전라우의병에게 사자를 보냅시다."

전라좌의병은 성주에 도착해 정인홍의병과 만나 인사를 나누고 있었다. 합천에서 창의한 정인홍(鄭仁弘)은 성주에 머물면서 왜군과 대치하고 있었는데 최근 왜군의 숫자가 많아져 어려움을 겪고 있다는 것이었다. 성주성에는 무라카미 가게치타(村上景親)와 카츠라 모토츠나(桂元綱)가 진을 치고 주둔하고 있었다. 정인홍과 김면은 3~4개월 전인 1592년 8월 21일과 1592년 9월 12일에 성주성을 탈환하기 위해 두 차례의 연합 공격을 단행한 적이 있었다. 그러나 두 번 모두 많은 왜군 지원병이 배후에서 충원되는 관계로 실패하고 말았다고 했다. 그렇지만 이후 성주가 조용했는데 요즈음 왜군이 부쩍 많아졌다는 것이었다. 최억남은 정인홍의 이야기를 듣고 개령에서 조용하던 왜군이 야밤을 틈타 성주성으로 다시 이동하고 있고 두 성의 왜군은 서로 연결되어 있다는 사실을 간파하고 있었다. 그리하여 현재 개령에 있는 전라우의병에게 하여금 개령에 있는 왜군이 야밤에 성주성으로 이동하는 것을 차단하도록 요청한 것이었다. 성주는 가야산의 동북쪽에 위치해 수많은 산맥으로 둘러싸여 있는 분지로 된 목(牧)이 설치되어 있었으니 경상도 지역의 중요한 교통의 요충이요 대표적인 큰 고을이었다. 남쪽에는 대황산, 대성산, 성암산, 칠봉산, 서쪽에는 빌무산, 글씨산, 염봉산, 적산, 북쪽에는 자산, 연봉산, 비룡산, 각산, 필산 등이 위치해 있고, 동쪽에도 도고산, 영취산 등이 빙 둘러 위치했다. 전라좌의병은 성주로 이동한 후 남쪽 대황산 아래 본진을 치고 정인홍의병과 합세하고 있었다.

"성주성은 구릉과 평지에 토성과 석성을 별도로 구축하면서 서로 적절히 얽혀 놓았네요."

"네. 좀 특이한 형태의 성이네요. 석성에는 동문, 서문, 남문, 북문이 있는데. 구릉 쪽에 있는 서문과 북문 쪽으로 독립적인 토성을 쌓아 내부에 있는 석성 부분을 보호하고 있고, 평지에 있는 동문과 남문은 오히려 토성 밖으로 돌출시켜 놨네요."

"임계영 의장! 성주성의 약점은 전면전을 펼칠 때는 동문과 남문에 있고, 소규모 전투를 할 때는 서문에 있는 것 같습니다. 북문은 평소 아군에게 불리하니 접근하지 말고 성 밖으로 나오는 왜군이 있을 때만 제거하면 될 것 같습니다."

"최억남 우부장! 좋은 말씀입니다. 하나 추가하자면 북문은 산으로 연결되니 왜군이 개령으로 몰래 이동할 때도 은밀히 이용하는 문이 될 것으로 보입니다."

"네. 그렇습니다. 임계영 의장! 그러면 성을 직접 공격할 때는 동문과 남문을, 적을 유인할 때는 서문을, 개령의 적과 내통을 차단할 때는 북문을 이용하는 것이 좋겠습니다."

"최억남 우부장의 전략적 눈은 명쾌해서 좋습니다. 그렇게 합시다."

최억남을 비롯한 전라좌의병 지휘관들은 성주성을 바라보며 성을 공략할 계책을 연구하고 있었다. 성주성은 석성과 토성을 별도로 쌓아 함께 엮어 놓았고 북문과 서문 그리고 양 성문 주변 성곽들은 토성을 쌓아 한 번 더 보호하고 동문과 남문은 외부에 노출해 놓았다. 따라서 동문과 남문은 토성의 보호를 받지 않고 있었고 서문과 북문은 일차적으로 토성의 방어벽을 거쳐야만 도달할 수 있었던 것이다. 그리고 서문과 북문은 구릉지대의 성곽이 양쪽에서 경사를 타고 내려와 평지와 만나는 곳에 위치해 있었다. 성주성 밖은 서쪽에서 흘러들어 남쪽을 돌아 동쪽으로 흘러 나가는 이천이 자연 해자로 성의 방어벽 역할을 하고 있었고 서문과 남문 사이의 토성 밖에는 긴 인공 해자가 설치되어 있었다. 전라좌의병은 최억남이 제안한 대로 서문에서 제한적 전투를 벌이고 동문과 남문에서 전면전을 펼치는 전략을 세우고 있었다. 그리고 북문을 통해 개령성과 통하는 왜군을 차단하는 대책도 논의하고 있었다.

"최억남 우부장! 한 무리 왜군 부대가 이곳으로 오고 있습니다."

"네. 장윤 부장! 저도 보고 있습니다. 자, 전 군사 움직이지 말고 엎드려 화살 쏠 준비를 합시다. 명령이 떨어질 때까지 기다리기 바랍니다."

"네. 알겠습니다."

"우리 기마병 3명은 왜군에게 다가간 후 화들짝 놀란 척하며 도망쳐서 이곳으로 왜군을 유인해야 합니다."

"기마대, 출발!"

"우리 기마대가 돌아와 지나가고 왜군이 이곳으로 오고 있다. 지금이다. 전 군사 발사!"

"총공격하라!"

"와~~~!"

"와~~~!"

"와~~~!"

전라좌의병의 최억남과 장윤은 성주를 활보하는 왜군을 물리치고자 기마병 3명과 별동대를 이끌고 조용히 작전을 전개했다. 왜군은 전라좌의병의 존재를 아직 파악하지 못했는지 평소와 같이 여유롭게 이동하고 있었다. 전라좌의병 별동대는 예상 이동로로 자리를 잽싸게 옮겨 매복하고 있었다. 이어서 3명의 기마병을 그들 앞에 보내 놀란 척하며 도망치게 한 것이다. 왜군은 정신없이 기마대를 쫓아왔고 매복한 전라좌의병 별동대가 화살을 쏘아 부었다. 불의의 습격을 당한 왜군이 놀라 도망가자 일제히 뛰어 내려가 뒤를 쫓았다. 전라좌의병은 도망가던 왜군을 쫓아가 2명의 수급을 그 자리에서 베어 버렸다. 1592년 11월 18일의 일이었다.

"소상진 별장! 우리의 임무는 동문과 남문에서 군사들을 데리고 공격하는 체하며 왜군을 대규모로 묶어 두는 것이라 했지요? 난 동문을 맡을 테니 소상진 별장은 남문을 맡도록 합시다."

"그렇게 하시지요. 남응길 별장! 그럼 난 남문을 맡겠습니다. 그래야 서문을 공격하기 수월하겠지요?"

"최억남 우부장! 작전대로 동문과 남문에 왜군이 몰려 있어 이곳 서문에는 많지 않습니다."

"장윤 부장! 오늘은 적의 허를 찔러 서문을 열 방법이 있는지 살펴봅시다. 먼저 서문 주위의 토성에 있는 왜군을 제거하고 서문을 공격해야 할 것 같습니다."

"그렇게 합시다. 서문은 낮으나 석성은 높고 견고하니 아예 토성으로 나와 있는 왜군이 여러 명 보이는군요. 그들을 먼저 해치워야겠습니다."

"그렇습니다. 장윤 부장! 먼저 활을 이용해 원거리 공격을 하고 적의 상황을 파악합시다."

"네. 그렇게 합시다."

최억남과 장윤은 전라좌의병을 이끌고 성주성에 도착해 서문을 탐색하고 있었다. 동문과 남문에서는 소상진과 남응길이 부대를 이끌고 왜군의 시선을 잡고 있었다. 왜군의 주력 부대가 취약한 동문과 남문을 방어하기 위해 모여들게 하기 위한 작전이었다. 이 틈을 타서 최억남과 장윤은 서문 쪽의 토성을 공격하기 시작했다. 서문 쪽 토성에는 왜군 수 명이 나와 망을 보다 전라좌의병을 발견하고 전투 준비를 하고 있었다. 최억남과 장윤 부대는 왜군의 조총 사거리를 피해 멀리서 화살을 쏘아 날려 보냈다. 왜군은 갑자기 날아온 화살에 5~6명이 맞아 죽으니 시체를 버리고 부상병들만 데리고 석성 안으로 도망갔다. 전라좌의병은 토성을 확보한 후 석성까지 공격을 감행하려다 왜군의 작전에 말려들지 않기 위해 후퇴했다. 전라좌의병은 10일 후 같은 방법으로 서문을 공격해 접전을 벌인 끝에 또 전과를 올렸다. 1592년 11월 22일과 1592년 12월 2일의 일들이었다.

"장윤 부장! 오늘은 정인홍의병과 합동 작전을 펴니까 마음이 든든합니다."

"그렇습니다. 최억남 우부장! 정인홍의병이 동문과 남문을 맡고 있으니 우리 전라좌의병은 서문을 편하게 공격할 수 있게 되었습니다."

"그럼, 출발합시다. 기마대는 우리를 따르라!"

"왜군 장수는 듣거라! 우리는 전라좌의병 우부장 최억남 장군과 부장 장윤 장군이다. 성에 숨어 비겁하게 굴지 말고 나와서 한판 붙어 보자!"

"저, 저, 저놈들이! 겁이 없구나. 의병 주제에 무슨 실력으로 싸우자는 것이냐?"

"네가 왜군 장수인가 보구나. 꼭 겁먹은 강아지 꼴이구나! 한판 붙어 보자! 문을 열고 나와 봐라!"

"기다려라, 이놈들아! 여기가 어디라고 함부로 와서 큰소리를 치느냐? 성문을 열고 나가서 저놈들을 모두 쓸어 버려라."

"장윤 부장! 왜군 10여 명이 기마대를 이끌고 성문을 열고 나오고 있습니다. 일단 유인에 성공했습니다. 우리 기마대는 일단 싸움을 벌이는 척하다가 뒤로 빠집시다."

"그럽시다. 최억남 우부장! 그런데 왜군 장수도 나왔습니다. 저기 참호 속으로 빠진 말에 장수가 탄 것 같습니다."

"맞습니다. 오늘 왜군 장수까지 잡을 수 있을 것 같습니다. 소상진, 남응길 별장! 화살을 날릴 준비를 하고 있겠지요?"

전라좌의병은 정인홍의병과 함께 힘을 합해 성주성을 공격하고 있었다. 정인홍의병은 동문과 남문을 맡고 전라좌의병은 서문을 공격하기로 한 것이었다. 최억남과 장윤은 기마대를 편성해 직접 이끌고 성주성의 서문 앞을 활보하며 왜군 장수의 화를 돋우었다. 왜군 장수가 분을 참지 못하고 왜군 기마병 10명을 앞세우고 말을 타고 뒤따라 서문을 열고 나오니 유인 작전에 성공한 것이었다. 최억남과 장윤은 왜군과 검으로 싸움을 벌이는 척하다가 재빨리 후퇴했다. 소상진과 남응길의 명령에 따라 전라좌의병 궁수대는 화살을 쏘아 왜군 6명을 맞혀 쓰러뜨렸다. 왜군이 긴급히 부상병을 이끌고 성안으로 도망갔지만 화살에 맞은 왜군 6명 중 5명이 즉사했다. 왜군 장수도 서문으로 나오다가 말과 함께 참호 속에 떨어져 오른팔 뼈가 부러져 거의 죽게 되었다. 성주성 서문에서 이 광경을 바라보던 왜군은 침통한 표정으로 바뀌고 살아남은 5명만 겨우 성안으로 몸을 피했다. 전라좌의병은 승리의 환호를 울렸고 왜군은 바야흐로 전라좌의병을 두려워하게 되었다. 1592년 12월 7일의 일이었다.

"임계영 의장과 지휘관 여러분! 오늘 전라좌의병의 전투 능력을 보고 놀랐습니다."

"아닙니다. 정인홍 의장! 정인홍의병의 도움이 없었다면 불가능한 일이었습니다. 그리고 작은 승리에 불과했습니다."

"전라좌의병에는 훌륭한 무관들이 많아 전투력이 매우 강한 것 같습니다. 정말 부럽고 존경스럽습니다."

"정인홍 의장! 우리 전라좌의병이 왜군의 사기를 완전히 떨어뜨려 놓았으니 이참에 함께 총공격해 성주성을 탈환하는 것이 어떻겠습니까?"

"최억남 우부장! 성주성을 탈환해요? 그렇다면 다른 지휘관들은 어떻게 생각하시는가요?"

"네. 좋습니다. 양 부대가 총공격해 성주성을 아예 탈환해 버립시다."

"그럼, 우리가 관군에게 지원 요청을 할 시간이 필요하니 사흘 후에 합세해 총공격합시다."

전라좌의병이 성주성 서문에서 전과를 올린 날 밤 전라좌의병 지휘관들은 정인홍의병 지휘관들과 한자리에 모였다. 오늘의 작은 승리를 자축하고 있었던 것이다. 오늘의 승리는 전라좌의병과 정인홍의병이 합세해 이룬 전과라 할 수 있었다. 그러나 왜군이 성안에서 버티고 있는 이상 기쁨도 일시적일 수밖에 없었다. 최억남은 오늘의 전투를 계기로 기가 꺾인 왜군을 쳐서 성주성을 탈환할 것을 제안하고 있었다. 양측 지휘관들은 동의했고, 정인홍은 관군들에게 지원을 요청하고자 3일간의 시간이 필요하다고 말하고 있었다. 결국 전라좌의병과 정인홍의병은 사흘 후인 1592년 12월 10일 성주성을 함께 공격하기로 합의하고 있었던 것이다.

"임계영 의장! 오늘이 정인홍의병과 우리가 함께 성주성을 총공격하기로 합의한 12월 10일이 아닙니까?"

"그렇습니다. 최억남 우부장! 그런데 이상합니다. 아직도 정인홍의병에서 아무런 전갈이 없습니다."

"최억남 우부장! 그래도 정인홍 의장이 한 약속인데 지키지 않을 수 있겠습니까? 조금만 더 기다려 봅시다."

"그래요. 최억남 우부장! 장윤 부장의 말처럼 명색이 정인홍 의장의 약속인데 한번 믿고 더 기다려 봅시다."

"그럼 정인홍 의장에게 사자를 보내고 우리는 성주성을 총공격할 준비를 마치고 조금만 더 기다려 봅시다."

정인홍의병은 전라좌의병과 철석같이 약속한 사흘 후의 성주성 총공격의 날짜에 나타나지 않았다. 전라좌의병은 사자를 보냈지만 아무런 대답도 듣지 못했다. 하루, 이틀, 사흘을 기다려도 그들은 오지 않았다. 전라좌의병은 정인홍의병에게 서운한 감정을 느끼고 있었다. 정인홍은 결국 약속을 지키지 않았다. 1592년 12월 10일부터 3일간의 일이었다.

"전라좌의병 여러분! 오늘은 성주성을 공격할 것입니다. 정인홍의병의 합세는 없습니다. 오늘은 눈발이 날리고 매서운 추위가 기승을 부리는 날입니다. 한 발짝도 물러서지 말고 반드시 이긴다는 각오로 전투에 임하기 바랍니다."

"네. 임계영 의장! 왜군의 기세를 꺾은 적이 있으니 우리 전라좌의병의 힘만으로도 충분히 이길 수 있을 것입니다. 죽을 힘까지 다해 기꺼이 싸워 이기겠습니다."

"고맙습니다. 전라좌의병 지휘관 여러분! 그럼, 오늘 전라좌의병 각 부대에 임무를 부여하겠습니다. 우선 동문은 소상진 별장, 서문은 남응길 별장이 담당하고 남문은 최억남 우부장과 장윤 부장이 담당하기 바랍니다. 남문에서는 왜군의 전열을 흐트러뜨리고 성문을 열고 나오도록 유인하며 활을 쏘아 아군을 엄호하고 또한 성 위의 왜군을 직접 공격하기 바랍니다. 동문과 서문에서는 왜군을 분산시키고 상황에 따라 성을 공격하거나 남문으로 합세하기 바랍니다."

"네. 알겠습니다. 임계영 의장!

전라좌의병은 약속을 지키지 않은 정인홍의병의 지원을 3일 동안 기다렸으나 오지 않자 전략을 바꿔 단독으로 성을 공격하기로 결정하고 있었다. 날씨는 매서운 추위와 바람 그리고 눈발이 휘날리고 있었다. 전라좌의병은 동문, 서문, 남문에 군사를 배치해 총력전을 펼치기로 작전을 세웠다. 성문 구조가 가장 취약한 남문에는 주력 부대인 최억남과 장윤 부대를 합해 600여 명을 배치하고, 동문과 서문에는 소상진과 남응길 부대를 각각 100여 명씩 배치하고 있었다.

"전투 시작!"

"둥둥둥~~~!"

"장윤 부장! 건투를 빕니다. 임계영 의장! 궁수 부대를 잘 부탁합니다. 기마대 출발! 가자, 이랴!"

"최억남 우부장! 꼭 승리해서 만납시다. 기마대! 나를 따르라. 이랴!"

"기마대는 조총에 피해를 입지 않도록 거리를 유지면서 왜군을 혼란에 빠뜨리고 부아를 북돋아 성문을 열고 나오도록 유인해야 합니다."

"네. 알겠습니다. 최억남 장군!"

"최억남 우부장과 장윤 부장의 말들이 너무 성 가까이 들어간 것이 아닌가요?"

"두 장군을 엄호하라! 궁수들은 빨리 화살을 쏘아라!"

"네. 임계영 의장!"

"저기 보세요! 임계영 의장! 왜군이 기마대를 이끌고 성문을 열고 쫓아오고 있습니다. 우리의 작전이 먹혀든 것 같습니다."

"그렇네요. 우리 기마대를 쫓아 오는 왜군을 향해 계속 화살을 쏘아 붓도록 하라!"

"네. 임계영 의장!"

"최억남 우부장! 저기 왜군 기마대 뒤를 보세요. 왜군이 남문을 열고 몰려나와 성 앞에 설치된 방책 뒤에 진을 쳤습니다."

"네. 장윤 부장! 정말 다행입니다. 우리 부대를 우습게 보고 전면전을 택해 이길 수 있다고 판단한 것 같습니다. 그렇지 않고서는 저렇게 나올 수가 없겠지요?"

"쓩, 쓩, 쓩, 쓩~~~!"

"탕, 탕, 탕, 탕~~~!"

"와~~~!"

"와~~~!"

"와~~~!"

"장윤 부장! 이렇게 지독한 전투는 처음입니다. 왜군의 시체가 산처럼 쌓였습니다. 피가 흘러 전쟁터가 핏빛이 되었습니다."

"최억남 우부장! 나도 그렇습니다. 엄청난 전투요 엄청난 전과입니다. 그런데 우리 군사들도 피해가 있는 것 같아 안타깝습니다."

"그런 것 같습니다. 적을 죽이는 것도 중요하지만 우리 군사 한 명의 목숨이 더 소중합니다."

"그래요. 전투를 승리로 이끌고 우리 군사들을 생명을 최대한 지킵시다!"

"장윤 부장! 괜찮으십니까? 말과 함께 쓰러지니 왜군의 총탄에 맞은 줄 알고 깜짝 놀랐습니다."

"괜찮소, 최억남 우부장! 하루 종일 전투가 계속되니 내 말이 더 이상 걷지 못하고 쓰러지고 말았소."

"그래요. 말이 쓰러졌다니 다행입니다. 그런데 그 상황에서도 왜군을 쏘고 베어 죽이고 계시니 정말 장하십니다. 장윤 부장!"

"고맙소, 그러나 최억남 우부장 또한 장하긴 마찬가지입니다."

"최억남 우부장! 왜군이 성안으로 도망가고 있습니다."

"그래요? 왜군을 한 놈도 살려 보내지 말고 쓸어 버립시다!"

"성문이 닫히고 있습니다. 최억남 우부장!"

"왜군이 성문을 닫았다. 퇴각하라! 서둘러 퇴각하라! 절대로 뒤쫓지 마라."

"둥둥! 둥둥! 둥둥!"

전라좌의병은 전면전으로 성주성을 공격하고 있었다. 전투가 시작되자 남문의 최억남과 장윤은 왜군을 유인해 성문을 열고 나오게 하고자 애를 쓰고 있었다. 기마대를 성문에 접근시켜 왜군의 화를 돋우기도 하였다. 도열해 있던 궁사들은 화살을 쏘아 아군을 엄호하기도 하고 성 위의 왜군을 공격하기도 했다. 동문과 서문에서는 왜군을 분산시켜 붙잡아 놓고 있었으며 여차하면 성곽을 공격할 준비를 하고 있었다. 왜군은 점차 성문을 열고 기마대 뒤를 따라 나와 성주성을 등진 채 진을 치고 있었고 임계영은 전라좌의병에게 독려하며 한 치도 물러나고자 하지 않았다. 그로 인해 양 진영에서는 화살이 비 쏟아지듯 날아다니고 함성 소리는 눈보라를 따라 천지를 진동했다. 시간이 갈수록 전투는 치열해졌다. 온종일 이어진 전투 과정에서 서로 죽도록 싸워서 전장이 모두 핏빛이 되었고 성 밑에 쌓인 송장이 언덕과 같았다. 전라좌의병은 조총의 유효 사거리 50 m와 분당 최대 발사 속도 3발과 활의 유효 사거리 200 m와 분당 최대 발사 속도 5~7발을 비교하면서 활의 유리한 점을 활용해 전투한 것이다. 날씨는 매섭고 춥고 눈보라까지 휘몰아치는 혹한(酷寒)의 계절이었다. 장윤은 말이 피곤해 달리지 못할 정도로 열심히 뛰어다니다 말에서 내려 걸으면서 용맹을 떨쳐 한 화살에 한 놈씩 죽인 것이 수를 헤아릴 수 없었다. 최억남도 말을 타고 달리며 적을 쏘아 대니 쏘는 대로 왜군이 쓰러졌다. 전라좌의병도 명령에 따라 일사불란하게 움직이는 훌륭한 군사들이었다. 결국 왜군은 성안으로 물러나고 있었다. 전라좌의병은 긴급히 퇴각 신호를 내렸지만 우리 군사들이 왜적의 머리를 탐내어 앞다투어 성 밑으로 달려갔더니 궁한 적이 죽음을 무릅쓰고 칼날을 돌려 우리 용사 10여 명이 피해를 입었다. 왜군 중에서 죽은 자가 3분의 2는 되었다. 한창 싸울 때 쏘아 맞히고 쏘아 죽인 것을 낱낱이 헤아릴 수 없다. 오늘 꼭 성주성을 수복할 수 있었는데 정인홍의병이 약속을 저버리고 지원하지 않았으니 분함을 억누르고 있었다. 1592년 12월 14일의 일이었다.[20]

"최억남 우부장! 개령의 전라우의병으로부터 오늘 밤 왜군 지원군이 성주성으로 수백 명 이동할 것이라는 전갈이 왔습니다."

"그래요. 장윤 부장! 어느 쪽으로 이동할 것이라고 하던가요?"

"개령의 노곡을 거쳐 성주의 월곡을 잇는 백마산 줄기 험한 고갯길을 넘는답니다."

"험한 고갯길요? 우리는 험한 산일수록 좋지요. 매복 작전을

---

20) 출처: 조경남. 『난중잡록』

써 왜군 지원병을 제거합시다."

"네. 최억남 우부장! 매복 장소는 백마산 줄기 월곡 고갯길로 하고 400여 명의 군사는 매복에 투입하고 200여 명의 군사 는 길목을 지키다 왜군이 도망치면 가차 없이 목을 베어 버 립시다."

"네. 그럽시다. 그럼 빨리 움직입시다. 장윤 부장!"

성주성 전투에서 전라좌의병에게 군사 3분의 2를 잃은 왜군 은 충격을 받았는지 성문을 굳게 잠그고 움직이지 않고 있었 다. 그러던 중 개령의 전라우의병에서 왜군 수백 명이 성주로 이동할 것이라는 전갈을 보내 왔다. 왜군이 반격을 시작하고자 개령으로부터 군사를 충원하는 것이었다. 전라좌·우의병은 왜 군의 이동 사항을 예의 주시하며 여전히 상호 통보하던 터였 다. 전라좌의병은 군사를 이끌고 성주의 월곡 고갯길까지 달려 가 매복 작전을 폈다(지방도 913호선). 예상대로 왜군 수백 명 이 고개를 넘자 전라좌의병은 왜군을 어렵지 않게 격퇴했다.

"임계영 의장! 오늘은 성주성을 넘어서 잔존 왜군을 섬멸하 고 성을 완전히 탈환해 버립시다."

"장윤 부장의 말씀이 옳은 듯합니다. 왜군이 지난 전투에서 크게 패한 후에 한 달 동안을 꼼짝하지 못하고 있습니다. 지 금 그들은 성안에서 불안에 떨고 있을 것입니다."

"최억남 우부장은 어떻게 생각하시나요?"

"네. 임계영 의장! 지난번 개령의 왜군 지원병도 모두 격퇴했고 지금은 전라우의병이 개령에서 그들의 이동을 막고 있으니 그들의 지원병은 없을 것입니다. 공격하시지요."

"좋습니다. 두 장군의 의견을 들으니 자신감이 솟습니다. 공격합시다. 단 성주성 내에 포로로 잡힌 우리 백성들이 있으니 조심합시다."

"네. 알겠습니다. 임계영 의장!"

"전원 공격!"

전라좌의병은 성주성을 향해 드디어 공격을 개시하고 있었다. 지난번의 격렬한 전투 후 몇 차례 성주성을 공격했지만 특별한 전투 없이 벌써 한 달이 흘렀던 것이었다. 오늘 성주성에 대오를 갖춘 전라좌의병 지휘관들은 성을 탈환하려는 결연한 마음가짐을 보이고 공격을 결정한 것이었다. 성안의 왜군은 군사 3분의 2를 잃었고 개령으로부터 지원병도 차단되니 성문을 꽉 잠근 채 힘겹게 버티고 있다는 것을 간파하고 있었다. 이러한 상황에서 전라좌의병은 성주성을 완전히 탈환할 수 있는 자신감에 차 있었던 것이었다. 공격을 결정한 전라좌의병은 하루종일 화살을 퍼붓고 일부는 성벽을 타고 올라가 적들의 목을 베었지만 성문을 열지는 못했다. 어둠이 내려와 전투가 소강상태에 이르러 잠시 숨을 고르고 있을 때 왜군이 북문을 통해 몰래 도망치고 있다는 보고가 올라왔다. 전라좌의병은 소상진, 남응길 부대로 하여금 왜군을 추격하게 한 후 드디어 성문을 열고 입성했다. 왜군에게 잡혀 있던 포로들의 도움으로 쉽게 성문을 연 것이었다. 전라좌의병은 남녀 포로 500여 명을 구했고 성주성을 완전히 탈환했다. 전라좌의병이 단독으로 전면전을 펼쳐 성주성을 탈환한 것이었다. 1593년 1월 15일의 일이었다. 한 달 전에 약속을 지키지 않고 그동안 연락도 없던 정인홍의병은 전라좌의병에 의해 성주성이 탈환된 후 소식을 들었는지 어느덧 나타나 입성해 들어왔다.

"성주 고을민 여러분! 체찰사의 격문을 보고 우리는 한양을 향해 올라가 근왕을 해야 할 것 같습니다."

"임계영 의장! 안 되옵니다. 전라도 의병이 우리와 경상도 지방을 살렸습니다. 이곳을 떠나지 말아 주십시오!"

"최억남 장군! 장윤 장군! 제발 이곳을 떠나지 말아 주십시오! 전라좌의병이 떠나면 우리는 다 죽습니다."

"소상진 장군!, 남응길 장군! 전라좌의병이 꼭 남아서 우리를 지켜 주십시오."

"절대 떠나지 말아 주십시오!"

전라좌의병이 독자적으로 성주성 탈환에 성공한 후 오랜만에 성안에서 편안한 마음으로 음식을 먹고 휴식을 취하고 있었다. 성주성을 탈환하니 고을민들이 감사의 마음으로 앞다투어 고기와 식량을 이고 지고 들어온 것이다. 그러나 한겨울 맹추위는 여전했다. 그때 체찰사는 근왕병(勤王兵)을 서쪽으로 불러 모아 한양을 탈환하고자 격문을 붙였다. 전라좌의병도 한양을 탈환할 근왕병으로 활약하고자 경상도 지방을 떠나고자 했다. 그러자 이 소식을 들은 경상도 인사들이 구름같이 몰려들어 길을 막고 계속 머물기를 청하고 있었던 것이다. 김성일도 전라좌의병이 경상도 지역을 떠날 수 없도록 해 줄 것을 임금께 장계로서 청하니 어쩔 수 없이 떠날 수 없었다.

"소상진, 남응길 별장! 지난번 전투에서 성주성 북문을 빠져나간 왜군이 남쪽과 북쪽을 향해 분산해서 도망갔다고 하셨지요?"

"네. 그렇습니다. 최억남 우부장! 북쪽은 개령, 남쪽은 고령이 아닐까 합니다."

"그런데 제가 보낸 척후병에 의하면 북쪽은 개령이 맞는데 남쪽은 고령을 거쳐 합천으로 간 것 같습니다. 요즈음 합천에 왜군이 보이기 시작했다고 합니다."

"그렇습니까? 최억남 우부장! 그렇다면 개령으로 떠난 왜군은 전라우의병에게 연락해 방어하도록 하고 우리 전라좌의병은 합천으로 내려가서 왜군을 남김없이 처단하는 것이 어떻겠습니까?"

"그렇게 하시지요. 소상진 별장!"

전라좌의병에게 살아남아 성주성에서 도망간 왜군은 개령과 합천 방면으로 양분해 도망갔다. 최억남은 합천으로 도망간 패잔병들이 관군과 의병마저 없는 상태에서 백성들을 겁박하고 약탈한다는 보고를 받은 것이다. 전라좌의병은 성주에서 고령을 거쳐 합천으로 달려갔다(국도 33호선). 합천은 북쪽의 가야산 줄기를 본맥으로 만대산, 인덕산, 소룡산, 대야성산, 소학산, 백마산 등이 빙 둘러 위치해 높고 낮은 산맥이 첩첩으로 이어져 있었다. 황강이 굽이쳐 흐르고 있었지만 들판은 협소했다. 합천에 도착한 전라좌의병은 만대산 자락에 진지를 구축하고 왜군의 움직임을 정탐하고 있었다. 합천에는 왜군의 숫자가 많지는 않았으며 성주성에서 도망 나온 패잔병들 정도였다. 전라좌의병은 어렵지 않게 왜군을 쏘고 베어 죽여 소탕하고 멀리 쫓아 버렸다. 특히 최억남과 장윤은 수차례 승첩을 거두면서 군세를 크게 떨치는 데 앞장서고 있었다.

개령성 탈환

이 시기에 전국적인 전쟁 상황은 일대 전환점을 맞이하고 있었다. 부총병 조승훈 부대의 패배를 경험한 명나라는 제독(提督) 이여송(李如訟)을 방해어왜총병관(防海禦倭總兵官)으로 임명하고 지원군 40,000여 명을 보내왔다. 이로써 이여송은 조선군 11,000여 명을 포함한 조·명연합군 51,000여 명을 이끌고 평양성으로 달려가 고니시 유키나가가 지키는 평양성을 공격해 탈환했다. 왜군의 조총이 명나라의 대포 앞에 맥을 추지 못한 것이었다. 1593년 1월 17일의 일이었다. 한편, 6개월 전인 1592년 7월 17일에 조승훈 부대가 평양성에서 패배한 직후부터 심유경과 고니시 유키나가 간에는 강화 회담이 시작되었다. 불리한 입장이었던 명나라의 심유경은 강화 회담을 통해 시간을 벌고자 한 것이었다. 심유경은 도요토미 히데요시의 책봉과 조공을 허락해 주겠다고 하면서 회담에 응했다. 그러나 유리한 입장이었던 고니시 유키나가는 조선을 분할해 일부를 떼어 줄 것과 명나라에서 사신을 보내 줄 것 등을 요구했다. 심유경과 고니시 유키나가의 강화 회담 결과 양국은 50일간의 휴전에 들어갔다. 그러나 심유경은 명나라에 돌아가 왜나라가 책봉과 조공을 바치기만을 바란다고 허위 보고했다. 한편 강화가 시작되자 함경도에 머물던 가토 기요마사는 강화 협상이 진행되는 동안 보급로는 물론 퇴로까지 끊길 염려가 있으니 신속하게 후퇴하지 않을 수 없었다. 이후 강화 회담은 50일의 휴전 이후 6개월 동안 별다른 진전을 보이지 못했다. 강화 회담을 통해 시간을 번 명나라는 이여송을 보내 평양성 탈환에 성공했다.

"임계영 의장! 개령 김면의병의 사자입니다. 전라좌의병의 도움을 긴급히 요청하는 말씀을 전하러 왔습니다."

"개령 상황이 또 어렵게 되었나요? 그곳에 전라우의병도 있고 군사들이 많이 주둔해 있지 않습니까?"

"네. 그렇습니다만 선산 등에서 왜군이 갑자기 충원되어 수차례 격전을 벌였는데 패했습니다. 이제는 더 이상 버티기 어려운 상황에 놓여 이렇게 지원 요청을 하게 되었습니다."

"알았소. 최대한 빨리 가겠다고 전해 주시오."

전라좌의병이 합천에 진을 친 후 왜군을 모두 축출하고 평온한 상태를 유지하고 있는 사이 개령의 김면의병에서 또 긴급한 지원 요청이 왔다. 개령은 김면의병과 전라우의병이 합세해 지키고 있었고 성주성에서 개령으로 도망가는 패잔병들도 많지 않았다. 따라서 개령에서는 김면의병과 전라우의병의 연합 부대가 훨씬 유리한 형세일 것이라고 판단하던 중이었다. 그런데 갑자기 선산 등 다른 경상도 지역에 주둔한 왜군까지 불러들여 왜군의 기세가 다시 창궐했다는 것이었다. 김면의병은 전라우의병과 합세해 수차례 왜군과 격전을 벌였으나 더 이상 지탱할 수 없자 전라좌의병에 구원을 요청한 것이었다. 전라좌의병은 또 개령을 지원하기 위해 이동하기로 약속하고 있었다.

"전라좌의병 지휘관 여러분! 오랜만에 뵙겠습니다. 모두 무탈하시지요? 이곳에서는 그동안 김면의장이 병으로 돌아가셨습니다."

"네? 김면 의장께서요? 안타깝습니다. 어려운 시대에 고생만 하시다가 가셨네요. 늦었지만 우리 전라좌의병에서 삼가 고인의 명복을 빌겠습니다."

"최경회 의장! 그동안 수고가 많으셨습니다. 이제 우리 전라좌의병이 다시 왔으니 염려 놓으십시오."

"전라좌의병이 이렇게 빨리 와 주시니 정말 감사합니다. 선산 쪽에서 왜군이 충원되어 수차례 싸움을 했는데 계속 밀렸고 지금도 버티기 힘든 상태입니다. 왜군이 치성해 막아 내는 데 어려움이 많습니다."

"세 연합 부대가 전열을 가다듬는 대로 왜군을 쳐부수도록 합시다.”

“네. 그렇게 합시다.”

전라좌의병은 개령으로 달려와 김면의병, 전라우의병과 다시 합세하고 있었다. 그러나 안타깝게도 2개월 넘게 떨어져 있던 기간에 김면 의장이 병으로 생을 마감한 상태였다. 전라좌의병은 합천을 출발해 수륜을 거쳐 개령에 도착했다(국도 33호선-국도 59호선). 합천에서 개령에 이르는 최단 거리였지만 가야산을 넘는 험난한 여정이었다. 전라좌의병은 예전의 주둔지였던 고성산에 다시 진을 쳤다. 세 연합 의병 부대 지휘부는 전열을 정비하는 대로 왜군을 쳐부술 것을 다짐하고 있었다.

“최억남 장군! 오늘 밤 왜군이 개령성을 빠져나가 대규모로 성주성으로 이동한다는 정보입니다.”

“그래요? 김춘삼 대장! 누구에게서 들은 정보입니까?”

“네. 개령 고을민이 알려 왔는데 왜군에게 강제로 잡혀가 식량을 짊어지고 개령성에 들어갔다가 들은 정보랍니다.”

“그래요. 그렇다면 개령성에 왜군이 넘쳐 나니 다시 성주성을 점령하겠다는 의도 아닌가요? 그럼 시간이 촉박하니 우리는 먼저 출발하고, 두 연합 의병에게 개령성 주변을 부탁한다고 전하도록 하세요.”

“네. 알겠습니다.”

전라좌의병은 개령에 도착해 고성산 아래 진을 치고 부대를 정비하면서 왜군을 물리칠 궁리를 하고 있었다. 그날 늦은 시간에 최억남은 김춘삼으로부터 오늘 밤에 왜군이 대규모로 개령성을 빠져나가 성주로 이동한다는 정보를 입수하였다. 최억남은 두 연합 의병에게 연락병을 보내 개령성 주변을 부탁한다고 전하고 부대부터 출발하였다. 그러면서 적을 쉽게 제압할 수 있는 전투 장소를 물색하며 왜군보다 먼저 움직이고자 서둘렀다.

"장윤 부장! 이곳이 부상현인데 여기 고갯길을 매복 장소로 잘 선정한 듯합니다."

"네. 최억남 우부장! 영암산 줄기인 이 고개는 매복하기에 절대 유리한 형세를 갖추고 있습니다."

"소상진, 남웅길 별장! 고개 넘어 양 갈래 길에서 숨어 있다가 척후병이 지나가고 본대가 오면 불화살 신호를 올릴 테니 바로 고개로 밀고 달려와서 함께 전투에 임해 주기 바랍니다. 저와 장윤 부장은 좌, 우측 언덕으로 올라가서 군사들을 매복하고 있겠습니다."

"잘 알았습니다. 최억남 우부장!"

전라좌의병은 왜군이 이동할 것으로 예상되는 부상현의 깊고 높은 고갯길을 매복 장소로 정하고 급히 이동하고 있었다(지방도 905호선). 왜군이 대규모로 이동한다는 정보를 입수했으니 가장 유리한 위치를 선점해 전투를 벌이고자 한 것이었다. 전라좌의병은 왜군보다 먼저 출발하고 급히 이동해 부상면의 영암산 고갯길에 매복하고 왜군이 오기를 기다리고 있었다.

"왜군의 척후병이 왔다 갔다 한다. 숨소리를 낮추고 꼼짝하지 마라."

"멀리서 왜군 본진이 나타났다. 모두 사정거리 안으로 들어올 때까지 기다려라. 명령이 떨어지면 공격하라."

"자, 궁수! 하늘로 불화살을 쏘아라!"

"전 군사! 고개 아래로 화살을 집중적으로 쏘아라! 바위와 돌을 던져라! 한 놈도 살려 보내지 말아야 한다!"

"네. 최억남 장군!"

"저놈이 왜군 지휘관인 것 같다! 말 타고 있는 놈을 맞혀 죽여라! 저기 소상진과 남응길 장군 부대가 달려와 왜군이 당황하고 있다. 더욱 화살을 날리고 돌과 바위를 던져라!"

"왜군이 도망간다. 전 군사 뛰어내려 돌격하라. 돌격!"

"와~~~!"

"와~~~!"

"와~~~!"

전라좌의병이 입수한 정보대로 다수의 왜군이 개령을 빠져나와 성주성으로 이동하고 있었다. 그리고 예상했던 길목인 부상현의 영암산 고갯길을 지나갔다. 전라좌의병이 부상현 고갯길에 매복해 있을 때 왜군 척후병이 다녀간 후 본대가 고갯길로 다가오고 있었다. 전라좌의병은 매복 상태에서 왜군이 사정거리 안으로 들어오자 불화살을 날려 신호를 보낸 후 총공격 명령에 따라 화살, 바위, 돌 등 무기가 될 수 있는 모든 것을 퍼

부었다. 그리고 고개 너머 양 갈래 숲에 숨어 있던 소상진과 남
응길이 불화살을 보고 고갯길로 공격해 오니 왜군은 앞뒤 분간
하지 못하고 도망갔다. 전라좌의병 군사들은 언덕에서 내려와
도망가는 왜군까지 뒤쫓아 화살을 쏘고 가차 없이 검으로 베었
다. 몇몇 도망자를 빼고 400명이나 죽였다. 대승이었다. 1592
년 2월 2일의 일이었다.

"오늘은 저기 보이는 개령성을 공격하겠습니다. 전라좌의병
은 남문, 전라우의병은 서문, 김면의병은 북문을 맡아 주기
바랍니다. 이번에는 특별히 부대별로 독립적으로 전투를 전
개하고 불화살 신호가 높이 올라갈 때는 그곳으로 모두 집합
하기 바랍니다."

"네. 잘 알겠습니다. 임계영, 최경회 의장! 왜군의 움직임을
잘 보고 기회가 오면 공격하고 불리하면 빠지고 또 협공합시
다. 동문을 비워 두는 이유는 왜군이 성을 포기하고 동문으
로 빠져나가 동북쪽 선산으로 도망가도록 유도하기 위함입
니다. 그럼, 출발합시다."

"네. 좋은 작전입니다. 최억남 우부장!"

"궁수들은 열을 맞춰 활을 쏘아라!"

"네. 최억남 장군!"

"슝~~쓩~~슝~~~!"

"성 위의 왜군이 쓰러지고 있다. 화살을 더 퍼부어라!"

"네. 최억남 장군!"

"슝~~쓩~~슝~~!"

"그래요. 북문과 서문으로 왜군이 분산되어 있으니 이곳 남문에서 성을 공격하기 쉽습니다. 지금이다! 선봉 부대원들은 성을 넘도록 하라! 그리고 궁수들은 화살을 계속 쏘아 엄호하라!"

"와~~~!"

"와~~~!"

"와~~~!"

연합 부대는 드디어 개령성을 공격하고 있었다. 전라좌의병은 남문을, 전라우의병은 서문을, 김면의병은 북문을 공격하도록 했다. 동문을 비워서 동북쪽 선산 방향으로 왜군을 몰아낼 작전인 것이다. 개령성 남문, 서문, 북문에 진을 친 세 부대는 각각 개별적으로 공성전을 펼치고 있었다. 전라좌의병이 맡은 남문 쪽이 제일 먼저 뚫렸다. 다행히 왜군이 분산 배치되게 작전을 세웠기 때문에 남문에도 왜군의 숫자가 많지 않았다. 전라좌의병의 궁수 부대는 계속해서 엄호하고 있었고, 선봉 부대는 성을 넘고 있었다. 성벽을 타고 올라간 전라좌의병들은 왜군과 전투를 벌여 쏘고 찌르고 베어 댔다. 죽고 죽이는 전투가 치열하게 이루어진 것이다. 북문과 서문에서도 연합 부대 군사들이 성문에 오르는 모습이 보였다. 최억남과 장윤을 중심으로 한 전라좌의병은 200여 명의 왜군을 죽이고 전투가 벌어지는 도중에 400여 명의 포로를 구해 냈다. 그러나 선산에서 충원되어 몰래 들어온 왜군까지 조총을 앞세우고 반격을 가하니 전라 좌의병들도 성 밖으로 나올 수밖에 없었다. 1593년 2월 11일의 일이었다.

"최억남 우부장! 오늘은 꼭 성을 탈환합시다. 며칠 전 전투에서는 선산 쪽 왜군의 지원병이 문제였습니다. 오늘은 선산 쪽에서 충원될 왜군은 없겠지요?"

"네. 장윤 부장! 이곳 개령과 선산을 통하는 왜군 이동로를 완전히 차단한 중입니다. 그리고 선산 쪽에 보낸 척후병의 보고에 의하면 그곳 왜군이 며칠 전 개령 쪽으로 대부분 이동했다고 합니다."

"그럼, 이번엔 왜군 지원병은 없다는 말씀이네요. 이번에는 끝장을 봅시다."

"그렇습니다. 장윤 부장! 끝장을 냅시다."

"전원 공격 개시! 화살을 퍼부어라. 한없이 퍼부어라!"

"연합 부대 전원 공격이다. 모두 성을 공격하라!"

"와~~~!"

"와~~~!"

"와~~~!"

전라좌의병과 연합 부대는 전열을 정비하고 개령성을 다시 공격했다. 역시 남문, 서문, 북문의 세 방향에서 포위해 화살을 퍼붓고 성벽을 타고 올라서니 왜군은 더 이상 버티지 못하고 쓰러지기 시작했다. 역시 전투는 치열하게 지속되었다. 다행히 최억남의 선산 지원군 차단 전략 덕분에 왜군 지원군은 더 이상 나타나지 않았다. 그러나 날이 어두워지자 전라좌의병과 연합 부대는 전투를 멈추고 잠시 물러났다. 개령성 탈환은 이제 시간 문제였기 때문에 아군의 피해를 줄여야 한다는 자신감의 표현이기도 했다. 1593년 2월 15일이었다.

"왜군이 성문을 빠져나가 모두 도망가고 있습니다."

"남응길 별장! 적장 모리 데루모토가 도망가고 있습니다. 함께 뒤를 쫓읍시다."

"알겠습니다. 소상진 별장! 내가 도망가는 저 왜장의 목을 베겠습니다."

"아닙니다. 내가 저놈의 목을 가져가겠소!"

"말이 너무 느리게 달리는 것 같다. 더 빠르게 달려라! 이랴!"

"탕, 탕, 탕, 탕~~~!"

"탕, 탕, 탕, 탕~~~!"

전라좌의병과 연합 부대가 다음 날 다시 성 주위를 에워싸고 화살을 퍼부으며 공격을 시작했다. 왜군은 더 이상 버틸 수 없음을 간파했는지 처음에는 방어하는 척하더니 성을 버리고 도망가기 시작했다. 연합 부대는 성안으로 총공격해 왜군을 섬멸했다. 왜군 장수 모리 데루모토는 개령성을 포기하고 살아남은 기병 몇몇만 데리고 간신히 몸만 빠져나가 도망가고 있었다 개령성을 포기하고 도망간 왜군 장수 모리 데루모토의 뒷모습은 초라하기 짝이 없었다. 전라좌의병 별장 소상진과 별장 남응길은 말 머리를 돌려 왜군 장수의 뒤를 쫓으며 서로 적장의 목을 베겠다고 앞다투어 달려 나가고 있었다. 평소처럼 빨리 달리는 말조차 느리게 느껴진 것이다. 그러나 두 별장의 과욕이었을까. 두 별장은 적의 총탄에 맞아 뜻을 이루지 못한 채 장렬히 전사하고 말았다. 1593년 2월 16일의 일이었다. 전라좌의병은 별장(別將) 소상진(蘇尙眞) 장군과 별장(別將) 남응길(南應吉) 장군의 시신을 고향으로 보내고 통한의 눈물을 흘리며 다시 전열을 가다듬고 있었다.

"전라좌·우의병! 김면의병! 감사합니다. 개령을 회복해 주셔서 정말로 감사합니다."

"네. 저희도 감사드립니다. 개령 고을민들의 도움 덕분에 오늘 일이 가능했던 것입니다."

"최억남 장군! 우리 지역민들이 술과 고기 등 음식을 충분히 마련했으니 많이 드십시오."

"감사합니다. 오랜만에 우리 군사들이 음식 구경 좀 하게 되었습니다. 자랑스러운 의병들이여! 그동안 수고 많았습니다. 드디어 개령을 우리 손으로 회복했습니다. 오늘 많이 먹고 몸도 회복하기 바랍니다."

"네. 알겠습니다. 최억남 장군!"

전라좌의병과 연합 부대의 활약으로 개령성 탈환은 물론이거니와 개령의 왜군은 모두 선산으로 쫓겨났다. 개령 지역이 완전히 회복된 것이다. 그때 개령 고을민들이 술과 고기 등 음식을 준비해 연합 부대의 진영으로 찾아와서 환호와 함께 감사의 마음을 전했다. 전라좌의병과 연합 부대는 개령을 점령함으로써 왜군의 한양 진출로인 우로의 중간 지점을 차단하고 있었다. 동래-김해-창원-성주-개령-추풍령-영동-청주-한양의 우로 중간 지점에 성주와 개령이 있었던 것이다.

선산성 탈환

이 시기의 전국적인 전쟁 상황은, 명나라 총병 이여송은 한양으로 추격해 내려오다 개성에 머물러 있었고, 왜군 장수 고니시 유키나가는 한양으로 퇴각해 있었다. 1593년 1월 27일 벽재관 전투에서 왜군에게 대패한 이여송은 다시 개성으로 물러나 있었다. 1593년 2월 12일 임진강변의 행주산성 전투에서 권율 부대에게 대패한 고니시 유키나가가 역시 한양까지 후퇴해 있었다. 임금은 조·명연합군이 평양성을 탈환한 지 약 3개월 만에 의주를 떠나 평양성에 도착해 있었다. 1593년 3월 23일이었다.

"최억남 우부장! 왜군의 보급로인 우로를 끊어 놓았으니 이제 선산을 공격해 중로를 끊어 버립시다."

"좋습니다. 장윤 부장! 선산이 중로의 중간 지점에 위치해 있지 않습니까?"

"그렇습니다. 그렇게만 되면 왜군 보급로는 우로만 남게 되네요."

"장윤 부장! 일단 선산을 탈환해 왜군의 보급로 셋 중 둘을 우리가 끊어 버린 전과를 올립시다."

"좋습니다. 최억남 우부장! 일단 선산을 회복합시다."

"네. 그렇게 하시지요. 저기 멀리 선산이 보이는 것 같습니다."

최억남과 장윤은 연합 부대와 함께 개령을 떠나 선산으로 향하고 있었다. 왜군의 3대 보급로 중 2대 보급로를 자신들의 손으로 끊어 버리고자 하는 의욕에 차 있었던 것이다. 어려운 일도 아니었다. 이미 개령을 탈환했으니 선산만 회복하면 되는 것이었다. 선산은 도호부가 설치된 지역으로 왜군의 보급로인 중로의 주요 거점 중 하나였다. 선산은 남쪽에 금오산이 솟아 있었고 그 안에 백마산, 조명산, 대현산, 신산, 갑장산, 원통산, 광덕산, 쌀개산 등 작은 산으로 둘러싸여 있었다. 그러나 낙동강이 중심부를 가로질러 넓은 평야 지대를 형성하고 있었다. 전라좌의병은 선산에 도착해 남서쪽 쌀개산을 배경으로 진을 쳤다(국도 59호선). 선산은 왜군 입장에서도 큰 고을이자 중요한 보급로에 위치해 양보할 수 없는 지역이었다.

"최억남 우부장! 저는 이곳 선산 정경달의병 의장입니다."

"반갑습니다. 정경달 의장! 이곳에서 창의해 왜군과 전투에서 많은 전과를 올리고 있다고 들었습니다."

"아이고 별말씀을요. 사실 저도 고향이 장흥입니다. 보성에서 멀고 먼 이곳 선산까지 와서 의병 활동을 하시다니 정말

로 대단하고 존경스럽습니다. 저는 이곳에서 근무하다 관군
들이 붕괴된 이후 의병을 모아 활동하고 있습니다."

"아! 그러셨군요. 훌륭하십니다. 전라도 사람들이 뭉쳐서 선
산에서 왜군을 몰아내면 이 또한 영광이 아니겠습니까?"

"그렇게 되는가요? 고맙습니다. 함께 힘을 합해 잘해 봅시
다."

"그럽시다."

전라좌의병과 연합 부대는 선산에 도착해 정경달과 상호 인
사를 나누었다. 정경달은 장흥 출신으로 선산부사로 재직 중
왜군의 침략을 받아 관군이 붕괴하자 의병을 모아 창의한 사람
이었다. 최억남은 정경달과 만나 대화를 나누는 중이었다. 이
제 전라좌·우의병, 김면의병, 정경달의병까지 4개 의병 부대가
합세했으니 연합 부대의 군세와 사기는 더욱 강해지고 충천해
졌다.

"연합 부대 지휘관 여러분! 저기 보이는 곳이 선산성입니다.
저 성안에 왜군이 현재 1,500여 명 정도 상주해 있습니다.
내일 공격하기로 결정했는데 오늘 밤이 길게 느껴질 것 같습
니다."

"네. 정경달 의장! 이곳에 오르니 선산성이 한눈에 보여 좋습
니다. 우리 모두 내일 전투를 위해 철저히 준비합시다."

"정경달 의장! 선산은 참 명당에 자리를 잡은 것 같습니다."

"최억남 우부장! 풍수를 볼 줄 아십니까? 눈이 상당히 예리

하십니다."

"아닙니다. 얼른 봐도 배산임수에 남향이고 강을 따라 농경지가 많이 형성되어 있으니 여간해서 찾기 어려운 명당인 것 같습니다. 특히 선산성은 강이 성을 이중으로 겹쳐 싸고 흐르고 있으니 두말할 나위 없습니다."

"네. 최억남 우부장! 그런데 평지성이어서 기능은 조금 떨어질 것 같지 않습니까?"

"맞는 말씀입니다. 정경달 의장! 그러나 지금은 왜군이 성을 차지하고 있어 우리에게 오히려 유리한 점으로 작용하고 있으니 다행입니다."

"또 그렇게 되는 것입니까?"

전라좌의병과 연합 부대 지휘관들은 정경달의 안내로 선산성이 한눈에 내려다보이는 지점에서 선산성의 상황을 설명 듣고 있었다. 연합 부대는 내일 선산성 공격을 결정했던 터였다. 최억남은 선산 지역을 자세히 바라보았다. 선산성의 북쪽에 주산으로 자리 잡은 비봉산은 배후의 큰 산맥으로부터 흘러내려 높지 않게 형성되어 있었고 성은 따뜻한 남향으로 자리하고 있었다. 성의 외부에서는 일차적으로 서쪽의 단계천과 동쪽의 교동천이 성을 감싸는 듯 남으로 흐르다 서로 만나 동으로 흘러내리고 있었다. 그 외부에 이차적으로 서쪽의 대천이 북에서 남으로 흘러들어 서에서 동으로 흐르는 감천과 만나고 있었다. 모든 지류를 한데 모은 감천은 동으로 흘러 낙동강과 만나고 있었으니 강이 겹치고 겹쳐 자연 해자 역할을 하고 있었다. 강이 많으니 당연히 농경지가 넓게 형성되어 평화로운 시기에는 사람이 살기에 더없이 좋을 고을이었다. 최억남과 정경달 그리고 모든 연합 부대 지휘관들은 내려오면서 내일의 전투에 대한 철저한 준비를 다짐하고 있었다.

"장윤 부장! 오늘 새벽은 어둠에 안개까지 겹쳐 왜군이 우리의 이동 상황을 파악하기 어려울 것으로 보입니다. 우리 군사들을 성 아래로 접근시켜 빙 둘러 포위하게 합시다."

"네. 그렇게 합시다. 최억남 우부장! 낙동강의 안개가 끼어 덮어 주니 하늘이 우리를 돕는 것 같습니다."

"전라좌의병 군사들은 성 밑으로 달려가 적의 조총으로 사격을 할 수 없는 바로 밑으로 달려가고 궁수들은 이곳에 대열을 맞춰 대기하시오!"

"네. 최억남 장군!"

"기마대는 성 앞으로 달려가 요란을 떨면서 왜군이 성문을 열고 나오도록 유인합시다."

"네. 최억남 장군!"

"최억남 장군! 안개가 가려 잘 보이지 않지만 왜군이 성문을 열고 나오고 있는 것 같습니다."

"그래요. 잘 살펴봅시다. 맞습니다! 왜군이 성문을 열고 나오고 있습니다. 궁수들은 화살을 쏘아라! 마구 퍼부어라!"

"쑝~~쑝~~쑝~~쑝~~!"

"탕~~~탕~~~탕~~~!"

"왜군이 성문을 열고 나왔다! 성 아래에 있는 군사들은 달려들어 백병전을 벌여라! 기마대와 선봉대 군사들도 백병전에 참여하라! 이곳 후방 부대원들은 북소리에 맞춰 열을 맞춰 창을 들고 전진하라!

"네. 최억남 장군!"

"둥~~둥~~~둥~~~둥~~~둥~~~!"

"와~~~!"

"와~~~!"

"와~~~!"

전라좌의병과 연합 부대는 날이 밝기 전에 대규모 군사를 이끌고 선산성을 공격하고 있었다. 어둠을 틈타 성 아래로 침투하기 위해 새벽에 전투에 나선 것이었다. 그런데 하늘까지 도와 낙동강의 안개가 자욱해 사방을 분간할 수 없게 만들었다. 수많은 연합 부대 군사들은 성 밑으로 다가가 성을 포위하고 있었다. 성벽을 오르기 위한 준비도 마친 것이다. 잠잠하던 왜군이 성을 포위당했다는 것을 눈치챘는지 굳게 닫은 성문을 열고 나오기 시작했다. 이때 전라좌의병과 연합 부대 궁수들은 배후에서 활을 쏘아 대고 기병과 선봉대원들은 사방으로 휘젓고 다니며 앞뒤로 격돌해 수많은 왜군을 쓰러뜨렸다. 드디어 전라좌의병과 연합 부대는 모두 앞을 다투어 성안으로 돌진해 닥치는 대로 왜군을 찌르고 베고 쏘아 대니 시신이 언덕처럼 쌓였다. 살아남은 몇몇 왜군은 겨우 성을 빠져나가 구미 쪽으로 도망가고 있었다. 1593년 3월 26일의 일이었다. 이후 전라좌의병과 연합 부대는 선산성에 머물면서 구미 쪽으로 도망간 패잔병들을 차츰 소탕해 나갔다. 전라좌의병과 연합 부대는 낙동강변으로 나 있는 도로를 따라 구미 쪽까지 진격해(국도 33호선) 1593년 4월 5일에 왜군을 쏘아 맞히고 베어 죽였으며, 1593년 4월 15일에 또 싸워서 쏘아 맞혀 죽였다. 전라좌의병과 연합 부대는 선산의 왜적은 물론 패잔병들을 구미까지 쫓아가 섬멸함으로써 선산을 완전히 회복했다. 여기까지 최억남이 소속된 전라좌의병은 왜군과의 전투에서 19전 19연승을 거두고 있었다.

장계(狀啓)

이 시기의 전국적인 전쟁 상황은, 이여송과 명군이 개성에 주둔하고 고니시 유키나가와 왜군이 한양에 계속 주둔하고 있었다. 심유경은 고니시 유키나가를 상대로 한양의 용산에서 다시 2차 강화 회담을 시도하고 있었다. 1593년 4월 8일의 일이었다. 제1차 평양 회담 때와는 양국의 입장이 달라진 상황에서 강화 회담이 이루어진 것이었다. 심유경은 왜군이 조선에서 완전히 철수할 것, 도요토미 히데요시(豊臣秀吉)가 직접 사과할 것, 조선의 두 왕자를 송환할 것 등을 제시했다. 고니시 유키나가는 조선 8도 중 4도(강원, 충청, 전라, 경상)를 왜의 영토로 할 것, 명의 황녀를 도요토미 히데요시의 후궁으로 보낼 것, 조선의 왕자와 대신을 인질로 보낼 것 등을 제시했다. 양측의 조건들은 강화 회담을 지루하게 할 수밖에 없었다. 그러다 한양에 머무르던 왜군은 다시 남으로 철수하기 시작했다. 1593년 4월 18일의 일이었다. 그들은 조선 각 지방의 의병 봉기, 명나라 군대의 진주, 보급로의 차단, 악역(惡疫)의 유행 등을 이유로 전의를 상실하여 전군을 남하시켰던 것이다. 후퇴한 왜군은 울산의 서생포로부터 동래. 김해, 웅천, 거제에 이르기까지 남부 해안선을 따라 16개의 성을 쌓고 화의를 기다리게 되었다. 명군은 이여송이 본국으로 철수하고 부총병이었던 유정(劉綎)이 지휘권을 물려받아 총병이 되었다. 조선에 남아 있는 명군은 계속 남진해 유정(劉綎)은 성주(대구), 오유충(吳惟忠)은 선산, 이영(李寧)과 조승훈(祖承訓)은 거창, 낙상지(駱尙志)와 왕필적(王必迪)은 경주에 각각 주둔하며 강화 회담의 결과를 기다리고 있었다. 조선 관군인 김명원(金命元), 이빈(李蘋), 선거이(宣居怡), 황진(黃進), 이복남(李福男), 권율(權慄) 등도 왜군을 추격해 경상도로 향해 창녕, 의령 등에 진을 치고 있었다.

"박근효 참모관! 정사제 종사관! 부족한 본 의장을 보좌하느라 수고가 많습니다."

"아닙니다. 임계영 의장! 전쟁터에서 의장님과 함께 나라를 구하고 있는데 이 이상 보람된 일이 있겠습니까?"

"그래요. 고맙습니다. 그런데 지난 1592년 11월 3일에 임금

님께 장계를 올린 적이 있는데 그 이후에도 우리 전라좌의병
이 많은 전공을 세우지 않았습니까?"

"네. 임계영 의장! 지난 장계 이후 성주 탈환, 개령 탈환, 선산
탈환 등 커다란 전공이 넘치고 있습니다. 또 장계를 써 올리
도록 할까요?"

"그렇게 해 주면 감사하겠습니다. 가능한 많은 전라좌의병
군사들이 임금님으로부터 은혜를 받으면 얼마나 좋겠습니
까? 이번에도 박근효 참모관과 정사제 종사관이 함께 잘 작
성해 주기 바랍니다."

"잘 알겠습니다. 임계영 의장!"

전라좌의병과 연합 부대가 선산을 탈환하고 구미까지 쳐들
어가자 남으로 도망간 왜군은 더 이상 나타나지 않았다. 전라
좌·우의병과 김민의병은 선산을 정경달에게 맡기고 개령으로
부대를 이동했다. 개령에서 오랜만에 한시름 놓고 여유를 만끽
하며 망중한의 시간에 보내고 있었다. 그때 임계영이 박근효와
정사제를 불러 최근에 전라좌의병이 올린 전공에 대해 임금께
올릴 장계를 쓸 것을 지시하고 있었다. 1953년 4월 15일까지
의 전라좌의병의 전공을 쓰라는 것이었다. 임계영의 지시를 받
은 박근효와 정사제는 성심껏 장계를 쓰기 시작했다.

"군인을 영솔하고 지휘해 승전한 것은 실로 그때에 군사를
영솔한 장수의 공입니다. 부장(副將) 전만호 장윤(張潤)은 무
주(茂朱)·금산(錦山)의 적의 세력이 바야흐로 치성하고 관군

과 의병이 여러 번 연달아 패하고 여러 번 무너져서 인심이 겁내고 두려워서 감히 가벼이 범하지 못할 적에 몸소 군사의 앞장을 서서 적진에 드나들기를 제집에 발을 들여놓듯이 해, 소굴을 점거한 흉한 적으로 하여금 마침내 도망가게 만들었습니다. 뒤에 장차 경성으로 달려가려 할 즈음에 경상우감사 김성일(金誠一)이 공조 정랑 박성(朴惺)을 보내어 말하기를, '진주(晋州)가 지금 장차 함락을 당하게 되었고 단성(丹城)·삼가(三嘉)·산음(山陰)·함양(咸陽)·안음(安陰)·거창(居昌)·합천(陜川) 등 여러 고을이 또한 위태함이 조석지간에 박두했다.'해, 구원을 청함이 매우 급했습니다. 의장(義將) 역시 몇 고을은 호남에 가까운 곳이니 적이 마구 몰아서 짓밟으면 화가 장차 헤아리기 어려울 것이므로 부득이해 군사를 정돈해 함양에 도달하니, 진주는 비록 함락을 면했으나 개령(開寧)의 적이 한창 치성해 의장 김면(金沔)이 힘이 지탱하지 못해 급히 글을 보내어 위급함을 알렸습니다. 최경회(崔慶會)와 더불어 합세해 함께 나아가서 10월 20일에 부장 장윤으로 하여금 선봉이 되어 습격하게 해 쏘아 맞히고 머리 2개를 베었습니다. 11월 3일에 또 싸워서 쏘아 죽이고 머리 8개를 베었으며, 성주(星州)의 적이 또 치성해 형세가 장차 덤벼들 지경이고, 이웃 고을의 의장 정인홍(鄭仁弘)이 여러 번 싸워서 불리해 위급함을 고하는 사자(使者)가 하루 동안에 3번이나 왔습니다. 최의 군사는 그대로 개령을 지키고 우리 군사는 곧 성주로 향해 같은 달 18일에 부장으로 하여금 나아가 공격할 제 길에서 적을 만나 접전해 쏘아 죽이고 머리 2개를 베었습니다. 22일에 또 싸우고 12월 2일에 또 싸웠으며, 7일에 유인해 싸울 제 꾀를 써서 성 밑에 육박하니 말 탄 왜놈 10여 명이 먼저 나오고 걷는 놈이 뒤따랐는데, 앞장선 왜놈 2명을 쏘아 거꾸러뜨리니 말 탄 남은 놈이 놀라서 달아나 성으로 들어가는 것을 추격해 쏘아서 또 4명의 왜놈을 맞혔습니다. 이튿날에 포로로 잡혀 있으면서 내통하는 관인(官人) 황언(黃彦)이 정인홍에게 알리기를, '화살에 맞은 왜놈이 여섯인데, 즉사한 것이 5명이다. 그날 왜장이 서문으로 나오다가 말과 함께 참호 속에 떨어져서 오른팔이 뼈가 부러져서 거의 죽게 되매 적군들이 바야흐로 겁내어 소동한다.'하므로, 그놈들이 기운 꺾인 기회를 타서 성주를 공격하기로 했습니다. 같은 달 10일에 의장 정인홍 및 관군의 여러 장수와 더불어 약속했는데, 그 뒤 4일 만에 우리 군사가 약속과 같이해 종일토록 죽도록 싸워서 전장과 같이 모두 핏빛이 되었으며 성 밑에 쌓인 송장이 언덕과 같았습니다. 우리 군사들이 왜적의 머리를 탐내어 앞다투어 성 밑으로 달려갔더니, 궁한 적이 죽음을 무릅쓰고 칼날을 돌려 우리 용사가 10여 명이 피해를 입었습니다. 부장 또한 말이 피곤해 달리지 못하므로 말에서 내려 걸으면서 용맹을 떨쳐 돌입해 한 화살에 한 놈씩 죽인 것이 수를 헤아릴 수 없자, 적이 그제야 물러나

달아났습니다. 흉한 놈들 중에 죽은 자가 3분의 2는 되었는데 한창 싸울 때에 쏘아 맞히고 쏘아 죽인 것은 낱낱이 들 수도 없으니, 성주의 수복이 꼭 그날에 있게 되었는데, 이 도의 모든 장수가 약속을 배반하고 응원하지 않았으니 분함을 금할 수 없습니다. 이번 2월 2일에 적이 몰래 도망한 것을 탐지해 알고 추격해 부상현(扶桑峴)에서 만나서 쏘아 맞히고 쏘아 죽인 것이 4백여 명이며, 같은 달 11일에 장윤으로 하여금 군사를 옮겨 개령의 적을 쳐서 2백여 명을 쏘아 맞히고 쏘아 죽이고 우리나라의 남녀 4백여 명을 빼앗아 왔습니다. 같은 달 15일에 또 싸워서 쏘아 맞히고 쏘아 죽였더니, 같은 달 16일에 적이 이내 도망해 가므로 장윤으로 하여금 추격해 쏘아 맞히고 쏘아 죽이게 했습니다. 3월 26일에 또 선산의 적과 싸워서 쏘아 맞히고 쏘아 죽이며, 4월 5일에 또 싸워서 쏘아 맞히고 쏘아 죽이며, 15일에 또 싸워서 쏘아 맞히고 쏘아 죽였습니다. 10월 사이에 개령에서 세운 전공(戰功)은 체찰사와 전라·경상 순찰사에게 보고했고, 11월·12월 사이에 성주에서 세운 전공은 체찰사와 경상 우순찰사에게 보고했으며, 지금 계사(1592)년 2월간의 군공(軍功)은 체찰사에게 보고했습니다. 의병(義兵) 군공의 장계는 도사(都事)의 체찰사가 오로지 맡았다 하는데, 두 도의 순찰사는 혹은 장계하기도 하고 혹은 장계하지 않기도 해 공을 세운 장사(將士)들이 아직까지 은전(恩典)을 입지 못했습니다. 부장 장윤은 비록 무인(武人)이나 말을 듣고 기색을 보매, 다만 충분(忠憤)에 격동되어 털끝만큼도 공을 바라는 태도가 없으니 은전을 입지 못한 것은 그래도 괜찮지마는 군졸들에 있어서는 깊이 다른 도에 들어와서 해(年)가 넘도록 고생하면서 사생을 돌아보지 아니하고 쏘아 죽인 공이 많이 있으니, 세운 군공이 만일 누락됨이 있다면 각기 원통하고 답답할 것입니다. 임진년 11월 3일 이전의 군공은 은전이 이미 왔으나, 그 뒤 각일(各日)의 군공은 상이 내리지 않았습니다. 신체찰사와 구체찰사가 교체될 때에 혹 유실된 폐단이 있었는지 염려되므로 부득이해 각일의 군공을 다시 문서를 만들어 보고하니, 증거로 상고해 그 공에 대한 상을 내려서 군사들로 하여금 격려되도록 해 주소서. 봉사(奉事) 최억남(崔億男)은 날래고 용맹스러움이 남보다 뛰어날 뿐만이 아니라 분발하고 격동되어 장윤과 더불어 한마음으로 협력해 전공을 많이 세웠으니, 각별히 상을 내려 몸소 군사들에게 앞장선 공을 표창함이 어떠하겠습니까? 이상을 체찰사에게 아뢰나이다."[21]

전라좌의병 참모관 박근효와 종사관인 정사제가 장계를 써 올렸다. 전라좌의병이 이룬 전과 전부를 개략적으로 기록한 것이었다. 금산, 무주, 진주, 성주, 개령, 선산 등에서의 혁혁한 전공이 빠짐없이 기술되었다. 장윤의 뚜렷한 공과 최억남의 공을

---

21) 원문: 조경남, 『난중잡록』, 정사제, 『오봉유집』. 해설 출처: 성남훈(1971), 한국고전번역원. 칠봉산, 네이버 블로그.

기록했음이 눈여겨 보이는 장계였다. 장계는 정사제를 통해 체찰사에게 전해지고 다시 임금께 올려졌다. 1593년 5월 24일의 일이었다.

"임계영 의장! 명나라와 왜군이 강화 협상을 하고 왜군이 동·남해안에 성을 쌓고 대기하느라 전쟁이 소강 상태에 있습니다. 그런데 명군들이 현재 진을 친 곳이 대부분 우리가 탈환한 고을들입니다."

"그래요. 최억남 우부장! 그만큼 우리 전라좌의병이 전략적 요충지를 알아보고 탈환했다는 의미겠지요?"

"맞습니다. 임계영 의장! 자부심이 느껴집니다. 명군들이 남하해 지금 우리 전라좌의병이 머물러 있는 이곳 개령과 인접한 선산, 성주, 거창에 진을 치고 있다고 합니다."

"그래요. 우리가 대단한 공적을 쌓은 것입니다. 최억남 우부장! 그런데도 우리는 늘 나라의 지원도 없어 군량과 병기가 부족하니 우리 군사들의 사기가 점점 떨어지고 있습니다. 그래서 내가 직접 임금님께 장계를 올려야겠습니다."

"임계영 의장님이 직접요? 박근효 참모관과 정사제 종사관에게 지시하시지 않으시고요?"

"아니요. 이번에는 내가 직접 글을 작성하겠습니다."

전라좌의병도 전쟁이 소강 상태에 이르자 개령에 머무르면서 시간적 여유를 느끼고 있었다. 그런데 남으로 진격한 명나라 군사들의 주둔지가 전라좌의병이 탈환한 지역이 대부분이었다. 현재 조선에 명군 16,000여 명이 남아 있었는데 성주 팔거현[22]에 총병 유정, 선산 봉계현에 유격장군 오유충, 거창에 이영과 부총병 조승훈, 경주에 참장 낙상지와 부총병 왕필적이 각각 4,000~5,000여 명의 군사를 이끌고 주둔하고 있었다. 4곳 주둔지 중에서 3곳이 전라좌의병이 탈환한 지역이 아니던가! 임계영과 최억남은 이 점에 자부심을 느끼고 있었던 것이었다. 임계영은 전쟁이 소강 상태 이르자 고향과 가족도 그립고 무기도 시원치 않고 군량미 확보도 어려워 군사들의 사기가 점점 떨어지고 있음을 알고 있었다. 그래서 이 난국을 돌파하고자 전라좌의병 군사들로 하여금 무기와 식량을 확보하게 하고 자신은 임금께 직접 장계를 올리고자 한 것이었다. 임계영은 장계를 직접 써 내려갈 준비를 마치고 있었다.

"전라좌의장 신 임계영(任啓英)은 진실로 황공하와 머리를 조아리며 삼가 백 번 절하고, 정륜입극성덕홍렬(正倫立極盛德弘烈) 주상 전하께 말씀을 올리나이다. 삼가 생각건대, 왜를 방어하는 방책이 3가지가 있으니 첫째는 군량이요. 둘째는 기계요. 셋째는 전사(戰士)입니다. 군량이 준비되지 못하면 무엇으로 군사를 먹이겠으며, 기계가 갖추어지지 못하면 무엇으로 적을 방어하겠으며, 군사가 날래고 용맹스럽지 못하면 무엇으로 승전하겠습니까? 이 3가지는 군사를 쓰는 데크게 요긴한 것입니다. 3가지를 완전히 구비한 데에 힘입어

---

22) 팔거현: 경상북도 칠곡군

여러 번 싸워 여러 번 이긴 것은 아마도 창의(倡義)한 이들이 군사를 불러 모집하고 집안의 재산을 몽땅 털어 군량과 기계를 보급한 공이 아니겠습니까? 각 사람의 공이 이렇게 많은 고로 전란이 평정되면 신이 대궐 뜰에 가 뵙고 그들의 공을 기록해 관직으로 상을 주게 하려고 계획한 지 오래되었습니다. 그런데 국운이 불행해 적들이 가득하고 군사를 파할 기약이 없으니, 신은 죽은 뒤에야 말겠나이다. 그러나 군사 먹일 양식과 전쟁에 쓸 기계가 거의 다 되어 계속하기 어려우니 진실로 통분해 울 만합니다. 어리석은 신의 계책으로는 의병을 일으킨 뒤에 군량을 보조하고 기계를 준비하며 군공을 이룬 자에게 급급히 상을 내려 사람마다 이것을 본받아 곡식을 헌납한다면 무슨 부족할 염려가 있겠으며 군사가 발길을 돌리지 않고 싸워서 적에게 죽기를 달게 여기면 어찌 승전하기에 어려움이 있겠습니까? 또 부장 전 만호 장윤과 우부장 훈련 봉사 최억남은 몸소 군사들에 앞장서서 죽음으로써 돌격해 베고 죽인 것이 많으니 성주·개령이 수개월 동안에 수복된 데는 그들의 공이 큽니다. 그러나 위의 사람들은 강개히 분발해 조금도 공을 바라는 마음이 없습니다마는, 무지한 군졸들은 다른 도에 깊이 들어와서 일 년이 넘도록 서리와 눈 속에서 죽음을 무릅쓰고 힘껏 싸운 공이 아직도 은전을 입지 못했으니 두 번째 싸움에 임할 때 불평하는 태도를 깊이 품었습니다. 그러므로 각 일에 세운 군공을 기록해 책을 만들어 비변사(備邊司)에 올려 보내었습니다. 혹시 맡은 관원이 군무(軍務)가 바쁜 중에 아뢰지 못할까 염려되니, 지금 기록한 책대로 따라서 일일이 공을 논해 그 공에 상을 주고 그 마음을 위로함이 어떠하겠습니까. 또 곡식을 헌납해 군량을 보조한 자는 성명과 석수(石數)를 또한 뒤에 기록했으니 그의 많고 적음을 참작해 차례로 상을 내려서 사람들의 이목(耳目)을 솟구치게 해 권면하는 뜻을 보여 주소서. 사세가 급박하므로 감히 아뢰니 엎드려 바라건대 전하께서 굽어살피소서. 신은 지극한 황송함을 이기지 못해 삼가 죽음을 무릅쓰고 아뢰나이다."[23]

임계영은 임금에게 장계를 올리고 있었다. 장계에 왜군을 격퇴할 삼계책(三計策)으로 군량, 병기, 전사(戰士)의 일을 언급한 뒤 각 일에 군공이 있는 사람들의 명단을 책으로 작성해 첨부했다. 특히 최억남과 장윤의 이름을 장계에 직접 언급하며 은공을 내려 달라고 청하고 있었다. 전라좌의병은 1년이 넘게 고향을 떠나 전쟁터에 머무르니 군량도 넉넉하지 못했고 병기도 낡아 무뎌졌으며 군사들의 사기마저 떨어진 것이다. 전쟁이 소강 상태에 이르니 군사들의 사기가 더 해이해졌다. 이 문제를 해결하기 위해 임계영이 장계를 올린 것이었다. 1593년 6월의 일이었다.

23) 원문: 조경남, 『난중잡록』 해설 출처: 성남훈(1971), 한국고전번역원. 칠봉산, 네이버 블로그.

"비변사에서 회계(回啓)하기를, '신들이 임계영의 상소를 보니 군량을 보조하고 기계를 갖추며 군공이 있는 사람에게 급급히 상을 주어 사람마다 이것을 본받게 해야 할 것인데도 아직 은전을 입지 못해 마음에 불평한 생각을 품었으므로 군공을 책으로 만들어 올려 보내며 군량과 군기를 헌납한 사람 역시 뒤에 기록해 바치니 차례로 상을 주어 사람들의 보고 듣는 것을 솟구치어 권면하는 뜻을 보이라 했습니다. 임계영이 의병을 모아 영남에 깊이 들어가서 이미 성주, 개령 두 고을을 수복한 공이 있는데도 죽음을 무릅쓰고 힘껏 싸운 사람에게 아직 상을 내리지 않았음은 과연 잘못되었습니다. 군량과 기계를 갖추어 납입한 자도 아울러 해조(該曹)로 하여금 전후의 장계와 끝에 기록한 대로 예에 의해 상을 내려 장려하고 권면하는 뜻을 보여 줌이 어떠하겠습니까?'하니, 아뢴 대로 윤허하다."[24]

임계영이 보낸 장계에 대한 답변은 이후 얼마간의 시간이 되어 도착했다. 비변사로 올라간 장계는 임금에게 보고되었다. 나라를 위해 창의해 먼 타향에서 관의 아무런 도움도 없이 활동하고 있는 전라좌의병에게 군량미를 보조하고 기계를 갖춰주며 죽음을 무릅쓰고 군공을 세운 사람에게 상을 주어 장려하고 권면하는 것은 지극히 당연하다는 것이었다. 임금은 그대로

---

24) 원문: 조경남, 『난중잡록』. 해설 출처: 성남훈(1971), 한국고전번역원. 칠봉산, 네이버 블로그.

윤허함을 명하고 있었다.

제2차 진주성 전투

이 시기에 왜나라의 도요토미 히데요시는 진주성의 재침략을 명했다. 진주성을 점령함으로써 제1차 진주성 전투의 패배를 설욕하고 전라도의 군량미를 확보하며 남해안의 이순신을 배후에서 공격하고 명나라와의 협상에서 유리한 고지를 차지하려는 의도가 있었다. 그동안 강화의 진행을 기다리며 경상도 중부와 해안 지역에 각각 진을 치고 대기하던 조·명 연합군과 왜군은 혼란에 빠져들었다. 강화를 진행했던 왜군의 고니시 유키나가는 도요토미 히데요시의 명령이라 어쩔 수 없이 진주성을 공격해야 하니 성만 공격했다 다시 돌아갈 것이니 성을 공격하기 전에 민간인들을 모두 내보내라고 권고했다. 명나라 심유경도 조선군에게 같은 권고를 했다. 그러나 조선군의 입장에서는 명나라 심유경의 말은 물론 왜군의 말을 믿을 수 없었을 것이다. 결국 도요토미 히데요시의 명령을 받은 왜군의 우키타 히데이에, 가토 기요마사, 고니시 유키나가, 모리 히데모토, 고바야카와 다카카게 등 왜군 장수들은 100,000여 명의 군사와 800여 척의 배를 이끌고 진주성 공격에 나섰다. 이를 본 곽재우(郭再祐), 선거이(宣居怡), 홍계남(洪季男), 기타 경상도 관군은 군사 수의 차이를 확인하고 성을 비울 것을 주장하고 되돌아갔다. 그러나 김천일(金千鎰), 황진(黃進), 최경회(崔慶會), 고종후(高從厚), 장윤(張潤), 이계련, 변사정(邊士貞), 민여운(閔汝雲)과 일부 관군 지휘관들은 총 7,000여 명의 군사들과 진주 고을민 50,000여 명을 데리고 100,000여 명의 왜군을 상대로 진주성을 사수할 것을 결의하고 있었다.

"임계영, 최경회 의장! 김성일 경상우도 감사께서 보내서 이렇게 또 급히 달려왔습니다."

"그래요. 공조 정랑 박성이군요. 이번에는 무슨 전갈이오?"

"김성일 경상우도 감사님의 편지를 가지고 왔습니다. 전라 좌·우의병의 긴급한 구원을 요청한다는 내용입니다."

"그래요? 이리 주세요. 왜장 가토 기요마사 등이 진주성을 포위하고 있어 강우(江右)의 7~8개 고을까지 위급한 상태에 있으므로 전라좌·우의병이 급히 달려와 구원해 주실 것을 청한다고 적혀 있습니다."

"진주성에서 다시 긴급한 사태가 일어난 것 같군요. 명나라와 왜나라 간에 강화가 진행 중이라 전쟁이 없었는데 무슨 일이지요?"

"왜군이 약속을 어기고 밀고 들어온 것 같습니다. 정말 죽일 놈들입니다."

임계영이 개령의 진지에서 임금께 올린 장계를 쓰고 있을 때 최경회가 전라우의병 지휘관들을 데리고 찾아왔다. 오랜만에 양 부대 지휘관들은 여유를 가지고 회포를 풀고 있었다. 그런데 갑자기 박성이 김성일의 편지를 들고 달려와 급보를 전하고 있었다. 왜군이 진주성을 포위하고 있어 긴급한 상황이니 전라좌·우의병이 빨리 달려와 지원해 달라는 내용이었다. 진주가 매우 위급한 상황이라는데 이곳 개령은 매우 먼 거리에 위치해 이동에 많은 시간이 소요될 수밖에 없었다.

"진주의 상황이 위급해 급히 지원 요청을 했으니 빨리 지원병을 보내야 할 것 같습니다."

"네. 임계영 의장! 그러나 우리도 무기와 군량미가 바닥났으니 이를 확보하려면 최소 며칠은 필요할 것 같습니다. 우선 정예병 300여 명으로 선발대를 편성해 남은 무기와 군량미를 모두 가지고 빠르게 달려가서 지원하는 것이 어떻겠습니까?"

"그래요. 좋은 말씀입니다. 최억남 우부장! 그럼 누가 부대를 이끌고 달려갈 것입니까?"

"임계영 의장! 제가 선발대를 이끌고 먼저 달려가겠습니다."

"아닙니다. 임계영 의장! 최억남 우부장보다 제가 달려가겠습니다. 최억남 우부장은 의장님을 보필해 무기와 군량미를 확보하고 나머지 군사들을 이끌고 뒤따라와 주면 좋겠습니다."

"고맙습니다. 부장과 우부장! 이번에는 장윤 부장이 300여 명의 선발대를 이끌고 먼저 진주로 가시고 최억남 우부장은 나와 함께 뒤를 따릅시다."

"네. 알겠습니다. 임계영 의장!"

"우리는 무기와 군량미를 확보하는 대로 바로 뒤따르겠습니다. 장윤 부장! 무운을 빕니다."

"출발!"

전라좌의병은 군량미와 무기가 바닥난 상황에서 멀고 먼 거리에 있는 진주를 긴급히 지원하고자 방법을 모색하고 있었다. 그 결과 정예병 300여 명으로 편성된 선발대에게 남은 무기와 식량을 모두 주어 진주로 급히 보내기로 했다. 최억남과 장윤은 서로 선발대를 이끌고 떠나겠다고 했지만 임계영의 판단으로 장윤이 지명되었다. 선발대로 떠난 장윤과 300여 명 부대원의 모습은 결의에 차 있었다. 출발 명령과 동시에 진주성을 향해 달려가는 선발대의 뒷모습은 흙먼지로 시야를 가리고 있었다. 최억남과 임계영은 남은 군사들로 무기와 군량미를 확보하느라 며칠의 시간을 소모할 수밖에 없었다.

"임계영 의장! 이곳 개령에서 진주까지는 아무리 빨라도 4일은 잡아야 할 것 같습니다."

"최억남 우부장! 진주까지 멀긴 멀지요. 그러나 최대한 단축해서 달려가 봅시다. 가능한 한 3일 이내에 말입니다."

"임계영 의장! 3일 이내로 말씀입니까? 불가능할 일입니다만 진주의 사태가 급박하다니 최선을 다해 보겠습니다."

"감사합니다. 최억남 우부장!"

"전군 출발!"

최억남은 전라좌의병 후발대를 이끌고 진주로 출발하고 있었다. 임계영이 직접 쓴 장계를 급히 완성해 올리고 군량미와 병기를 챙긴 후 장윤 선발대의 뒤를 따른 것이었다. 진주까지 는 제1차 진주성 전투에 참가할 때 함양에서 출발해 사흘 만에 도착한 적이 있었다. 그러나 지금은 개령이었다. 개령에서 진 주까지는 정말로 먼 거리였다. 그렇지만 진주성의 다급함을 감 안해 거의 불가능한 3일 이내에 도착 계획을 세우고 출발한 것이 다. 최억남이 이끄는 전라좌의병 후발대의 이동 경로는 개령 - 수륜 - 고령 - 합천을 거쳐 진주에 이르는 멀고 험난한 길이었 다(국도 59호선-국도 33호선).

"임계영 의장! 도저히 3일 내 도착은 불가능할 것 같습니다."

"최억남 우부장! 내가 애당초 불가능한 부탁을 한 것 같아 미 안합니다. 군사들에게 잠시 눈이라도 붙이게 해 줍시다."

"네. 그렇게 하시지요. 자지도 않고 물만 마시고 계속 달려왔 더니 군사들이 더는 버티지도 못하고 있습니다."

"그래요. 잠시라도 휴식을 취하게 합시다. 그리고 간단한 먹 을거리라도 제공합시다."

"네. 알겠습니다. 임계영 의장! 하루만 더 시간을 주십시오. 진주까지 4일째 동틀 때까지는 도착하도록 하겠습니다."

"그렇게 하시지요. 최억남 우부장! 아무리 급해도 이동 시 군 사들 체력의 한계를 잘 살피도록 합시다."

"네. 알겠습니다."

최억남이 인솔한 전라좌의병 후발대는 잠도 제대로 자지 못하고 음식도 제대로 먹지 못한 채 빠른 행군으로 진주로 향하고 있었다. 그러나 군사들이 더 이상 견디지 못하는 지경에 이르러 도중에 간단한 먹거리와 짧은 수면을 제공해 잠깐이라도 휴식을 취하게 하고 있었다. 강행군을 거쳐 진주에 도착해 보니 계획한 3일째보다 하룻밤 늦어진 4일째 이른 아침이었다. 최억남의 전라좌의병 후발대는 먼 길을 달려와 전투가 한창인 진주성을 바라보며 상황을 살피고 있었다. 진주성에서는 군사들이 개미 떼처럼 얽히고설키어 전투가 한창 벌어지고 있었고 포격 소리와 조총 소리 그리고 고함 소리가 하늘을 찌르고 있었다. 화살은 비 오듯이 날아다니고 성내의 건축물들은 어지럽게 불타고 있었다. 최억남이 이끈 전라좌의병 후발대가 진주에 도착한 날짜는 1593년 6월 29일 새벽이었다. 전라좌의병은 진주에 도착하자마자 비봉산 아래에 임시로 진을 치고 진주성에 접근해 전황을 파악하였다.

"김춘삼 대장! 지금 즉시 진주성으로 척후병을 보내 현재 전황을 파악해 오세요. 그리고 지난번에 진주성으로 먼저 보낸 척후병들을 데리고 와서 그동안 파악한 상황을 보고하도록 하세요."

"네. 알겠습니다. 최억남 장군!"

"네. 척후병입니다. 그동안 진주성의 전황을 말씀드리겠습니다. 진주성은 목사 서예원(徐禮元)이 지키고 있었습니다. 이후 왜군이 대규모로 침략해 온다는 소식을 듣고 진주성에 모

여든 곽재우(郭再祐), 선거이(宣居怡), 홍계남(洪季男) 등은
성을 버리고 떠났고 전라좌의병 부장 장윤 장군을 비롯한 의
병 3,000여 명과 경상우도 관군 4,000여 명 그리고 진주 고
을민 50,000여 명만이 외롭게 진주성을 지키고 있었습니다.
진주성의 조선군은 제1차 진주성 전투 때와 마찬가지로 남
쪽은 남강을 이용하고 북쪽은 웅덩이를 파고 동쪽에서 강물
을 유입시켜 성을 둘러싸게 함으로써 해자를 만들어 1차 방
어막을 치고 있었습니다. 구체적인 조선군 수는 창의사 김천
일(金千鎰) 300여 명, 충청병사 황진(黃進) 700여 명, 전라
우의병 최경회(崔慶會) 500여 명, 의병 복수장 고종후(高從
厚) 400여 명, 전라좌의병 부장 장윤(張潤) 300여 명, 의장
이계련 100여 명, 의장 변사정(邊士貞)의 부장 300여 명, 의
장 민여운(閔汝雲) 200여 명, 그리고 경상우도 관군 4,000여
명 등 총 7,000여 명이었습니다. 왜군 숫자는 점점 늘어나
100,000여 명에 이르렀습니다. 왜군 척후병은 처음에 기병
20여 기를 몰고 동북산 위에 나타났다 사라졌습니다. 다음
날인 1592년 6월 22일에는 왜군 본진이 몰려와 북산, 개경
원의 산허리, 향교 앞길 등에 진을 치고 전투를 시작했습니
다. 왜군이 처음 성을 공격해 들어왔을 때 30여 명을 쏘아 맞
히니 물러나더니 그날 초저녁 2~3경 각각 세 번에 걸쳐 진격
하다 5경이 돼서야 물러났습니다. 이 전투 과정에서 왜군은
해자를 메우고 물을 빼내 큰길을 만들었습니다. 왜군이 다음

298 | 제3장 의병 활동 시절

날인 1593년 6월 23일 낮에 또 3차례 공격을 해 와서 물리쳤더니 밤을 이용해 다시 4차례 추가 공격을 해 왔습니다. 일시에 크게 고함을 치니 천지가 진동했고 성안에서 화살을 어지럽게 쏘아 대니 죽은 적이 헤아릴 수 없었습니다. 1593년 6월 24일 왜군은 전일 피해를 보고 난 후 증원군 6,000여 명이 진을 쳤고 또 600여 명이 증원되어 동서로 진을 쳐 성을 포위했습니다. 진주성을 포위한 왜군은 동문 밖에 흙을 메워 언덕을 만들고 그 위에 토옥을 세워 성을 내려다보면서 탄환을 비처럼 퍼부었습니다. 1593년 6월 25일 충청 병사 황진도 성안에 높은 언덕을 쌓았는데 초저녁부터 밤중까지 황진이 전복과 전립을 다 벗고 몸소 돌을 짊어지고 나르니 성안의 남녀들이 감격해 눈물을 흘리며 축조를 도왔으므로 하룻밤 사이에 완성되었습니다. 그리고 그곳에서 현자총통을 쏘아 적굴을 파괴했으나 왜군은 즉시 개수했습니다. 이날 세 차례 진격해 온 것을 세 차례 다 물리쳤고 또 밤에 네 번 접전해 네 번 다 격퇴했습니다. 1593년 6월 26일 왜군이 나무 궤짝에 생가죽을 씌워 탄환과 화살을 막으며 달려들어 성을 헐고 무너뜨리고자 하니 조선군이 성안에서 큰 돌을 떨어뜨리고 화살을 빗발처럼 쏘아 왜군이 물러가게 했습니다. 또 왜군이 동문 밖에 큰 나무 두 개를 세워 위에 판옥을 만들어 놓고 그 판옥에서 많은 불화살을 성안으로 쏘아 대니 성안의 초가집이 일시에 불에 타 연기와 불꽃이 하늘까지 뻗어 올랐습니다. 진주목사(牧使) 서예원이 겁을 먹고 당황하니, 김천일이 전라좌의병 부장 장윤을 임시 목사로 삼았습니다. 이때 날씨가 크게 궂어 궁시가 모두 느슨하게 풀리고 군사들도 매우 지쳤습니다. 이날 낮에 세 번 싸워 다 물리쳤으며 밤에 또 네 번 싸워 네 번 다 물리쳤습니다. 이날도 왜군은 사자를 보내 항복을 독촉했습니다. 1593년 6월 27일 왜군이 동문과 서문 밖 다섯 군데에 언덕을 쌓고 그 위에 대나무를 엮어 지붕을 만들어 놓고 성을 내려다보고 탄환을 쏘아 대니 성안에 죽은 자가 300여 명이나 되었습니다. 또 큰 궤짝으로 사륜거를 만들어 왜군 수십 명이 각각 철갑을 입고 궤를 옹위하고 나와서 철추로 성을 뚫으려 했습니다. 이때 김해 부사 이종인(李宗仁)의 힘이 군중에서 으뜸이었는데 이종인이 연거푸 5명의 적을 죽이니 나머지 적이 모두 도주했습니다. 성안의 사람들도 기름을 부은 횃불을 계속 던지니 적들이 다 타 죽었습니다. 초저녁에 적이 다시 신북문으로 침범해 왔는데 이종인이 수하와 더불어 힘을 다해 싸워서 많은 적을 물리쳤습니다. 1593년 6월 28일 이종인이 여명에 지키던 성비로 돌아가 보니 전날 밤에 서예원이 야간 경비를 소홀히 해 적이 몰래 와서 성을 뚫었으므로 성이 무너지려 했습니다. 이종인이 크게 노해 서예원을 꾸짖었습니다. 적이 성 밑까지 바싹 다가왔는데 성안 사람들이 모두 죽을 각오로 힘을 다해 싸웠으므로 죽은 적이 매우 많았으며 그중에 적의 장수 하나가

탄환을 맞고 죽자 뭇 적이 그 시체를 끌고 물러갔습니다. 황
진이 성안을 굽어보며 '오늘 전투에서 죽은 적이 1,000여 명
은 충분히 될 것이다.'라고 말하고 있는데 성 밑에 잠복하고
있던 적이 위로 대고 철환을 쏘았습니다. 그 철환이 목판에
비켜 맞고 튕겨 나와서 황진의 왼쪽 이마에 맞았습니다. 이
때 황진과 장윤의 역전이 여러 장수 중에 으뜸이라고 칭해졌
기 때문에 온 성안이 그에 의지해 중히 여겼으므로 황진이
탄환을 맞고 죽자 온 성안이 흉흉하고 두려워했습니다. 황진
이 죽자 진주목사 서예원에게 순성장을 맡게 했으나 서예원
이 나약한 태도를 보이자 최경회가 노해 그의 목을 베려고
하다가 생각을 바꾸어 장윤이 이를 대신하게 했습니다. 바로
어제의 일이었습니다."[25]

"척후병! 그동안 수고 많았습니다. 정말 피나는 전투가 벌어
졌었군요. 우리가 좀 더 빨리 왔어야 했는데 벌써 8일간이나
전투가 진행되었습니다. 그러면 현재 우리 전라좌의병 부장
장윤 장군이 순성장을 맡고 계시군요. 우리가 어떻게든 큰
힘이 되어드려야 할 것 같습니다."

"맞는 말씀입니다. 최억남 장군!"

최억남과 임계영을 비롯한 전라좌의병 후발대는 새로운 척
후병을 진주성에 즉시 보내고 난 후 미리 보낸 척후병을 불러
그동안의 전투 상황을 보고 받고 있었다. 1593년 6월 22일부

---

25) 출처: 나무위키, 제2차 진주성 전투.

터 시작된 진주성 전투는 전라좌의병 후발대가 도착한 날의 새벽까지 혈투에 혈투를 이어 오고 있었던 것이다. 벌써 7일간이나 치열한 전투가 벌어지고 있었다. 최억남은 척후병의 보고를 듣고 있는 동안 피가 거꾸로 솟음을 느끼고 있었다. 무기와 군량을 챙기느라 늦어진 시간이 안타까웠다. 그러면서 현재 순성장을 맡고 있는 전라좌의병 부장 출신 장윤에게 큰 힘이 되어 줄 것을 다짐하고 있었다.

"최억남 장군! 진주성이 왜군에게 완전히 포위되어 버렸습니다."

"그렇습니다. 최억남 장군! 포위 정도가 아니라 후방에 예비 군사들까지 겹겹이 둘러싸고 공격을 퍼붓고 있습니다."

"수고했습니다. 두 척후병! 100,000여 명의 왜군이 몰려왔다는 말이 허언이 아니었군요. 이전에 보냈던 척후병들에게 지금까지의 상황도 잘 들었습니다. 지금 성안에서 순성장이 된 장윤 장군과 300여 명의 전라좌의병 부대원들이 우리를 애타게 기다리고 있을 것입니다."

"맞는 말씀입니다. 최억남 장군!"

"어떻게든 성안으로 들어가야 할 텐데 현재 포위망이 너무 두텁다는 말씀이지요?"

"그렇습니다."

최억남이 새로 보낸 척후병들은 진주성에 접근해 살펴 온 현재의 전황을 보고하고 있었다. 왜군은 100,000여 명에 달했고 빈틈없이 성을 포위하고 있었으며 나아가 두세 겹으로 성을 둘러싸고 있었으니 성안으로의 들어가는 것은 거의 불가능한 상태였다는 것이었다. 최억남은 어떻게 해서든지 성안으로 들어가 애타게 후발대를 기다리고 있을 장윤과 합세할 방안을 강구하고 있었다.

"최억남 우부장! 정녕 성안으로 들어갈 방법이 없단 말입니까?"

"네. 임계영 의장! 개미 한 마리도 못 들어갈 정도입니다."

"그럼 어떻게 하는 것이 좋을까요?"

"임계영 의장! 바로 달려가서 적의 후방을 공격해 성안의 부대를 도와야 할 것입니다. 그러다 다행히 길이 열리면 성안으로 직접 들어가겠습니다."

"그 길만이 유일한 전략인 듯합니다. 최억남 우부장! 왜군의 후방을 공격해 분산시켜 길을 열어 봅시다."

"알겠습니다. 임계영 의장! 전 부대원 출발!"

최억남과 임계영은 수많은 왜군이 빈틈없이 성을 에워싸고 몇 겹의 포위망을 치고 있기 때문에 성안으로 들어가는 것이 거의 불가능하다는 사실을 알고 대책을 논의하고 있었다. 임계영과 함께 논의한 전략은 왜군의 후방을 공격해 전투를 벌여 기회가 생겨 성문이 열리면 들어가 순성장 장윤과 300여 명의 선발대를 지원하는 것이었다. 최억남은 전라좌의병 후발대 전 부대원을 이끌고 진주성의 북문 쪽으로 달려가고 있었다.

"최억남 장군! 왜군 부대 일부가 우리를 향해 달려들고 있습니다."

"그래 한바탕 전투를 치러 봅시다. 전열을 갖추어라! 절대로 명령 없이 움직이면 안 된다!"

"네. 최억남 장군!"

"화살을 마구 쏘아라! 우리가 조총 사정거리 안에 들어가면 불리하니 일단 거리를 유지하라!"

"최억남 장군! 적들이 물러서지 않고 조총을 쏘며 달려들고 있습니다."

"그러면, 백병전이다. 적을 향해 전 부대원들은 뛰어나가라! 죽을 각오를 하고 싸우라!"

"네. 최억남 장군!"

"쓩~쓩~쓩~쓔~우~웅~~~!"

"탕, 탕, 탕, 탕~~~!"

"쓩~쓩~쓩~쓔~우~웅~~~!"

"탕, 탕, 탕, 탕~~~!"

최억남과 전라좌의병 후발대는 북문으로 달려나가 왜군의 후방을 공격하고 있었다. 가장 좋은 전략은 역시 활을 이용하는 방법이었다. 전라좌의병의 화살을 맞고 많은 왜군이 쓰러져 나갔다. 그러자 왜군은 전라좌의병을 사정거리 안에 두고자 조총을 앞세워 접근해 달려들기 시작했다. 그들은 수적 우세를 앞세워 물러날 줄을 몰랐다. 최억남은 드디어 백병전을 명하고 있었다.

"최억남 장군! 왜군이 물러서고 있습니다."

"전 부대원! 더 이상 추격하지 말고 일단 멈춰라! 저기 성 위를 보라! 성이 무너지고 왜군이 개미 떼처럼 올라가고 있다!"

"최억남 장군! 진주성이 무너진 것 같습니다. 성문이 열리고 왜군이 성안으로 몰려가고 있습니다."

"이를 어쩐단 말입니까? 정말 상상도 하기 싫은 일이 벌어지고 있습니다. 진주성에 장윤 장군과 300여 명의 전라좌의병 선발대와 아군들이 우리를 기다리고 있을 텐데……. 그리고 무사해야 할 텐데……. 결국 만나지도 못하고 영영 이별인가요? 함락인가요?"

장윤은 순성장이 되어 전라좌의병 선발대는 물론 모든 군사를 지휘하며 진주성 안에서 혈투를 벌이고 있었다. 최억남은 임계영과 함께 후발대로 진주에 도착해 왜군에게 몇 겹으로 포위된 진주성으로 들어가고자 안간힘을 쓰고 있었다. 그러나 진주성으로의 입성은 이미 불가능해 외곽에서 왜군의 후방을 공격하는 방법으로 성안의 장윤과 선발대를 도울 수밖에 없었다. 최억남이 전라좌의병 후발대를 이끌고 진주성 전투에 참여한 것은 겨우 도착 일 하루에 불과했다. 결국 최억남이 이끄는 전라좌의병 후발대는 마지막까지 최선을 다했지만 실컷 싸워 보지도 못하고 성이 함락되는 모습을 바라보아야만 했다.

"임계영 의장! 진주성이 함락되었습니다."

"그럼 장윤 부장과 우리 전라좌의병 선발대들은 어떻게 됐나요?"

"네. 임계영 의장! 장윤 부장은 물론 전라좌의병 300여 명 모두 전사했다 합니다."

"모두 전사했다고요? 이럴 수가? 최억남 우부장! 최경회 의장과 전라우의병은요? 그리고 다른 사람들은요?"

"네. 전라우의병의 최경회 의장, 송대창 전부장, 허일 후부장, 고득뢰 좌부장, 권극평 우부장과 500여 명의 군사도 모두 전사했다고 합니다. 그리고 충청병사 황진, 김해부사 이종인, 창의사 김천일도 전사하거나 남강물에 몸을 던졌다 합니다. 진주성을 지키던 군사들과 민간인을 합해 60,000여 명이 몰살되었답니다."

"뭐라고요? 최억남 우부장! 최경회 의장과 500여 명의 전라우의병이 모두 전사를 했어요? 60,000여 명이 몰살요? 그리고 남강에 몸을 던졌단 말인가요? 우리도 이곳에서 생을 마감했어야 했는데 안타깝습니다. 그렇지 않소?"

"네. 임계영 의장! 무관으로서 살아오면서 이곳이 죽어야 할 장소였는데 하늘이 도우질 않았던 것 같습니다. 으악! 왜군 놈들! 정말로 피가 거꾸로 솟구칩니다……."

장윤은 순성장이 되어 성안의 전투를 지휘했지만 하루도 버티지 못하고 탄환에 맞아 전사하게 되었다. 최억남의 전라좌의병 후발대는 이 사실도 알지 못한 채 그들을 돕고자 오전 내내

혈투를 벌이고 있었던 것이었다. 오후에 비가 내려 동문의 성이 무너지자 왜군은 노도와 같이 성안으로 밀려들었다. 또 서문과 북문에서도 적이 고함을 치며 돌진해 오자 김천일의 군사가 무너지고 흩어져 모두 촉석루로 모였다. 그들은 이종인의 병사들과 더불어 활을 놓아두고 창과 검을 들고서 상대해 육박전을 벌여 쳐 죽인 적의 시체가 산더미처럼 쌓이니 적이 일단 물러갔다. 그러나 이종인도 왜군의 탄환을 맞고 전사하게 되었다. 김천일도 진주 촉석루로 모여 항전을 하다가 아들과 함께 끌어안고 남강에 몸을 던졌다. 이때 최경회와 고종후 등 여러 장수는 물론 군사들도 남강에 투신했다. 전라좌의병 장윤과 300여 명의 의병은 물론 전라우의병 송대창, 허일, 고득뢰, 권극평과 500여 명의 의병도 모두 전사하고 말았다. 진주성을 점령한 왜군은 도요토미 히데요시의 명대로 진주성 안에 있는 모든 조선인을 철저하게 살육했다. 진주성 안과 밖은 물론 남강으로 떠내려간 시신들이 이루 말할 수 없이 많았다. 시신은 산을 이루고 강을 이루고 있었던 것이다. 최억남은 임계영과 함께 진주성의 함락으로 많은 의장과 군사들이 안타깝게 전사했다는 사실을 확인하고 피눈물을 흘리고 있었다. 그러나 왜군이 점령하고 있는 터라 시신을 수습하기도 어려웠다. 전라좌의병은 일단 임시 진으로 철수할 수밖에 없었다. 결국 임진왜란 최대 전투였던 제2차 진주성 전투에서 왜군의 피해는 파악할 수 없었지만, 조선은 군사 7,000여 명과 진주 고을민 50,000여 명을 합해 60,000여 명이 몰살당하는 비극으로 끝이 났다. 이른바 제2차 진주성 전투로 1593년 6월 22일에 시작되어 1593년 6월 29일까지 있었던 일이었다.

"진주성에 왜군이 주둔하고 있어 시신도 수습하지 못하고 떠나와 마음이 아픕니다만, 우리 전라좌의병에는 아직도 500여 명의 군사가 남아 있습니다."

"그래요. 최억남 우부장! 곧 왜군이 철수하면 시신을 수습하러 다시 갑시다. 그리고 이번 계기로 마음을 다잡고 다시 한번 나라를 위해 목숨 바치기로 다짐을 합시다."

"네. 임계영 의장! 곤명에 곧 도착할 것 같습니다. 진주와 하동 중간에 위치해 왜군의 전라도 침략을 방어하고 군사들을 이끌고 진주로 다시 가서 시신을 수습하기에 매우 적절한 장소입니다."

"네. 그런 것 같습니다."

진주성이 함락된 이후 최억남은 사기가 땅에 떨어진 전라좌의병을 이끌고 긴급히 곤양으로 이동했다(국도 2호선). 전라좌의병 장윤과 군사들, 전라우의병 최경회와 군사들의 죽음은 생존한 전라좌의병들의 마음을 더욱 아프게 했다. 전라좌의병 생존 군사 500여 명은 진주성에 주둔한 왜군 때문에 전사자들의 시신마저 곧바로 수습할 수 없어 눈물을 머금고 곤양으로 긴급히 이동하고 있었던 것이다. 곤양은 진주와 하동 사이에 있는 지역이었다. 진주성을 함락한 왜군이 다음에는 하동을 거쳐 전라도로 향할 것이 분명했기 때문에 전라도로 가는 길목에 일단 진을 친 것이었다. 그리고 왜군이 경상도로 물러난다면 곧바로 달려가 전사한 동료 군사들의 시신을 수습할 수 있는 적절한 장소였던 것이다.

"임계영 의장! 왜군의 척후병들이 왔다 갔다 하고 있다는 보고가 들어왔습니다."

"뭐라고 하셨는가요? 왜군 척후병요? 그렇다면 염려했던 대로 왜군이 이곳을 지나 전라도까지 침략한다는 것인가요?"

"그런 것 같습니다. 임계영 의장! 조금 기다려 보시지요. 왜군의 본대가 곧 나타날 것입니다. 그들은 완전히 승기를 잡았다고 판단한 것 같습니다."

"최억남 우부장! 이 상황을 어떻게 대처해야 할까요? 일단 몸을 숨기는 것이 좋겠지요? 왜군의 본대의 움직임을 보고 작전을 논의해야겠지요?"

"그렇게 하시지요. 임계영 의장!"

"전군 진지에서 몸을 숨기고 기다린다. 척후병들은 계속해서 적의 동태를 살펴 보고하도록 하시오."

"네. 알겠습니다. 최억남 장군!"

전라좌의병은 진주에서 전라도로 향하는 길목인 곤양에서 부대를 숨기며 진을 치고 있었다. 이미 예상한 일이었지만 왜군이 전라도를 침략하기 위해 나타난 것이었다. 전라좌의병은 심한 충격에 빠져들었다. 제2차 진주성 전투 참패의 쓰라림에서 아직 벗어나지 못한 상황이었고 소수의 부대로 대군에 맞서는 것은 스스로 죽음 속에 들어가는 일이었기 때문이었다. 이곳 곤양과 하동이 뚫리면 전라도도 뚫리게 되니 걱정이 태산이었다. 그러나 다행이었다. 왜군이 얼마 되지 않아 다시 철수하고 있었다. 진주성 혈전에서 왜군도 큰 피해를 입어 전라도 진출의 꿈을 접을 수밖에 없었다. 왜군 선발대는 하동을 지나 섬진강을 따라 구례 산동에서 숙성령을 넘어 남원으로 가고자 했으나 의병을 만나 패퇴하고 말았던 것이다. 1593년 7월 7일의 일이었다. 이후 왜군은 전라도 진격은 물론 진주성도 포기하고 철수하기 시작했다. 1593년 7월 14일의 일이었다.

"임계영 의장! 이곳 진주성에 발 디딜 틈이 없이 많은 사람이 몰려들었습니다."

"네. 최억남 우부장! 당연히 그렇지 않겠습니까? 왜군이 물러갔으니 가족의 시신이라도 수습하고 싶은 것이겠지요."

"맞습니다. 왜군이 진주성 안팎에 구덩이를 파고 시신을 모두 묻었네요. 우리도 전라좌의병 300여 명의 시신을 모두 수습해야 할 것입니다. 그리고 전라우의병 500여 명의 시신도 함께 수습하도록 합시다."

"네. 그렇게 합시다."

"최억남 장군! 장윤 장군의 시신을 수습했습니다."

"어디요? 맞습니다. 장윤 장군이 맞으시군요……. 장윤 장군께서 장렬히 돌아가셨군요!"

"최억남 장군! 우리 전라좌의병 군사들이 이곳에서 대부분 전사했나 봅니다. 장윤 장군의 시신과 함께 같은 구덩이에 대부분 묻혀 있었습니다."

"네. 장렬히 전사했군요! 모든 전사자의 시신을 정중히 모시도록 합시다."

"임계영 의장! 다음은 전라우의병 군사들의 시신도 함께 수습하겠습니다."

"당연한 말씀입니다. 최억남 우부장! 전라우의병은 전멸했으니 가족이 안 오면 수습할 사람도 없을 겁니다."

"네. 임계영 의장! 그럴 것입니다."

곤양에서 진을 치고 대기하고 있다가 왜군이 진주성에서 철수했다는 소식을 접한 전라좌의병은 급히 진주성으로 향했다 (국도 2호선). 진주성에는 벌써 많은 사람이 달려와 전사한 사람들의 신원을 확인하느라 분주히 움직였고 여기저기서 통곡 소리가 끊이지 않았다. 왜군은 60,000여 명의 시신을 모두 구덩이에 넣고 흙으로 덮어 놓았다. 최억남의 전라좌의병은 전사한 동료 의병들의 시신을 찾아내 수습하고 있었다. 한여름 삼복더위에 겹겹이 쌓여 있는 시체 더미는 부패한 냄새와 더불어 눈 뜨고 볼 수 없는 처참한 광경이었다. 수많은 시신 중에서 장윤과 300여 명 전라좌의병의 시신을 모두 찾아서 수습했다. 그리고 500여 명 전원이 전사한 전라우의병의 시신도 찾아서 수습했다. 그러나 최경회의 시신을 끝내 찾지 못했다. 서예원과 남강에서 수습되었던 최경회의 수급은 왜나라 도요토미 히데요시에게 전달됐다고 했다. 최억남과 전라좌의병은 먼 길을 울며 달려온 가족에게 시신을 돌려주고 가족이 오지 못한 전사자들의 시신은 전쟁이 끝나면 반드시 고향으로 이장할 것을 약속하며 비봉산 아래 양지바른 곳에 임시로 매장해 두었다. 1593년 7월 하순부터 8월 말까지 뜨거운 한여름에 이루어진 일들이었다.

전라좌의병 부장(副將)

이 시기의 전국적인 전황은, 진주성에서 후퇴한 왜군은 이전에 주둔했던 본거지인 울산, 동래. 김해, 웅천, 거제 등 경상도 해안선을 따라 구축된 왜성으로 되돌아갔고 서생포, 부산, 다대포, 안골포, 가덕도 등에 새로운 왜성을 구축해 장기 주둔 체제로 전환하고 있었다. 명나라와 왜군 간의 강화가 다시 진행되면서 이때부터 전쟁은 소강 상태에 이르게 되었다. 그러나 왜군은 왜성 밖의 인근 지역을 넘나들며 고을민들을 괴롭히고 필요한 물자들을 조달하고 있었다.

"자랑스러운 전라좌의병 여러분! 의장 임계영입니다. 오늘부터 우부장 최억남 장군을 전라좌의병 부장으로 추대하고자 합니다. 우부장 최억남 장군은 우리 전라좌의병이 보성에서 출범할 때부터 훈련관으로 추대되어 오합지졸인 우리 의병 부대를 정예군으로 바꾸는 데 일등 공신의 역할을 담당해 왔습니다. 이후 우부장이 되어 전투 과정에서 많은 작전을 짜고 실행하는 데 크게 공헌해 왔습니다. 모든 전투에서 탁월한 궁술 및 무예 능력을 바탕으로 수많은 왜적을 무찔렀고 도량도 넓어 여러분이 크게 믿고 따르니 전라좌의병의 군사를 움직이는 업무를 책임지는 부장(副將)으로서 부족함이 없다 할 것입니다. 따라서 우부장 최억남 장군을 전라좌의병 부장으로 추대하고자 하니 여러분께서 동의해 주신다면 함성을 크게 질러 주시기 바랍니다."

"부장 최억남 장군!"

"와~~~!"

"와~~~!"

"와~~~!"

"존경하는 전라좌의병 여러분! 감사합니다. 존경하는 임계영 의장님으로부터 새로 전라좌의병 부장의 임무를 부여받은 최억남입니다. 전 부장 장윤 장군과 300여 명의 전라좌의병 군사들을 지키지 못한 부족한 저에게 부장이라는 임무를 부여해 주셔서 어깨가 무겁습니다. 부족한 점이 많지만 부장으로 임명해 주신 임계영 의장님께 감사를 드리며 전임 부장이신 장윤 장군의 뜻을 이어 마지막까지 왜군을 물리쳐 여러분을 보호하고 고향 보성과 전라도 그리고 나라를 지키는 데 최선을 다하겠습니다. 그럼 새로 개편된 전라좌의병 군사 체제를 발표하겠습니다. 전라좌의병 지휘관은 의장 임계영, 참모 박근효, 양향관 문위세, 부장 최억남입니다. 부장 최억남이 군사 일을 전담하며 부부장에 김춘삼, 제1대 대장 염익수, 부대장 김철수, 제2대 대장 손희모, 부대장 임수조, 제3대 대장 채명보, 부대장 정칠구, 제4대 대장 노영달, 부대장 조극중을 임명합니다. 양향대 대장에는 최남정을 재임명하겠습니다. 자랑스러운 전라좌의병 여러분! 우리 전라좌의병은 이제 500여 명의 군사가 남았습니다. 새로 개편된 군사 체제로 우리 모두 죽지 않고 반드시 싸워서 이기는 자랑스러운 부대가 되도록 합시다."

"부장 최억남 장군!"

"와~~~!"

"와~~~!"

"와~~~!"

"부장 최억남 장군! 장군을 믿고 따르겠습니다."

"와~~~!"

"와~~~!"

"와~~~!"

전라좌의병은 진주성에서 동료 의병들의 시신을 수습한 다음 최억남을 부장(副將)으로 추대하고 생존한 군사들로 부대를 재편해 발표하고 있었다. 당초 1,000여 명의 규모로 출발해 1,300여 명까지 증가했던 전라좌의병은 이제 500여 명으로 축소되었다. 임계영 의장은 평소 남다른 용기와 뛰어난 지혜로 인정받고 부대원들이 무한한 신뢰감을 가지고 따른 최억남을 전라좌의병 부장으로 삼아 군사 일을 담당하게 했다.[26] 제2차 진주성 전투에서의 쓰라린 패배와 왜군의 잔인성을 확인한 신임 전라좌의병 부장 최억남은 새로운 마음가짐으로 무장해 죽지 않고 싸워서 반드시 이기는 부대가 되자고 다짐하고 있었다. 1593년 9월의 일이었다.

"최억남 장군! 왜군 100여 명이 의령에 남아 살인과 약탈을 일삼고 있다고 합니다. 해안 쪽으로 후퇴하더니 일부 남아서 못된 짓을 하는 것 같습니다."

"김춘삼 부부장! 적의 군사가 100여 명 된다고 하니 우리 군사 200여 명, 기마병 10명을 데리고 가면 적을 섬멸할 수 있을 것 같습니다. 정예병들로 준비해 주시오."

"네. 알겠습니다. 최억남 장군!"

"김춘삼 부부장! 나는 200여 명 군사를 이끌고 어둠을 틈타 의령으로 침투했다가 적의 진지 근처에 매복하겠습니다. 김춘삼 부부장은 기병 20명을 데리고 적진에 접근해 적을 유인해 오기 바랍니다."

"네. 알겠습니다. 최억남 장군!"

"그럼, 출발합시다!"

전라좌의병은 진주에서 진을 치고 있었다. 그때 진주성에서

---

26) 1. 원문: 조경남, 『난중잡록』 해설 출처: 전주고 54회 재경동창회, 다음 카페.
　　2. 김성준(1989), 『한국역대전란사』 도서출판 유연.

철수한 왜군 일부가 의령에 머무르면서 고을민에게 패악을 끼치고 있다는 정보를 입수하고 곧바로 의령으로 향하고 있었다 (지방도 1013호선-국도 20호선). 의령에 도착해 보니 서남쪽, 남쪽, 북쪽에는 각각 벽화산, 남산, 공덕산이 높지 않게 솟아 있었고 동쪽에는 남강이 흘러 평야 지대를 형성하고 있었다. 전라좌의병은 자굴산 아래 운암마을 계곡에 진을 쳤다. 그리고 척후병을 보냈다. 척후병의 보고는 정보와 일치하고 있었다. 최억남의 전라좌의병은 의령에 있는 왜군에 비해 수적 우세 상황이었지만 아군의 피해를 줄이고 적들을 섬멸하기 위해 매복 작전을 썼다. 최억남과 김춘삼의 빈틈없는 유인 작전으로 전라좌의병은 아군 인명 피해 없이 유인당한 많은 왜적을 공격해 살상하는 공적을 세웠다. 살아남은 왜군은 부산 방향으로 도주했다. 이 시기에 평양성에 머무르던 임금은 한양으로 다시 돌아왔다. 1593년 10월 3일의 일이었다.

"최억남 부장! 전쟁이 잠시나마 멈추니 섬진강 물도 아름답게 보이는군요."

"네. 임계영 의장! 하동의 섬진강은 수량도 많고 모래사장도 일품이어서 훈련하기에도 정말 안성맞춤입니다."

"저 강을 넘으면 바로 광양, 순천, 보성인데 왜군이 섬진강을 건너지 못하도록 하는 것이 곧 고향 보성을 지키는 일도 될 것입니다."

"네. 임계영 의장! 지금은 왜적들이 섬진강을 건너기보다 강을 따라 구례와 남원을 거쳐 전주로 향하지 않을까 합니다. 전주에는 전라도 감영이 있기도 하지만 그쪽 뜰이 워낙 넓어서 군량미를 확보하기가 매우 용이하기 때문입니다."

"맞습니다. 최억남 부장! 전주로 가는 길은 그들이 이미 점령해 놓은 적이 있는 경상도와 언제든 내통할 수 있는 지역들이지요. 그나저나 언제 전쟁이 재개될지 모르니 이곳 요충지를 지키면서 철저히 준비합시다."

"네. 당연한 말씀입니다. 그리고 명나라와 왜군이 우리나라의 의지와 상관없이 강화를 체결했고 또 왜군이 아직 물러나지 않고 있으니 우리는 기회가 되는 대로 왜군을 한 명이라도 더 처치합시다."

"그래요. 최억남 부장의 말씀이 맞습니다."

최억남과 전라좌의병은 전쟁이 소강 상태로 흘러가는 상황에서 더 이상 의령에서 머무를 필요가 없어졌다. 그래서 전라도로 통하는 길목을 지키고자 하동으로 부대를 이동하고 있었다(국도 20호선-지방도 1013호선-국도 2호선). 하동은 경상도 지역이지만 섬진강 하나를 사이에 두고 전라도와 접하고 있었다. 북쪽의 지리산에서 흘러 내려온 거대한 산줄기를 배경으로 동쪽에 이명산, 남쪽에 금오산이 있고, 서쪽에는 섬진강을 건너 백운산의 끝자락과 맞닿아 있었다. 북쪽에서 흘러 내려온 섬진강은 남해 바다와 만나 늘 출렁거리고 있었다. 전라좌의병은 하동의 향교 아래쪽 언덕 위에 진을 쳤다. 전라좌의병의 진영은 북쪽으로는 지리산과 연결되고 서쪽은 섬진강의 모래사장과 가까워 비상시의 후퇴로 확보와 평상시의 훈련에 매우 적절한 장소였다. 최억남과 전라좌의병이 전라도를 지키는 요충지인 하동에 머무른 시기는 1594년 1월이었다.

"최억남 부장! 구례 석주관에 오신 것을 환영합니다. 그동안 전라좌의병의 활약 소식을 많이 들어 알고 있습니다."

"감사합니다. 이원춘 구례현감! 이곳 석주관은 천혜의 요새임이 틀림없어 보입니다."

"그렇습니다. 남쪽의 백운산과 북쪽의 지리산이 가파르게 만나 형성된 길고 좁은 협곡으로 섬진강이 흐르고 그 맨 위쪽에 석주관이 위치했으니 군사적 요충지라 할 수 있지요."

"저번 제2차 진주성 전투 직후에 왜군이 이곳을 거쳐 구례로 갔다가 숙성령에서 패퇴한 적이 있었지요?"

"네. 그렇습니다. 그때 우리도 이곳에서 잠시 물러나 숙성령으로 갔다가 다시 돌아왔습니다."

"아, 그러셨군요. 왜군이 또 쳐들어온다면 진주로 왔다가 이곳을 거쳐 남원으로 다시 향할 것입니다. 미리 철저히 준비해야 할 것으로 보입니다."

"최억남 부장의 말씀이 맞습니다."

"네. 이원춘 현감! 우리 전라좌의병이 현재 하동에 주둔하고 있으니 언제든지 필요하면 합동 작전을 펼칩시다."

"당연한 말씀입니다. 우리도 필요시 적극 협조하겠습니다."

최억남은 전라좌의병 지휘관 몇 명을 데리고 섬진강 옆에 형성된 도로를 따라 구례 석주관까지 말을 타고 올라갔다(국도 19호선). 석주관은 이원춘과 관군들이 지키고 있었다. 석주관은 북쪽의 지리산과 남쪽의 백운산의 험한 산줄기가 급하게 만나고 있었고 그 사이에 섬진강이 좁고 길게 흐르고 있어 군사 방어 지형으로 탁월한 길목이었다. 과거 신라와 백제를 구분하는 경계 역할을 한 지점이기도 했다. 최억남은 이원춘과 석주관의 형세를 논하면서 왜군이 침략할 경우를 철저히 대비하고 필요할 때 합동 작전을 펼 것을 약속하고 있었다.

　"임계영 의장! 이곳 섬진강 모래사장은 넓을 뿐만 아니라 모래도 깨끗하고 부드러워서 씨름하기에 매우 적절합니다."

　"그래요. 최억남 부장! 주변의 소나무도 우리 전라좌의병의 기상처럼 천년만년 푸르를 것 같습니다."

　"임계영 의장! 오늘 전라좌의병 씨름 대회를 해서 오랜만에 군사들 힘자랑을 시켜 보면 어떻겠습니까?"

　"좋지요. 4개 전투 부대와 1개 양향 부대별로 각각 예선을 치르고 대표 선수를 본선에 오르게 하는 것이 좋겠습니다."

　"좋습니다. 그렇게 합시다."

　최억남과 임계영의 전라좌의병은 소나무 숲과 모래사장으로 이루어진 하동백사장에서 씨름 대회를 개최하고 있었다. 하동 백사장은 군사들이 씨름을 하면서 잠시나마 휴식을 취하기에 너무나 좋은 환경이었다. 실로 오랜만에 느껴 보는 여유였다.

전라좌의병은 전쟁 소강 상태에서 여유를 가지면서도 하동에 방어벽을 쌓고 병기를 수리하며 군량미를 보충하는 데 노력하고 있었다.

"최억남 장군! 왜군 50여 명이 우마차에 짐을 싣고 이곳 달티고개로 다가오고 있습니다."

"그래요? 김춘삼 부부장! 왜군 주둔지 주변의 고을들이 모두 초토화되었을 것이니 이곳 고성까지 온 것 같습니다. 그래도 이곳 고성에는 식량이 남아 있었겠지요?"

"네. 그런 것 같습니다. 아마 전함을 타고 와서 식량을 빼앗아 싣고 빠져나갈 것 같습니다. 저들은 우리가 이곳 달티고개에 매복해 있을 거라고는 생각도 하지 못할 것입니다."

"적들이 고개 정상에 접근했다. 화살을 날려라!"

"한 놈도 남기지 말아야 한다!"

"쏭~!"

"쓔우~~웅!"

"쓔우웅~~~웅!"

최억남이 전라좌의병을 이끌고 하동을 방어하고 있을 때 고성에서 왜군이 나타나 고을민을 괴롭히고 식량을 약탈한다는 정보를 입수했다. 최억남은 전라좌의병 군사 100여 명으로 별동대를 꾸려 긴급히 고성으로 떠났다(국도 2호선-국도 33호선). 고성은 동쪽의 거류산, 북서쪽의 천왕산, 남서쪽의 갈모봉, 동남쪽의 벽방산이 멀리 둘러 있는 넓은 평야 지대로 북동쪽과 남서쪽은 내륙으로 깊게 들어온 바다와 접하고 있었다. 특히 거류산과 벽방산 사이의 달티고개를 넘으면 당동항이 있었는데 왜군은 그곳에 전함을 대어 놓고 상륙해 약탈을 감행하고 있었다. 최억남은 고성에서 당동항의 왜군 전함으로 향하는 길목인 달티고개에 군사들을 매복해 기다린 것이다(지방도 1009호선). 늦은 오후가 되자 왜군은 약탈한 식량과 소달구지를 끌고 달티고개를 넘고자 되돌아왔다. 최억남의 전라좌의병 별동대는 매복해 기다리다가 왜군이 사정거리 안에 접어들자 화살을 비 오듯 쏘아 댔다. 왜군은 화살을 맞아 죽기도 하고, 부상당하기도 하고 일부는 도망가기도 했다. 전라좌의병 별동대가 당동항까지 추격하니 왜군이 함선으로 급히 올라타고 도망갔다.

"의장이 거느린 장수와 군사는 그 다소를 따라서 은전을 입을 것 같습니다. 그런데 그중에 종사와 참모들은 모두 지혜와 재주가 있어 일군의 일을 의논하고 계획했으니 비록 장수를 베고 기를 빼앗은 공은 없으나 계책으로 대응해 승전을 거둔 데는 그 공이 또한 많습니다. 각 고을에서 이어 응원한 유사들은 성심으로 불러 모으고 재산을 다 내놓아 기계를 갖추어 멀리 다른 지역에 와 있는 의병에게도 부족할 걱정이 없게 했으니 일군을 부지한 것은 오로지 이 사람들의 공을 힘입은 것입니다. 그러나 장수와 군사들이 적의 머리를 벤 공에 비교하면 경중이 판연하므로 의장의 힘으로는 상달할 길이 없으니 항상 걱정함과 답답함을 품었습니다. 허다한 유사를 총총한 중에 다 일일이 열거할 수 없어 그중에 표표한 사람만 첩 뒤에 기록해 보냅니다. 대저 흉한 적이 가득해 온 나라가 바람에 쓰러지듯 하는 때에 홀로 이 서생들이 충성을 떨쳐 격려해 나라에 죽기를 기약하고 총칼을 무릅쓰면서도 두려워하지 않고 가산을 내놓아도 아까워하지 않았으니 당당한 충의는 가히 표상해 사람들의 이목을 솟구칠 만합니다. 차례대로 기록해 아뢰시어 권면하는 뜻을 보이기를 망령되이 헤아립니다. 이상을 감사에게 보고합니다."[27]

최억남의 전라좌의병 별동대가 고성에서 왜군을 물리치고 있을 때 임계영은 하동의 본진에 머무르며 그동안 많은 전투에서 큰 공을 세웠지만 아직 공을 치하받지 못한 부하들을 위해 장계를 올리고 있었다. 종사관, 참모관, 그리고 부대를 유지할 수 있도록 가산을 내어놓은 각 고을의 대표적인 유지들의 명단을 적어 공을 내릴 것을 요청한 것이었다. 의장의 마음으로야 어찌 단 한 명의 부하 의병이라도 공을 치하받게 하고 또 임금의 은혜를 받게 하고 싶지 않겠는가? 또 그들은 충분히 자격이 넘치고 넘쳤던 것이었다.

"어르신! 우리 전라좌의병 군사들을 배에 태워 거제도로 이동해 주시니 감사합니다."

---

27) 원문: 조경남, 『난중잡록』 해설 출처: 성남훈(1971), 한국고전번역원. 칠봉산, 네이버 블로그.

"최억남 장군! 별말씀입니다. 고성의 왜군을 쫓아 주신 고마움에 비해 아무것도 아닙니다."

"거제도는 바다를 건너야 하니 이동이 어려울 것으로 보았습니다."

"전쟁통에도 다행히 작은 어선은 남아 있어 고성 고을민들이 이 정도라도 도와드릴 수 있어 다행입니다."

"감사합니다. 어르신!"

최억남의 전라좌의병 별동대는 당동항 인근에 진을 치고 하동의 본대와 수시로 연락병을 파견해 상황을 주고받고 있었다. 달티고개 전투 이후 고성에 더 이상 왜군이 나타나지 않고 있었다. 그때 거제도에 왜군이 또 자주 출몰한다는 정보가 입수되었다. 그러나 거제도로 가기 위해서는 바다를 건너야 해서 이동이 문제였다. 다행히 고성 고을민들이 작은 어선을 이용해 바닷길로 이동해 주겠다고 했다. 지금 최억남의 전라좌의병 별동대는 작은 어선들에 몸을 싣고 당동항을 출발해 거제도 망치산 아래 사등면 성포항으로 이동하고 있는 중이었다(당동항-성포항).

"최억남 장군! 땔나무를 하러 온 왜군이지만 무장을 제대로 하고 왔습니다."

"그렇겠지요. 저들은 거제 고을민들에게 강제로 노역을 시키고 있을 것입니다. 왜군은 10여 명밖에 되지 않으니 한 놈도 남기지 말고 쓸어 버립시다."

"네. 알겠습니다. 최억남 장군!"

"먼저 화살로 쏘고 달려가 닥치는 대로 목을 베어 버립시다. 도망가 봐야 산 아래에 우리 매복군이 있으니 독 안에 든 생쥐 꼴입니다."

"공격 개시! 먼저 활을 쏘아라!"

"공격 앞으로! 닥치는 대로 목을 베어라!"

최억남의 전라좌의병 별동대는 거제 용치산 아래 사곡에 진을 치고 군사들을 숨기고 있었다(국도 14호선). 거제는 동쪽, 서쪽, 남쪽이 독봉산, 계룡산, 선자산 등으로 둘러싸여 있었고 북쪽만 바다와 통하고 있었다. 최억남이 살펴보니 왜군 전함 한 척이 거제항으로 들어왔다. 왜군 10여 명이 내리더니 고을민들을 협박해 계룡산 속으로 강제로 데리고 올라가 땔감을 만들게 하고 있었다. 최억남은 전라좌의병 별동대를 이끌고 가서 땔감을 하는 고을민들을 감시하고 있는 왜군의 퇴로를 차단한 채 몰래 서서히 접근했다. 이어 활을 쏘고 검으로 베어 공격하니 왜군이 모두 죽었다. 순식간에 당한 왜군은 속수무책이었다. 이후 전라좌의병 별동대가 거제에 주둔하고 있는 이상 왜군의 모습은 보이지 않았다.

"최억남 장군! 하동에서 임계영 의장께서 빨리 돌아오라고 하셨습니다."

"연락병! 급한 일인가요? 왜군이 쳐들어오지는 않았겠지요?"

"네. 왜군 문제가 아니고 한양에서 연락받은 문제입니다. 전라좌의병을 파하라는 명이 내려왔다고 합니다."

"뭐요? 우리 전라좌의병을 파해요?"

"임계영 의장님께서 크게 염려하지 않아도 될 일이라고 하셨습니다."

"알았습니다. 일단 가서 자세히 알아봅시다."

최억남의 전라좌의병 별동대는 임계영으로부터 급히 하동 본진으로 복귀하라는 명령을 받고 있었다. 그들은 고성과 거제를 들락거리던 왜군을 물리친 후 양 지역의 방어에 힘쓰던 중이었다. 연락병의 말에 의하면 조정으로부터 전라좌의병을 파하라는 명이 떨어졌다는 것이었다. 최억남은 아직도 왜군이 근거리에 왜성을 쌓고 진을 치고 있는 상황이었기 때문에 선뜻 이해할 수 없었다. 그러나 일단 군사들을 이끌고 하동 본진으로 향하고 있었다.

"임계영 의장! 그동안 건강은 나쁘지 않으셨습니까?"

"그래요. 최억남 부장도 무사하니 다행입니다. 그동안 세운 전공을 보고받아 잘 알고 있습니다. 수고하셨습니다."

"별말씀을요. 그런데 전라좌의병을 파하라고 했다니 무슨 말씀인가요?"

"그러게나 말입니다. 조정에서 제도의 의병을 혁파한 뒤 김덕령의 충용군에 속하게 하라는 명입니다."

"김덕령이라 하셨습니까? 김덕령이 어떤 사람이죠?"

"나도 이름을 들은 적이 없습니다. 아마 조정에서는 모든 의병을 관군으로 관리하고자 한 것 같습니다."

"김덕령의 충용군이라?"

하동에 진을 치고 있던 최억남과 임계영의 전라좌의병에게 의병을 파하라는 조정의 명이 떨어졌다. 조정에서는 제도(諸道)의 모든 의병 부대를 혁파해 도원수 권율 막하의 김덕령(金德齡)과 곽재우에게 예속해 관군으로 편입하고자 한 것이었다. 이른바 군사 작전상 통솔과 군량 조달 어려움을 해결하고자 한다는 명분이었다. 전라좌의병도 해체해 김덕령의 충용군(忠勇軍)에 예속해 경상 서부 지역을 방어하라는 명이 떨어진 것이었다. 김덕령은 임금으로부터 충용장의 군호를 받고 의장이 되고 담양에서 의병 3천을 일으켜 남원에 머물다가 다시 진주로 옮겨 진을 치고 머물러 있었다. 1594년 4월 12일의 일이었다.

"임계영 의장! 김덕령은 27세로 담양 부사 이경린과 장성 현감 이귀의 추천을 받은 사람이라고 합니다."

"그래요? 아직 나이가 많지 않은데 팔도의병 총대장이라니요. 왜군을 물리치는 데 전공을 세운 적은 있었습니까?"

"글쎄요. 고경명의병 부대에서 활동했던 적 외에는 특별한 전공은 없는 것 같습니다."

"최억남 부장! 전투 경험도 충분하지 않은 데다 남원, 함양을 거쳐 현재 진주에 머물러 있다면 우리 뒤를 따라온 격이 아닙니까? 왜군도 모두 물러갔는데 다 무너진 성을 지키고 있는 모양입니다."

"조정에서 임명했으니 능력은 있겠지만 전쟁터가 어떤 곳입니까? 27세의 팔도의병 총대장이 가능할까요? 왠지 불길한 예감이 듭니다."

"조정의 명이니 어떡하겠소?"

전라좌의병 최억남과 임계영은 새로 임명된 팔도의병 총대장 김덕령에 대한 대화를 나누고 있었다. 특별한 전공도 없는 27살짜리를 팔도의병 총대장으로 임명한 것을 쉽게 납득하지 못한 것이다. 김덕령은 이경린, 이귀 등의 추천을 받아 총대장이 된 인물이었다. 전라좌의병의 최억남과 임계영은 2년이 되도록 남원, 무주 금산은 물론 함양, 성주, 개령 등의 왜적을 물리치고 2차례의 진주성 싸움에 참가해 많은 전과를 올렸기 때문에 마음이 상해 있었다. 특히 의병들은 강요가 아니라 스스로 목숨을 내걸고 전쟁터에 나선 사람들이었고 대부분 30~50대가 주를 이루고 있는데 동생뻘이나 아들뻘인 총대장의 통솔을 자발적으로 따를 것인지 걱정이 되었다. 최억남과 임계영의 생각에는 왠지 불안감이 맴돌고 있었다.

"최억남 부장, 나이가 몇 살이지요?"

"네. 임계영 의장! 벌써 36세가 되었네요. 전쟁터에서 2살을 더 먹어 버렸네요."

"나도 이제 66세가 되었습니다."

"다행히 의장께서 건강하셔서 이런 큰일을 해내고 계십니다."

"김덕령은 나보다는 39살이 적고 최억남 부장보다는 9살이 적군요."

"네. 그런 것 같습니다. 전쟁도 소강 상태이니 이제 의병들을 인계하고 우리는 우리의 길을 가도록 하는 것이 좋을 것 같습니다."

"그래야겠지요?"

전라좌의병 최억남과 임계영은 9살, 39살이 적은 김덕령을 상관으로 모셔야 하는 어려운 입장에 처하게 되었음을 푸념하고 있었다. 최억남과 임계영은 휘하 500여 명의 전라좌의병을 모아 놓고 작금의 상황을 설명하고 일단 진주성으로 가서 충용군에 예속하게 되었다. 그러자 김덕령은 최억남과 임계영을 각각 충용군 고문으로 추대했다. 김덕령에게 방어 임무가 주어진 경상도 서부 지역에서 이미 많은 전투를 벌여 전공을 세운 경력을 인정한 것이었다. 이로써 보성에서 창의했던 전라좌의병은 아쉽게도 그 생명을 다하여 해체되고 말았고 김덕령의 충용군 소속 관군이 된 것이다. 1594년 4월 25일경이었다.

고향 복귀 및 훈련원 생활

이 시기에도 심유경과 고니시 유키나가의 강화 회담이 계속 진행되어 전쟁이 소강 상태에 머물러 있었다. 이에 김덕령은 3,000여 명의 충용군 중 500여 명만 남겨 두고 모두 고향으로 돌려보냈다. 전라좌의병 최억남과 임계영은 짧은 기간이지만

충용군 고문으로 활동하다 고향으로 돌아가기를 원하는 전라
좌의병 군사들을 모두 데리고 보성으로 돌아왔다(국도 2호선).
이때 진주 북쪽 비봉산에 임시로 매장해 둔 전라좌의병 전사자
들의 시신을 수습해 마차에 싣고 함께 돌아온 것이었다.

"보성 고향민 여러분! 죄송합니다. 약 2년 전 전라좌의병의
이름으로 이곳 보성에서 함께 출발했던 군사들을 전원 모시
고 다시 고향으로 돌아와야 하는데, 적지 않는 군사들이 희
생당해 시신으로 당도하니 살아 돌아온 우리의 마음이 너무
아픕니다. 지난번의 제2차 진주성 전투에서 전사한 전라좌
의병 군사들의 시신을 가족에게 인계하지 못한 경우 진주 비
봉산 자락에 임시로 매장해 놓았는데 이번에 모두 수습해 왔
습니다. 장윤 부대의 군사들 시신은 순천을 거치면서 유족들
에게 돌려드렸고 우리 보성에서도 시신을 가족에게 모두 안
겨드리겠습니다. 정말로 죄송하고, 또 죄송합니다."

최억남과 임계영은 보성에 도착해 고향민들에게 희생자의
시신을 전달하며 함께 살아 돌아오지 못한 죄송한 마음에 희생
자의 가족에게 사죄하고 있었다. 제2차 진주성 전투에서 전사
한 전라좌의병 군사 중 가족이 오지 못해 진주 비봉산 아래 임
시로 매장해 놓은 시신을 정성껏 수습해 순천을 거쳐 보성으로
돌아온 것이었다. 보성 관아에는 전라좌의병이 돌아온다는 소
식을 듣고 수많은 가족, 친지, 지역민, 유지들이 몰려들었다. 살
아 돌아온 의병의 가족은 기쁨을 감추지 못하고 부둥켜안고 한

없이 고마움의 눈물을 흘렸다. 그러나 순천에서와 마찬가지로 보성에서도 시신을 가족에게 인계할 때마다 통곡 소리가 그치지 않았다. 최억남은 살아 돌아온 자신이 원망스럽고 부끄러웠다. 그리고 무관인 자신을 믿고 출병했을 부하들을 생각하니 한없는 죄책감도 들었다.

"보성 고향민 여러분! 2년 전 이곳 보성 관아를 함께 출발했던 7백여 명의 의병들이 모두 함께 귀향해 여러분 앞에 섰으면 좋았을 텐데 이렇게 500여 명의 의병만 데리고 되돌아왔습니다. 함께 살아오지 못한 군사들의 가족에게는 한없이 미안하고 죄송할 뿐입니다. 그러나 나라를 지키다 먼저 전사한 전라좌의병 군사들은 우리 모두의 영웅입니다. 그들의 고귀한 희생 덕분에 남원, 장수, 진안, 장수, 금산 전투에서 왜군을 전라도로부터 쫓아낼 수 있었고 성주, 개령, 선산을 회복할 수 있었으며, 제1차 진주성 전투를 승리로 이끌었으며 하동, 고성, 거제의 적들을 제거하고 전라도를 방어할 수 있었습니다. 다만, 제2차 진주성 전투에서 전라좌의병은 순천에서 합류한 300여 의병의 목숨을 모두 잃었습니다. 그러나 그들의 애국혼은 영원히 살아 숨 쉴 것입니다. 아무쪼록 2년여 기간 동안 보성에서 물심양면의 지원을 아끼지 않아 부족하지만 나라에 충성할 수 있었습니다. 무한한 감사를 드립니다. 그리고 우리가 귀환했다고 해서 전쟁이 끝나 왜군이 바다 건너 자기 나라로 간 것이 아닙니다. 모두 동·남해안 지방에 왜성을 쌓고 호시탐탐 재침을 노리고 있습니다. 다행히 명나라가 원군을 보내왔기 때문에 강화가 이루어질 가능성이 있지만 만약에 실패하면 또다시 전쟁이 일어나지 않는다고 말할 수 없습니다. 전란이 끝나는 그날까지 한마음 한뜻으로 똘똘 뭉쳐 왜군을 물리치는 데 최선을 다하도록 늘 함께 합시다."

전라좌의병의 해단식이 열리고 있었다. 보성에서 출발한 전라좌의병은 그나마 다행스럽게 많이 귀향한 편이었다. 최억남은 임계영의 해단사, 박광전의 환영사에 이어 그동안 전투 과정의 성과와 쓰라린 패배를 보고하고 있었다. 그리고 아직도 전쟁이 끝나지 않은 소강 상태에서 모든 고향민이 한마음 한뜻으로 뭉쳐 왜군을 끝까지 물리치자고 말하고 있었다. 해단식이 끝나고 최억남은 그동안 생사를 함께 한 의장 및 지휘관 그리고 휘하 군사들과 일일이 뜨거운 포옹을 나눴다. 그리고 마중 나온 가족과 함께 2년 동안 꿈에 그리던 고향 집으로 향하고 있었다.

"할아버님! 할머님! 손자들의 절 받으십시오."

"그래. 우리 손자들, 부장 최억남 장군! 또 양향대장 최남정! 자랑스럽고 고생 많았네. 무엇보다 모두 몸 성히 돌아와 주니 정말 고맙구려."

"아버님! 어머님! 절 받으십시오."

"그래. 우리 아들들! 많은 전공을 세우고 무사히 돌아와 주니 고맙고, 군량미와 병기 등 각종 보급품을 확보해 조달하느라 고생 많았어. 지금도 경상도 해안 지역에 성을 쌓고 왜군이 대기 중이라던데 사실인가?"

"네. 아버님! 아직도 왜군이 경상도 동·남해안에 성을 쌓고 남아 있습니다. 언제든지 다시 침략해 올 수 있는 상황입니다. 다행히 명나라에서 원군이 왔으니 조금은 안심이 됩니다."

"그렇구먼, 어떻게든 빨리 왜군을 완전히 쫓아내야 할 텐데……. 아직은 마음을 놓을 때가 아닌 것 같군."

"그렇습니다."

"그럼, 그동안 전쟁터에서 겪은 이야기를 좀 해 주시게."

최억남과 최남정이 전쟁터에서 돌아왔다는 소식을 듣고 가족들이 최처호의 집으로 모두 모였다. 조부모, 부모, 형수, 부인, 그리고 자녀들이 모두 함께 하고 있었다. 가족은 무엇보다 살아 돌아온 두 형제가 제일 고마웠다. 최억남은 현재 왜군이 경상도 동·남해안에 성을 쌓고 대기하는 상황과 명나라 지원병이 배치된 상황 등을 얘기해 주었다. 그리고 명나라와 왜나라 간의 강화 조약으로 전쟁이 소강 상태에 이르러 이렇게 고향으로 올 수 있었다는 점도 설명하고 있었다. 이어서 왜군과 접전을 벌인 이야기, 적의 조총을 간신히 피해 목숨을 건진 이야기, 성을 공격해 왜군의 목을 벤 이야기, 적의 총탄에 목숨을 잃은 부하들의 안타까운 이야기, 승리의 기쁨과 처참한 패배를 당한 전투 이야기 등을 해 주었다. 가족은 숨죽이며 그동안 있었던 일을 듣고 있었다.

"부인! 그동안 고생 많으셨소. 우리 딸들도 많이 컸구나."

"아닙니다. 서방님! 서방님은 전쟁터에서 죽을 고비를 넘기면서 고생하셨는데요. 이렇게 살아 돌아와 주신 것만으로도 정말 감사드립니다."

"뭐, 나는 무관으로서 나라의 부름에 응했으니 할 일을 다 한 것뿐이지요."

"이제 어떻게 하실 작정인가요?"

"우선 몸을 회복하고 시간이 나면 임계영 전 의장님을 만나 뵙고 한양으로 올라가 훈련원에 복귀할 생각이오."

"네. 그럼 우선 몸부터 잘 추스르도록 합시다."

"그럽시다. 부인!"

최억남은 방을 옮겨 2년여 만에 부인과 대화를 나누고 있었다. 오랜만에 느껴 보는 온기와 편안함이었다. 그동안 노지에 쳐진 막사에서 눈, 비, 서리, 바람을 맞고 배고픔을 참으며 살아온 날들이 뇌리를 스쳐 지나갔다. 왜군을 모두 몰아냈으면 정말 편안한 밤이 될 수 있었겠지만 아직도 왜군이 득실거리고 있을 지역을 생각하니 잠이 오질 않았다. 최억남은 몸이 회복되는 대로 임계영을 만나 뵙고 한양으로 올라가 훈련원에 복귀하기로 결정하고 있었다.

"임계영 전 의장! 몸조리는 잘하고 계십니까? 전장에서 나이가 많으셔서 늘 걱정이었습니다."

"그래요. 그동안 늙은 사람 보필하느라 수고가 많았습니다. 계속 몸보신을 했더니 많이 좋아졌습니다."

"다행입니다. 건강이 최우선입니다. 오래도록 건강하십시오."

"최억남 전 부장! 나는 이번에 양주목사로 부임하라는 임명장이 내려와 떠날 준비를 하고 있습니다."

"양주목사요! 진심으로 감축드립니다. 임계영 전 의장!"

"고맙소, 최억남 전 부장!"

"저는 한양으로 올라가 훈련원에 복귀하고자 인사드리러 왔습니다."

"그러셔야지요. 최억남 전 부장! 훈련원에 올라가시거든 그동안 못 한 나랏일을 열심히 해 주시길 바라오."

"네. 임계영 전 의장!"

최억남은 고향에서 한동안 몸조리하면서 건강 회복에 열중하고 있었다. 아직 젊은 나이였지만 2년 동안 혹사당한 몸은 많이 망가져 있었다. 부인의 정성 어린 간호를 받고서야 차츰 회복된 것이었다. 몸을 회복한 최억남은 인근 귀산마을에 사는 임계영을 찾아갔다. 임계영의 건강도 염려되었거니와 훈련원 복귀를 알리기 위해서였다. 다행히 임계영도 건강을 회복하고 있었다. 오히려 조정으로부터 양주목사를 제수받아 부임 준비를 하고 있었다. 최억남은 임계영의 부임을 축하하고 자신은 한양으로 올라가 훈련원에 복귀하겠다고 알리고 있었다.

"최억남 봉사! 환영합니다. 훈련원 무관 중 마지막 복귀자입니다. 몸은 건강하신가요?"

"네. 김이랑 봉사! 반갑습니다. 저의 몸은 이렇게 성성합니다. 김이랑 봉사도 건강해 보이십니다."

"그렇다마다요. 저기 박승정 훈련원정과 무관들이 계십니다. 들어가 인사드리시지요."

"그럽시다."

"박승정 훈련원정! 그리고 무관 여러분! 그동안 무사하셨습니까? 봉사 최억남 귀환 인사 올립니다."

"그래요. 반갑소! 최억남 봉사! 이렇게 다시 만난 게 2년 만인가요? 최억남 봉사가 전라좌의병 지휘관으로 참여해 많은 전공을 세웠다는 이야기를 듣고 있었습니다. 정말 같은 훈련원 소속으로 자랑스럽습니다."

"과찬이십니다. 그냥 무관으로서 나라가 어려울 때 병장기를 들고 나가 싸운 것밖에 없습니다."

"진주성 1, 2차 전투에도 참석했다고 들었습니다."

"네. 그렇습니다. 그 외에도 장수, 진안, 무주, 금산, 성주, 개령, 선산, 의령, 고성, 거제, 하동까지 진을 옮겨 가며 왜군을 물리쳤습니다."

"정말 대단합니다. 훌륭하십니다. 최억남 봉사!"

최억남이 훈련원에 도착하자 김이랑이 제일 먼저 달려와 반겼다. 2년이 넘는 시간이 흘러 만난 상봉이었다. 최억남은 박승정에게 훈련원 무관 중 마지막으로 귀환 인사를 올린 것이다. 박승정과 무관들은 따뜻한 환영과 격려를 보내며 최억남이 그동안 쌓았던 의병 활동의 전공을 듣고 있었다. 한양은 비교적 평온함을 찾고 있었다. 다만 전쟁으로 인해 불에 탄 많은 건물과 시설물 때문에 폐허가 되어 있었다. 한양의 백성들이 열심히 복구 작업에 임하고 있었지만 짧은 시간에 완전히 복구하기는 어려울 듯 보였다.

"훈련원 무관 여러분! 그동안 전쟁으로 시취와 연무라는 훈련원의 임무를 수행하기 어려웠습니다."

"네. 맞는 말씀입니다. 훈련원이 해체될 정도로 어려운 상황이었으니까요."

"그러나 그동안 훈련원에서는 전주에서 세자 광해가 실시한 무과 별시 업무를 수행했고 최근에는 한산도에서 이순신 장군이 실시한 진중 별시 무과 업무 뒤처리를 했습니다."

"그동안 두 번의 별시가 있었는데 인력도 부족한데 박승정 훈련원정께서 수고가 많으셨겠습니다. 이제부터 전쟁이 소강 상태에 들어갔으니 훈련원의 역할을 정상적으로 복원합시다."

"옳은 말씀입니다. 그렇게 합시다."

최억남이 훈련원에 복귀한 후 무관들이 모여 신중하게 회의를 하고 있었다. 그동안 전쟁이라는 비상 상황으로 훈련원은 본래의 역할을 담당할 여력은 물론 기회조차 가지기 어려웠다. 그러나 전쟁 중인 1593년 12월경에 전주에서 광해가 별시를 실시해 무과 합격자 1,000여 명을 선발했다. 또 1594년 4월 6일에 이순신이 한산도에서 진중 무과 별시를 실시해 90여 명의 합격자를 선발한 적이 있었다. 박승정을 비롯한 소수의 훈련원 무관들이 이런 업무를 처리하기는 했다. 그러나 위와 같은 시취 활동 외에 별다른 임무를 수행할 수는 없었던 것이다. 따라서 훈련원 무관들이 모두 귀환한 이 시기에 훈련원의 기능을 복원하고자 한 것은 당연한 일이었다.

"최억남 봉사! 김덕령 장군이 옥사했답니다. 이몽학의 난에 연루되었다고도 하고 모함이라고도 하고 그러네요."

"네. 김이랑 봉사! 저도 들었습니다. 사실이야 어찌 되었건 부하들의 입에서 김덕령의 이름이 오르내렸으니 죽음을 면하기가 어려웠겠지요."

"임금님과 주위 신하들이 힘을 가진 젊은 장수들을 경계한 것 같습니다. 최억남 봉사는 김덕령 장군을 아신다고 했죠?"

"네. 김덕령 장군의 충용군에서 고문으로 잠시 함께 한 적이 있습니다. 젊은 사람을 너무 높은 자리에 올려놓았으니 한계가 있었고 많은 사람의 시기를 받지 않을 수 없었을 것입니다."

"어쩌면 예견된 일이었겠군요."

"네. 그렇습니다. 예견된 일이었고 어찌 보면 희생양이라고

할 수도 있을 것입니다."

최억남이 훈련원에 근무하는 도중에 김덕령의 옥사 소식을 전해 듣고 있었다. 김덕령과 휘하 장수들이 이몽학의 난에 연루되어 고문받다가 사망했다는 것이었다. 김덕령은 광해군이 실시한 전주 별시 무과에 급제했고 세자로부터 익호장군(翼虎將軍), 임금으로부터 초승장군(超乘將軍)의 군호를 받았으며 이경린, 이귀 등의 추천을 받아 27세에 팔도의병 총대장에 임명된 사람이었다. 누가 보아도 나이에 비해 너무 높은 지위였다. 이미 혁혁한 전공을 세운 15세 연상의 곽재우마저도 그의 수하에 놓이게 되었으니 누군가의 시기를 받지 않을 수 없었을 것이다. 최억남은 충용군에서 잠시 맺었던 인연을 생각하며 안타까움에 젖어 있었다. 1596년 8월 21일, 김덕령의 나이 29세 때의 일이었다.

제 4 장

옥과현감 시절

옥과현감

이 시기에 전쟁 상황은 역시 장기간 소강 상태에 머물러 있었다. 심유경과 고니시 유키나가는 강화 성립을 위해 분주히 움직였다. 그러나 심유경은 두 나라의 상반된 협상 조건을 무시하고 명나라 황제 만력제(萬曆帝)에게 도요토미 히데요시가 왜나라의 국왕으로 책봉되기를 희망하고 그렇게 되면 신하로서 조공을 바치겠다는 내용으로 국서를 조작해 보고했다. 이 조작된 국서를 근거로 만력제로부터 도요토미 히데요시의 왜나라 국왕 책봉 국서를 가지고 왜나라로 건너간 심유경은 나고야성에서 도요토미 히데요시를 만났다. 그리고 심유경은 다시 대마도로 가서 만력제에게 보고할 도요토미 히데요시의 국왕 책봉에 감사하는 위조 문서를 작성하고 있었다.

"훈련원 봉사 최억남을 옥과현감으로 임명하노라."

"전하! 성은이 망극하옵니다."

최억남은 훈련원 근무 중 옥과현감을 제수받았다. 조정으로부터 전라좌의병 부장으로서 업적을 인정받은 것이었다. 옥과현감 임명장을 수여 받은 최억남은 궁궐을 향해 큰절로 감사 인사를 올리고 있었다.

"전라도 옥과현감이라! 문관의 벼슬을 받고 고향에서 근무하게 되었으니 한없이 기쁘면서도 한편으로는 오묘한 기분이 드는군."

최억남은 전라도 옥과현감이라는 관직을 받고 기쁜 마음을 감추지 못하면서도 오묘한 느낌이 들었다. 일단 무관으로서의 삶이 마무리되었기 때문이었다. 전국의 행정 체계는 '도(道)-부(府)-대도호부(大都護府)-목(牧)-도호부(都護府)-군(郡)-현(縣)'으로 조직되어 있었다. 도에 관찰사(종2품), 부에 부윤(종2품), 대도호부에 대도호부사(종2품), 목에 목사(정3품), 도호부에 부사(종3품), 군에 군수(종4품), 현에 현령(종5품)과 현감(종6품)의 수령을 두고 있었다. 전라도는 전주 감영에 전라관찰사, 전주부에 부윤, 나주목과 제주목에 목사, 남원도호부와 장흥도호부에 부사를 두었다. 옥과현은 전라도 장흥도호부 소속이었다. 따라서 옥과현감은 전라관찰사를 거쳐 장흥도호부 부사의 지휘를 받게 되어 있었다.

"감축드리옵니다. 최억남 현감!"

"고맙습니다. 부인! 이 모든 것이 부인의 뒷바라지 덕이 아닌가 싶습니다."

"아버님! 축하드립니다."

"저도 축하드립니다. 아버님!"

"그래. 고맙다. 딸들아!"

"최억남 옥과현감! 그런데 이제 갑옷을 벗으시니 서운하지 않으신가요?"

"약간 서운하긴 합니다. 부인! 항상 몸에 걸치는 게 습관이 된 갑옷인데 이제 벗고 현감의 역할을 해야 한다고 생각하니 아쉬움이 남습니다. 그러나 아직 왜군이 우리나라에 머물러 있으니 언제든 다시 펼쳐 입어야 하지 않겠습니까?"

"저도 같은 마음입니다. 잘 보관해서 언제든지 다시 입을 수 있도록 준비해 놓겠습니다."

"고맙소, 부인!"

최억남은 한양의 집으로 돌아와 부인과 세 딸의 축하를 받고 있었다. 전쟁이 소강 상태에 머물면서 가족들을 한양으로 데리고 와서 함께 생활하던 중이었다. 여태껏 무인으로 살아오면서 분신처럼 걸치고 있던 갑옷을 벗는다고 생각하니 아쉬움이 남았다. 대신 언제든지 다시 쓸 수 있도록 준비해 놓겠다는 부인의 배려로 아쉬움을 달래고 있었다.

"부인! 먼 길이 될 것 같습니다. 전라도 옥과로 출발합시다!"

"네. 최억남 현감! 고향 쪽으로 간다고 하니 기분이 매우 좋습니다."

"세 딸도 출발 준비되었나?"

"네. 아버님! 출발 준비되었습니다."

"네. 아버님! 출발 준비 끝입니다."

"자, 그럼 출발이다. 가자, 이랴!"

최억남과 가족들은 네 마리의 말을 타고 전라도 옥과현으로 향하고 있었다. 막내딸은 최억남이 안고 있었다. 평소 최억남은 무관의 부인과 자식들은 비록 여자일지라도 말을 탈 수 있어야 한다는 신념 아래 말타기 훈련을 시켜 두었다. 그래서 오늘처럼 먼 거리를 이동할 때는 말을 타고 움직일 수 있었던 것이다. 윤씨 부인은 한양에서 대부분 짐을 미리 처분하고 꼭 필요한 것들만 골라 며칠 전에 마차를 이용해 옥과현으로 보냈다. 오늘은 최억남과 윤씨 부인 그리고 세 딸이 비교적 가벼운 몸으로 말을 탄 채 출발하고 있었다.

"어서 오십시오, 최억남 현감! 저는 이방 오인석입니다. 먼 길 오시느라 수고 많으셨습니다."

"그래요. 이방! 반갑습니다. 내가 새로 부임한 옥과현감 최억남이요."

"네. 최억남 현감! 부임을 진심으로 축하드립니다. 저희는 형방 성길수, 병방 천구서, 예방 성동철, 공방 이혁준, 호방 조장호입니다."

"아! 그래요. 반갑습니다. 육방 관리들이 모두 나오셨네요. 길을 안내해 주시오."

"네. 최억남 현감!"

최억남이 순창에서 옥과현으로 넘어가는 우치 고갯길에 다

다르자 다수의 사람이 서성거리고 있었다. 옥과현의 이방, 형방, 병방, 예방, 공방, 호방 등 육방의 관리들이 새로운 현감이 부임해 온다는 전갈을 받고 영접하러 나온 것이었다. 최억남과 가족은 옥과현 관리들과 인사를 나눈 뒤 안내를 받으며 관아로 발길을 옮기고 있었다.

"이방! 옥과현 관아가 어디쯤이오?"

"네. 최억남 현감! 저쪽에 기와집들이 많이 모여 있지요? 정면의 높은 기와집이 관아이고 바로 관아 아래쪽 기와집이 객사입니다."

"그래요. 관아는 물론 객사가 남향의 명당에 자리를 잡고 있군요."

"네. 최억남 현감! 관아에서 오른쪽에 있는 기와집은 향교입니다."

"그래요. 향교도 정말 좋은 위치에 자리 잡고 있네요. 아니 옥과현 자체가 좋은 형세의 지기를 갖춘 명당 지대입니다. 뒷산인 설산의 형태를 보니 마치 한 마리의 사자가 앉아 하늘을 향해 포효하는 듯한 기상이 서려 있는 곳입니다. 그리고 서쪽에 괘일산은 새가 앉아 있는 듯한 모습이네요."

"최억남 현감! 대단하십니다. 이곳 옥과현에서 예부터 내려오기를 사자앙천(獅子仰天) 또는 기러기 형국의 길지라고 한다는데 한눈에 보이시나 봅니다."

"그렇습니까? 전쟁터에서 산의 형세를 너무 많이 봐왔던 터라 본능적으로 본 것일 뿐입니다."

최억남은 옥과현의 들판 한가운데로 나 있는 길을 따라가면
서 관아 뒤쪽의 설산을 바라보고 그 형세에 감탄하고 있었다.
설산과 이웃하는 괘일산 또한 범상치 않은 산임을 금방 알 수
있었다. 설산과 괘일산은 풍수지리상 사자와 기러기의 형상이
었다. 백두대간이 호남정맥으로 이어져 담양의 금성산까지 와
서 괘일산을 지나 무등산으로 뻗어 내려가고 있었다. 설산은
호남정맥의 괘일산으로부터 살짝 옆으로 빠져나온 산이었다.
최억남은 설산으로부터 흘러내린 두 줄기 산자락 끝에 자리 잡
은 관아와 향교의 위치를 보고 가슴이 설렐 정도로 만족하고
있었다. 산뿐만이 아니었다. 사방에서 모여든 옥과천은 동북
방향으로 흘러들면서 섬진강으로 빠져나가고 있었으니 명당의
요소를 모두 갖추고 있었다. 최억남은 관아에 들어가 기분 좋
게 직무를 수행하기 시작했다.

"이방! 오늘은 옥과현 관할 구역을 한번 둘러봅시다."

"네. 최억남 현감! 우리 현의 관할 구역은 겸면, 오산면, 입면
일대입니다."

"그래요. 전체 면적은 넓지 않지만 농지가 많아 비교적 식량
이 풍족할 듯합니다."

"네. 최억남 현감! 맞는 말씀입니다."

"이방! 특히 입면은 섬진강과 접하고 있어서 농토가 매우 넓
네요."

"네. 그렇습니다. 우리 옥과현 사람들은 식량이 풍부해 인심이 좋다고 소문이 나 있습니다."

"그래요. 전쟁만 없다면 정말 복 받고 편하게 살아가기에 좋은 지역입니다."

최억남은 이방과 관리들을 데리고 옥과현 관할 구역을 시찰하고 있었다. 옥과현은 주산인 설산을 중심으로 서쪽으로 괘일산, 봉래산, 연산이 줄지어 솟아 있었고, 이어서 기우산, 성덕산이 남쪽을 가로질러 자리하고 있었으며, 다시 동에서부터 반월산, 최악산, 동악산이 북쪽으로 빙 둘러 이어졌다가 섬진강과 만나 경계를 이루고 있었다. 섬진강으로 끊어진 산은 다시 북동쪽의 옥출산에서 솟아나 산맥을 거슬러 올라 설산으로 향하고 있었다. 이곳의 내부가 옥과현이었다. 경계 부분은 이처럼 산과 강으로 이루어져 있었지만 내부에는 곳곳에 뜰이 자리하고 있었고 특히 섬진강 주변인 입면에는 넓은 뜰이 자리하고 있었다. 옥과현은 예로부터 인심이 넉넉해 사람 살기에 좋은 복 받은 땅으로 소문이 나 있었다.

"이방! 설산 정상에 올라와 보니 옥과현은 물론 주변의 고을들이 한눈에 들어오네요."

"맞습니다. 최억남 현감! 바로 위 북쪽은 순창이고요. 멀리 동북쪽이 남원, 북서쪽은 담양, 남서쪽 저 높은 산이 바로 무등산입니다."

"아, 그렇군요. 그런데 이곳 설산 정상으로 올라오는 길은 세

곳으로 모두 좁고 가파른데 막상 정상에 올라와 보니 넓고 평평하네요."

"네. 최억남 현감! 그래서 임진왜란이 발발하자 이곳 출신으로 고경명의병에서 전사한 유팽로 종사관이 잠시 성을 쌓았던 적이 있습니다."

"아! 그래요. 그래서 석성들의 흔적이 남아 있었군요. 중요한 출입로 세 곳만 돌로 튼튼히 보강하면 나머지는 천연적인 방어막이 형성되어 충분히 정상이 안전할 수 있겠습니다. 그리고 성을 쌓을 때 가장 중요한 요소인 물은 금샘과 은샘을 통해 공급받을 수 있으니 천혜의 요새가 될 수 있겠습니다. 서둘러 석성을 더 튼튼히 쌓아야 되겠습니다."

"아, 그래요. 그렇다면 고을민들을 모아 다시 석성을 쌓을까요?"

"당연하지요. 왜군이 언제 다시 쳐들어올지 모르니 미리 철저히 준비해 놓아야지요."

최억남은 이방과 관리들을 데리고 설산 정상에 올라가 있었다. 설산의 정상은 평평하게 넓었고 정상으로 오르는 길목은 좁고 가팔라서 세 곳만 석성을 쌓아도 나머지는 자연적 방어막이 형성되어 산성으로서 역할을 할 수 있어 보였다. 특히 설산 정상부 바로 아래의 거대한 바위 사이에서 흘러나오는 금샘과 은샘은 식수를 확보하기에 충분했다. 그래서 그곳에는 유팽로가 이미 성을 쌓은 흔적이 있었다. 최억남은 왜군의 재침략에 대비해 설산에 석성을 다시 보완해 쌓을 것을 지시하고 있었다. 최억남은 설산을 내려온 이후 고을민들을 동원해 성을 쌓기 시작했다. 그리고 자주 설산에 올라가 석성의 완성 정도를 점검하면서 만반의 준비 태세를 갖추어 나가고 있었다.

정유재란

명나라의 만력제와 왜나라의 도요토미 히데요시는 조선에 대한 강화 보고가 심유경과 고니시 유키나가의 위계에 의한 것임을 알게 되었다. 명나라에서는 심유경의 목을 날려 버렸고 왜나라에서는 고니시 유키나가를 겨우 살려 가토 기요마사와 함께 다시 조선으로 보냈다. 도요토미 히데요시의 조선 재침략 명령이 떨어진 것이었다. 3여 년에 걸친 강화 기간은 이렇게 끝이 나고 있었다. 이때 도요토미 히데요시는 임진년과는 다르게 다음과 같은 지시를 내렸다. 첫째, 이순신을 제거한 뒤에 조선 수군을 전멸시킬 것. 둘째, 전라도부터 공격하고 충청도와 경기도는 정세에 따라 진격할 것. 셋째, 군인은 물론 양민과 남녀노소를 막론하고 무조건 참살할 것 등을 지시했다. 다시 전쟁, 정유재란이 시작된 것이었다. 1597년 1월 27일의 일이었다.

"최억남 현감! 왜군이 다시 침략했다 합니다."

"뭐요? 당신은 어디서 오셨소? 어디서 들은 소식이오?"

"네. 저는 장흥도호부에서 온 사자입니다. 장흥도호부 부사의 명을 받고 달려왔습니다."

"아, 그래요? 어떻게 된 일인지 자세히 설명해 주시오."

"왜나라로 돌아갔던 고니시 유키나가와 가토 기요마사가 120,000여 명의 군사를 이끌고 다시 쳐들어왔답니다. 부산 앞바다가 다시 왜군 함선으로 가득 메워졌답니다."

"그래요? 그럼 동·남해안에 남아 있는 왜군의 수가 20,000여 명 정도니까 140,000여 명이 된 것인가요? 이번에는 임진년처럼 허무하게 무너져서는 절대 안 될 것입니다. 명나라 군대와 힘을 합해 반드시 적을 물리쳐야 할 것입니다."

"네. 꼭 그래야 할 것으로 생각합니다. 장흥도호부 부사께서 최억남 현감께 옥과현을 사수하고 고을민을 보호하라고 명하셨습니다."

"그럼요. 당연히 그래야지요. 현감으로서 임무를 완수하겠다고 전해 주세요."

"감사합니다. 그대로 보고해 올리겠습니다."

최억남은 장흥도호부의 부사가 보낸 사자로부터 왜군의 재침 소식을 전해 듣고 임무를 부여받고 있었다. 장흥도호부는 옥과현의 상급 기관이기 때문에 공식적인 명령 체계에 위치해 있었다. 옥과현감 최억남에게 공식적으로 옥과현을 사수하고 고을민을 보호하라는 임무가 떨어진 것이었다. 최억남은 반드시 상급 기관에서 부여한 임무를 수행하겠다고 다짐하고 있었다. 그러나 재침략한 왜군의 수가 다시 140,000여 명이 되었으니 눈앞이 캄캄해지고 있었다.

"옥과현 수비대 여러분! 감사합니다. 현감 최억남입니다. 그동안 여러분이 많이 지원해 주셔서 오늘 220여 명으로 옥과현 수비대를 출범할 수 있게 되었습니다. 지금 왜군이 다시 쳐들어와 나라가 백척간두에 놓이게 되었습니다. 이 어려운 시기에 우리 옥과현 수비대를 출범할 수 있게 협조해 주신 여러분에게 진심으로 감사드립니다. 왜군은 지난 임진년 때 전라도를 뚫지 못한 한이 있어 이번에는 틀림없이 전라도로 향할 것입니다. 그러면 우리 옥과현에도 저 왜군이 쳐들어오지 않는다는 보장이 없습니다. 따라서 우리는 어떠한 일이 있더라도 옥과현을 사수하고 고을민을 보호해야 할 것입니다. 옥과현 수비대 여러분에게 다시 한번 감사드리고 고을민 여러분께서도 격려와 지원을 아끼지 말아 주실 것을 당부드립니다. 다음은 옥과현 수비대의 부대 편성 상황을 병방이 말씀드리겠습니다."

"네. 이어서 병방인 제가 최억남 현감님의 명을 받아 옥과현 수비대의 조직과 임무에 대해 말씀드리겠습니다. 옥과현 수비대 220여 명을 연락대, 경계대, 방어대, 대피대, 공병대, 보급대의 6개 하위 부대로 편성하겠습니다. 그리고 연락대에 20여 명, 경계대에 40여 명, 방어대에 100여 명, 대피대에 20여 명, 공병대에 20여 명, 보급대에 20여 명을 배치하겠습니다. 다음으로 각 부대별 지휘관과 임무를 말씀드리겠습니다. 연락대는 이방 오인석이 지휘관이며 전쟁 상황을 파악해서 현감에게 보고하는 일을 담당하고, 경계대는 형방 성길수가 지휘관이며 옥과현 입구를 지키고 경계하는 일을 담당하고, 방어대는 병방 천구서가 지휘관이며 설산성을 방어하는 일을 담당하고, 대피대는 예방 설동철이 지휘관이며 고을민을 설산성으로 대피시키는 일을 담당하고, 공병대는 공방 이혁준이 지휘관이며 설산성을 쌓는 일을 담당하고, 보급대는 호방 조장호가 지휘관이며 무기와 군량미를 보급하는 일을 담당하도록 하겠습니다. 최억남 현감께서 육방 여러분이 각 부대원을 이끌고 주어진 임무를 철저히 수행할 것을 특별히 지시했습니다. 이 점을 명심하기 바랍니다. 마지막으로 고을민 여러분도 각 부대, 특히 공병대와 보급대의 요청이 있을 때 많은 협력을 부탁드립니다. 그럼 지금부터 옥과현 수비대를 공식 출범하겠습니다!"

"와~~~!"

"와~~~!"

"와~~~!"

최억남은 왜군이 재침략했다는 소식을 듣고 고을민들이 모인 가운데 옥과현 수비대의 출범식을 거행하고 있었다. 옥과현의 병방과 관리들은 최억남의 지시를 받고 그동안 젊고 튼튼한 지원병들을 모아 220여 명의 옥과현 수비대를 조직한 것이다. 옥과현 수비대는 현감 휘하에 6개 부대, 즉 이방의 연락대, 형방의 경계대, 병방의 방어대, 예방의 대피대, 공방의 공병대, 호

방의 보급대로 편성했다. 연락대에는 20여 명이 배치되고 이
방이 지휘관이며 전쟁 상황을 파악해서 현감에게 보고하는 일
을 담당하고, 경계대에는 40여 명이 배치되고 형방이 지휘관
이며 옥과현 입구를 지키며 경계하는 일을 담당하고, 방어대에
는 100여 명이 배치되고 병방이 지휘관이며 설산성을 방어하
는 일을 담당하고, 대피대는 20여 명이 배치되고 예방이 지휘
관이며 고을민을 설산성으로 대피시키는 일을 담당하고, 공병
대에는 20여 명이 배치되고 공방이 지휘관이며 설산성을 쌓는
일을 담당하고, 보급대에는 20여 명이 배치되고 호방이 지휘
관이며 무기와 군량미를 보급하는 일을 담당하도록 했다. 최억
남은 고을민들에게 공병대와 보급대의 임무 수행에 필요한 적
극적인 협조를 부탁하고, 각 부대 지휘관인 육방에게 부대원들
을 이끌고 주어진 임무를 철저히 수행할 것을 지시했다.

“최억남 현감! 삼도수군통제사가 바뀌었고 합니다.”

“그래요? 이방! 예전에는 이순신 장군이었는데 누구로 바뀌
었다던가요?”

“네. 최억남 현감! 원균 장군으로 바뀌었답니다. 그리고 이순
신 장군은 파직당한 후 한양으로 압송되어 모진 고문을 받고
지금은 백의종군하러 내려오고 있다고 합니다.”

“그래요? 임진년에 이순신 장군이 남해안을 지켜 전라도가
무사하고 보급로를 끊어 왜군을 물리쳤는데 이 무슨 변고란
말입니까? 그리고 백의종군이라니요? 무슨 일 때문이라던

가요?"

"네. 최억남 현감! 조정의 명을 무시하고 가토 기요마사를 미리 공격하러 가지 않았다는 항명죄랍니다."

"그래요? 안타깝습니다."

최억남은 이방으로부터 삼도수군통제사가 원균으로 바뀌었고 이순신은 파직당한 후 한양으로 압송되어 모진 고문을 받았다는 보고를 받고 있었다. 그리고 지금은 백의종군하러 내려오고 있다는 것이었다. 최억남의 명을 받은 연락대장 이방은 대원들을 각지에 보내 정보를 수집하고 있었던 것이다. 조정에서는 왜군의 재침 때 고니시 유키나가가 미리 제공해 준 가토 기요마사의 상륙 경로로 출동해 미리 막으라고 명을 내렸다. 그러나 이순신은 왜군의 계략일 수 있다고 생각하며 조정의 명에 따르지 않은 것이다. 그리하여 이순신은 항명죄로 처벌을 받은 것이었다. 이순신은 옥에서 모진 고문을 받고 나와서 경상도 합천 초계에 있는 도원수 권율의 군사 자문에 응하라는 명을 부여받았고 현재 백의종군의 길을 떠나 내려오고 있다는 것이었다. 이순신이 파직당한 것은 1597년 2월 26일, 한양에서 백의종군의 길을 떠난 것은 1597년 4월 1일의 일이었다.

"최억남 현감! 명나라에서도 긴급히 지원군들이 도착하고 있다고 합니다."

"그래요? 이방! 어느 정도의 숫자가 왔다던가요?"

"네. 제독 마귀 장군이 129,000여 명을 이끌고 들어왔답니다."

"아, 다행입니다. 그럼 지금까지 조선에 남아 있는 16,000여 명과 새로 들어온 129,000여 명을 합하면 145,000여 명이 되는군요. 여기에 조선군을 합하면 왜군 140,000여 명을 능가하게 되었습니다. 명나라가 끝까지 신의를 지켜 주는군요."

"네. 최억남 현감! 그럼 이제 우리는 옥과현만 잘 지키면 되는 것인가요?"

"일단은 그럴 것 같네요. 이방! 그럼 계속 수고해 주세요."

최억남은 역시 이방으로부터 명나라에서 대규모 지원군이 왔다는 반가운 소식을 전해 듣고 있었다. 명나라는 전쟁이 소강 상태에 이르자 이여송이 43,000여 명의 주력 부대를 이끌고 철수했다. 그후 유정을 비롯한 명나라 장수들이 16,000여 명의 군사로 조선에 대기 중이었다. 그런데 왜군이 재침략하니 명나라에서도 총독 형개, 경리조선군무 양호(楊鎬), 제독 마귀(麻貴)를 중심으로 동일원(董一元), 양원(楊元), 그리고 수군 제독 진린(陳璘) 등 장수들이 129,000여 명의 대규모 지원군을 이끌고 들어왔다. 이로써 명나라 지원군은 모두 145,000여 명이 되었다. 명나라 지원군이 한양에 도착한 날은 1597년 7월 3일이었다. 이 시기 조선에서는 도원수 권율이 경상도 합천군 초계면에 본진을 두고 각 고을의 관군을 지휘하고 있었다. 그러나 권율 휘하로 예속했던 김덕령은 옥사당하고, 곽재우는 은거해 임진년 의병의 맥은 끊어지고 없었다.

"최억남 현감! 칠천량 전투에서 우리 수군이 크게 패하고 삼도수군통제사 원균이 전사했답니다."

"뭐라고요? 원균 장군이 전사를 했어요? 삼도수군통제사를 맡은 지 얼마나 됐다고 벌써 그런 일이……."

"네. 최억남 현감! 전라좌수사 이억기 장군도 전사했답니다."

"그래요? 그럼 나머지 조선 수군은 어찌 되었답니까?"

"네. 우리 수군 20,000여 명과 160여 척의 전함이 전멸하고, 겨우 12척을 끌고 극히 일부가 도망갔답니다."

"그럼 왜군이 그토록 원했던 남해와 서해의 바닷길이 뚫린다는 말인가요?"

최억남은 이방으로부터 우리 수군이 칠천량전투에서 패배하고 원균과 이억기가 전사했다는 소식을 전해 듣고 있었다. 조정에서는 원균을 삼도수군통제사로 임명하고 부산의 왜군 본진을 공격할 것을 명했다. 명을 받은 원균은 부산으로 전함을 몰았지만 도착하기도 전인 서생포에서 패배를 당했다. 권율은 원균에게 태형을 친 뒤 다시 공격 명령을 내렸고 원균은 다시 부산의 왜군 본진을 급습하려 했지만 가덕도에서 400여 명의 수군을 잃고 말았던 것이다. 이어 칠천량으로 물러났지만 왜군의 수륙 양면 기습 작전에 완전히 패배를 당하고 말았다. 이때 우리 함선 160여 척 중 겨우 12척만 남았고 20,000여 명의 수군이 대부분 전사하고 말았다. 이억기 등 수군 장수들은 바로 전사하고 원균은 육지로 탈출했지만 왜군의 추격을 받고 쫓기다 잡혀 전사하고 말았다. 이때 배설이 12척의 함선을 몰고 후퇴하는 데 성공했다. 이른바 칠천량 전투였다. 1597년 7월 15일의 일이었다.

"최억남 현감! 경상도의 왜군이 전부 전라도로 진격했다고 합니다."

"우리가 임진란 때 그렇게 지키고자 했던 전라도가 이번에는 뚫릴 수도 있단 말인가요?"

"네. 최억남 현감!"

"그래요. 왜군이 전라도로 침략해 온다면 목적지는 전주 감영이겠지요. 남원은 반드시 거쳐야 할 중간 거점이고요. 남원은 하동으로 오든지 함양으로 오든지 꼭 거치게 되어 있습니다."

"그럼 장차 남원이 매우 중요한 위치가 되겠네요?"

"당연하지요. 남원은 전라도를 지키는 보루입니다. 그리고 우리 옥과현도 남원에서 멀지 않으니 철저히 준비해야 할 것입니다."

"네. 알겠습니다. 최억남 현감!"

최억남은 왜군이 전라도로 향했다는 소식을 듣고 걱정스러운 표정으로 남원 쪽 하늘을 바라보고 있었다. 칠천량 전투에서 승리를 거둔 왜군은 거침없이 전라도로 공격을 시작하고 있었다. 임진년 남해안을 통한 바닷길 보급로가 막혀 곤혹을 치렀던 왜군에게 바닷길이 열린 것은 절호의 기회였을 것이다.

조선의 수군은 완전히 제거되었고 가장 무서운 적장이었던 이순신마저 파직된 상태였으니 더 이상 막힐 것이 없었다. 전라도가 바람 앞의 촛불 신세가 된 것이었다. 최억남은 왜군의 전라도 목적지는 전주 감영일 것이고 일단 남원으로 왜군이 몰려들 것이라 예상하고 있었다. 옥과현은 남원과 지척인 거리에 있었으니 최억남은 왜군 침략을 철저하게 대비하지 않으면 안되었다.

"최억남 현감! 이순신 장군이 삼도수군통제사로 재임명되었다는 소식입니다."

"그래요? 전황이 급하니 조정에서 이순신 장군을 다시 임명했군요."

"네. 그런 것 같습니다. 지금 이순신 장군이 진주에서 출발해 수군을 모으면서 이곳 전라도로 오고 있답니다."

"아, 그래요. 천만다행입니다. 그러나 수군이 전멸되었으니 이순신 장군이 다시 온다 해도 걱정입니다."

"최억남 현감! 왜군은 세 부대로 나누어 우군은 육십령을 거쳐 전주로, 좌군은 하동-구례를 거쳐 남원으로, 수군은 사천으로 상륙해 하동에서 좌군과 합류해 함께 남원으로 올라온답니다."

"그래요. 이방! 내 예측이 많이 맞아떨어졌습니다. 단, 함양을 거친 왜군이 남원에서 합세할 줄 알았는데 전주로 바로 향하는군요."

"네. 왜군이 접근하고 있으니 점점 불안해집니다."

최억남은 이방으로부터 이순신이 삼도수군통제사로 재임명되어 수군을 재건하고자 현재 군사들을 모으면서 전라도로 이동하고 있다는 소식을 전해 듣고 있었다. 이순신은 진주에서 출발해 하동, 구례, 곡성을 거쳐 이곳 옥과현으로 오고 있다고도 했다. 이순신의 삼도수군통제사 재임명일은 1597년 8월 3일이었다. 왜군은 부대를 우군, 좌군, 수군으로 편성해 세 가지 경로로 침략해 오고 있었다. 모리 테루모토, 가토 기요마사, 구로다 나가마사가 이끄는 우군은 군사 60,000여 명으로 서생포, 합천, 육십령, 전주로 향하고 있었고, 우키다 히데이에, 고니시 유키나가, 시마즈 요시히로가 지휘하는 좌군은 군사 50,000여 명으로 웅천, 고성, 진주, 하동, 구례, 남원, 전주로 향했고, 수군은 군사 7,000여 명으로 해로를 따라 거제, 사천을 거쳐 좌군과 합류해 하동부터 같은 이동로를 따라 침략해 올라오고 있는 것이었다.

"물론입니다. 최억남 현감께서는 옥과현과 고을민들을 먼저 지켜 주셔야지요."

"감사합니다. 이순신 장군!"

최억남은 옥과현 관아에서 이순신을 만나고 있었다. 이순신이 옥과현을 수군 재건로에 포함시켜 도착한 것이었다. 1597년 8월 6일의 일이었다. 이순신은 옥과 관아를 임시 병참 기지로 삼고 군관과 군사들을 모집하며 며칠을 머물렀다. 최억남은 이웃 고을 수령들에게 전문을 보내는 등 이순신을 물심양면으로 돕고 있었다. 그런데 왜군이 이순신을 바로 뒤따라 1597년 8월 7일에 구례로 쳐들어왔다. 이순신이 구례를 떠난 지 이틀 후의 일이었다. 왜군이 침입했다는 소식을 들은 순천, 낙안, 구례의 피난민들이 몰려들어 이순신이 옥과로 향하는 길을 메웠으니 이순신도 시름에 잠길 수밖에 없었다고 한다. 이순신은 군관 9명과 병사 6명을 대동하고 옥과현 도착했는데 떠날 때는 정사준(鄭思竣), 정사립(鄭思立), 이기남(李奇男), 이복남(李福男) 등이 모여들어 60여 명을 거느리고 떠났다.

"최억남 현감! 이순신 장군이 장흥 회진포에서 12척의 함선으로 수군 재건을 시작했다 합니다."

"그래요! 우리 연락 대원에게서 소식이 온 것인가요?"

"네. 그렇습니다. 이순신 장군은 조정에서 수군을 파하라는 명을 내렸는데 보성 조양창에서 군량미, 보성 관아에서 무기를 확보해 놓고 보성 열선루에서 불가함을 알리는 장계를 올리고 장흥 회진포로 떠났다 합니다. 그사이 조정에서 다시 수군 재건의 승낙이 떨어졌다 합니다."

"그래요. 이방! 그나저나 함선 12척으로 왜군에게 맞설 수군을 재건할 수 있을지 걱정이 앞섭니다."

최억남은 이순신이 장계를 올려 조정의 허락을 받고 드디어 수군을 재건하기 시작했다는 보고를 듣고 있었다. 이순신은 옥과에서 출발해 순천, 낙안을 거쳐 보성에 도착했다. 이때 조정에서 이순신에게 수군을 파하라는 명을 내렸지만 이순신은 보성 열선루에서 불가 입장을 밝히는 장계를 올렸다. 그리고 보성 고내 마을의 조양창에서 군량미, 보성 관아 군기창에서 무기를 수습해 네 마리의 말에 싣고 120여 명으로 늘어난 군사를 이끌고 장흥으로 떠났다. 1597년 8월 15일의 일이었다. 이때 송희립(宋希立), 최대성(崔大晟) 등이 합류했다. 장흥 회진포에 도착한 이순신은 조정으로부터 수군을 다시 유지할 것을 승낙받았고 드디어 수군 재건을 시작한 것이다. 칠천량 전투에서 살아남은 12척의 함선으로부터였다.

"옥과현 수비대 6개 부대 지휘관 여러분! 긴급한 상황입니다. 왜군이 구례에서 숙성령을 넘어 남원에 도착했습니다. 왜군이 남원을 점령한다면 십중팔구 전주로 향할 것입니다. 그러나 만약 곡성으로 방향을 틀어 옥과현으로 들어온다면 우리 고을이 위험에 처합니다. 따라서 철저히 대처하는 것이 좋을 듯합니다."

"네. 최억남 현감! 옳으신 말씀입니다."

"그럼 우리 옥과현 수비대는 임무대로 이방은 계속 연락대를 운영해 정확한 정보들을 수집하고, 병방은 방어대를 이끌고 설산성에서 방어 태세를 갖추고, 예방은 대피대를 데리고 고을민들을 설산성으로 대피시키고, 형방은 경계대를 이끌고 남원에서 옥과현으로 들어오는 길목인 매봉산 아래 청계동 계곡과 겸면 흥복마을에서 경계를 서 주기 바랍니다."

"알겠습니다. 최억남 현감!"

"옥과현 수비대 6개 부대 지휘관 여러분! 임무를 수행하면서 다음 세 가지를 명심해 주기 바랍니다. 첫째, 설산성은 최근에 만들어져 외부에 알려지지 않은 비밀스러운 산성입니다. 따라서 우리 고을민들이 설산성에 대피해 있다는 것을 아무도 모르게 철저히 비밀에 부쳐야 합니다. 둘째, 왜군 대군이 밀려오면 그냥 옥과현을 지나가도록 하는 것이 최상의 방책이라는 것을 명심하기 바랍니다. 셋째, 왜군의 주력 부대는 전주로 갈 것이고 이곳에 온다면 소수의 부대가 올 가능성이 큽니다. 그럴 경우에는 바로 척결하도록 하는 것입니다. 아시겠습니까?"

"네. 명심하겠습니다. 최억남 현감!"

최억남은 이방으로부터 왜군이 숙성령을 넘어 남원에 도착했다는 보고를 듣고 옥과현 수비대 6개 부대 지휘관인 육방을 모두 소집했다. 왜군이 남원에 도착했으니 최억남도 옥과현에서 철저히 대비해야 했던 것이다. 사실 왜군이 남원을 점령하더라도 곧바로 전주로 향할 가능성이 높았다. 그러나 최억남은 왜군이 서쪽으로 방향을 틀어 섬진강을 넘을 경우를 대비하지 않을 수 없었다. 섬진강을 넘으면 바로 곡성이고 옥과현이었기 때문이다. 최억남은 옥과현 수비대 6개 부대 지휘관인 육방들에게 각 부대에 주어진 임무를 수행할 것을 지시하고 있었다. 특히 지휘관들에게 설산성의 존재를 비밀에 부칠 것, 왜군 대군이 밀려오면 그냥 보낼 것, 왜군 소수 부대가 오면 바로 섬멸할 것을 명심하라고 지시하고 있었다. 최억남의 지시가 끝나자 대피 대원들은 고을민들을 설산성으로 대피시켰고 방어 대원들은 설산성으로 올라가 방어 준비에 들어갔으며 경계 대원들은 매봉산 아래 청계동 계곡과 겸면 흥복마을로 양분해 달려가고 있었다.

"남원성이 무너졌다고요?"

"그렇습니다. 최억남 현감! 방금 연락 대원이 도착했습니다."

"그렇다면 왜군이 그토록 원하던 전라도 교두보인 남원성이 결국 무너졌단 말인가요?"

"네. 최억남 현감! 명나라 부총병 양원의 군사 3,000여 명과 전라병사 이복남 등의 군사 1,000여 명이 함께 성을 지키고 있었는데, 왜군 좌군과 수군 57,000여 명이 성을 공격했답니다. 남원성은 결국 함락되었고, 조·명연합군과 남원 고을민 11,000여 명이 전사 또는 학살당했다 합니다."

"뭐요? 11,000여 명이요? 이방! 그럼 제2차 진주성 전투의 패전 모습이 되풀이되었단 말인가요?"

"그런 것 같습니다. 최억남 현감! 그런데 이번에는 왜군이 전사자들의 코까지 마구 베어 간다는 보고입니다."

"뭐라고 했지요? 코를 베어 가요?"

최억남은 이방으로부터 남원성이 무너졌다는 소식을 듣고 있었다. 조·명연합군과 고을민 11,000여 명이 전사했다는 소식이었다. 더구나 왜군이 사람들의 코를 마구 베어 간다는 소식을 듣고 울분을 토하고 있었다. 그러나 왜군 좌군과 수군 57,000여 명을 상대하는 조·명연합군은 명나라 양원(楊元)의 군사 3,000여 명과 조선의 이복남 등의 군사 1,000여 명을 합해 모두 4,000여 명에 불과했다. 남원성을 지키고자 끝까지 저항했던 조·명연합군 4,000여 명과 남원 고을민 7,000여 명은 모두 전사하고 만 것이다. 중과부적의 상황에서 양원은 전주로 도망갔고, 이복남(李福男)은 자결했다. 1597년 8월 13일부터 동년 8월 16일까지의 일이었다.

"최억남 현감! 왜군이 육십령을 넘기 전에 황석산성을 무너뜨렸다는 보고가 올라왔습니다."

"황석산성요? 그럼 왜군 우군이 함양에서 남원으로 오지 않고 바로 육십령을 넘었다는 말인가요?"

"네. 최억남 현감! 안음현감 곽준이 7,000여 명의 군사를 이끌고 황석산성을 굳게 지키는데 가토 기요마사가 이끄는 왜군 우군의 전투 부대 25,300여 명이 공격해 성을 함락시켰다 합니다. 곽준 현감의 군사들은 명나라 군사들의 도움 없이 외롭게 싸우다 결국 패했다 합니다."

"안타깝네요. 험한 산성이라 방어하기 유리한 점이 있었는데 수적 열세 때문에 어쩔 수 없었나 봅니다."

"결국, 안음현감 곽준을 포함해 조선군 3,000여 명이 전사했다 합니다."

"참으로 안타까운 일들이 계속되고 있네요."

최억남은 이방으로부터 황석산성이 함락되었다는 보고를 듣고 있었다. 황석산성을 지키던 곽준의 군사 3,000여 명이 전사했다는 것이었다. 함양에 도착한 왜군 우군은 최억남의 예상과 달리 남원으로 오지 않고 육십령을 넘어 장수, 진안을 거쳐 곧바로 전주로 향하고 있었던 것이다. 곽준은 육십령을 넘기 전에 위치한 함양의 황석산성에서 7,000여 명의 군사를 이끌고 성을 지키고자 고군분투했다. 그러나 왜군 우군 60,000여 명의 일부인 전투 부대 23,500여 명의 공격을 당해 내지는 못했다. 결국 곽준을 포함한 조선군 3,000여 명의 전사자를 내고 성을 내주고 말았던 것이다. 1597년 8월 16일의 일이었다.

"최억남 현감! 남원성과 황석산성을 점령한 왜군이 모두 전주로 향했다고 합니다."

"그래요. 왜군의 진격로가 예상한 대로입니다만, 좌군과 우군 연합 전투병만 80,000여 명이 넘어 전주가 무사하기 어려울 것 같아서 걱정입니다."

"그렇습니다. 최억남 현감! 우리 옥과현 고을민들은 어떻게 대응할까요?"

"그래요. 이방! 지금 바쁜 농사철이니 설산성의 방어 대원들과 고을민들을 하산시켜 농사일에 전념하게 합시다. 그러나 언제 또 어떤 일이 일어날지 모르니 항상 신경을 곤두세우고 있어야 합니다."

"네. 알겠습니다. 최억남 현감!"

"그리고 형방! 경계 대원들은 남원에 머물러 있는 왜군 잔류병들이 언제 군량미 보급 투쟁을 위해 이곳으로 올지 모르니 청계동 계곡, 겸면 흥복마을에서 계속 진을 치고 경계를 강화하도록 합시다."

"네. 알겠습니다. 최억남 현감!"

최억남은 왜군이 남원과 황석산성을 떠나 전주성으로 향하고 있다는 소식을 듣고 있었다. 전라도 전주 감영이 순식간에 왜군의 손아귀에 떨어질 것을 생각하니 걱정이 태산 같았다. 왜군은 좌군과 우군 연합군 110,000명 중에 전투 부대 80,000여 명의 군사가 일시에 전주성을 공격하는데 조·명연합군의 방어 능력이 이에 맞설 상대가 못 되었기 때문이었다. 그러나 일단 왜군 주력 부대가 옥과현을 비켜 갔으니 한시름 놓고 있었다. 최억남은 설산성으로 피난 갔던 방어 대원들과 고을민들을 하산시켜 제철을 맞은 농사일을 부지런히 하도록 했다. 그리고 형방을 시켜 경계 대원을 이끌고 청계동 계곡과 겸면 흥복마을에 계속 머물면서 혹시 남원에 머물러 있는 잔류병들이 군량미 보급 투쟁을 하러 올 것에 대비해 만반의 대응 태세를 갖추고 경계에 임하라고 지시하고 있었다.

"최억남 현감! 전주성에서 조·명연합군은 왜군이 몰려오자 모두 겁을 먹고 도망갔다 합니다."

"이방! 그럼 왜군이 전주성에 무혈입성했다는 말인가요?"

"그렇습니다. 최억남 현감! 명나라 유격 장군 진우충과 전주 부윤 박경신도 도망갔다고 합니다."

"이를 어쩌면 좋지요? 전주성이 함락되었으면 이제 전라도 가 넘어가는 것이고 전라도가 넘어가면 그들은 군량미 걱정 없이 또다시 한양으로 쳐들어갈 것이며 조선은 다시 쑥대밭 이 될 터인데요."

"그렇습니다. 최억남 현감! 그렇지 않아도 전주성을 점령한 왜군이 우군은 한양으로 올라가고 좌군 일부는 익산, 부여, 서천으로 향했고 일부는 공주까지 올라갔다가 전라도 서남 부를 향해 내려오고 있다고 합니다."

"아마도 그럴 것입니다."

최억남은 전주성에서 조·명연합군이 힘 한번 써 보지 못하 고 함락되었다는 소식을 듣고 크게 걱정하고 있었다. 남원성과 황석산성을 함락한 왜군 좌·우군이 합류해 전주성으로 진격했 던 것이다. 전주성을 지키던 진우충(陳愚衷)과 박경신(朴慶新) 은 왜군이 몰려오자 도망갔고 결국 왜군은 아무 저항 없이 전 주성에 입성하게 되었다. 1597년 8월 25일의 일이었다. 진우 충은 남원성 전투 때 양원이 두 차례나 구원을 요청했으나 전 주성 방어를 핑계로 구원군을 보내지 않은 적이 있었다. 이제 전주가 점령당했으니 군량미가 확보된 왜군은 마음 놓고 사방 으로 진격할 수 있게 된 것이다. 최억남의 예견대로 전주성을 함락한 왜군은 다시 길을 나눠 우군은 한양을 향해 진격하고 있었고 좌군의 일부는 익산, 부여, 서천으로 향했고 일부는 공주까지 갔다가 김제, 고부, 나주, 강진 등 전라도를 향해 내려가고 있었다.

"최억남 현감! 드디어 명나라 마귀 장군이 충청도 직산 전투에서 왜군을 물리쳤다는 보고가 올라왔습니다."

"그래요. 이방! 이 얼마나 오랜만에 듣는 승전 소식입니까? 천지신명이시여! 감사합니다. 그런데 벌써 왜군이 직산까지 올라갔다는 말입니까? 직산은 경기도에 근접한 지역이 아닙니까?"

"그렇습니다. 최억남 현감! 다시 한양이 위험할 뻔했는데 다행입니다. 명나라의 마귀 장군이 기마대로 왜군의 조총을 무력화시켜 승리했다고 합니다. 왜군 장수 구로다 나가마사는 군사 200여 명을 잃고 일단 물러났다고 합니다."

"이방! 그나저나 마귀 장군이 조총을 무력화시킬 수 있는 방법을 찾아냈으니 이 또한 큰 소득 아니겠습니까?"

최억남은 이방에게 명나라 마귀(麻貴)가 충청도 직산 전투에서 승리해 왜군의 북상을 막아 냈다는 소식을 전해 듣고 있었다. 오랜만에 듣는 승리 소식이었기에 천지신명께 감사드리지 않을 수 없었다. 그러나 최억남은 왜군이 경기도 인접 지역인 직산까지 북상했다는 사실에 대해 놀라움을 감추지 못하고 있었다. 왜군의 우군은 전주를 출발해 충청도 직산까지 특별한 저항 없이 진격했던 것이다. 직산에서 만난 마귀와 구로다 나가마사는 각각 기마대와 조총을 사용해 전투를 벌였지만 기마대를 중심으로 한 명군의 빠른 돌격전에 왜군이 대응하지 못하고 퇴각했던 것이다. 그러나 왜군은 군사 200여 명을 잃었지만 대패는 아니었기 때문에 일단 퇴각한 후 전열을 가다듬고 버팀으로써 조·명연합군과 왜군은 대치 상태를 이루게 되었다. 1597년 9월 7일의 일이었다.

"최억남 현감! 이순신 장군이 명량해전에서 큰 승리를 거두었다는 보고가 올라왔습니다."

"뭐라고요? 이방! 삼도수군통제사 이순신 장군 말인가요? 무관 몇 명과 60여 명의 군사만 데리고 옥과현을 떠난 지가 얼마 되지도 않았는데 벌써 승리라니요?"

"최억남 현감! 저도 믿기지 않지만 사실이랍니다. 그 짧은 기간에 13척의 함선으로 수군을 재건해 133척의 왜군 함선을 물리쳤답니다."

"뭐라고요? 13척으로 133척을요? 정말 대단한 분입니다. 정말 불가능을 가능으로 만든 분입니다. 그리고 그사이 12척의 함선에서 1척을 보강했나 봅니다."

"이순신 장군은 명량의 좁고 험한 바닷길의 급류를 이용했다고 합니다."

"이순신 장군의 승리는 불가사의한 경지의 일입니다. 하늘이 우리 조선을 버리지 않았습니다. 정말 이순신 장군은 구국의 영웅이요 군신(軍神)입니다."

최억남은 이방으로부터 이순신의 명량해전 대승 소식을 듣고 있었다. 직산 전투의 승리에 이은 낭보였다. 이순신은 거의 전멸하다시피 한 조선 수군을 짧은 기간 안에 재건해 어란포, 벽파진 등에서 왜군을 무찌르기 시작했다. 그리고 명량에서 13척의 함선으로 133척에 달하는 왜군 함선을 물리친 것이었다. 이때 왜군은 133척 중 31척의 함선을 격침당하고 수많은 수군을 잃은 후 혼비백산해 도망갔다. 일본 장수 구루시마 미치후사(來島通總)는 목이 잘려 조선군 함선의 장대에 높이 걸렸고 왜군 수군 총사령관 도도 다카도라(藤堂 高虎)도 부상당한 채 도망갔다. 조선 수군의 희생도 다소 있었지만 함선은 단한 척도 피해를 보지 않았다. 대승이었다. 필생즉사 필사즉생(必生卽死 必死卽生)의 정신으로 싸운 이순신과 수군의 기적적인 승리였다. 이른바 명량대첩으로 1597년 9월 16일의 일이었다.

"최억남 현감! 왜군 수군들이 다시 동·남해안의 왜성으로 퇴각하기 시작했다 합니다. 왜군 수군의 함선과 군사들이 조선군보다 훨씬 많은데 포기를 할까요?"

"이방! 그들은 포기하고 퇴각할 것입니다. 그들은 이번에 이순신 장군에게 재기불능의 참패를 당했고 이순신 장군의 이름만 들어도 도망가고 싶을 것입니다. 그리고 이순신 장군은 지금도 틀림없이 왜군을 물리칠 준비를 어디에선가 철저히 하고 있을 것입니다."

"맞는 말씀입니다. 최억남 현감! 그리고 충청도 직산에서 명나라 지원군과 대치하고 있던 왜군도 퇴각한다는 보고가 올라왔습니다."

"그래요? 이방! 이 모든 것이 이순신 장군 덕분입니다. 육로로 올라간 왜군도 이순신 장군의 조선 수군을 격파시키지 않고서는 북으로 더 이상 전진할 수 없을 것입니다."

"그럼 이순신 장군은 바다에서 싸웠어도 육로의 왜군까지 무찌른 셈이네요."

"그렇지요. 그래서 더욱 훌륭하신 겁니다. 혼자서 나라를 구한 격입니다."

최억남은 이방으로부터 서해안으로 기세 좋게 향했던 왜군 수군과 직산에서 버티던 왜군이 모두 퇴각하고 있다는 소식을 전해 듣고 있었다. 이순신의 명량대첩은 왜군에게 밀리기만 했던 전황을 역전시키는 결정적인 계기가 되었다. 조선의 제해권을 장악했다고 기뻐했던 왜군 수군들은 치명타를 입어 재기 불능의 상태가 되었고 수륙 병진 작전으로 한양을 다시 점령하고 군수품을 바닷길로 보급받겠다는 왜군의 전략은 산산이 무너진 것이었다. 이러한 상황에서도 이순신은 왜군 수군이 다시 침략해 올 것에 대비해 목포 고하도를 거쳐 고군산도까지 후퇴하면서 진을 쳐 왜군에 맞설 만반의 준비를 하고 있었던 것이다. 한편 직산 근처에서 명나라군과 대치 중이던 왜군은 왜군 수군이 명량에서 대패했다는 소식을 듣고 곧바로 퇴각을 결정했다. 그들은 경상도 통해, 나머지 왜군은 전라도를 통해 동·남해안의 왜성으로 퇴각하면서 고을민들을 무참하게 학살하고 재산을 약탈해 가고 있었다. 왜군이 향하는 퇴각 목적지는 동·남해안의 총 31개의 왜성이었다. 임진왜란 때 쌓은 23개의 성에다 이번 정유재란 때 울산, 양산, 창원, 거제, 고성, 사천, 남해, 순천에 8개의 왜성을 새로 쌓았던 것이었다.

"최억남 현감! 구례에서 석주관을 중심으로 여러 의병이 활발히 활동하고 있다는 보고입니다."

"그래요? 대단한 사람들입니다. 저번에 왜군이 구례로 침입했을 때 석주관을 지키던 구례현감 이원춘이 중과부적으로 남원으로 후퇴했다가 남원성 전투에서 전사했고, 왕득인이 의병을 일으켜 석주관을 끝까지 지키다 전사한 적이 있었지요."

"네. 그랬었군요. 이번에는 왕득인의 아들 왕의성을 중심으로 이정익, 한호성, 양응록, 고정철, 오종 등이 연합 의병을 형성해 활동하고 있다고 합니다. 구례를 점령한 왜군이 살인, 방화, 약탈 행위는 물론이고 죽은 사람과 산 사람을 가리지 않고 코까지 베어 가는 만행을 저지르니 분연히 일어난 것이랍니다. 남원의 조경남과 지리산 승려들도 가세하고 있다고 합니다."

"아, 그렇습니까? 이방! 그런데 사람의 코까지 베어 간다고요? 정말 악마의 짓을 하고 있군요. 짐승만도 못한 짓을 한 왜군이니 참을 수 있는 사람이 얼마나 되겠습니까?"

최억남은 구례 석주관에서 많은 사람이 의병을 일으켜 싸우고 있고 여기에 남원의 조경남은 물론 승의병까지 합세했다는 보고를 듣고 있었다. 그런데 왜군이 방화, 양민 약탈, 남녀노소를 불문한 살해 그리고 산 자든 죽은 자든 코까지 마구 베어 간다는 보고였다. 왜군이 구례로 쳐들어왔을 때 이원춘(李元春)이 석주관을 지키고 있었지만 중과부적으로 패해 남원으로 퇴각했고 이후 남원성 전투에서 전사하고 말았다. 이후 왕득인(王得仁)이 의병을 일으켜 대항했지만 역시 석주관을 지키다 전사하고 말았던 것이다. 왜군은 구례를 점령한 이후 극에 달한 만행을 저질렀다. 이러한 상황에서 구례에서는 왕득인의 아들 왕의성(王義成)을 중심으로 이정익(李廷翼), 한호성(韓好誠), 양응록(梁應祿), 고정철(高貞喆), 오종(吳琮) 등이 의병을 일으켜 연합했고 남원의 조경남(趙慶男)과 지리산 사찰인 화엄사와 연곡사를 중심으로 한 여러 사찰의 승의병까지 합세해 석주관에서 많은 왜군을 죽이는 전과를 올렸다. 그러나 이 전투에서 왕의성을 제외한 이정익, 한호성, 양응록, 고정철, 오정이 모두 전사하고 의병들과 승의병들의 희생도 적지 않았다. 1597년 8월부터 1597년 11월까지의 일이었다.

"최억남 현감! 왜군이 영광과 진원에서 고을민들의 코를 10,000여 개나 베어 갔다는 보고가 들어왔습니다. 이 일로 진원현은 완전히 폐현이 되었답니다."

"뭐요? 이방! 코를 10,000여 개나 베어 갔다고요? 그렇다면 10,000여 명이 죽었거나 산채로 코를 베였다는 이야기인데 진원현이 폐현이 될만합니다. 그곳 고을민들의 고통을 생각하면 울분이 치솟아 참을 수가 없습니다……. 그나저나 진원현은 이곳 옥과현과 멀지 않은 곳이니 왜군이 이곳으로 바로 닥칠 수도 있습니다. 만반의 준비 태세를 갖추어 대비합시다."

"네. 최억남 현감! 고을민들을 설산성으로 피난시킬까요?"

"그래야지요. 예방은 대피 대원들을 이끌고 서둘러 고을민들을 설산성으로 피난시키고, 병방은 방어 대원들을 이끌고 설산성으로 올라가 방어 태세를 철저히 갖추세요. 그리고 형방은 경계 대원들을 진원현에서 옥과현으로 들어오는 입구인 담양 무정의 오례마을 삼거리와 순창에서 넘어오는 우치 고개로 이동 배치하도록 하세요."

"네. 알겠습니다. 최억남 현감!"

"그리고 예전에도 말했지만 왜군이 소규모로 들이닥친다면 반드시 해치워야 하지만 대규모로 들어올 때는 길을 열어 주기 바랍니다. 또 설산성의 존재는 꼭 비밀에 부쳐야 한다는 사실 다시 한번 상기해 주기 바랍니다."

"네. 알겠습니다. 최억남 현감!"

최억남은 왜군이 전라도 아래쪽으로 남하하면서 영광과 진원현에 들러 수많은 패악질을 하는 것도 부족해 고을민들의 코를 10,000여 개를 베어 갔다는 소식을 듣고 경악을 금치 못하고 있었다. 진원현은 피해가 극심해 폐현이 될 정도였다니 그 고통을 생각만 해도 울분을 참을 수 없었다. 그러나 왜군과 수많은 전투를 직접 경험했던 최억남은 역시 침착하고 영리했다. 그는 옥과현의 고을민을 보호해야 하는 책임자로서 왜군이 대규모로 밀려오면 고을민을 설산성으로 피난시켜 비어 있는 옥과현을 그냥 통과하도록 하는 작전을 구사한 것이다. 설산성이 최근에 급조되어 외부인들에게 알려지지 않은 점을 이용한 것이었다. 그리고 왜군이 소규모로 들이닥친다면 가차 없이 섬멸하라고 지시하고 있었다.

"최억남 현감! 다행인 소식이 올라왔습니다. 왜군이 이곳 옥과현을 거치지 않고 다른 방향으로 이동하고 있다고 합니다."

"뭐라고요? 천천히 말해 보세요. 다른 방향이라니 어디 쪽인가요?"

"네. 영광과 진원현에서 만행을 부렸던 왜군 좌군이 또 부대를 양분해 영광 쪽 왜군은 나주와 영암을 거쳐 강진으로 향했고, 진원현 쪽 왜군은 우리의 위쪽 두 인접 고을인 담양과 순창을 거쳐 남원으로 바로 철수 중이랍니다."

"그래요? 이방! 우리 옥과현 입장에서는 왜군이 우리 현을 비켜 지나가니 정말 다행이고 기쁜 소식입니다. 왜군이 완전히 지나갔다는 소식이 들어오면 설산성에 연락해 방어 대원과 대피 대원을 비롯한 고을민들을 철수시키도록 합시다.”

“네. 최억남 현감!”

최억남은 옥과현 방향으로 남하하던 왜군이 바로 인접한 두 윗고을 담양과 순창을 거쳐 남원으로 철수하고 있다는 소식을 듣고 있었다. 영광과 진원현에서 만행을 저지른 왜군이 영광에서는 나주와 영암을 거쳐 강진으로 향하고 있었고 진원현에서는 담양과 순창을 거쳐 남원으로 철수하고 있었던 것이었다. 남원으로 향하는 왜군이 옥과현과 산 하나를 경계로 둔 담양과 순창을 거쳐 지나가 버렸으니 최억남에게는 기쁜 소식이 아닐 수 없었다. 최억남은 며칠을 기다렸다가 왜군이 남원에서도 완전히 물러갔다는 소식을 듣고 설산성에 있는 방어 대원과 대피 대원은 물론 고을민들을 모두 철수시켰다. 최억남은 왜군이 오르내린 남원과 진원현 사이의 옥과현을 담당하는 현감으로서 왜군이 늘 아슬아슬하게 비켜 지나가는 덕분에 옥과현과 고을민들을 피해 없이 지켜 내고 있었던 것이었다.

이 시기의 전쟁 상황은 조·명연합군이 점점 남하하면서 왜군을 밀어붙이고 있었다. 조·명연합군은 남원, 성주, 선산, 경주, 초계에 다시 내려와 진을 치고 왜군을 공격할 준비 태세를 갖추고 있었고, 왜군은 동·남해안에 구축해 놓은 왜성으로 서서히 퇴각하고 있었다. 왜군은 퇴각하면서 점령지 고을을 불태우고 약탈하고 생명을 빼앗고 코와 귀를 베어 가는 만행을 멈추지 않고 있었다. 그러나 조·명연합군도 왜군을 물리치기는 쉽지 않았다. 명나라 경리조선군무 양호(楊鎬)와 조선의 도원수 권율(權慄)은 조선 침략의 선봉장을 한 명 잡아 왜군의 사기를 꺾어 승리를 이끌 계책으로 적의 최고 주력 부대를 격파하기로 결정하고 있었다. 그 대상은 순천의 고니시 유키나가와 울산의 가토 기요마사 중 한 명이었다. 조·명연합군은 울산의 가토 기요마사를 최종 대상으로 지목하고 대군을 울산왜성으로 집결하고 있었다.

"최억남 현감! 울산왜성에 집결한 조·명연합군과 왜군의 전투는 정말 대단했다고 합니다. 왜군 15,000여 명이 지키는 울산왜성을 57,000여 명의 조·명연합군이 둘러쌌다 합니다."

"그래요? 이방! 승전 소식인가요?"

"죄송합니다. 최억남 현감! 결과는 패했답니다. 조·명연합군이 초기에 승기를 잡고 포위해 울산왜성을 탈환할 수 있었는데 왜군이 대규모로 지원해 와서 결국 패하고 말았답니다."

"결국은 패했다고요? 꼭 이겨야 하는 전투였는데……. 조·명연합군이 고사 작전을 펼쳤다는데 어떻게 되었다던가요?"

"네. 조·명연합군이 고사 작전을 펼쳐 성 내에 식량과 물이 부족해서 말을 죽여 고기를 먹고 다음에는 피와 오줌까지도 마시면서 버텼다 합니다. 가토 기요마사마저도 천에 고인 물을 짜서 먹었다고 합니다."

"조·명연합군이 군사를 집중해 총력을 기울인 전투여서 꼭 이겨야 했는데 사망자는 얼마 정도 된답니까?”

“네. 최억남 현감! 왜군 사망자는 10,000여 명이고, 조·명연합군 사망자는 20,000여 명에 이른답니다. 각지에서 왜성을 지키던 왜군이 처음에는 자기들의 성이 공격당할까 봐 움직이지 않다가 조·명연합군이 울산왜성으로 모두 집결한 사실을 알고 80,000여 명의 지원군을 보내 전세를 역전시켰답니다.”

“정말 아깝고 안타까운 전투였습니다. 성안의 왜군 15,000여 명 중에 10,000여 명을 제거했으면 5,000여 명밖에 남지 않았다는 이야기인데요. 왜군 지원군이 오기 전에 성을 빼앗아 계획대로 가토 기요마사를 잡았으면 왜군의 사기를 땅에 떨어뜨릴 수 있는 전투였는데 정말 아쉽습니다.”

최억남은 울산왜성의 패배 소식을 듣고 가토 기요마사를 잡아 조·명연합군이 승기를 잡을 수 있는 절호의 기회를 놓친 것에 안타까워하고 있었다. 조·명연합군의 양호, 마귀, 권율, 정기룡 등은 가토 기요마사가 15,000여 명의 군사로 지키는 울산왜성(도산성)을 57,000여 명의 군사로 공격했다. 이중 명군은 44,500여 명, 조선군은 12,500여 명이 참전하고 있었다. 조·명연합군은 초기에 대군으로 울산왜성을 둘러싸서 유리한 입장이었다. 왜군은 좁은 성안에 고립된 채 매서운 추위와 굶주림에 시달리고 있었다. 특히 조·명연합군의 고사 작전으로 왜군은 말을 잡아 고기를 먹고 피와 오줌까지도 마시면서 버텨야 했다. 가토 기요마사도 천에 고인 물을 짜서 먹었을 정도였다. 왜군은 사력을 다해 끝까지 버텼고 조·명연합군이 성을 넘지 못한 사이 여타 왜성에 주둔하고 있던 지원군 80,000여 명이 도착해 조·명연합군이 패하고 말았던 것이다. 아군 피해 20,000여 명, 왜군 피해 10,000여 명이었다. 1597년 12월 23일에 일어난 제1차 울산왜성 전투였다.

"최억남 현감! 보성 안치 전투에서 패하고 최대성 장군도 전사했다 합니다."

"네? 보성 안치에서 전투가 있었고 최대성 장군이 전사했다고요? 고향 선배인 최대성 장군이 안치의 기러기재에서 전투를 벌였나 봅니다. 그런데 안타깝게도 그곳에서 전사하셨군요."

"최억남 현감! 이상한 점은 이번 안치 전투를 벌인 왜군이 장흥 쪽에서 보성으로 오는 왜군 좌군이 아니고 득량만을 따라 올라와 왜진포에서 상륙한 수군이랍니다."

"그래요? 그렇다면 그자들은 장흥 쪽 왜군의 퇴각을 돕기 위해 올라온 것 같습니다. 그러면 양쪽의 왜군이 보성에서 곧 합류할 텐데 보성 고향민들이 걱정됩니다."

"네. 최억남 현감! 보성 고을민들에게 악행을 저지르지 않았으면 좋겠습니다."

"그래요. 이방! 그런데 최대성 장군은 보성에서 작년 이순신 장군의 조선 수군 재건 길에 합류했다고 하지 않았나요?"

"맞습니다! 이순신 장군과 함께 공을 세워야 할 장군인데 보성에서 전투를 치렀다니 궁금한 점이 남습니다."

최억남은 보성 기러기재가 있는 안치에서 전투가 벌어졌고 최대성이 패해 전사했다는 소식을 듣고 있었다. 그런데 안치 전투에 참여한 왜군이 장흥 쪽에서 온 것이 아니라 득량만을 통해 왜진포[28]로 상륙한 별도의 수군이라는 것을 알게 된 것이었다. 최억남은 결국 안치의 수군과 장흥 쪽 왜군은 보성에서 합류할 것으로 보고 보성 고향민들을 걱정하고 있었던 것이다. 이 시기에 왜군 수군들은 흥양[29], 보성, 벌교를 집중적으로 침략해 들어왔고 흥양의 송대립(宋大立), 보성의 최대성(崔大晟), 벌교의 전방삭(全方朔)은 연합 의병으로 왜군을 물리치고 있었다. 그러나 지난 흥양의 첨산 전투에서 송대립이 전사했고 이번에는 최대성이 전사한 것이었다. 최대성은 임진왜란이 일어나자 이순신의 수군으로 들어가 공을 세웠고 조선 수군이 와해된 후 재건 과정에서 다시 이순신을 따라나선 사람인데 갑자기 고향에서 의병 활동을 하다 전사했다는 소식을 들으니 행적이 궁금하기도 했다. 하지만 고향에서 의병 활동을 하면서 왜군과 전투를 하다 전사했으니 자랑스럽지 않을 수 없었다. 이후 전방삭도 보성 죽전벌[30] 전투에서 왜군과 맞서다 전사했다. 정유

---

28) 전라남도 보성군 예당리.
29) 전라남도 고흥군.
30) 전라남도 보성군 득량.

재란 당시의 남해안 접경 지역의 의병 활동은 임진왜란 당시와는 비교할 수 없을 정도로 약화된 상태였다. 소규모 지역 위주의 의장이 출현해 부대별 군사 수는 수십 명에서 100여 명 남짓한 경우가 많았고 주로 해안에 출몰하는 적을 상대로 유격전을 펼쳤다. 따라서 그들은 수차례 전투에서 승리를 거두기는 했으나 왜군을 소탕해 패퇴시키기에는 한계가 있었다. 전라우도의 장흥, 강진, 해남, 영암 등지에서도 전몽성(全夢星), 류장춘, 박대립(朴大立), 염걸(廉傑) 등이 의병을 일으켜 싸우고 있었다. 1598년 3월부터 1598년 7월경에 일어난 일들이었다.

이 시기 전쟁 상황은 조·명연합군이 모든 군사를 사분해 왜군을 공격하는 이른바 사로병진책(四路竝進策)을 수립하고 있었다. 즉, 조·명연합군을 동로군, 중로군, 서로군, 수로군의 네 부대로 편성해 왜군을 공격하고자 한 것이었다. 명나라 병부상서 총독군무 형개가 입안한 전략으로 군사력을 한 곳에 집중해 실패한 제1차 울산왜성 전투의 경험을 바탕으로 한 전략이었다. 사로병진책에 의해 동로군은 제독 마귀와 선거이가 군사들을 이끌고 경상좌도 방면으로 진격해 가토 기요마사가 지키는 울산왜성을, 중로군은 제독 동일원과 정기룡이 군사들을 이끌고 경상우도 방면으로 진격해 시마즈 요시히로가 지키는 사천왜성을, 서로군은 제독 유정과 권율이 군사들을 이끌고 전라도 방면으로 진격해 고니시 유키나가가 지키는 순천왜성을, 그리고 수로군은 진린과 이순신이 바다에서 수군을 이끌고 왜군 수군을 각각 동시에 공격해 전쟁을 승리로 이끌고자 했던 것이다. 명나라 수군 도독 진린(陳璘)은 1598년 7월 16일 500여 척의 함선을 이끌고 완도 고금도에 도착해 그곳에서 진을 치고 있던 이순신과 합류했다. 그런데 사로병진책을 펼치기 직전인 1598년 8월 18일 왜란의 원흉 도요토미 히데요시가 갑자기 사망했고 죽기 전에 조선 침략을 거두고 철수하라는 명령을 내렸다. 그러나 명령은 비밀스럽게 왜군 장수들에게만 전달되고 있었던 것이다.

"최억남 현감! 사로병진책이라고 알고 계시죠?"

"그렇습니다. 울산, 사천, 순천에 있는 왜성을 동로군, 중로군, 서로군, 그리고 수로군으로 사분해 왜군을 쫓아내자는 작전이 아닌가요?"

"네. 그렇습니다. 그런데 동로군의 제독 마귀 장군과 선거이 장군이 울산에서 조선군 15,000여 명을 포함한 조·명연합군 39,000여 명으로 성을 공격했지만 참패했다는 소식입니다."

"울산왜성에서 또 참패요? 울산왜성이 그렇게 견고하단 말입니까?"

"네. 그렇습니다. 최억남 현감! 그리고 선거이 장군이 전사했답니다."

"뭐요? 선거이 장군이 전사를 해요? 그 사람은 고향 선배이자 무과 선배인데 안타깝습니다……. 왜군의 참전 군사 수와 양국의 피해자는 몇 명이나 된답니까?"

"죄송합니다. 아직 파악하지 못하고 있다고 합니다."

최억남은 울산왜성에서 조·명연합 동로군이 참패하고 선거이도 전사했다는 소식을 듣고 있었다. 동로군의 군사는 명군 24,000여 명, 조선군 15,000여 명을 포함해서 총 39,000여 명이었다. 최억남은 조·명연합군 동로군의 숫자가 적지 않았기 때문에 왜군에게 밀리지 않을 것으로 생각하고 있었다. 그러나 동로군은 지난번의 실패를 반복하지 않기 위해 대군을 이용해 총공격을 펼쳤지만 다시 패하고 선거이도 전사하고 만 것이다. 왜성이 견고하다지만 정말로 놀라움을 감추지 못하고 있었다. 최억남은 고향 선배 선거이의 전사를 안타깝게 생각하고 있었다. 전투에 참여한 왜군의 숫자도 파악하지 못했고 양국의 피해자 숫자도 알 수 없는 전투였다. 이른바 제2차 울산왜성 전투였다. 1598년 9월 22일 일어난 일이었다. 하지만 왜군은 이 전투가 끝나자 울산왜성과 서생포왜성을 버리고 본국으로 서서히 철수하였다.

"최억남 현감! 사천왜성 전투에서도 중로군이 패했다는 소식입니다."

"뭐요? 이방! 또 패했단 말입니까? 어찌 그럴 수가 있나요? 명나라 제독 동일원 장군과 조선의 정기룡 장군이 조선군 2,215명을 포함한 30,000여 명의 조·명연합군을 거느리고 있는데 시마즈 요시히로의 8,000여 명의 군사에게 어떻게 패했단 말인가요?"

"그러게나 말입니다. 최억남 현감! 중로군이 수적으로 우세해 처음 전황은 매우 유리하게 흘러갔지만 아군의 공격진 내부에서 큰 폭발 사고가 일어나 전열이 흩어지는 바람에 왜군이 달려 나와 기습 공격을 했답니다."

"참 안타까운 일이군요. 패전 소식만 들리다니. 결국, 사로병진책도 실패란 말인가요?"

"아닙니다. 최억남 현감! 아직 순천의 서로군과 수군이 남아 있지 않습니까?"

"그렇지요. 힘을 내야지요. 이방! 마지막으로 순천 서로군과 수군에 희망을 걸어 봅시다."

최억남은 조·명연합 중로군이 절대적으로 유리한 대군으로 사천왜성에서 전투에 임했음에도 불구하고 결국 패배하고 말았다는 소식을 듣고 있었다. 중로군은 동일원이 28,000여 명, 정기룡이 조선군 2,000여 명, 합해서 총 30,000여 명의 조·명연합군을 이끌고 있었다. 그러나 시마즈 요시히로에게는 왜군 8,000여 명밖에 없었다. 누가 이런 상황에서 질 것이라고 생각이나 했겠는가! 중로군은 초기에 수적 우세를 내세워 유리한 전투를 전개했지만 공격진 내부에서 폭발 사고가 일어나 우왕좌왕했다. 왜군은 이 기회를 놓치지 않고 기습 공격을 한 것이었다. 결국 조·명연합 중로군은 사상자 8,000여 명을 내고 패퇴하고 말았다. 이른바 사천왜성 전투였다. 1598년 10월 1일의 일이었다. 최억남은 두 번의 패전 소식에 크게 낙담하고 있었다. 그러나 승리에 대한 희망을 갖지 않으면 안 되었다. 마지막으로 서로군과 수군을 믿고 순천왜성 전투에 기대를 걸 수밖에 없었던 것이다.

"최억남 현감! 이순신 장군의 수로군이 순천왜성 앞바다에서 승리를 거두었답니다."

"이순신 장군이요? 순천왜성은 서로군인 명나라 제독 유정 장군과 도원수 권율 장군이 있는 곳 아닙니까?"

"네. 그렇습니다. 육지에는 유정 장군과 권율 장군이 있습니다. 그러나 이번 전투는 명나라 수군 도독 진린 장군과 이순신 장군이 고금도에서 함선을 이끌고 순천왜성 앞바다까지 달려와 수로군 단독으로 벌인 전투였고 사실은 이순신 장군이 거의 혼자 승리를 이끌었다 합니다."

"그래요. 이방! 또 이순신 장군이군요. 정말 대단한 분입니다. 육지에서 유정 장군과 권율 장군의 협조가 잘 이루어졌겠지요?"

"아니랍니다. 최억남 현감! 이순신 장군의 협공 요청을 받은 유정 장군은 왜군 장수 고니시 유키나가와 모종의 거래를 하더니 공격을 거부했다고 합니다. 진린 장군도 처음에 공격을 거부하고 마지못해 전투에 임했다가 죽을 고비에 처했을 때 이순신 장군의 도움을 받고 살아난 후로는 힘을 합쳐 열심히 싸웠다 합니다."

"그럼 이번에도 이순신 장군이 혼자 이룩한 승리라고 해도 과언이 아니겠군요. 정말 단독으로 조선을 구하다시피 한 대단한 장군입니다. 아니 군신(軍神)입니다."

최억남은 순천왜성 앞바다에서 이순신이 조·명연합군 수군을 이끌고 승리했다는 소식을 전해 듣고 기쁨과 놀라움을 감추지 못하고 있었다. 사로군 중 울산왜성과 사천왜성에서는 이미 패배했고, 순천왜성에서는 유정이 전투를 미루고 협공에 동참하지 않은 상황에서, 수로군을 담당한 이순신은 전투를 주도해 승리를 거둔 것이다. 순천왜성 육지에서는 유정의 명군 26,000여 명, 권율의 조선군 10,000여 명을 합해 조·명연합 서로군 36,000여 명이 고니시 유키나가의 왜군 14,000여 명과 대치하고 있었다. 권율은 순천왜성을 공격하고자 했으나 유정이 수적 우세에도 불구하고 고니시 유키나가와 모종의 거래를 하면서 명나라 군사들의 피해를 원치 않는다는 명분을 내세워 공격을 미루고 있었다. 이때 진린과 이순신이 조·명연합군 수로군 15,000여 명과 350여 척의 함선을 이끌고 고니시 유키나가의 수군이 100여 척이 지키는 순천왜성을 공격했다. 결국 서로군의 도움 없이 단독으로 바다에서 왜성 쪽으로 쳐들어갔고 왜성에서 달려 나온 왜군 함선들과 전투가 벌어진 것이다. 처음에는 전투에 소극적이었던 진린은 분투하는 이순신의 부대를 마지못해 뒤따르다 왜군에게 고립되어 죽을 처지가 되었다. 이때 이순신이 목숨을 걸고 구해 주니 이후부터 진린도 이순신 함대의 작전에 적극적으로 동조하기 시작했다. 그 결과 왜군에서는 함선 30여 척 격침, 11여 척 나포, 3,000여 명 사상자가 나왔고, 조·명연합군 수로군에서는 800여 명의 사망자가 발생했다. 조선 수군의 사망자가 적지 않았지만 조·명연합 수로군의 승리였다. 이른바 순천왜교성 전투였다. 1598년 10월 3일의 일이었다.

"최억남 현감! 노량 앞바다에서 대규모 해상 전투가 이루어졌는데 조·명연합 수로군이 대승을 거두었답니다."

"그래요! 이방! 대승이라고 하셨나요? 수로군만이 조선을 살리는군요. 삼도수군통제사 이순신 장군과 도독 진린 장군이 조선을 구하고 있습니다. 특히 이순신 장군은 전투 때마다 승리요, 불가능한 전투까지도 승리를 거두었으니 참으로 구국의 영웅입니다."

"그렇습니다만, 최억남 현감! 이순신 장군이 왜군을 몰아낸 후 도망가는 적을 추격하다 총탄에 맞아 전사했답니다. 그리고 첨사 이영남, 명나라 장수 등자룡 등도 함께 전사했답니다."

"뭐요? 이순신 장군이 전사했다고요? 그리고 첨사 이영남과 등자룡 장군도 전사해요? 정말 안타깝고 애석한 일입니다. 특히 이순신 장군이 전사하다니요. 정말 믿고 싶지 않습니다."

"최억남 현감! 순천 왜성에서 몰래 빠져나간 왜군 수군 연락병이 사천에 가서 지원을 요청했답니다. 사천왜성을 지키고 있던 시마즈 요시히로가 소식을 듣고 고성과 남해 지역 왜성에 있는 왜군을 모두 모아 500여 척의 함선을 이끌고 순천왜성으로 구원하러 달려왔답니다."

"그래요? 순천왜성을 완전히 포위하고 연락병을 잡았어야 했는데 대규모 지원군이 달려왔으니 어려운 전투가 되었겠군요?"

"조·명연합 수로군은 밤에 어둠을 통해 진격해 오는 왜군 지원군을 노량해협에서 맞이해 밤새 전투를 벌여 대승을 거두었답니다. 다음 날 오전 관음포로 도주하는 마지막 왜군을 추격하다 이순신 장군이 전사했답니다. 그리고 마지막에 '내 죽음을 알리지 말라'는 유언을 남겼다 합니다."

"이순신 장군은 전사하면서도 조선군이 사기를 잃지 않도록 지시했군요. 그런데 이순신 장군과 다른 장군들도 전사했는데 대승이라니 어떤 전과가 있었단 말입니까?"

"네. 최억남 현감! 왜군은 함선 총 570여 척 중에서 겨우 50여 척만 살아남아 도주했고 나머지 함선은 모두 침몰, 파손, 나포되었다고 합니다. 조·명연합 수로군은 800여 명이 전사하고 함선은 1척을 잃었다고 합니다."

"이방! 정말 대승을 거두었으니 기쁘기 한량없습니다. 그러나 아군의 목숨도 중요한데 이순신 장군 등과 800여 명이 전사했다니 마음이 무겁습니다."

최억남은 노량해전에서 조·명연합 수로군이 대승을 거두었다는 소식을 듣고 기쁨을 감추지 못하고 있었다. 그러나 이순신과 다수의 장수 그리고 수로군 군사들이 전사했다는 소식에 기쁨이 반감되었다. 조·명연합 수로군은 한 달 반 전 순천왜성 전투 승리 이후 고금도로 귀환했다가 다시 순천왜성으로 돌아와 고니시 유키나가의 바다 퇴로를 차단하고 있었다. 순천왜성에 갇혀 궁지에 몰린 고니시 유키나가는 사천왜성에 구원을 요청했고, 사천왜성의 시마즈 요시히로는 고성왜성의 다치바나 무네시게(立花宗茂)와 남해왜성의 소요 시토시(宗義智)와 함께 함선 500여 척을 이끌고 야밤을 이용해 노량으로 진격해 왔던 것이다. 조·명연합 수로군은 왜군 지원군을 노량의 좁은 해협에서 맞이해 싸웠던 것이다. 조·명연합 수로군의 함선은 명나라 300여 척, 조선 60여 척을 합해 360여 척이었고, 군사는 명나라 18,000여 명과 조선 7,000여 명을 합해 25,000여 명이었다. 왜군은 순천 주둔 함선 70여 척, 지원 부대 함선 500여 척을 합해 570여 척이었고, 순천왜성 주둔군은 8,462명, 지원 군사 수는 파악이 불가했다. 노량해협에서 맞부딪혀 날을 세워가며 싸운 결과 왜군 함선 570여 척 중 200여 척은 침몰, 150여 척은 파손, 100여 척은 나포되었고 순천왜성 주둔군의 함선 60여 척은 침몰 및 파손되었다. 전투 후 살아남은 50여 척의 함선만이 도주했다. 조·명연합 수로군에서도 이순신, 이영남, 등자룡 등이 전사했고, 명군 500여 명과 조선군 300여 명을 합해 총 800여 명의 사상자가 나왔다. 함선은 1척을 잃은 데 그쳤다. 이순신과 이영남(李英男), 등자룡(鄧子龍) 등 장수들과 수로군 군사들 중에서 전사자가 800여 명이나 나와 안타까웠지만 전과의 수치만으로도 조·명연합 수로군의 대승임을 알 수 있었다. 이른바 임진왜란 최후의 전쟁인 노량해전이었다. 1598년 11월 18일 밤부터 1598년 11월 19일 오전까지 일어난 일이었다.

"최억남 현감! 전쟁이 끝났다 합니다."

"뭐요? 이방! 전쟁이 끝났다고요?"

"네. 최억남 현감! 이순신의 조·명연합 수로군에게 패한 왜군이 순천왜성을 버리고 모두 본국으로 퇴각했다고 합니다."

"그래요? 이방! 순천왜성 탈환 소식을 자세히 전해 주세요."

"네. 최억남 현감! 고니시 유키나가는 노량 앞바다에서 격렬한 해전이 벌어지고 있는 사이 순천왜성을 빠져나와 몇몇 부하들과 함선을 타고 남해로 멀리 돌아 탈출했다고 합니다. 이후 순천왜성이 비워지자 서로군 제독 유정 장군과 도원수 권율 장군이 부대를 이끌고 무혈입성했다고 합니다."

"그래요. 이방! 조·명연합군이 피해 없이 무혈입성했다고 하니 최상의 계책이 이루어진 격입니다. 그러나 순천왜성 탈환의 전공은 삼도수군통제사 이순신과 도독 진린의 조·명연합 수로군에게 있다고 봐야 할 것입니다."

"네. 맞는 말씀입니다. 그런데 최억남 현감! 노량해전에서 겨우 살아남은 시마즈 요시히로와 도망간 고니시 유키나가가 부대원들을 이끌고 부산으로 갔다가 모두 왜나라로 퇴각했다고 합니다."

"그래요. 이방! 그래서 전쟁이 끝났다는 것인가요? 울산왜성에서 제2차 전투가 끝난 후 가토 기요마사가 왜나라로 퇴각했고 이번에 사천왜성에서 지원해 온 시마즈와 순천왜성의 고니시 유키나가가 모두 패해 부산을 거쳐 왜나라로 퇴각했으니 말입니다."

"그렇습니다. 최억남 현감! 사실 4개월여 전에 왜나라의 도요토미 히데요시가 갑자기 세상을 떠나 왜군에게 모두 조선으로부터 퇴각하라는 명을 내렸답니다. 그런데 그동안 조·명연합 서로군과 수로군에 의해 순천왜성이 포위되어 꼼짝 못하다가 이번에 고니시 유키나가가 겨우 빠져나감으로써 퇴각이 완료된 것 같습니다."

"아! 드디어 조선 땅에서 전쟁이 끝났습니다. 우리 조선이 최후 승리를 거두었습니다. 천지신명이시여! 감사합니다!"

최억남은 왜군이 모두 조선 땅에서 퇴각해 전쟁이 끝났다는 소식을 듣고 천지신명께 감사 기도를 올리고 있었다. 고니시 유키나가는 노량에서 격렬한 전투가 벌어지고 있을 때 어둠을 틈타 부하 몇몇과 함선을 타고 멀리 남해로 돌아 순천왜성으로부터 몸만 겨우 빠져나갔다. 순천왜성이 비워지자 그동안 전투를 미뤄 왔던 유정은 권율과 함께 순천왜성에 무혈입성했다. 드디어 순천왜성을 탈환한 것이었다. 노량해전이 끝난 날과 동일한 1598년 11월 19일의 일이었다. 사실 왜군은 1598년 8월

18일 도요토미 히데요시가 갑작스럽게 사망하자 조선으로부터 전군 철수 명령을 받고 퇴각 기회를 노리고 있었다. 울산의 가토 기요마사는 1차 울산성 전투 때 많은 군사를 잃은 적은 있지만 2차 전투에서는 군사들을 그대로 유지한 채 왜나라로 퇴각했다. 사천왜성의 시마즈는 순천왜성에 갇힌 고니시 유키나가를 구원하려다가 완패당하고 부산으로 향했고 순천왜성에 고립된 고니시 유키나가는 겨우 몸만 빠져나가 역시 부산으로 향했다. 그리고 부산에서 합류한 그들은 부대원들을 데리고 서둘러 왜나라로 퇴각했다. 조·명연합군이 합세해 장장 7년간의 전쟁을 승리로 끝내고 있었던 것이다. 전쟁이 끝난 날은 1598년 11월 19일의 일이었다.

제 5 장

무예 스승 시절과 영면

모후산 유마사

　모후산(母后山)은 멀리서 바라보면 해발 918 m의 정상 부위가 마치 여성의 유두를 닮았고 정상에서 열십자 형태로 뻗어 내린 산줄기들은 어머니의 치마폭을 연상시키기도 했다. 그리고 우리나라 최초로 인삼이 재배된 비옥한 육산이기도 했다. 그래서였는지 고려 말 공민왕이 태후를 모시고 홍건적의 난을 피해 이곳 왕대 마을에 머물렀다 떠나면서 어머니 품같이 따뜻했다고 해 모후산이라 이름 붙였다고 한다. 모후산 남서쪽 계곡에는 유마사(維摩寺)라는 사찰이 자리하고 있다. 백제 때 당나라에서 건너온 유마운(維摩雲)과 딸 보안(普安)이 창건해 이같은 이름이 붙었다. 유마사는 모후산을 등에 업고 북서쪽의 무등산, 남서쪽의 천봉산, 동남쪽의 조계산 등 큰 산과 여타 작은 봉우리들로 연달아 둘러싸인 심산유곡에 위치해 세속과 떨어진 평화롭고 아늑한 사찰이었다.

　"주지 스님! 왜란 중에 전사한 전라좌의병 부하들의 천도재를 지내 극락왕생하도록 원혼을 달래 주셨으면 합니다."

"아! 그래요. 최억남 처사! 부하들을 생각하는 처사님의 마음이 한없이 존경스럽습니다. 몇 명이나 되고 명단은 준비되어 있습니까?"

"네. 주지 스님! 여기 있습니다. 200명입니다. 본인을 믿고 따르던 직속 부하 중 안타깝게도 전사한 사람들입니다. 그동안 크고 작은 전투에서 부하들의 목숨을 지키는 것을 최우선 과제로 삼고 지휘했습니다만 안타깝게도 많은 희생자가 나오고 말았습니다. 사실, 전라좌의병 활동 기간 동안 『손자병법』에 따른 도(道), 하늘(天), 땅(地), 장군(將), 군법(法)의 요소들을 매일 점검했고 의병 장수로서 지혜, 신의, 인의, 용기, 엄격함을 갖추고자 노력했습니다. 그리고 왜군을 맞아 싸울 때는 매복하고 적을 유인하고 적을 분산시키고 적의 취약한 부분을 공격하는 등 삼십육계에 따라 유격전을 전개해 부하들의 목숨을 아끼고자 최선을 다했습니다. 그러나 안타깝게도 공성전이 벌어지면서 백병전이 잦아지는 바람에 많은 희생자가 나온 것입니다."

"아! 그러셨군요. 최억남 처사! 너무 자책하지 마십시오. 왜군과 2년 동안 벌인 전투에서 많은 전과를 올렸으니 우리의 희생도 불가피한 것 아니었겠습니까?"

"물론 그렇습니다만 저를 믿고 따랐던 부하들의 목숨은 모두 본인의 목숨만큼 소중하게 생각됩니다."

"나무아미타불! 옳으신 말씀입니다. 최억남 처사! 처사님의 그 숭고한 부하 사랑 마음까지 합해 극락왕생을 비는 천도재를 올리겠습니다."

"감사합니다. 주지 스님!"

최억남은 모후산 유마사에 들러 주지 스님과 마주 앉아 있었다. 주지 스님은 최억남에게 부처님의 제자란 의미의 '처사'라는 칭호를 붙여 주고 있었다. 최억남은 왜란 중에 전사한 전라좌의병 부하들 200명의 천도재(遷度齋)를 부탁하고 있었던 것이다. 최억남은 부하들의 목숨을 최우선에 두고자 『손자병법』과 『삼십육계』에 따라 부대를 운영하고 전략을 수립해 전투에 임했지만 공성전이 잦아지면서 많은 희생자가 나올 수밖에 없었던 것이다. 최억남은 전쟁이 끝난 다음 옥과현감 직을 사직하고 고향에서 잠시 몸과 마음을 추스르고 있었다. 그러나 자신의 심신 회복보다 더 시급히 해야 할 일이 전사한 부하 의병들의 극락왕생을 기원하는 것으로 느껴졌다. 최억남이 유마사를 선택한 이유는 임계영이 평생 연을 맺었던 사찰이었기 때문이었다. 주지 스님과는 몇 년 전 이곳에서 돌아가신 임계영의 장례식 때 만난 구면의 관계였다. 최억남은 주지 스님에게 무주, 금산, 개령, 성주, 선상, 진주, 고성, 거제 등의 전투에서 전사한 전라좌의병 200명 부하의 명단을 전달하며 천도재를 올려 주도록 부탁하고 있었다. 천도재는 죽은 자의 영혼이 좋은 세상으로 건너가기를 기원하며 죽은 후 7일마다 모두 7차례

제사를 올리는 49재가 대표적이다. 최억남으로부터 200명의 전사자 명단을 건네받은 주지 스님은 49재로 천도재를 정성스럽게 올려 주었다. 최억남은 비록 부하들의 전사 날짜가 각각 다르고 이미 시간이 많이 흘렀지만 한날한시에 같은 장소에 영혼을 모시고 주지 스님 곁에서 49일 동안 정성스럽게 천도재를 올리고 있었다. 천도재를 마친 최억남은 지켜 주지 못했던 부하들과 그들의 가족에게 조금이나마 빚을 갚은 느낌이 들었다. 그래서 조금은 가벼운 마음을 안고 다시 고향으로 돌아가고 있었다.

"최억남 형님! 조정에서 임진년과 정유년에 공을 세운 사람들을 공신으로 책정해 많은 사람에게 선무원종공신 녹권을 내렸습니다."

"그래! 작년에 선무공신 18명이 책정되었는데 정말 훌륭한 전공을 세운 분들이었지. 이번에는 몇 명이나 책정되었다고 하던가?"

"네. 이번 선무원종공신에는 9,060명이나 책정되었습니다. 여기 명단이 모두 있습니다. 그런데 어찌 된 일인지 형님 이름은 없습니다."

"설마! 그럴 리가 있겠는가? 경상도까지 2년 동안 원정을 가서 전라좌의병 부장까지 역임하며 많은 공을 세웠는데 9,060명의 명단에도 들어가지 않았다면 말이 되겠나?"

"그러게나 말입니다. 성도 이름도 듣지 못한 종친, 관리, 노비까지도 공신으로 다 책정되어 있는데 전라좌의병 부장을 역임한 형님이 빠지다니 정말로 서운합니다.”

“그래. 명단 좀 보세……. 그나마 전쟁터에서 돌아가신 분들은 거의 공신으로 책정된 것 같아 다행이네. 전쟁터에서는 죽어야 영웅이 되는 법 아니겠는가? 나는 끝까지 살아남았으니 조정에서 제외했나 보네.”

“그래도, 형님! 조정에서 너무했습니다.”

“전쟁터에서 전사해서 공신이 되는 것보다 살아 돌아와 가족을 다시 만났으니 더 바랄 것이 있겠는가? 오히려 살아 돌아온 것이 더 죄스럽기도 하다네. 아우들! 그냥 모든 것에 감사하세.”

최억남은 최남걸과 최남진으로부터 선무원종공신 책정에서 제외되었다는 소식을 듣고 있었다. 사실 최억남은 3명의 남자 이복동생이 있었다. 최남걸과 최남진이 그중 2명이었다. 최억남과는 나이 차이가 20살이 넘었다. 최억남은 그동안 최남걸과 최남진 그리고 일부 후배들에게 무예를 지도해 주었다. 그러던 어느 날 두 동생이 갑작스러운 소식을 가지고 달려온 것이었다. 동생들은 서운함을 표했으나 최억남은 전쟁터에서 살아 돌아와 기다리는 가족을 다시 만난 것만으로도 감사하다고 말하고 있었다. 그러나 공신 책정마저도 불합리하기 짝이 없는 현실에 아쉬움이 남았다. 조정에서는 왜란이 끝나고 1604년(선조 37년) 전쟁 중에 공을 세운 사람들에게 선무공신 18명,

1605년(선조 38년)에는 다시 선무원종공신 9,060명을 책정해 포상했다. 그러나 전장에서 혁혁한 공을 세웠으면서도 공신의 포상을 받지 못한 사람들이 다수 있었는데 최억남도 그중에 속했다. 최억남은 공신에서 제외된 이유를 전쟁 중에 끝까지 살아남았다는 점과 해남 윤씨와 인척 관계에 있다는 점을 꼽고 있었다. 1589년 기축옥사를 주도했던 사람들이 해남 윤씨의 사위 최억남도 제외했을 것이라는 생각도 들었다. 최억남은 사람의 목숨을 파리만도 못하게 취급하고 왜군의 침입에는 대처도 못하면서 왜군과 맞서 싸운 사람들에 대한 포상마저 불공정하게 하는 임금과 조정의 벼슬아치들이 판치는 세상이 점점 역겹게 느껴졌다. 그래서 당분간 조용한 곳에서 편안하게 쉬고 싶어졌다. 최억남의 나이 46세, 1605년의 일이었다.

"주지 스님! 오랜만에 뵙겠습니다. 그동안 편안하셨지요?"

"네. 최억남 처사! 어서 오십시오. 그런데 심신이 지쳐 보입니다."

"역시 주지 스님입니다. 몸과 마음이 많이 지쳐 이곳에서 신세를 지며 회복할까 하고 왔습니다."

"그러십니까? 최억남 처사님이라면 얼마든지 환영입니다. 마음 편히 쉬시기 바랍니다."

"감사합니다. 주지 스님! 그런데 예전에는 못 느꼈는데 오늘 자세히 보니 뒷산의 산세가 우람하면서도 부드러운 듯합니다. 산의 품에 안기니 정말로 포근함이 느껴집니다."

"그렇습니까? 최억남 처사! 그래서 덕여모후(德如母后)의 이름을 얻었다 하지 않습니까?"

"맞는 말씀인 것 같습니다. 더구나 이곳 유마사에 모셔진 임계영 선생과 전라좌의병 부하들의 영혼들과 함께 생활하면 저의 몸과 마음도 편안해질 것 같습니다."

"네. 최억남 처사! 그럴 것입니다. 임계영 선생이 평생 연을 맺었고 부하들의 천도재를 올린 사찰이니 이곳에서 지내면 심신의 건강을 쉽게 회복할 수 있을 것입니다. 그리고 이번 기회에 부처님의 가르침을 접해 보시면 좋을 듯합니다. 나무아미타불!"

"감사합니다. 주지 스님! 그럼 신세를 좀 지도록 하겠습니다."

최억남은 지친 심신의 회복을 위해 유마사를 찾아가 주지 스님과 만나고 있었다. 최억남이 임진년 창의한 것은 적에게 짓밟힌 나라를 구하겠다는 일념이었지 어떤 보상을 얻기 위해서가 아니었다. 그러나 남들에게 내색하지는 않았지만 그도 인간인지라 공신으로 책정해 주지 않은 조정에 배신감이 들며 몸과 마음이 아팠고 그래서 유마사를 다시 찾아간 것이었다. 모후산에 들어서니 우람하고 부드러운 주산을 배경으로 포근한 산줄기들이 계곡과 어울리며 왠지 모를 편안함을 제공하고 있었다. 예전에 알지 못했던 새로운 느낌이었다. 최억남은 이곳에 묻혀 지낸다면 심신이 회복될 수 있을 것으로 생각되었다. 다행히 주지 스님도 편안히 지낼 수 있도록 허락해 주었고 임계영과 전사한 전라좌의병 부하들의 영혼과 함께하며 부처님의 가르침을 접해 보기를 권하고 있었다.

"摩訶般若波羅蜜多心經
마하반야바라밀다심경

觀自在菩薩　行深般若波羅蜜多時　照見五蘊皆空
관자재보살　행심반야바라밀다시　조견오온개공

度一切苦厄
도일체고액

舍利子　色不異空　空不異色　色即是空　空即是色
사리자　색불이공　공불이색　색즉시공　공즉시색

受想行識　亦復如是
수상행식　역부여시

舍利子　是諸法空相　不生不滅　不垢不淨　不增不減
사리자　시제법공상　불생불멸　불구부정　부증불감

是故空中無色　無受想行識　無眼耳鼻舌身意
시고공중무색　무수상행식　무안이비설신의

無色聲香味觸法　無眼界　乃至無意識界　無無明
무색성향미촉법　무안계　내지무의식계　무무명

亦無無明盡　乃至無老死　亦無老死盡
역무무명진　내지무로사　역무로사진

無苦集滅道　無智亦無得
무고집멸도　무지역무득

以無所得故　菩提薩埵　依般若波羅蜜多故
이무소득고　보리살타　의반야바라밀다고

心無罣礙　無罣礙故　無有恐怖　遠離顚　倒夢想
심무가애　무가애고　무유공포　원리전　도몽상

究竟涅槃　三世諸佛　依般若波羅蜜多故
구경열반　삼세제불　의반야바라밀다고

得阿耨多羅三藐三菩提
득아뇩다라삼먁삼보리

故知　般若波羅蜜多　是大神呪　是大明呪
고지　반야바라밀다　시대신주　시대명주

是無上呪　是無等等呪　能除一切苦
시무상주　시무등등주　능제일체고

眞實不虛　故說般若波羅蜜多呪　卽說呪曰
진실불허　고설반야바라밀다주　즉설주왈

揭諦　揭諦　波羅揭諦　波羅僧揭諦　菩提　娑婆訶
아제　아제　바라아제　바라승아제　모지　사바하

揭諦　揭諦　波羅揭諦　波羅僧揭諦　菩提　娑婆訶
아제　아제　바라아제　바라승아제　모지　사바하

揭諦　揭諦　波羅揭諦　波羅僧揭諦　菩提　娑婆訶."
아제　아제　바라아제　바라승아제　모지　사바하

"일체를 초월하는 지혜로 피안에 도달하는 가장 핵심이 되는 부처님의 말씀. 관자재보살이 깊은 반야바라밀다를 행할 때 오온이 공한 것을 비추어 보고 온갖 고통을 건너느니라. 사리자여, 색이 공과 다르지 않고 공이 색과 다르지 않으며 색이 곧 공이고 공이 곧 색이니 감각·생각·행동·의식도 그러하니라. 사리자여, 모든 법의 공한 형태는 생기지도 않고 없어지지도 않으며 더럽지도 않고 깨끗하지도 않으며 늘지도 않고 줄지도 않느니라. 그러므로 공 가운데에는 실체가 없고 감각·생각·행동·의식도 없으며 눈도 귀도 코도 혀도 몸도 의식도 없고 색깔도 소리도 향기도 맛도 감촉도 법도 없으며 눈의 경계도 의식의 경계까지도 없고 무명도 무명이 다함까지도 없으며 늙고 죽음도 없고 늙고 죽음이 다함까지도 없고 고집멸도도 없으며 지혜도 얻음도 없느니라. 이와 같이 얻을 것이 없는 까닭에 보리살타는 반야바라밀다를 의지하므로 마음에 걸림이 없고 걸림이 없으므로 두려움이 없어서 뒤바뀐 헛된 생각을 멀리 떠나 완전한 열반에 들어가며 과거, 현재, 미래의 모든 부처님도 반야바라밀다에 의지하므로 최상의 깨달음을 얻느니라. 그러므로 반야바라밀다는 가장 신비하고 밝은 주문이며 위 없는 주문이며 무엇과도 견줄 수 없는 주문이니 온갖 괴로움을 없애고 진실해 허망하지 않음을 알지니라. 반야바라밀다 주문을 말하니 이러하니라. 가자 가자 넘어 가자, 모두 넘어가서 무한한 깨달음을 이루자.

가자 가자 넘어 가자, 모두 넘어가서 무한한 깨달음을 이루
자. 가자 가자 넘어 가자, 모두 넘어가서 무한한 깨달음을 이
루자."[31]

최억남은 예전에 49재 천도재를 올릴 때 처음 접했던 「마하
반야바라밀다심경(반야심경)」을 외우며 부처님의 가르침에 의
지하고 있었다. 부처님의 핵심 가르침인 「반야심경」을 매일 독
경하고 의미를 깨달으니 점점 마음의 평온이 찾아 들었다. 「반
야심경」은 중국 당나라 스님 현장(玄裝)이 공(空) 사상으로 대
표되는 600권이나 되는 반야 경전을 260자의 한자어로 요약
하여 번역한 것으로서 부처님 가르침의 핵심 이치를 간결하고
명확하게 요약한 불교 경전의 정수였다. 최억남은 「반야심경」
을 독경함으로써 자신은 물론 전사한 부하들까지도 공(空) 사
상을 기반으로 번뇌 고통이 없는 청정무구한 열반의 경계로 들
어가는 느낌을 받아 가고 있었다.

天手天眼觀自在菩薩廣大圓滿無碍大悲心大陀羅尼經
천수천안관자재보살광대원만무애대비심대다라니경

淨口業眞言
정구업진언

수리수리 마하수리 수수리 사바하. 수리수리 마하수리 수수
리 사바하. 수리수리 마하수리 수수리 사바하

---

31) 원문: 「반야심경」 해설 출처: 꽃미남, 네이버 블로그.

五方內外安慰諸神眞言
오방내외안위제신진언

나무 사만다 못다남 옴 도로도로 지미 사바하. 나무 사만다 못다남 옴 도로도로 지미 사바하. 나무 사만다 못다남 옴 도로 도로 지미 사바하

開經偈
개경게

無上甚深微妙法	白天萬劫難遭遇	我今聞見得受持
무상심심미묘법	백천만겁난조우	아금문견득수지

願解如來眞實義
원해여래진실의

開法藏眞言
개법장진언

옴 아라남 아라다. 옴 아라남 아라다. 옴 아라남 아라다.

千手千眼觀自在菩薩	廣大圓滿無碍大悲心	大陀羅尼
천수천안관자재보살	광대원만무애대비심	대다라니

發四洪誓願
발사홍서원

衆生無邊誓願度	煩惱無盡誓願斷	法門無量誓願學
중생무변서원도	번뇌무진서원단	법문무량서원학

佛道無上誓願成
불도무상서원성

發願已　歸命禮三寶
발원이　귀명례삼보

南無常住十方佛　南無常住十方法　南無常住十方僧."
나무상주시방불　나무상주시방법　나무상주시방승

"천 개의 손과 눈을 가지신 관세음보살이 넓고 크고 걸림 없
는 대자비심을 간직한 큰 다라니에 관해 설법한 말씀. 구업
을 맑게 하는 진언. 맑고 거룩합니다. 맑고 거룩합니다. 지극
히 맑고 거룩합니다. 그 맑고 거룩함 영원하소서. 오방의 모
든 신을 안위하는 진언. 두루 거룩한 부처님들께 귀의하며
근본 불성의 씨앗을 잘 보호해 깨달음을 얻어 원만히 이루어
지게 하소서. 경전을 찬탄하는 게송. 더없이 높고 깊은 부처
님법 묘한 진리 백천만겁 지내어도 만나뵙기 어려워라. 제가
이제 듣고 보고 얻어 받아 가지니 부처님의 참뜻 원하오니
깨닫게 하소서. 법장을 여는 진언. 번뇌 없는 편안한 마음으
로 항상 만족하게 하소서. 번뇌 없는 편안한 마음으로 항상
만족하게 하소서. 번뇌 없는 편안한 마음으로 항상 만족하게
하소서. 천 개의 손과 눈으로 중생을 구제하시는 관자재보살
님의 광대하고 원만하고 걸림 없는 자비의 다라니를 청합니
다. 네 가지 큰 원을 세움. 중생이 수 없지만 기어코 다 건지
오리다. 번뇌가 끝이 없지만 기어이 다 끊으오리다. 법문이

한이 없지만 기어이 다 배우오리다. 불도가 드높지만 기어이 다 이루오리다. 발원을 마치고 삼보님께 귀의. 시방에 늘 계신 부처님께 귀의합니다. 시방에 늘 계신 법보님께 귀의합니다. 시방에 늘 계신 승보님께 귀의합니다."[32]

최억남은 어느덧 「천수경」을 독경하고 그 뜻을 알아 가고 있었다. 불교에 심취해 모든 것을 비우니 마음이 편하기 한량없었다. 「천수경」은 관세음보살의 광대한 자비심을 찬양하는 불교 경전으로 당나라 스님 가범달마(伽梵達磨)가 번역한 것이었다. 관세음보살은 모든 것을 보고 보살필 수 있는 손 1,000개와 눈 1,000개를 가지고 자비를 베풂으로써 중생을 구제하고 이끄는 보살이다. 최억남은 「반야심경」과 「천수경」을 매일 독경하며 마음을 비우니 평안함이 찾아왔고 지쳤던 육신도 기력을 되찾기 시작했다.

"金剛般若波羅蜜經
금강반야바라밀경

法會因由分
법회인유분

如是我聞　一時佛在舍衛國祇樹給孤獨園
여시아문　일시불재사위국기수급고독원

---

32) 원문: 「천수경」 해설 출처: 능엄, 네이버 블로그.

與大比丘衆千二百五十人俱
여대비구중천이백오십인구

爾時　世尊　食時　着衣持鉢　入舍　衛大城　乞食於其城中
이시　세존　식시　착의지발　입사　위대성　걸식어기성중

次第乞已　還至本處　飯食訖　收衣鉢　洗足已　敷座而坐."
차제걸이　환지본처　반식흘　수의발　세족이　부좌이좌

"깨달음으로 이끄는 강력한 지혜의 말씀. 법회가 열리게 된 이유, 이와 같이 나는 들었다. 한때 부처님께서 사위국 기수급 고독원에서 큰 비구들 1,250명과 함께 계셨다. 이때 세존께서 식사 때가 되자 가사를 입으시고 발우를 지니시고 사위성에 들어가 걸식을 하시었다. 그 성안에서 차례로 걸식을 마치시고 본래의 처소로 돌아와 식사를 하시고 가사와 발우를 거두시고 발을 씻으신 후, 자리를 펴고 앉으셨다."

"善現起請分
　선현기청분

時　長老　須菩提　在大衆中　卽從座起　偏袒右肩
시　장로　수보리　재대중중　즉종좌기　편단우견

右膝着地　合掌恭敬　而白佛言.　希有世尊
우슬착지　합장공경　이백불언.　희유세존

如來　善護念諸菩薩　善付囑諸菩薩
여래　선호념제보살　선부촉제보살

世尊　善男子　善女人　發阿耨多羅三藐三菩提心
세존　선남자　선여인　발아뇩다라삼먁삼보리심

應云何住　云何降伏其心
응운하주　운하항복기심

佛言　善哉善哉　須菩提　如汝所說　如來　善護念諸菩薩
불언　선재선재　수보리　여여소설　여래　선호념제보살

善付囑諸菩薩　汝今諦聽　當爲汝說
선부촉제보살　여금제청　당위여설

善男子　善女人　發阿耨多羅三藐三菩提心　應如是住
선남자　선여인　발아뇩다라삼먁삼보리심　응여시주

如是降伏其心　唯然　世尊　願樂欲聞."
여시항복기심　유연　세존　원요욕문

"선현이 일어나 청함. 이때 장로 수보리가 대중 가운데 있다
가 곧 자리에서 일어나 오른쪽 어깨의 가사를 벗어 매고 오
른쪽 무릎을 땅에 꿇고 합장하고 공경하면서 부처님께 말했
다. 희유하십니다. 세존이시여, 여래께서는 보살들을 잘 보
호, 염려해 주시고 보살들을 잘 부축해 주십니다. 세존이시
여, 선남자와 선여인이 아뇩다라삼먁삼보리의 마음을 내고
는 응당 어떻게 머물러야 되며 어떻게 그 마음을 항복을 받
아야 합니까? 부처님께서 말씀하셨다. 착하고 착하도다. 수
보리야, 네가 말한 바와 같이 여래는 모든 보살을 잘 보호하
고 염려하며 모든 보살을 잘 맡겨 부탁한다. 너는 지금 자세

히 들어라. 마땅히 너를 위해 말해 주리라. 선남자 선여인이 깨달음의 경지를 내고는 응당 이와 같이 머물고 이와 같이 그 마음을 항복받아야 되느니라. 예, 그렇게 하겠습니다. 세존이시여, 즐거이 듣기를 욕망하고 원하옵니다."

"大乘正宗分
대승정종분

佛告　須菩提　諸菩薩摩訶薩　應如是降伏其心
불고　수보리　제보살마아살　응여시항복기심

所有一切衆生之類　若卵生　若胎生　若濕生　若化生
소유일체중생지류　약란생　약태생　약습생　약화생

若有色　若無色　若有想　若無想
약유색　약무색　약유상　약무상

若非有想　非無想　我皆令入無餘涅槃　而滅度之
약비유상　비무상　아개영입무여열반　이멸도지

如是滅度無量無數無邊衆生　實無衆生得滅度者
여시멸도무량무수무변중생　실무중생득멸도자

何以故　須菩提　若菩薩　有我相　人相　衆生相
하이고　수보리　약보살　유아상　인상　중생상

壽者相　卽非菩薩."
수자상　즉비보살

"대승의 가장 바르고 으뜸이 되는 사상. 부처께서 수보리에게 말씀하셨다. 모든 보살 마하살은 이렇게 마음을 항복받아야 한다. 존재하는 모든 종류의 중생들은 알에서 깨어난 것이나 어미 뱃속에서 태어난 것이나, 습한 데서 생긴 것이나, 변화해 생긴 것이나, 물질적 형상(色)이 있는 것이나 물질적 형상(色)이 없는 것이나, 생각이 있는 것이나 생각이 없는 것이나, 생각이 있는 것도 아니고 생각이 없는 것도 아닌 것들을 내가 모두 남김 없는 열반에 들게 해 멸도에 이르게 하리라. 무슨 이유이겠는가? 수보리야. 만일 어떤 보살이 아상 인상 중생상 수자상이 있다면 곧 보살이 아니니라."

"應化非眞分
　응화비진분

須菩提　若有人　以滿無量阿僧祇世界七寶　持用布施
수보리　약유인　이만무량아승지세계칠보　지용보시

若有善男子　善女人　發菩薩心者　持於此經　乃至
약유선남자　선여인　발보살심자　지어차경　내지

四句偈等　受持讀誦　爲人演說　其福勝彼
사구게등　수지독송　위인연설　기복승피

云何爲人演說　不取於相　如如　不動　何以故
운하위인연설　불취어상　여여　부동　하이고

一切有爲法　如夢幻泡影　如露亦如電　應作如是觀
일체유위법　여몽환포영　여로역여전　응작여시관

佛說是經已　長老　須菩提　及諸比丘　比丘尼
불설시경이　장로　수보리　급제비구　비구니

優婆塞　優婆尼　一切世間
우바새　우바이　일체세간

天　人　阿修羅　聞佛所說　皆大歡喜　信受奉行."
천　인　아수라　문불소설　개대환희　신수봉행

"응화신은 참이 아님. 수보리야, 만약 어떤 사람이 한량없는 아승지 세계에 가득 찬 칠보를 가지고 보시할지라도 만약 또 어떤 선남자 선여인이 보살심을 발한 자가 이 경전을 가지든지 사구게 등이라도 수지하고 독송해 남을 위해 연설하면 그 복이 저보다 수승하리라. 어떻게 남을 위해 연설하는가. 상을 취하지 않고 동하지 않느니라. 무슨 까닭인가. 일체의 함이 있는 법은 꿈과 같고 환상과 같고 물거품과 같고 그림자 같으며 이슬과 같고 또한 번개와도 같으니 응당 이와 같이 보일지니라. 부처님께서 이 경을 설해 마치시니, 장로 수보리와 모든 비구 비구니와 우바새 우바이와 일체 세간의 천상과 인간과 아수라 등이 부처님의 설하심을 듣고 모두 다 크게 환희하며 믿고 받아 지니며 받들어 행하니라."[33]

---

33) 원문: 「금강경」 해설 출처: 삼성문의소, 다음 카페.

최억남은 유마사에서의 생활에 만족하며 주지 스님의 권유대로 「금강경」을 공부하며 불교 경전을 더욱 심도 있게 접하고 있었다. 「금강경」은 삼국 시대 초기에 전래되어 고려 중기에 지눌(知訥)에 의해 널리 유통된 것으로 조계종(曹溪宗)의 선종(禪宗)에서 가장 중요시하는 근본 경전이었다. 부처와 제자 수보리 사이의 대화 형식으로 되어 있으며 한 곳에 집착해 머물러 있는 마음을 내지 말고 모양이 없는 진리로서의 부처를 깨달으라고 가르치고 있었다. 최억남은 「금강경」을 공부하면서 부처의 가르침에 더욱 깊게 매료되고 있었던 것이다. 이어서 「법화경(法華經)」, 「화엄경(華嚴經)」도 접하고 있었다. 「법화경」은 삼국 시대부터 유통되었는데 우리나라 천태종의 근본 경전이었다. 주된 가르침은 부처가 되는 길이 누구에게나 열려 있다는 것이었다. 「화엄경(華嚴經)」은 화엄종의 근본 경전인데 무려 10,000,000,095,048자로 이루어져 있었다. 「화엄경」에는 부처의 깨달음의 세계와 그 세계로 나아갈 수 있는 수행 방법이 총체적으로 담겨 있었다. 교종에 속하는 화엄종의 「화엄경」은 대승 경전의 꽃이라 불렸다. 최억남은 유마사에 머무르며 불경을 접하고 마음을 비워 편안함을 얻고 누구나 부처가 될 수 있다는 사상으로 사람의 존귀함을 깨달았으며 부처님의 가르침을 이해하고 그 세계로 나가기 위한 수행 방법을 터득해 익혀 나가고 있었다. 몸과 마음은 이루 말할 수 없이 평온하고 다시 강건해져 있었다.

"최억남 형님! 그동안 편히 계셨습니까?"

"안녕하십니까? 처음 뵙겠습니다. 정말로 뵙고 싶었습니다."

"그래. 동생들! 나는 잘 있었네. 자네는 공무에 바쁠 텐데 시간을 냈군. 그런데 이 사람들은 누구인가?"

"네. 형님! 보성 고향 저의 후배들입니다. 고향에 들렀더니 후배들이 찾아와 형님께 무예 지도를 받기를 원하면서 이번에 함께 고향으로 꼭 모시고 오자고 간청해서 이렇게 왔습니다."

"아, 그런가? 나는 이곳 유마사에서 부처님의 가르침을 받고 편안한 마음을 얻어 행복하다네. 여기서 평생을 보낼까 생각 중이었다네."

"네? 그러셨어요? 그러나 형님을 필요로 하는 후배들이 많아서 다시 고향으로 가 주셨으면 합니다."

"그렇게 해 주십시오. 사실 저희는 전라좌의병의 최억남 장군 밑에서 지휘관으로 활동했던 염익수와 손희모의 아들과 조카입니다. 무예를 꼭 가르쳐 주십시오."

"뭐라? 염익수와 손희모의 아들과 조카라고 했나? 이 사람들이 작심하고 왔구먼. 내가 가장 사랑하는 전라좌의병 부하 가족들의 부탁인데 거절할 수 있겠는가?"

"감사합니다."

최억남은 유마사에서 마음의 평안을 유지하며 부처님의 가르침을 평생 배우고 따르며 살고자 마음먹고 있었다. 그때 동생 최남걸과 최남진이 두 명의 후배들을 데리고 찾아왔다. 그들은 과거 전라좌의병 부하 지휘관이었던 염익수의 아들 염동길과 손희모의 조카 손정식이었다. 최남걸과 최남진은 휴가차 고향에 들렀다가 후배들의 간청으로 동행한 것이었다. 고향에서 소일 삼아 몇몇 제자에게 무예를 가르쳤던 최억남이 유마사로 들어가니 무인의 길을 가고자 하는 후배들의 앞길이 막혔던 것이었다. 그래서 최억남을 무예 스승으로 모시고자 한 것이었다. 최억남도 유마사에서 생활한 지 벌써 4년이 흐르고 있었다. 그래서 후배들의 청을 뿌리치고 계속 유마사에 머무를 수도 있었다. 그러나 목숨보다 사랑한 과거 전라좌의병 부하들의 아들과 조카들의 청이라는데 거절할 수 없었다. 최억남의 나이 50세, 1609년 경의 일이었다.

무예 스승

최억남은 동생들과 전라좌의병 부하 가족의 요청에 따라 다시 고향으로 돌아왔다. 고향에서는 과거 전라좌의병 부하의 아들과 조카들이 무인의 길을 걷고자 하는 경우가 많았다. 최억남은 그들이 무인의 길을 갈 수 있도록 지도해 주는 것을 생의 마지막 낙으로 삼자고 생각하고 있었다. 다행히 최억남이 예전에 고향에서 무예를 닦았고 최억남의병을 훈련한 적이 있었던 터라 제자들을 지도할 장소에는 특별한 문제가 없었다. 그 장소를 다시 보완하면 되었기 때문이었다. 최억남은 집 뒤편에 있는 과거 최억남의병 훈련장에 터를 잡고 본격적으로 제자들을 가르칠 준비를 하고 있었다.

"여보시게, 염동길! 손정식! 경치가 멋있지 않나? 둘 다 이드리재는 처음 올라와 보는 건가?"

"그렇습니다. 최억남 스승님! 앞으로는 시원한 바다. 뒤로는 보성강이 유유히 흐르고 있어 보통 아름다운 경치가 아닙니다."

"그렇지? 아! 바람이 시원하다! 나도 이드리재에 오랜만에 올라왔다네. 이곳 주변이 모두 우리 선산이고 조부모님의 산소가 여기 있어 인사부터 드리려고 오늘 자네들을 데리고 올라온 거라네."

"네. 그렇습니까? 최억남 스승님께서 어려서 많이 오르내리며 체력 훈련과 무예를 닦았던 곳으로 들어 알고 있습니다"

"그렇지? 이곳이 내가 어려서 무예를 연마했던 장소지. 그리고 저기 북쪽에 보이는 산이 석호산인데 보성강이 감싸고 돌면서 흐르고 있지 않나? 저곳이 석둘이고 그 위쪽이 둔터인데 두 마을 뒷산을 잘 봐 보시게……. 그럼, 조부모님 산소는 여기서 조금만 내려가면 있으니 함께 다녀오도록 하세. 그럼 출발하세!"

"네. 최억남 스승님!"

최억남은 보성 조성의 산정촌에 도착해 제자들에게 무예를 지도하기 전에 염동길과 손정식을 데리고 이드리재에 올라가 있었다. 이드리재에서 바라보는 득량만과 보성강이 산줄기와 어우러져 예나 지금이나 참으로 아름답게 보였다. 이드리재 주변의 방장산과 주월산의 넓은 평원 지대는 볼수록 평온함이 느껴졌고 멀리 석호산 아래 남향으로 자리 잡은 둔터와 석둘마을 뒷산은 보성강에 휘감겨 천하의 명당을 만들고 있었다. 최억남은 제자들을 데리고 조부모 산소에 가서 고향에 다시 와서 제자들에게 무예를 지도하면서 살겠다고 알리는 인사를 올리고 있었다.

"여러분! 반갑습니다. 최억남입니다. 여러분은 무인의 길을 가기를 원했고 또 무인이 될 수 있는 충분한 자질과 능력을 갖추고 있다고 판단해 본인이 제자로 받아들인 사람들입니다. 여러분의 제1단계 목표는 내금위 갑사나 5위의 군사로 합격하는 것이고 제2단계 목표는 무과 시험에 합격하는 것입니다. 여러분의 땀방울이 목표를 이루는 데 절대적으로 필요할 것이며 노력의 양에 따라 목표가 낮아지기도 하고 높아지기도 할 것입니다. 여러분 모두가 이왕 무인의 길을 걷기로 마음먹었으니 부단히 훈련해 꼭 무과 합격까지 할 수 있기를 기대하겠습니다. 오늘부터 여러분은 무인의 기본인 체력 훈련과 활쏘기, 창술, 검술, 말타기 기술 등을 체계적으로 배울 것입니다. 모두 혼신의 힘을 기울여 배우기 바랍니다. 그리고 원하는 사람에게는 무과 시험에 필요한 경전과 병법서 강의도 하도록 하겠습니다. 여러분! 열심히 노력해 개인적으로 출세하고 가문을 빛내고 나라를 지키는 훌륭한 무인이 되기를 바랍니다."

"최억남 스승님! 감사합니다. 열심히 배우도록 하겠습니다."

"최억남 스승님! 열심히 훈련하겠습니다."

"최억남 스승님! 무과에 꼭 합격하겠습니다."

최억남은 집 뒤쪽의 평평한 지대에 무예 훈련장을 마련하고 제자들을 받아들여 본격적으로 무예를 지도하고 있었다. 무예 훈련장은 과거 최억남이 창의했던 최억남의병 훈련장을 다시 활용하고 있었다. 세월이 흘러 잡초가 우거졌지만 최억남의 집 바로 뒤쪽에 위치한 비교적 넓은 공간이어서 제자들이 함께 다듬으니 금방 훌륭한 훈련장으로 변한 것이다. 최억남의 무예 지도 목표는 일차적으로 내금위 갑사나 5위의 군사로 합격시키는 것이었고 다음은 무과 시험 합격자를 배출하는 것이었다. 사실 최억남은 정로위 출신이었지만 제자들에게는 내금위와 갑사를 추천했던 것이었다. 제자로는 염동길과 손정식을 중심으로 십여 명을 받아 주었다. 최억남은 제자들에게 열과 성을 다해 훈련에 임할 것을 당부하고 있었다.

"최억남 동생! 이곳 정자 이름을 무엇이라고 짓는 것이 좋겠는가?"

"네. 최남정 형님! '용호정(龍虎亭)'이 어떻겠습니까? 대룡산과 석호산의 이름에서 각각 한 글자씩 따온 것입니다."

"그래. 최억남 동생! 좋은 이름인듯하네. 무예를 가르치고 배우는 사람들에게는 모름지기 용과 호랑이 같은 기상이 넘쳐야 하지 않겠는가? 그리고 이왕이면 이곳 훈련장의 이름도 '용호대(龍虎臺)'라고 이름을 지으면 어떨까 하네?"

"네. 아주 좋은 생각입니다. 최남정 형님! 그리고 이렇게 훌륭한 정자를 지어 주시고 제자들을 지도하는 데 많은 후원을 해 주셔서 감사합니다."

"아니야, 최억남 동생! 보성의 후배들을 위해 좋은 일을 하는데 내가 빠질 수 있나? 그저 조금 보탰을 뿐이니 훌륭한 무인들 많이 길러 주시게."

"네. 감사합니다. 최남정 형님의 뜻 잘 받들겠습니다."

최억남과 최남정은 무예 훈련장 중에서 멀리 득량만이 훤하게 내려다보이는 가장 경치 좋은 곳에 정자를 세우고 '용호정(龍虎亭)'이라 이름을 짓고 무예 훈련장을 '용호대(龍虎臺)'라 부르고 있었다. 용호정은 무예 훈련장의 본부로서 대룡산의 "용"과 석호산의 "호"를 각각 한 글자씩 따온 것이었다. 군자감 직장으로 근무 중인 최남정은 정자를 지어 기부하고 그 외에도 많은 물적, 심적 지원을 아끼지 않았다. 최억남이 무예 훈련장을 열자 소문이 퍼져 찾아오는 젊은 제자들이 점점 많아졌다. 최억남이 고민하자 최남정은 사비를 들여 제자들이 숙식할 수 있도록 방 몇 칸을 들인 정자인 용호정을 만든 것이다. 최억남은 훈련을 위해 필요한 후원을 아끼지 않은 최남정에게 고마움을 전하고 있었다.

"활쏘기 훈련은 잘되어 가는가?"

"네. 스승님! 그런데 팔의 근력을 조금 키울 필요가 있을 것 같습니다."

"그래! 활을 쏠 때는 팔의 근력이 중요하지. 무인의 기본은 체격과 체력이야. 체격은 타고난 것이지만 체력은 얼마든지 키울 수 있어. 팔의 근력도 체력에 해당하지 않나? 무슨 의미인 줄 알겠지?"

"네. 최억남 스승님! 무인에게서 체력은 생명이나 다름없다는 말씀이지요?"

"그렇다네. 내가 평소에 많이 한 말이잖아? 체력은 무인의 기본 중의 기본이지. 무인에게는 목숨이나 다를 바 없다고 보면 되지. 체력이 약하면 목숨을 걸고 싸우는 전쟁터에서 죽을 수밖에 없는 거야."

"최억남 스승님의 말씀을 이해할 수 있을 것 같습니다. 전쟁터에서 체력이 밀리면 곧 전사겠지요?"

"그렇다네. 체력 훈련을 많이 하고 다음으로 활쏘기, 창술, 검술, 말타기 등을 끊임없이 훈련하도록 하시게. 훈련장에서 흘린 땀방울이 많을수록 전쟁터에서 흘린 핏방울이 적어진다는 것을 명심하면서 말이야."

"네. 최억남 스승님! 그렇게 훈련하면 내금위 갑사나 5위의 군사 그리고 무과 시험 합격도 보장되겠지요?"

"당연하지 않겠는가? 하하."

최억남은 활쏘기 훈련을 하는 제자들을 둘러보았다. 활쏘기는 무인이 되기 위한 시험의 첫 번째 과목이었기 때문에 늘 관심을 가지고 지도하고 있었다. 특히 하급 군사들은 부대의 작전을 수행하는 데 활쏘기가 큰 역할을 했기에 가장 중시하는 과목이었다. 다음으로 중요한 과목이 창술로 대오를 맞춰 적을 공격하고 방어하기 위한 전술을 펼 때 필수적이었다. 마지막으로 개인적인 기술에 해당하는 검술과 말타기 기술 등이 있었다. 최억남은 체력 훈련의 중요성을 다시 한번 강조하며 무예 훈련을 독려하고 있었던 것이다.

"최억남 스승님! 진심으로 감사드립니다."

"감사드립니다. 최억남 스승님!"

"염동길과 손정식! 그리고 합격한 제자들! 모두 진심으로 축하하네. 이번 시험에 10명의 제자가 내금위 갑사와 5위의 군사로 합격했으니 정말로 기쁘고 자랑스럽네. 무엇보다 그동안 열심히 땀 흘려 훈련에 따라 준 자네들 스스로에게 주어진 보상이라고 생각하네."

"아닙니다. 최억남 스승님! 스승님의 탁월한 지도 덕분이라 생각합니다. 스승님의 은혜를 항상 잊지 않겠습니다. 그리고 우리가 필요해 불러 주시면 바로 달려오겠습니다."

"그래. 고맙네. 무인의 길을 가는 사람들은 항상 위험에 노출되어 있다네. 언제 어디서든지 몸조심하시게. 그리고 염동길과 손정식은 내금위에 근무하면서도 무과 시험까지 도전하기를 바라네. 또 나의 도움이 필요하다면 언제든지 청하도록 하시게. 무예뿐만 아니라 그동안 배운 경전 공부도 더욱 열심히 해야 할 것이야."

"네. 최억남 스승님! 스승님의 말씀 명심하겠습니다."

최억남이 용호대에서 제자들을 지도한 지도 벌써 5년이 흘렀다. 한양에서 실시한 내금위 갑사와 5위 군사 선발 시험에 염동길과 손정식을 비롯한 10명의 제자가 합격하는 경사가 일어났다. 합격한 제자들은 최억남에게 감사 인사를 올리고 당부의 말씀을 듣고 있었다. 무인의 길을 가면서 항상 몸조심하라는 당부를 했고 그동안 무과 시험까지 준비해 온 수제자 염동길과 손정식은 일단 한양의 내금위 갑사로 근무하면서 정보도 얻고 실전도 익혀 무과 시험에 꼭 합격할 것을 당부했다. 제자들은 최억남의 부름이 있으면 언제든지 달려올 것을 약속하고 최억남은 제자들이 필요하다고 하면 언제든지 도움을 주겠다고 약속하고 있었다. 최억남의 나이 55세, 1614년 경의 일이었다.

"최억남 스승님! 오늘은 복내와 문덕 방면을 다녀오실 날입니다."

"그런가? 채석우와 노칠석! 복내와 문덕 방면을 다녀온 지 벌써 6개월이 지났는가? 옛 부하 중에서 어려운 가족에게 도움을 주러 다닌 지도 벌써 많은 세월이 흘렀구먼. 복내와 문덕의 어려운 부하 식솔들도 6개월이 지났으니 도움이 필요할 시간이 되었네. 그려."

"네. 최억남 스승님! 쌀과 곡식을 말에 나눠 싣고 출발 준비를 마쳤습니다. 그런데 스승님은 이제 나이도 있으시니까 쉬시고 우리만 다녀오면 어떻겠습니까?"

"아니네. 그럴 수는 없지. 내가 그들에게 얼마나 많은 빚을 졌는가? 참 자네들과 함께한 시간도 벌써 5년인가? 흘러간 시간만큼 자네들의 무예 실력도 늘었으니 이제 내금위 갑사나 5위 군사 시험이 있으면 쉽게 합격할 것이라 생각되네."

"감사합니다. 최억남 스승님! 일단 오늘은 복내와 문덕 방향으로 출발하시지요!"

"그러세. 이랴! 가자!"

최억남은 수제자 채석우와 노칠석을 데리고 복내와 문덕을 향해 출발하고 있었다. 염동길과 손정식을 한양으로 보낸 이후 최억남은 전라좌의병 부하 채명보의 아들 최석우와 노영달의 조카 노칠석을 다시 수제자로 삼았다. 지금 두 제자를 데리고 말에 쌀과 곡식을 싣고 복내와 문덕 방향으로 떠날 준비를 하고 있었던 것이다. 최억남은 보성을 각 방면으로 나누어 과거 전사했거나 부상당한 전라좌의병 부하의 가족을 찾아 쌀과 곡식을 전해 주고 어려운 점도 살펴 주고 있었던 것이다. 최억남도 이제 나이가 들었으니 제자들이 자신들에게 맡겨달라고 간청했다. 그러나 최억남은 과거 부하들에게 진 빚을 생각하면 생을 마감하는 날까지 갚아도 부족할 것으로 생각하고 있었다.

"최억남 스승님! 그동안 편히 계셨습니까? 제가 무과에 드디어 합격했습니다."

"그래. 장하네. 염동길! 나의 제자가 무과에 합격해 나의 뒤를 잇게 되었으니 정말 기쁘네."

"최억남 스승님! 저의 큰절 받으십시오!"

"그래. 그러세!"

"저의 무과 합격은 모두 스승님의 은덕입니다. 처음부터 체계적으로 준비시켜 주신 덕분에 무과에 당당히 합격할 수 있었습니다."

"그래. 정말 축하하네! 그러나 한편으로 생각하면 제자를 양성하는 일을 낙으로 살아온 후로 많은 제자가 무인의 길을 갈 수 있도록 도와주었고 특히 염동길 자네와 같은 무과 합격자가 배출되었으니 오히려 내가 고맙기도 하네."

"별말씀을 다 하십니다. 최억남 스승님! 스승님의 은혜는 하늘과 같습니다."

"그리고 자네와 함께 무과를 준비해 온 손정식도 머지않아 좋은 소식이 있을 것으로 믿네. 그리고 자네들의 뒤를 따라 내금위에 근무하는 채석우와 노칠석이도 기대하고 있다네."

"네. 스승님! 훌륭한 벗이고 후배들입니다. 꼭 스승님의 기대에 부응할 것입니다."

"그래. 그래 주길 학수고대하고 있겠네."

최억남이 산정촌 용호대에서 제자를 육성한 기간이 벌써 12

년째 계속되고 있었다. 드디어 수제자 염동길이 무과에 합격해 최억남에게 감사의 인사를 올리고 있었다. 최억남의 체계적인 무예 지도와 경전 가르침이 큰 도움이 되었던 것이다. 최억남이 무인을 기르는 일을 낙으로 삼고 살아온 이후 가장 기쁜 날이었다. 물론 많은 제자가 내금위와 오위에 합격해 근무하고 있음도 기쁨이 아닐 수 없었다. 최억남은 내금위에 합격해 한양에서 근무하고 있는 채석우와 노칠석은 조금 시간이 걸리겠지만 손정식에게서는 조만간 무과 합격의 소식이 전해질 것으로 기대하고 있었다. 최억남의 나이 62세, 1621년 경의 일이었다.

정사원종공신 최남걸

최억남에게는 동생 겸 무예 제자인 최남걸과 최남진이 있었다. 그들은 일찍이 최억남에게 무예를 배우고 익혀 무인의 길을 걷고 있었다. 비록 무과에는 합격하지 못했지만 체격이 좋고 무예 실력도 대단했다. 최남걸과 최남진은 천성이 순하고 선해 늘 성실히 임무를 수행한 결과 최남걸은 만호(萬戶)의 벼슬에 올랐고 최남진은 병절교위 용양위 부장의 벼슬에 올라 있었다. 최억남과는 나이 차가 많았지만 오히려 든든한 힘이 되는 두 동생 겸 제자들이었다.

"최억남 스승님! 그동안 편히 계셨습니까? 한양 내금위에 근무하는 제자 노칠석입니다."

"응. 그래 자네가 나랏일로 바쁠 텐데 무슨 일로 이렇게 내려 왔는가?"

"네. 최억남 스승님! 만호 최남걸 장군께서 보내서 내려왔습 니다. 최근 한양에서 광해군을 몰아내고 능양군(綾陽君)을 새 왕으로 옹립하는 반정이 있었습니다."

"그래. 우리 동생인 최남걸 장군이 반정에 관여라도 했단 말 인가?"

"네. 그렇습니다. 최남걸 장군은 좌의정 윤방령, 부사 정창연, 그리고 청음 김상현과 월사 이정귀 같이 유명한 분들과 함께 새 임금님을 직접 호종했습니다. 그리고 최남걸 장군의 명에 따라 손정식 선배와 채석우 그리고 저도 힘을 보탰습니다."

"그래? 최남걸 장군과 나의 제자들이 정말 대단한 일에 참여 했군. 반정이 성공했다 하니 천만다행이야. 모두 무사하겠 지?"

"네. 걱정하지 마십시오. 모두 무탈합니다. 특히 최남걸 장군 은 지금도 새 임금님의 주변을 호위하고 있습니다. 그래서 고향 스승님께 소식을 전하라고 저를 보내신 것입니다."

"그러셨는가? 그동안 광해군이 이복동생인 영창대군을 죽이 고 어머니 인목대비를 유폐시키는 등 패륜을 저지른다고 소 문이 자자하더니 임금 자리에서 쫓겨났군. 모두 장한 일을 하셨네."

"감사합니다. 최억남 스승님!"

최억남은 여전히 무인 제자 육성을 낙으로 삼고 소일하고 있었다. 그때 한양에 있는 동생 최남걸이 사람을 보내왔다. 그 사람은 최억남의 제자 노칠석이었다. 노칠석은 최근 한양에서 광해군을 몰아내고 능양군을 새 왕으로 옹립하는 반정이 일어나 성공했다는 소식을 전했다. 이 과정에서 최남걸도 윤방영, 정창연, 김상현, 이정귀와 함께 새 임금이 탄 수레를 호종했다고 했다. 그리고 최억남의 제자였던 손정식, 채석우, 노칠석이 모두 최남걸의 요청에 따라 반정에 참여했다는 것이었다. 최억남은 최남걸과 제자들의 안위가 가장 걱정이 되었는데 다행히 모두 무사하다고 했다. 그동안 광해군은 어린 영창대군을 죽이고 모친인 인목대비를 유폐시키더니 결국 폐위되고 만 것이다. 최억남은 백성들의 손가락질을 받던 폐주를 몰아내고 새로운 임금을 모셔 좋은 세상을 만들 수 있을 것이라 기대하니 동생 최남걸과 제자들이 자랑스럽게 느껴졌다. 1623년 최억남의 나이 64세, 최남걸의 나이 41세 때였다.

　"최남정 형님! 이괄이라는 사람이 역모를 일으켜 서울까지 밀고 들어와 임금님이 공주까지 피난 갔다는 소문이 자자한데 동생 최남걸 장군이 무사한지 걱정이 됩니다."

　"그렇네. 최억남 동생! 동생 말처럼 나도 크게 걱정되네. 이괄이 지난해 반정 때 큰 공을 세웠는데 정당한 대접을 받지 못했다고 난을 일으켰다 했지?"

　"네. 그렇습니다. 반정이라는 긴박한 상황에서 약속을 어긴 사람들이 후에 나타나 공을 갈취해 가고 자신을 오히려 역모로 엮으려고 하니 참을 수 없었다고 합니다."

"그러게나 말이네. 반정에 참여한 동지들끼리 서로 도와야지 뭐가 아쉬워서 그랬을까? 그나저나 임금님이 공주까지 내려 갔다는데 동생 최남걸 장군이 이번에도 임금님을 호종했을까?"

"그러게요. 최남걸 장군이 임금님을 호종했으면 더 안심될 터인데 소식을 알 수 없으니 걱정되고 답답합니다."

"나도 그렇다네. 그러나 어쩌겠나? 기다려 보세. 난이 평정되면 곧 소식을 전해 오겠지."

최억남은 최남정과 함께 이괄이 난을 일으켜 임금이 공주까지 피난했다는 소문을 듣고 최남걸의 안위를 걱정하고 있었다. 최남걸은 지난 반정 이후 임금을 지근거리에서 상시 호위하고 있었던 터였다. 이괄은 지난 반정에서 큰 공을 세웠음에도 논공행상 과정에서 자신을 소외시키고 반정이라는 긴박한 상황 속에서 약속도 지키지 않은 사람이 그 공을 갈취해 가더니 자신을 변방으로 보내는 것도 모자라 무고까지 하여 억울한 심정에 역모를 꾀했던 것이었다. 이괄이 영변에서 난을 일으켜 한양으로 향하자 임금은 공주로 피난 갔다. 이괄은 한양을 점령하고 흥안군을 새 임금으로 추대하기까지 했다. 그러나 남대문과 서대문 바깥 사이의 안현 전투에서 패배한 이괄은 한양 밖으로 탈출했다가 이천에서 부하들에게 살해당했다. 이괄의 삼일천하는 이렇게 마무리되었던 것이다. 최억남과 최남정은 이 괄의 난이 평정되고 난 후 최남걸이 임금을 공주까지 피난 가는 길을 호종했다는 소식을 듣게 되었다. 이괄의 난이 일어난 해는 1624년, 최억남 나이 65세, 최남걸의 나이 42세 때였다.

"최남정, 최억남 형님! 이것이 정사원종공신 녹권입니다. 형님들 덕분에 부족한 제가 정사원종공신에 녹훈되었습니다. 그동안 잘 이끌어 주시고 지도해 주셔서 진심으로 감사드립니다."

"장하네. 최남걸 장군! 동생이 보낸 사람을 통해 소식을 이미 전해 들었네. 우리 집안에서 공신을 배출했다니 정말 자랑스럽네. 암, 가문의 영광이지!"

"그래. 최억남 동생! 돌아가신 부모님과 조부모님 그리고 조상님들이 이 소식을 들으면 얼마나 좋아하실까?"

"네. 형님들! 부모님이 돌아가시기 전에 녹권을 안겨드렸으면 더욱 큰 효도가 되었을 텐데 조금 늦어 아쉽습니다. 부모님과 조부모님을 비롯한 조상님들의 산소를 찾아뵙고 이 기쁜 소식을 전하도록 하겠습니다."

"그럼, 당연히 그래야지. 우리 형제들 모두 함께 선영에 들려서 이 기쁜 소식을 고하도록 하세."

최억남과 최남정은 최남걸의 정사원종공신 녹권을 바라보며 최남걸이 공신에 책정되었음을 확인하고 크게 기뻐하고 있었다. 양면이 하늘색과 붉은색으로 누벼진 귀한 비단보에 싸인

홍색 표지의 공신녹권에는 초관 최남걸(哨官 崔南傑)을 공신으로 책정한다는 내용이 쓰여 있었다. 최남걸의 공적으로는 좌의정 윤방령(左議政 尹昉領), 부사 정창연(府使 鄭昌衍), 청음 김상헌(淸陰 金尙憲), 월사 이정구(月沙 李廷龜) 등 재현과 대가(大駕: 임금이 탄 수레)를 호종(扈從: 임금이 탄 수레를 호위하는 일)하는 데 진충갈력(盡忠竭力: 충성을 다하고 있는 힘을 다씀.)해 사직(社稷)을 청안(淸安: 맑고 편안하게 함.)하게 하는 데 큰 공을 세웠다는 내용이었다. 이는 인조반정 때 최남걸이 행했던 업적이었다. 조정에서는 인조반정 때 업적에 따라 정사공신 53명과 정사원종공신 3,000여 명에게 녹훈을 내린 것이다. 공신들의 특전으로는 가산을 내리는 가자(加資), 자손에 대한 신분과 범죄 행위에서의 특혜, 부모에게 봉작 수여 등이 등급별로 차등 있게 규정되어 있었다. 최남걸이 정사원정공신으로 녹훈된 해는 1625년(인조 3년), 최남걸의 나이 43세, 최억남의 나이는 66세 때였다.

"병절교위 용양위 최남진 부장! 지금 어떻게 된 것인가? 자네는 그동안 한양에서 최남걸 장군과 자주 소식을 전하면서 산 친동생이니 사정을 잘 아실 것 아닌가? 최남걸 장군이 정말로 죽었단 말인가?"

"네. 형님들! 형님들께 면목 없습니다. 최남걸 장군이 한양에서 급병에 걸려 목숨을 잃었습니다. 한양에서 급하게 장례를 치르고 한강을 따라 내려와 서해 바닷길로 이곳 녹동까지 시신을 모셔 왔습니다."

"동생! 이게 무슨 변이란 말인가? 이 관에 정말로 우리 동생 최남걸 장군의 시신이 들어 있다는 말인가? 정사원종공신이 이렇게 허망하게 가시다니……. 정말 있을 수 없는 일이네."

"네. 형님들! 조정에서 최남걸 장군의 사망 소식을 듣고 시호를 삼수재(三守齋)로 내리시고 병조참판을 추증해 주었습니다."

"아! 그랬었는가? 최남걸 장군이 가시는 저승길에 조금이나마 위안이 되었겠구면."

"그리고 형님들! 최남걸 장군께서 돌아가시기 전에 자신의 둘째 아들 최홍사(崔弘泗)로 하여금 최억남 형님의 양자로 들어가 평생 잘 모시라는 유언을 남겼습니다."

"최남걸 장군이 죽으면서까지 이 형의 후손을 걱정해 주었구면……."

최억남과 최남정은 녹동항에서 최남걸의 시신을 마주하고 있었다. 최억남과 최남정은 한양의 용양위에서 근무하고 있는 동생 최남진이 보낸 사람으로부터 최남걸이 급병에 걸려 운명을 달리 했다는 소식을 이미 전해 들었던 것이었다. 그리고 한양에서 간단히 장례를 치른 후 시신을 한강과 서해안을 거쳐 고흥 녹동까지 옮겨 갈 것이니 녹동항에서 기다리고 있으라는 것이었다. 최남걸의 시신을 마주한 최억남과 최남정은 몸부림치며 거부하고 싶었지만 어쩔 수 없이 받아들여야 하는 현실이었다. 너무나 허망하게 정사원종공신 최남걸은 세상과 작별했던 것이었다. 조정에서는 최남걸에게 삼수재라는 시호를 내리고 병조참판을 추증했다. 그리고 최남걸은 둘째 아들 최홍사에게 최억남의 양자로 들어가 평생 잘 모시라는 유언을 남겼다고 전하고 있었다. 최억남은 마지막 가는 길에도 아들이 없는 자신을 생각해 주는 최남걸이 한없이 고마웠고 미안했다. 최억남의 나이 68세, 최남걸의 나이 45세, 1627년 경의 일이었다.

석호에 영면

최억남의 용호정에서는 여전히 무예 훈련 소리가 끊이지 않고 있었다. 최억남이 계속해서 제자들을 기르고 있었으니 그 제자들이 다시 스승이 되어 후배들을 내리 지도하고 있었던 것이다. 최억남은 이제 사람들로부터 노장군(老將軍)으로 불리고 있었다. 최억남이 거처하는 용호정에는 현재의 제자들은 물론 과거의 제자들이 날마다 찾아드니 손님이 끊이질 않았다. 최억남은 제자들이 찾아와 후배들에게 무예 한 수씩 지도하는 것을 보고 지내는 것이 최고의 낙이었다. 가는 세월을 어느 누가 막을 수 있으랴? 최억남도 삶의 마무리 단계가 점점 다가오고 있다는 것을 스스로 느끼고 있었다.

"박판수 지관! 이곳이 우리 선산인데, 아랫마을 이름이 둔터라고 합니다. 마을 이름은 고려 때 원나라 장수가 석호산 아래 복호의 명당이 있다고 찾아와 군대를 이끌고 주둔했다 해

붙여진 이름이랍니다. 군대가 주둔한 터 즉, 둔터(屯基)입니다. 이곳에 내가 죽어 편히 쉴 수 있는 명당 터가 있으면 한 번 찾아 주시오."

"네. 최억남 노장군! 노장군의 선산 터가 매우 좋은 곳에 위치해 있습니다. 둔터 뒷산에 명당이 있다는 소문은 우리 지관들 사이에서는 이미 널리 알려져 있습니다. 석호산을 주산으로 해 보성강이 풍요롭게 흘러들어 오고 있는 형태로 이곳에 복호의 명당이 있다고들 합니다."

"그래요. 박판수 지관! 그동안 쌓은 실력으로 복호의 명당을 꼭 찾아 주시오. 내가 묻혀 편히 쉴 수 있는 장소로 말입니다."

"네. 최억남 노장군!"

"어디 보자. 이쯤이 혈이 맺힌 장소인데······. 자, 이곳입니다. 이곳이 훌륭한 묘지 터입니다!"

"아, 그래요! 자세히 설명해 주십시오, 박판수 지관!"

"네. 최억남 노장군! 이곳은 석호산 정상에서 남으로 흘러내린 급경사의 맥이 중간 높이의 평평한 산등성이로 이어지다가 다시 남서쪽으로 방향을 틀어 살짝 고도를 높여 멈추어선 다음 남으로 잔맥이 낮게 흘러내려 마을 위인 이곳 둔터 뒷산에서 최종적으로 뭉쳐 있는 곳입니다. 좌우 쪽에 청룡과 백호의 역할을 하는 산줄기가 양팔을 벌려 감싸고 있고 따뜻한 남향이며 발아래로 보성강이 흐르고 있고 강 건너에는 대룡산이 안산으로 받쳐 주고 있으니 제가 볼 때는 이곳이 복호의 명당입니다. 그리고 보성강 물이 끝없이 흘러들고 있으니 보성강 주변에서 대표적인 물 명당이 아닐까 합니다."

"그래요? 내가 보아도 편안하게 느껴지는 명당으로 보입니다. 그럼 2차 탐색을 떠나 봅시다."

"박판수 지관! 이곳도 우리 선산이고, 아랫마을을 석둘(석평)이라고 합니다. 이곳도 명당이 있을 곳이라고 소문이 자자한데 좋은 자리가 있으면 한 자리 잡아 주시오."

"네. 최억남 노장군! 이곳도 역시 빠지지 않은 명당임이 틀림없습니다……. 자, 이곳입니다. 이곳에 묘지 터를 잡으면 좋을 듯합니다."

"그렇습니까? 박판수 지관! 이곳은 저기 앞쪽 초암산에 올라가 보면 천하 명당으로 보인다고들 합니다만 설명을 좀 부탁드립니다."

"네. 이곳도 역시 주산을 석호산으로 하고 있고, 둔터와는 다른 산줄기를 타고 점점 낮게 흐르고 흘러 이곳 석둘 뒷산에서 맥을 형성하고 있습니다. 이곳도 지관들이 찾는 복호의 명당일 수도 있습니다. 비록 좌청룡, 우백호의 형태는 갖추지 않았다 하더라도 남동쪽을 향하고 있고 무엇보다도 물이 산을 빙 둘러 감싸 안으며 거의 360도를 휘돌고 있으니 천하의 물 명당입니다. 둔터 뒷산과 견주어서 뒤지지 않는 묘지 터입니다."

"아, 그렇습니까? 둔터 선산도 그렇고 이곳 석둘 선산도 그렇고 모두 보성강 덕분에 이루어진 물 명당이군요."

"그렇습니다. 최억남 노장군! 물 명당이라 하면 묘지 터를 향해 강물이 계속 들어오듯 후손들에게 재물이 계속 쌓일 것이라는 의미입니다. 저기 보이는 방장산을 안산으로 삼아 묘지를 쓰면 후손들에게 재물이 쏟아질 것으로 보입니다."

최억남은 본인의 묘지 터를 직접 잡고자 풍수에 능하다는 박판수를 데리고 두 곳을 들르고 있었다. 보성강변 미력의 둔터와 겸백의 석둘에 위치한 선산들이었다. 둔터는 고려 때 원나라 장수 홀필열[34]이 중국까지 알려진 석호산의 복호(伏虎) 명당을 찾으면서 군대를 주둔시킨 터라 해서 붙여진 마을 이름이었다. 석둘은 석호산에서 흘러내린 지맥을 보성강이 거의 360도 휘감아 돌아 흐르면서 굳건히 막아 세운 곳으로 지기가 충천해 있는 곳이었다. 박판수는 최억남의 요청에 따라 두 선산에 각각 묘지 터를 잡아 주고 모두 복호의 명당 터라고 말하고 있었다. 특히 명당 중에서도 후손들에게 재물을 모아 준다는 물 명당들이라는 것이었다.

"박판수 지관! 이곳은 봉화산 밑의 오서(烏棲)라는 마을입니다. 풍수에 매우 해박하셔서 이곳까지 모시고 왔습니다. 지금 이곳에 후손들이 자리를 잡도록 하는 중인데 박판수 지관이 보시기에 어떠한지요?"

---

34) 홀필열(忽必烈): 징키스칸의 손자. 원나라 제5대 황제 쿠빌라이칸임.

"네. 최억남 노장군! 능력은 부족하지만 볼 수 있는 데까지는 봐 드리겠습니다. 이곳 오서는 새끼 까마귀가 어미 까마귀에게 먹이를 잡아다 주는 형상입니다."

"그래요? 그럼 자녀들이 부모님께 효도하고 글공부하면서 욕심 없이 살아가기에는 더없이 좋을 듯하군요."

"그렇습니다. 이곳 오서는 호남정맥이 통하는 몽중산과 봉화산 사이에 있는 마을이어서 후손들이 둔터나 석둘 묘지 터의 정기를 받으면 하루아침에 큰 부자가 될 것입니다."

"아, 그런가요? 그럼 둔터나 석둘에 묘지를 쓰고 후손들이 이곳에 계속 살게 하면 좋겠습니다."

"그렇습니다. 최억남 노장군! 후손들이 이곳에 살면 적어도 200여 년은 부가 이어질 것입니다. 그러나 몽중산과 봉화산 사이가 벌어져 있어 200여 년이 넘으면 이사해야 할 상황이 올 것입니다."

"그래요? 그럼 어디로 이사 가면 좋을까요?"

최억남은 둔터와 석둘에 묘지 터를 잡은 후 박판수를 데리고 오서마을에 들렀다. 오서마을에는 최근 최억남이 좋은 터를 새로 잡아 후손들이 살아가도록 한 곳이었다. 오서마을은 호남정맥이 흘러가는 몽중산과 봉화산 사이에 형성된 낮은 지형의 봉화산 아래쪽에 자리하고 있었다. 박판수는 오서에서 후손들이 살면 둔터나 석둘 묘지 터의 정기를 받아 200여 년은 큰 부를 이루고 살 것이라고 말하고 있었다. 그러나 몽중산과 봉화산의 사이의 맥이 낮아져 사이가 벌어진 이유로 200여 년이 지나면 이사 가야 할 상황이 닥칠 것이라고 말하고 있었다.

"박판수 지관! 살내라는 마을에 다 왔습니다. 그런데 어찌해 이곳을 들르자고 했습니까?"

"아, 최억남 노장군! 저는 평소 살내를 눈여겨보고 있었습니다. 후손들이 오서에서 살다가 어디로 이사를 할 것인가 물으셨잖습니까? 그 답을 드리려 이곳으로 모시고 왔습니다."

"그럼, 이곳 살내로 이사를 하면 좋을 것이란 뜻인가요?"

"그렇습니다. 최억남 노장군! 이곳 살내는 살아 있는 내가 흐르는 마을입니다. 즉, 활천(活川)이지요. 따라서 이곳 살내에서 후손들이 살아가면 많은 복을 받게 될 것입니다. 그러나 단점은 후손들에게 발복하기까지 긴 시간이 걸린다는 점입니다. 따라서 약 200여 년 지난 후 오서의 후손들이 이곳 살내로 이사를 오면 다시 둔터나 석둘 묘지 터의 혜택을 받아 부자가 다시 끊임없이 나올 것입니다."

"박판수 지관! 풍수에 관한 지식이 깊은 줄은 알았지만 거의 천기를 꿰뚫는 수준인 줄 몰랐습니다. 정말로 대단한 지관이십니다."

"최억남 노장군! 몇 가지 더 말씀드리면 이번에 석둘보다 둔터에 묘지를 쓰는 것을 추천드리고 싶습니다. 둔터에 묘지를 쓰면 오서마을에서 더 빨리 발복할 것입니다. 다만 둔터는 400여 년이 지나면 묘지를 이장해야 할 상황이 올 수도 있을 것입니다. 그때 가서 석둘로 이장하는 것을 권해 드립니다."

"박판수 지관! 한 가지 물어볼 것이 있습니다. 우리 조상님께서 조성 앞바다 호수가 메워져 농토가 되면 산정촌의 후손들에게 산 너머로 이사하라고 하셨다는데 그게 가능한 일입니까? 또 가능하다면 어느 마을로 가야 좋을까요?"

"네. 최억남 노장군! 300여 년이 흐르면 분명히 조성 앞바다 호수가 농토로 바뀌는 날이 올 것입니다. 그때 이곳 살내로 이사 오면 좋을 것입니다."

"살내라, 살내마을이라……."

"그리고 한 가지만 더 말씀드리면 이곳 살내로 이사 오면 부자가 나올 뿐 아니라 400여 년이 지나면 훌륭한 후손이 나타날 것입니다. 이건 천기입니다. 최억남 노장군!"

"감사합니다. 박판수 지관! 정말로 이건 천기네요. 천기. 오늘 박판수 지관에게 들은 천기는 누설하지 않고 후손들에게 비기(秘記)를 만들어 전하도록 하겠습니다."

최억남은 박판수에 이끌려 살내마을에 도착하고 있었다. 박판수는 최억남의 후손들에게 오서에서 살다가 200여 년이 지나면 이곳 살내마을로 이사하라고 권하고 있었다. 살내는 맑은 물이 샘에서는 물론 지하에서도 냇물처럼 흐르고 있는 마을이었다. 박판수는 둔터와 석둘 중 둔터에 묘지를 쓰면 오서에 사는 후손들에게 즉시 발복할 것이라고 말하고 있었다. 그러나 둔터는 400여 년이 지나면 이장해야 할 상황에 놓일 것인데 그때 석둘로 이장하면 좋을 것이라 했다. 그리고 조성 앞바다 호수도 300여 년이 지나면 틀림없이 농토로 변할 것이며 산정촌 후손들은 살내로 이사하라고 말하고 있었던 것이다. 이어서 박판수는 400여 년 후에는 훌륭한 한 후손이 나타날 것이라고도 말하고 있었다. 박판수는 이를 천기라고 말하고 있었고 최억남은 천기를 누설하지 않고 비기(祕記)로 작성해 후손들에게만 전달하겠다고 약속하고 있었다.

"아버님! 아들 최홍사입니다. 눈을 뜨세요. 일어나셔야지요!"

"숙부님! 최홍정입니다. 돌아가시면 안 됩니다!"

"숙부님! 최홍전입니다. 너무나 훌륭한 삶을 사신 분이신데 힘을 내셔야지요!"

"아버님! 딸들입니다. 저희를 알아보시겠습니까?"

"고맙다. 아들, 조카들, 그리고 딸들아! 너의 형제들이 계속 가문을 일으켜 세워 꼭 명문가의 맥을 이어 가도록 해야 한다. 그리고 최홍사는 나의 양자로 들어와 줘서 한없이 고맙구나. 그리고 최홍전은 꼭 문과에 급제해야 한다."

"네. 아버님! 명심하겠습니다. 형제들끼리 힘을 합해 아버지의 유언을 꼭 지켜 나가도록 하겠습니다."

"네. 숙부님! 꼭 문과에 합격해 우리 가문을 명문가로 우뚝 세우겠습니다."

"형님! 눈을 뜨세요. 동생 최남진이 왔습니다. 기운을 내서 다시 일어나셔야지요."

"그래. 동생 최남진! 형제로 태어나 함께 해서 행복했다. 최남걸 장군이 보고 싶구나. 저승에 가면 만날 수 있겠지?"

"네. 형님! 저도 형님의 동생이어서 자랑스러웠습니다. 저승에 가시거든 최남걸 장군도 실컷 만나 보십시오."

"그래. 저승에 가면 만날 사람이 많구나. 윤씨 부인, 최남정형님 부부, 부모님, 조부모님……. 나는 이제 떠나야 할 시간이 된 것 같구나. 85년을 살았으니 너무 오래 산 것 아니냐? 임진왜란 때 많은 사람이 죽고 특히 젊은 부하들도 안타깝게 생을 마감했는데 나는 너무 오래 살아서 그들에게 미안하구나. 그때 전쟁터가 죽을 자리였는데……."

"아버님! 정신을 차리세요. 돌아가시면 안 됩니다. 흐흐흐……."

"너희는 모두 힘을 합해 세상에 보탬이 되는 명문 가문을 만들어 나가야 한다. 명문 가문을……."

"아버님! 흐흐흑……."

"숙부님! 흐흐흑……."

"형님! 흐흐흑……."

최억남은 최홍사, 최홍정, 최홍전, 세 딸, 최남진 등 가족이 임종을 지킨 가운데 편안한 모습으로 생을 마감하고 있었다. 임종의 순간 아들과 조카들에게 가문을 지속적으로 일으켜 명문가의 명맥을 꼭 이어 갈 것을 당부하고 있었다. 최억남이 자신의 묘지 터를 잡아 놓은 지 5년 후의 일이었다. 최억남은 그토록 사랑했던 아우 최남걸을 먼저 보낸 것을 아쉬워하며 저승에서라도 만날 것을 희망하고 있었던 것이다. 동시에 전쟁터에서 목숨을 잃은 수많은 부하를 생각하며 너무 오래 살아 미안하다는 말도 남겼다. 그리고 장수로서 전쟁터가 죽을 자리였다는 회한에 찬 말을 남긴 채 조용히 숨을 거두고 있었다. 최억남의 나이 향년 85세 1644년 경의 일이었다.

"안방준 선생! 이렇게 저의 선친 최억남 노장군의 장례식에 호상(護喪)을 맡아 주셔서 감사드립니다. 학문으로 이름을 떨치신 분이시니 돌아가신 노장군께서도 흡족해하실 것입니다. 진심으로 감사드립니다."

"최홍사 첨정! 별말씀을 다 하시네. 작고하신 최억남 노장군과 나는 전라좌의병 활동을 함께했고 내가 평생을 존경해 온 분이니 호상을 맡아 고이 모셔 드리는 게 당연한 도리 아니겠는가?"

"감사드립니다. 안방준 선생!"

"최홍사 첨정! 조정에서 최억남 노장군에게 방촌공(坊村公)이라는 시호와 훈련원정판사(訓練院正判事)라는 직책이 추증되어 내려왔으니 잘 받들어 모시도록 하세."

"네. 이르다 뿐입니까? 안방준 선생!"

"최홍사 첨정! 조문객이 이렇게 많은 장례식은 생전 처음 본 듯하네. 보성의 과거 부하들과 제자들을 비롯해 조문객들이 많이 와서 마을 입구부터 발 디딜 틈이 없구먼. 그만큼 많은 사람이 최억남 노장군의 업적을 기억하고 존경을 표한 것이 겠지. 7일장인데 손님을 모두 받지 못할 수도 있을 것 같네."

"네. 모든 조문객에게 감사할 따름입니다."

안방준이 호상(護喪)을 맡아 주었다. 안방준은 박광전의 제자로 당시 학문으로 명성을 떨치던 사람이었다. 전라좌의병 시절 함께한 적도 있었다. 상주는 최홍사였고, 최홍정, 최홍전, 최남진이 함께 빈소를 지키고 있었다. 그리고 과거 전라좌의병 부하였던 김춘삼, 염익수, 손희모, 채명보, 노영달 그리고 제자 염동길, 손정식, 채석우, 노칠석 등이 빈소 주변을 지키고 있었다. 염동길에 이어 손정식도 무과 합격해 최억남의 기대에 부응했던 터였다. 최억남이 사망했다는 소식을 전해 들은 조정에서는 방촌공(坊村公)이라는 시호(諡號)와 훈련원정판사(訓練院正判事)라는 직책을 추증해 주었다. 호상과 상주는 시호와 추증된 직책의 교지를 정성스레 위패 옆에 모셨다. 최억남의 장례식은 7일장으로 정했는데 보성의 모든 마을에서 많은 사람이 찾아와 조문하고 있었다. 마을은 북새통이 되었지만 상주를 비롯한 가족들은 고인이 된 최억남의 삶이 훌륭했음을 다시 한번 깨닫고 조문객들에게 감사함을 전하고 있었다.

"상주 최홍사를 비롯한 가족 여러분! 이곳 둔터 뒷산 언덕에 최억남 노장군과 윤씨 부인의 쌍봉 묘지를 쓰기로 하겠습니다. 최억남 노장군께서 3년 전 윤씨 부인이 돌아가셨을 때 최종적으로 이곳에 자신의 묘지를 써 주길 원하기도 하셨답니다. 그리고 최억남 노장군의 묘지는 윤씨 부인 묘지의 왼쪽에 쓰도록 하겠습니다. 앞에서 보아 남좌여우(男左女右)의 원칙에 입각한 것입니다."

"안방준 선생! 호상께서 장례를 잘 인도해 주시고 많은 가르침을 주시니 감사합니다. 최억남 노장군께서도 당신이 원하시던 대로 묘지를 써 드리니 흡족해하실 것으로 생각됩니다."

"자, 하관 준비해 주세요! 하관 장소에는 이미 윗면을 제외한 나머지 5면이 두꺼운 일체형 석회관으로 만들어져 준비되어 있습니다. 석회관 속에 목관을 하관한 다음 유품을 넣고 유마사 주지 스님이 독경을 하겠습니다. 그리고 마지막으로 윗면의 석회관 뚜껑을 덮도록 하겠습니다."

"네. 알겠습니다. 박판수 지관!"

"자, 그럼 하관이오! 오자(午子) 좌향입니다! 관을 내리시고 상주와 가족들은 최억남 노장군과 함께 매장할 유품들을 가지고 오시오."

"네. 박판수 지관! 최억남 노장군께서 평생 손에서 놓지 않으셨던 활, 검, 말 회초리, 병법서를 함께 담은 유품입니다. 함께 매장해 주십시오."

"그럽시다. 유품을 석관 속의 목관 위쪽 빈 곳에 넣으시오."

"다음은 유마사 주지 스님께서 최억남 노장군의 극락왕생을 기원하는 독경을 하겠습니다."

"나무관세음보살! 탁탁탁탁……. 마하반야바라밀다심경 관자재보살 행심반야바라밀다시 조견오온개공 도일체고액 사리자, 색불이공 공불이색 색즉시공 공즉시색 수상행식 역부여시 사리자! 시제법공상 불생불멸 불구부정 부증불감 시고 공중무색 무수상행식 무안이비설신의 무색성향미촉법 무안계 내지 무의식계 무무명 역무무명진 내지무로사 역무로사진 무고집멸도 무지역무득 이무소득고 보리살타 의반야바라밀다고 심무가애 무가애고 무유공포 원리전 도몽상 구경열반 삼세제불 의반야바라밀다고 득아뇩다라삼먁삼보리 고지반야바라밀다 시대신주 시대명주 시무상주 시무등등주 능제일체고 진실불허 고설반야바라밀다주 즉설주왈 아제 아제 바라아제 바라승아제 모지 사바하 아제 아제 바라아제 바라승아제 모지 사바하 아제 아제 바라아제 바라승아제 모지 사바하. 최억남 처사님의 극락왕생을 기원드립니다. 탁탁탁탁……"

"그럼 석회관 뚜껑을 덮도록 하시오."

"잠깐만요. 박판수 지관! 지금까지 남아 최억남 노장군의 묘지를 함께 쓰고 있는 500여 명의 후배와 제자들이 최억남 노장군께 마지막 가시는 길에 합동으로 인사를 올리고 싶답니다. 잠깐만 시간을 주시기 바랍니다."

"네. 안방준 선생! 그렇게 하시지요."

"자! 최억남 노장군의 후배들과 제자들은 모두 묘지 앞에 도열하시오. 석관을 덮기 전에 마지막 인사를 올리겠습니다.

최억남 노장군께 인사!"

"최억남 스승님! 영면하십시오."

"최억남 노장군! 감사했습니다."

"우리의 마음속에 영원한 최억남 장군! 최억남 전라좌의병
부장! 편히 쉬십시오!"

"그럼 하관식을 다시 진행하겠습니다. 석회관 뚜껑을 덮기
바랍니다. 상주! 조카들! 따님들! 동생들! 차례대로 흙을 한
삽씩 파서 석관 위에 놓기 바랍니다."

"네. 박판수 지관!"

"이제, 상주와 가족들은 위패와 교지를 모시고 집으로 돌아
가기 바랍니다. 여기 계신 분들이 묘지를 완성하고 가도록
하겠습니다."

"네. 안방준 선생! 박판수 지관! 감사합니다. 그리고 모든 손
님 여러분! 감사드립니다. 저희 유가족들은 먼저 자리를 뜨
겠습니다."

최억남의 하관식은 안방준의 지도와 박판수의 진행으로 이
루어지고 있었다. 안방준은 하관식에 앞서 상주를 비롯한 가족
들에게 최억남의 묘지를 이곳에 쓰기로 결정된 내력과 윤씨 부
인의 묘지와 위치 관계를 설명하고 있었다. 이어 박판수가 이
미 조성된 석회관을 바라보며 하관을 명하니 목관이 위치를 잡
으며 조심스럽게 내려졌다. 다음으로 목관 위쪽 여유 공간에
유품을 넣었다. 유품은 최억남이 사후까지 함께하길 바라는 마

음으로 활, 검, 말 회초리, 병법서를 함께 매장했다. 그리고 유마사 주지 스님으로부터 최억남의 극락왕생을 기원하는 「반야심경」 독경이 이어졌다. 박판수가 석회관 뚜껑을 덮으라고 지시하는 순간 안방준이 잠깐 시간을 내어 후배들과 제자들이 마지막 인사를 드리게 해 500여 명의 과거 부하와 제자들이 도열해 마지막 가시는 최억남의 관을 향해 인사를 올렸던 것이다. 이윽고 석관이 닫히고 상주와 가족들이 한 삽씩 흙으로 관을 덮고 집으로 떠나니 남은 사람들이 힘을 합해 봉분을 완성했다. 이로써 전남 보성군 미력면 둔터마을 뒷산 선영에 최억남과 윤씨 부인은 쌍봉의 묘지로 모셔져 영면에 들었다.

"아버지 최억남 노장군님! 벌써 시묘살이를 한 지가 3년이 흘렀습니다. 둔터마을 아래로 흐르는 보성강과 주변 산들을 바라보며 아버지 최억남 노장군을 기리는 날들이었습니다. 보성강 물은 언제 보아도 맑고 깨끗하게 흐르고 있었고 대룡산과 석호산에서 뿜어 나오는 정기는 몸속까지 밀려드는 느낌이었습니다. 그리고 저 멀리 제암산은 바라만 보고 있어도 큰 포부를 품게 만드는 마력이 있었습니다. 아버지와 자식의 연을 맺어 영원히 살아갈 줄 알았습니다. 그러나 자식으로서 효도도 제대로 하지 못하고 죄인의 몸이 되어 3년간을 후회와 반성으로 보냈습니다. 이제 산과 물이 아름다운 이곳 따뜻한 복호의 물 명당에 아버지 최억남 노장군을 모시고 시묘살이를 마치고자 합니다. 부디 이 죄인을 용서하시고 극락왕생하시옵소서!"

최홍사는 최억남의 3년 시묘살이를 마치고 있었다. 최홍사
는 최남걸의 둘째 아들에서 최억남의 양자로 입적되었다. 최홍
사는 부모님을 극진히 모시고 학문도 뛰어나 주변 선비들의 추
천을 받아 제용감 첨정이 되었다. 최억남이 사망하자 부모를
잃은 죄인의 몸으로 묘지를 지키며 속죄하는 나날을 보낸 것이
었다. 최홍사는 날마다 최억남 묘지의 주산인 석호산과 안산인
대룡산 그리고 두 산 사이를 유유히 흐르는 보성강을 바라보며
지냈다. 그리고 선산 정상에 올라가 멀리 제암산을 바라보곤
했다. 물은 맑고 깨끗했으며 산에서는 힘찬 정기가 뿜어 나왔
다. 제암산은 왠지 모를 근엄함과 도전 정신을 일깨워 큰 포부
를 품게 했다. 최홍사는 이러한 복호의 물 명당에 아버지 최억
남을 모시고 속죄의 3년 시묘살이를 마치고 극락왕생을 빌고
있었던 것이었다.

"가문의 비기를 보면 최억남 노장군의 복호 물 명당 발복을
받아 새로 터를 잡은 오서마을의 우리 가족이 빠르게 큰 부
자가 된다고 하셨지? 그 예언이 맞아떨어진 것 같단 말이야.
부가 주체할 수 없을 정도로 쌓이고 있어. 이제 이 부를 후손
들이 대대로 이어 갈 수 있어야 할 텐데……."

최억남으로부터 가문의 비기(秘記)를 물려받은 최홍사는 혼
자 곰곰이 생각에 잠겨 중얼거리고 있었다. 비기의 예언처럼
복호의 물 명당인 최억남 묘지의 음덕을 받아서인지 최홍사는

오서마을에 터를 잡고 산 이후 큰 부자가 되어 있었다. 최억남이 전해 준 가문의 비기와 최억남의 묘지에 대한 신비로움까지 느껴지고 있었던 것이다. 최억남의 묘지는 분명 호랑이와 용 그리고 보성강이 어우러진 복호의 물 명당임에 틀림이 없었다. 최홍사는 자신의 큰 부가 미래의 후손들에게까지 이어지기를 기원하고 있었다.

"훈련원정판사 옥과현감 방촌공(坊村公) 최억남 장군! 제13대 후손 최대욱 절 올리겠습니다……. 방촌공 할아버님! 박판수 지관이 정해 주었다는 이곳 석둘의 묘지 터도 복호의 물 명당임에 틀림이 없어 보입니다. 석호산에서 내려온 산줄기를 보성강이 막고 회를 치며 흐르고 있어서 그런지 마음도 편안해지고 주변을 둘러보면 상쾌한 기분이 듭니다……. 오늘은 방촌공 최억남 장군께서 벌떡 일어나 묘소 양옆에서 지키고 있는 장군석과 함께 상시 대기하고 있는 석마(石馬)를 타고 힘찬 함성을 지르며 진군하실 것 같은 느낌이 듭니다……. 그럼, 또 들르겠습니다. 방촌공 최억남 장군님께 대해 거수경례!……."

최억남의 아들인 최홍사가 오서에 살면서 부를 크게 일으킨 이후, 후손들도 크고 작은 벼슬을 하면서 지속적으로 가문의 부를 이어 가게 되었다. 세월이 200여 년 흘러 그곳의 운이 다 했을까? 후손들은 살내마을로 이사를 해 집성촌을 이루며 살아가게 되었다. 살내마을에서 터를 잡은 후손들 역시 큰 부자를 배출하고 있었다. 최억남의 사후 250여 년이 되어갈 무렵 사림(士林)에서는 최억남의 충혼을 숭모해 도백(道伯)[35]에게 추천했고, 호남 유생 이종백(李鍾伯) 등이 최억남과 동생 최남 걸의 충절을 임금에게 주청했다. 그 결과 1892(고종 29년) 최 억남은 동생 최남걸과 함께 일문쌍충(一門雙忠)으로 정려비 (旌閭碑)[36]를 하사받았다. 세월이 또 흘러 비기는 계속 맞아떨 어진 것일까? 조성 앞바다 호수는 농토로 변해 있었고 둔터와 석둘에는 고속도로가 시원스럽게 뚫렸다. 새로 뚫린 고속도로 는 최억남의 묘지를 이장하지 않을 수 없게 만들었다. 최억남 의 묘지는 400여 년 전 박판수가 정해 주었다는 바로 그 터인 석둘 선산으로 이장되었다. 최억남은 석호산에서 흘러 내려온 산맥을 보성강이 거의 360도 회를 치며 막아 주는 석둘 선산에 서 다시 영원한 안식을 취하게 되었다. 최억남의 제13대 후손 최대욱은 늘 그래 왔던 것처럼 오늘도 최억남의 묘지에 들렀 다. 최대욱은 물 명당의 묘지 터가 제공하는 편안함과 상쾌함 을 느끼며 최억남을 회상하고 있었다. 그때 갑자기 방촌공 최 억남 장군이 일어나 묘지를 지키는 장군석(將軍石)과 함께 석 마(石馬)를 타고 진군할 것 같은 느낌을 받고 있었다. 최대욱은 최억남의 산소에 거수경례를 붙이며 성묘를 마치고 있었다.

- 감사합니다. -

---

35) 도백: 관찰사(觀察使).
36) 정려비 위치: 전남 보성군 미력면 살내마을.

최억남 연보(음력)

년	월	일	전국 전쟁 상황	최억남 행적
1559				최억남 출생
1591				신묘 별시 무과 급제
1592	4	13	임진왜란 발발	
		28	탄금대 전투 → 패배	
		30	선조 한양 떠남 → 피난	
	5	3	한양 함락	
			선조 개성 떠남 → 피난	
		16	김천일의병 창의(나주)	
		18	왜군 임진강 도하	
		27	개성 함락	
		29	고경명의병 창의(담양)	
	6	5	용인 전투 → 패배	
		11	선조 평양 떠남 → 피난	
		16	평양 함락	
		22	선조 의주 도착	
	7	6	한산도 대첩 → 승리	
		7	웅치 전투 → 패배	
		8	이치 전투 → 승리	
		10	금산 전투 → 패배	
		17	평양성 전투 → 조승훈 패배	
		20		임계영전라좌의병 창의(보성)
		26	최경회전라우의병 창의(화순)	
	8	9		전라좌·우의병 남원 도착 → 합세
	9	1	평양성 강화 회담(심유경-고니시)	
		7		무주 대첩
		16		금산성 탈환

년	월	일	전국 전쟁 상황	최억남 행적
1592	10	6		김성일, 박성 진주성 지원 요청
		5	제1차 진주성 전투 → 승리 (10. 5.~10. 11.)	제1차 진주성 전투 (10. 9.~10. 11.까지 참전)
		11		
		20		왜군 수급 2개(개령)
	11	13		왜군 수급 8개(개령)
		18		왜군 수급 2개(성주)
		22		왜군 5~6명 섬멸(성주)
	12	7		왜군 5명 섬멸(성주)
		8		왜군 400명 섬멸(부상현)
		14		성주성 왜군 2/3 섬멸
1593	1	15		성주성 탈환, 포로 500명 구출
		17	명나라 이여송 평양성 탈환	
		27	벽재관 전투 → 이여송 패배	
	2	11		왜군 200명 섬멸, 포로 400명 구출(개령)
		12	행주산성 전투 → 승리	
		15		개령성 탈환
		16		소상진, 남응길 전사(개령)
	3	23	선조 평양 귀환	
		26		선산성 탈환
	4	5		구미 패잔병 소탕
		6		
		8	용산 강화 회담(심우경-고니시)	
		18	왜군 한양 철수	
	5	24		전라좌의병 장수들 유공 장계
				종사관, 참모관, 군량미 기부자 등 유공 장계

년	월	일	전국 전쟁 상황	최억남 행적
1593	6			삼계책 장계
		22	제2차 진주성 전투 → 함락	제2차 진주성 전투(선발대 입성/후발대 29일 도착)
		29		
	7	7	숙성령 전투 → 승리	
		14	왜군 진주성 철수	
	9			최억남 부장 임명
	10	3	선조 한양 환도	진주, 의령 주둔
	12		광해 전주에서 별시 무과 시험	
1594	1			하동, 고성, 거제도 주둔 (1~4월)
	4	6	이순신 한산도 진중 무과 실시	
		12	김덕령 진주성 주둔	
		25		충용군 귀속/전라좌의병 해체
1596	8	21	김덕령 옥사	
1597	1	27	정유재란 발발	
	2	26	이순신 삼도수군통제사 파직	
	4	1	이순신 백의종군 시작	
	7	3	명나라 대규모 지원병 한양 도착	
		15	칠천량 전투 → 패배	
	8	3	이순신 삼도수군통제사 복귀	
		6	이순신 옥과 도착	
		7	왜군 구례 점령	
		13	이순신 보성-장흥으로 떠남	
		13	남원성 전투(8. 13.~8. 16.) → 함락	
		16		
		25	전주성 함락	
	9	7	충청도 직산 전투 → 마귀 승리	
		16	명량 대첩 → 이순신 대승	

년	월	일	전국 전쟁 상황	최억남 행적
1597	8		석주관 의병 활동(8~11월)	
	11			
	12	23	제1차 울산왜성 전투 → 패배	
1598	3		보성, 고흥, 벌교, 장흥, 강진, 해남, 영암 의병 활동(3~7월)	
	7			
		16	진린 고금도 도착	
	8	18	도요토미 히데요시 사망	
	9	22	제2차 울산왜성 전투 → 패배	
	10	1	사천왜성 전투 → 패배	
		3	순천왜교성 전투 → 이순신 승리	
	11	18	노량 해전 → 승리	
		19		
		19	순천왜성 무혈 입성	
		19	전쟁 종료